묵호의 꽃 |1|

무혼의 끝

1

최정원
장편소설

황금가지

차례

一. 봄, 꽃, 밤

꽃잎이 점점이 날리는 봄날이었다.

우리 참봉 나리 좋은 일 많이 하시더니 복도 많아서, 딸 시집보내는데 하늘도 돕는다고 아낙들은 너스레를 떨었다. 올해 요 며칠은 유독 날씨가 좋았다. 산에도 들에도, 집집마다 밭에 마당에 꽃들이 한껏 피어올라 경사스러운 날을 장식하고 있었다.

뒷마당에 모여 앉은 마을 여인들은 왁자지껄하게 웃으며 맛있는 냄새를 피워 올렸다. 새신랑은 내일 도착한다지만 음식 준비는 미리미리 해 두어야 했다. 사람 좋은 잔치 주인은 온 마을 사람을 다 초대했던 것이다. 아낙들은 기쁜 마음으로 일손을 도우러 모여든 참이었다.

"오늘 우리 아씨 한번 봤는가? 세상에 그렇게 이쁠 수가 없어."

"하이고, 아씨야 우리 마을에서 제일 고운 분 아닌가! 그 인물에 원래 같아서야 시집을 갔어도 하안참 전에 가셨어야지. 마님 병수발 하시느라 너무 늦었지 뭐. 난 더 늦어질까 걱정이었는데 아주 잘됐어!"

"그래그래. 그래서 말인데……."

두 아낙은 동시에 버럭 했다.

"솔아!"

"네, 네!"

저편에서 혼자 전을 부치고 있던 솔이가 펄쩍 뛰어 올랐다.

"넌 도대체 언제 시집가려고 그러냐! 응?"

"그래, 니 나이가 몇인데 여태 그러고 있어!"

"아…… 음."

한눈에 봐도 깜짝 놀랄 정도로 고운 얼굴이었다. 음식 얼룩 잔뜩 진 낡은 행주치마를 두르고, 팔을 둥둥 걷어 올린 차림에다 머리칼과 한쪽 뺨에 부침개 반죽도 묻어 있었지만 그녀의 미모는 전혀 감춰지질 않았다. 이런 곳에 쪼그리고 앉아 전이나 부치는 게 아니라 안채에 곧게 앉아 수라도 놓고 있어야 할 것 같았다.

생전 밭에선 일해 본 적 없는 것처럼 하얀 얼굴을 한 자그마한 처자. 이제 겨우 열예닐곱이나 되어 보이는 이 아가씨는…… 이 마을에서 제일 밭을 잘 갈기로 유명한 올해 스무 살 된 이솔이었다.

솔은 웃으며 찹쌀 반죽 속의 국자를 휘휘 저었다.

"그런 말씀은 좋은 사람 소개라도 시켜 주시고 하셔야죠."

"우리 딸내미도 못 보내고 있는 판에 무슨!"

그럼 말씀을 마셔야지!

솔이는 속으로만 항변하고 다시 자기 담당의 번철을 노려 보았다. 차르륵…… 하고, 기름 넉넉히 두른 번철 위에서 찹쌀 반죽이 익어 갔다. 솔은 그 위에 조심스럽게 진달래꽃 한 송이를 올렸다. 꽃잎 한 장 한 장을 살살 펼쳐 누르고 모양을 잡는 사이에 고소한 냄새가 피어올랐다. 가장자리가 막 노릇노릇해지려는 틈에 얼른 반죽을 뒤집고 색이 나기 전에 금방 들어냈다.

"혜…… 언니, 진짜 잘한다."

"그래? 아, 해 봐."

솔은 구경하고 선 여자아이의 입에 화전 한 조각을 쏙 집어넣어 주었다.

"어때. 예뻐?"

화전으로 가득한 광주리를 자랑스럽게 내밀자 소녀는 행복한 표정으로 웅얼거렸다.

"응. 그데 어니가 더."

솔이 소녀의 양 볼을 손바닥으로 꾹 눌렀고 소녀는 키득거리기 시작했다.

"맞아, 그러고 보니 영산댁. 소문 들었소?"

"무슨 소문?"

"그 왜 있잖아…… 그."

"저승사자?"

"어허!"

아낙은 손을 휘휘 휘둘러 부정한 것을 쫓는 시늉을 했다. 영산댁도 아차 싶어 침을 퉤퉤 뱉었다.

"또 나타났대. 저기 수원댁네 동네에 김진사라고 있잖소. 그 댁에 들어갔다 나오는 걸 수원댁이 봤다잖아."

"아이고, 어떡해. 그 집에선 몇 명이 또 죽어 나갔대? 수원댁은 또 어떡하누. 큰나무집 무당 할매한테라도 가 보라고 하지."

"안 그래도 가서 남은 쌈짓돈 다 털어주고 부적 써 왔다더라고."

솔도 어깨를 움츠렸다.

저승사자. 지금 한양에서 제일 많이 입에 오르내리는 이름이었다. 망자를 저승으로 데려간다는 이 귀신이, 어느 날부턴가 한양 한복판을 헤매는 모습이 사람들 눈에 띄기 시작한 것이다. 높은 흑립에 검은 도포를 휘날리며 밤을 헤매는 얼굴 없는 명부의 차사. 그가 드나든 집에선 사람이 죽어 나가고, 길에서 그를 본 사람들도 한 달이 안 되어 모두 비명횡사한다고들 하여 모두 밤만 되면 집 문을 굳게 걸어 잠그고 통행도 꺼리기를 몇 달째였다. 집집마다 문 앞에 금줄을 쳐 두거나 그 비싼 소금을 뿌려 두는 일도 다반사였다. 솔의 아버지도 일찍일찍 다니라고 신신당부를 했다. 하지만.

솔은 아버지 말씀 잘 듣는 착한 어린이는 아니었다.

"고맙구나, 솔아. 덕분에 겨우 일을 다 끝낼 수 있었네."

마님이 인자하게 웃으며 꾸러미를 내밀었다. 보자기 밖으로 달콤하고 고소한 냄새가 새어 나왔다. 늦은 밤까지 남아 뒷마무리를 도운 보람이 있었다.

이걸 어떻게 포기해요, 아빠.

"전 몇 가지랑 떡을 좀 넣었다. 아래쪽엔 쌀도 조금 넣었는데 이거 무거워서…… 괜찮겠느냐?"

"감사합니다, 마님. 저 힘세거든요. 걱정 마세요."

"하긴, 우리 솔이 덕범이네 소도 한 손으로 때려 눕혔다지. 내가 깜박했네."

"헛소문인데요!"

"그렇다고 치자. 그나저나 너무 어두워서 큰일이군. 기다리거라, 사람을 좀 붙여 주마."

솔은 손사래를 쳤다.

"아, 아니에요. 집도 가까운걸요. 다들 피곤하실 텐데 쉬셔야죠. 전 혼자 갈 수 있어요."

"아니 된다. 이런 한밤중에 여인네 혼자서 어찌 바깥출입을 한단 말이냐. 게다가 요샌 그……."

"쉿! 마님. 좋은 일 앞두시고 그런 흉한 이름 입에 올리시면 안 돼요."

마님도 아차 하고 입을 가렸다.

"달이 이렇게 밝은걸요. 걱정 마시고 들어가서 아씨랑 말씀 나누세요. 그럼 전 이만!"

도망치듯 쌩하니 쪽문을 빠져나가던 솔은 다시 고개를 쏙 내밀었다.

"축하드려요, 마님. 아씨께도 꼭 전해 주세요."

"그래그래."

마님도 손을 흔들어 배웅했다.

낮은 토담을 돌아 나오고 나서 솔은 어깨를 쭉 펴고 기지개를 켰다. 하루 종일 쪼그려 앉아 일했더니 여기저기 안 아픈 곳이 없었다. 넓은 바깥에서 밤바람을 쐬니 이제야 살 것 같았다.

풀벌레 소리가 상쾌한 밤. 하늘엔 구름 한 점 없었다. 보름에 가까워 온 달빛이 넉넉히 눈앞을 비춰 주고 있었다.

"예쁜 밤이네."

솔은 보따리를 옆구리에 끼고 걸음을 옮겼다. 그리고 누구에게랄 것도 없이 말을 툭 던졌다.

"오늘도 잘 부탁해요."

소곤소곤…… 귓가에 반가운 속삭임이 시작된다.

풀숲의 여치가, 돌담 밑의 개구리가, 길가의 민들레와 억새가, 저편 언덕의 은행나무와 그 속에서 쉬던 부엉이가 하루의 안부를 물으며 그녀의 길을 열었다. 온 세상이 그녀의 부름에 화답했다.

- 안녕, 솔아?

- 안녕하세요.

- 조심해요, 돌부리가 있어요.

- 내일은 동풍이 불 거라고 해.

- 따뜻한 날씨일 겁니다.

솔은 고개를 끄덕이면서 앞으로 쭉쭉 나아갔다. 사실 콧노래도 부르고 싶었지만 그건 좀 미친 사람처럼 보일 것 같아 자제하기로 했다.

- 고개 숙이렴. 나뭇가지가…….

- 거기 막동이 팽이가 떨어져 있어요.

"웅, 내일 찾아다 줘야겠……."

그때였다.

- 멈춰, 솔아!!!

머리가 쨍하게 울리는 고성에 솔은 귀를 막았다.

펄럭 하고 눈앞으로 검은 바람이 불어 닥쳤다. 아니, 바람이 아니었다. 검은 물결이 한순간 시야를 가득 메웠다. 거대한 새의 날개처럼 크게 펄럭였다 천천히 가라앉는 옷자락.

설마.

검고 높은 갓. 그리고 밤에 완전히 묻혀 버릴 듯한 흑색의 검은 도포. 온통 검은 속에 달빛을 받은 동정만 거짓말처럼 새하얗게 빛났다. 갓에 너울처럼 길게 달아낸 얇은 검정색 사(紗) 때문에 얼굴이 보이지 않았다.

장신의 남자였다. 그가 비스듬히 고개를 돌려 솔을 건너다보았다. 솔이 머리를 한 자 이상 가볍게 넘어가는 큰 키 때문에 그 동작은 무척 느리게 느껴졌다.

얼굴을 가리고 있지만 확실했다. 눈이 마주쳤다. 식은땀이 주르륵 흘러내렸다. 그래, 이건…….

"저승사자?"

나, 나 죽는 거야? 오늘? 근데 보통 저승사자가 담에서 뛰어내려서 나타나?

"잡아라!"

그가 막 뛰어내린 담 너머였다. 불을 들고 사람들이 몰려나오는 듯했다.

어? 왜? 저승사자를 잡아? 왜?

넋이 나가서 굳어 있던 그 순간 쐐액! 하는 소리가 나더니 뺨이 화끈했다. 화살이었다. 담 너머에서 무작정 화살을 쏘아붙이고 있었다.

솔은 이 상황을 이해할 수가 없었다.

머뭇거리며 얼굴을 더듬는 사이, 누군가가 다른 손목을 잡아챘다. 당혹한 솔이 뭐라 하기도 전에 그, 저승사자는 그녀를 거칠게 자기 등 뒤로 끌어당겼다.

눈앞이 번쩍 하더니 두 동강난 화살이 양옆에 떨어졌다. 저승사자가 꺼내 휘두른 검이 화살을 쳐냈다. 그가 아니었으면 솔은 이승 사람이 아니었을 것이다.

모퉁이 저쪽에서 소란스러운 소리가 났다. 일부가 문을 통해 이쪽으로 몰려오는 모양이었다. 여전히 화살은 계속 날아들고 있었다. 저승사자는 쯧, 혀를 차더니 휘파람을 불었다. 그리고 한 팔로 솔의 허리를 와락 끌어안았다.

"으아악?!"

"움직이지 마라."

"네?"

반대편 길에서 말 한 필이 뛰어왔다. 이쪽을 향해 전력질주 하는 말을 보고 솔은 기겁했다. 눈을 질끈 감자 하늘과 땅이 뒤바뀌듯 몸이 요동쳤다. 눈을 떴을 때는 이미 말 위였다. 그것도 저승사자 앞에 타서. 그의 팔이 솔의 허리를 단단히 휘감고 있었다.

귀신도 남자는 남자인데!

솔이 새빨개진 얼굴로 그 팔을 붙잡았다. 풀어내려 안간힘을 써 보았지만 역부족이었다. 도포 아래로 느껴지는 남자의 팔은 너무도 강했다.

"죽고 싶으면 계속해 봐라."

어이없다는 목소리.

저승사자한테 끌려 가나 말에서 떨어지나 죽는 건 똑같질 않아!

솔의 생각은 그랬다.

"거기 서라!"

"뭣 하느냐, 계속 쏘지 않고!"

고함소리가 뒤에서 울려 퍼졌다. 또 화살밥이 될까 싶어 솔은 움찔했다. 말이 땅을 박차고 달리기 시작했다. 몸이 뒤로 확 쏠리자 혼비백산해서 저승사자의 소맷자락을 잔뜩 움켜쥐었다. 솔은 울고 싶어졌다.

그냥 아빠 말 잘 들을걸!

뒤늦은 후회였다.

***

말은 한참을 달리다 솔이 멀미로 헛구역질을 시작할 때서야 멈춰 섰다.

"자, 잠깐만요! 잠깐만 내려 주세요!"

저승사자는 순순히 솔을 내려 주었다. 겨드랑이에 손을 끼고 들어서 짐짝 내리듯 바닥에 내던진 것이지만, 솔은 그저 맨바닥이 반가울 뿐이었다. 솔은 구르다시피 내려와서 흙바닥에 주저앉았다.

말은 생전 처음 타 봤다. 허리도 아프고, 엉덩이도 아프고, 어지럽고, 속도 메슥거리는 게 아주 최악이었다.

한동안 헉헉대던 솔은 꽤 시간이 지난 후에야 주변을 둘러볼 수 있었다. 마을 동쪽 외곽이었다. 그저께 나물 뜯으러 와 본 곳이라 풍경은 눈에 익었다.

"저승이 아니잖아?"

솔은 잠시 고민했다.

"아, 지금부터 가는 거구나."

"집이 어디냐?"

"저희 아버지는 안 돼요!"

저승사자는 한동안 말이 없었다.

"……데려다주려고 하는 말이다."

낮게 깔리는 중저음의 목소리엔 피곤기가 짙게 섞여 있었다.

솔은 맹렬하게 머리를 굴려 보기 시작했다. 그래, 돌이켜보면 저승사자와 엮인 것도 우연일지도 몰랐다. 다른 집에 들렀다 나오는 걸 마주친 것뿐이니까. 자기를 찾아온 것이었다면 애초에 오늘밤에 솔이네 집으로 오는 편이 더 저승사자답지 않은가 싶었다.

하지만 밤이 늦었다고 집에 데려다준다는 저승사자 이야기 같은 거, 들어본 적 없다고!

솔은 조심스럽게 입을 열었다.

"저 정말…… 안 죽는 거예요?"

"일단 오늘은."

"그렇구나. 다행이다."

솔은 허탈하게 웃었다. 그리고 뒤돌아서 전속력으로 달리기 시작했다.

뒤에서 뭐라고 불러도 절대로 돌아보지 않을 작정이었다.

다시 저 말에 실려서 어디론가 끌려 가는 짓, 이젠 사양이야! 어쩌면 이번엔 정말 저승행일지도 모르는 일이고.

뒤에서 말발굽소리가 들려왔다. 점점 가까이.

이제 잡혔다고 생각한 순간 솔은 눈을 질끈 감았다.

아빠!

말은 그녀를 그냥 스쳐 지나갔다.

언뜻 저승사자가 피식 웃는 소리가 들린 것도 같았다.

검은 옷자락이 새카만 어둠 속으로 순식간에 녹아들며 멀어져 갔다. 원래 존재하지도 않았던 것처럼.

솔은 어이가 없어서 천천히 멈춰 섰다.

- 괜찮아, 솔아?

- 여기 솔이 집에서 안 멀어.

- 울지 말아요.

"아니, 안 울거든?"

'친구'들이 이제야 말을 걸어 왔다.

10년 동안 겪을 일을 하루에 다 겪은 것 같은 날이었다. 무섭다가, 우울하다가, 어째서인지 화도 났다. 그러던 솔은 그 난리통에도 용케 떨어지지 않고 손에 잘 들려 있는 보따리를 발견했다.

"응?"

스스로 생각해도 정말 굉장한 생활력이었다. 그래서 조금은 기분이 좋아졌다.

멀리서 인경이 치는 소리가 들려와, 솔은 얼른 다시 달리기 시작했다.

***

"이거 뭐냐…… 이거 뭐야! 이솔, 당장 일어나!"

"으아아아, 아빠. 자, 잠깐만!"

솔은 허공에서 눈을 떴다. 그녀의 아버지, 이태출이 솥뚜껑 같은 손으로 솔의 얼굴을 끌어다 잡고 이리저리 돌려 대고 있었다. 그는 딸의 목을 뽑을 기세로 딸의 안위를 걱정 중이었다.

"누가 우리 딸 얼굴에 이런 짓 해 놨어어어!"

"아빠…… 아빠 딸…… 죽어……."

생각해 보니 어제 화살이 스쳤던 것도 같았다. 워낙 정신이 없어서 깜박 잊고 있었다. 아버지가 위협적으로 들이 대는 거울을 들여다 본 솔은 한숨을 쉬었다. 딱 손톱 반만큼 긁힌 것뿐인데 뭘 저렇게 놀란단 말인가.

거구의 중년 사내는 소매를 걷어붙이고 성큼 방문을 나섰다. 그야말로 온 한양을 다 뒤질 기세였기에 솔은 아버지의 바짓가랑이를 붙들고 늘어져야 했다.

"그만해, 아빠! 창피해!"

"내 딸한테 창피를 주다니 어느 놈인지 내가 오늘 아주 아작을!"

"……아빠가 ……창피하다구! 밤길 오다가 나무에 긁힌 것뿐인데……."

"그 나무 어디 있냐!"

안 돼. 말이 통하지 않는다.

일찍 안 들어오고 밤늦게까지 일했다고 혼날 줄 알았는데 이건 또 예상 외였다.

솔은 후다닥 일어나서 마당으로 내뺐다. 어젯밤에 따로 정리해서 방구석에 놓아 뒀던 보따리도 잊지 않고 챙겼다.

"도련님네에 먹을 것 좀 갖다드리고 올게. 아빠 것도 거기 있으니까 챙겨먹어!"

담 너머로 고개를 내밀고 있던 옆집 김 씨가 솔이와 눈이 마주친 순간 냉큼 고개를 숙였다. 그는 웃음을 참고 있었다.

"거기 안 서냐, 이솔! 의원님한테 가야지이이이!"

그만해!!

***

"어이구, 솔이 아가씨 오셨습니까요?"

마당을 쓸고 있던 장정이 얼른 솔을 맞아들였다. 솔이네 아버지
도 건장한 체격이건만, 이집 머슴 석도는 그와는 비교가 안 될 정
도로 아주 장대한 기골을 타고난 사람이었다. 장대하다 못해 장엄
할 정도였다. 팔 굵기가 솔의 허리만 했고 손은 손바닥만으로 솔의
얼굴을 다 덮고도 남았다. 이 사람이 빗자루를 든 모습은 곰이 수
수깡을 든 꼴에 가까웠다.

"안녕하세요, 석도 아저씨. 도련님 계세요?"

"그럼요! 어서 안으로 드시지요."

"아, 아저씨. 제발 이제 좀 말씀 낮춰 주시지……."

"허허, 제가 이게 편하다고 매번 말씀 드리잖습니까요."

머슴이라곤 둘 이유가 하등 없어 보이는 자그마한 초가집이었
다. 솔의 집 것보다 아주아주 조금 더 넓은 마당을 가로질러, 석도
는 방문 앞에 섰다.

"도련님, 솔이 아씨 오셨습니다."

문이 벌컥 열렸다.

솔은 씩 웃으며 손을 크게 흔들었다.

"안녕하세요, 도련님!"

선비가 들고 있던 부채를 슥 내리고 눈웃음을 지었다. 맑은 옥색 도포를 두르고, 장식끈 없는 흑립을 단정하게 갖춘 차림. 외출할 계획이 있나 싶었다.

"넌 안녕하지 못해 보이는구나. 들어오너라."

솔은 얼른 방 안으로 들어서서 문을 닫았다. 그리고 뒤돌아서다가 소리를 질렀다. 선비가 바로 코앞에 와서 솔을 내려다보고 있었던 것이다.

워낙 바깥출입을 잘 하지 않아서 그렇지, 저잣거리에 나서기만 하면 뭇 여인네들의 관심을 한몸에 휩쓸고 다니는 미남자였다. 얼굴부터 손끝 하나, 걸음걸이 하나까지 그를 이루는 모든 선이 섬세하기 이를 데가 없었다.

게다가 몸가짐이나 몸놀림에도 양반치고도 남다른 정돈됨이 있어, 혹 사람이 아니라 이 땅에 유배 온 신선이 아닌가 하는 소문마저 도는 터였다.

그리고 솔의 경우엔…….

신선은 무슨! 여우라고!

강력하게 확신했다.

"아, 음. 좀 떨어져 주실래요?"

"얼굴은 왜 이리 됐느냐?"

"나무에 긁혔어요."

항상 웃고 있는 선비의 눈이 슬쩍 가늘어졌다.

"솔이가 농이 늘었구나."

"왜 아무도 안 믿지?"

"믿어 주마, 그 대신……."

선비는 책상 옆에 놓아 뒀던 책 꾸러미를 솔 앞에 척 내려놓았다. 소학과 빈 종이묶음 뭉치였다. 그것이 솔이 이 집을 드나드는 이유였다. 선비가 내주는 서책을 옮겨 적어 여러 권으로 만들고 삯을 받는 것.

"다섯 권 옮겨 써 오너라."

"네……."

"일곱 권으로 하자."

그냥 날 괴롭히고 싶은 거지?

솔은 한숨을 내쉬고는 들고 온 보따리를 내밀었다.

"이거 좀 드세요. 참봉 어르신댁 잔치 음식이에요. 오늘 아씨가 혼례를 올리신다는데 어차피 현이 오라버님은 안 오실 테니까."

선비, 아니 이현은 두 손으로 보따리를 받았다.

"나야 사람 많은 곳은 질색이니. 고맙다."

"다섯 권?"

"여섯 권."

"칫."

"이거나 바르거라. 쇠독 오르면 큰일이다."

현이 장에서 고약을 꺼내 왔다. 솔은 사양 않고 상처 위로 약을 펴 발랐다. 약이 든 상자만 봐도 귀한 물건인 것 같아, 조심조심 떠

내어 더더욱 조심조심 열심히 바르던 중이었다.

"칼이었더냐?"

"아뇨, 화살인…… 흡."

방심했다.

현은 부채로 얼굴을 슬쩍 가리고는 나지막이 말했다.

"솔아. 아버님께서……."

"이실직고하겠습니다."

도련님은 솔이 다섯 살 되던 해에 이 마을에 흘러들어왔다. 세 살 연상이었던 이현은 솔과 다를 바 없는 허술한 차림으로 동네 꼬맹이들과 함께 어울려 다녔는데, 정확하게는 그들이 흙바닥을 구를 때 옆에서 서책을 읽거나 그들이 나무를 탈 때 밑에서 서책을 읽거나 그들이 개울에서 멱을 감을 때 밖에서 서책을 읽거나 하는 식이었다. 솔은 친절하고 내내 웃는 얼굴인 그가 좋아 곧잘 현이 오라버니 현이 오라버니 하고 따라다니곤 했다.

그가 사대부이고, 감히 쉽게 이름을 부르고 같이 어울릴 사이가 아니라는 게 밝혀진 건 아주 아주 한참이나 지난 후였다.

현은 양친 없이 혼자 거구의 사내 석도와, 부엌일과 각종 집안 살림을 돕는 미랑이라는 아낙네와 셋이서 자그마한 초가집에 살고 있었다. 사연 많은 집안 같았다.

하지만 아이들은 겁이 없었고, 현의 집안엔 권위를 내세울 어른이 없었고, 어째서인지 마을 어른들도 현을 못 본 척 했고, 무엇보다도 현 자신이 생각이 없었기 때문에 아이들은 아주 오랫동안 스스럼없이 어울렸다.

15년을 같은 마을에서 자란 사이였다. 현은 솔을 괴롭힐 방책을 서른 가지 정도 알고 있었다. 솔은 항상 치를 떨면서도 당할 수밖에 없었다.

"이게 말이죠……."

지난밤의 일을 낱낱이 고해바치고 말았다. 현은 계속 부채로 얼굴을 반쯤 가린 채 솔의 말을 들었다. 눈을 거의 감다시피 내려뜨고, 뭔가를 골똘히 생각하는 듯했다.

"이렇게 된 거예요."

"……."

"저, 오라버니?"

"저승사자라."

현은 부채를 착 소리 나게 접었다. 그저 고요하고 잔잔하기만 하던 그의 얼굴에 약간의 그림자가 드리워져 있었다.

"다른 사람들한텐 이 이야기는 하지 않는 게 좋겠다."

"안 그래도 그럴 참이었는데 오라버니께서 캐물으신 거라구요."

"사람들이 몰려나왔다는 그 집은 누구 댁이었는지 기억나느냐?"

"아뇨. 그날은 정신이 없어서…… 다시 가 볼까요?"

"그러지 마라. 저승 차사를 내쫓을 만한 기백이라니 내가 다 두렵구나. 우리 같은 범인(凡人)들은 뼈도 못 추리지 않겠느냐."

현은 슬쩍 미소를 지었다.

"그런데 그 소문 자자하신 저승사자가 망자의 명부뿐 아니라 검

도 휘두르고 다닌다는 건 처음 알았구나. 나는 저승사자란 그저 말
단 문관인 줄 알았다."

"저도요."

"하긴 전쟁이 끝난 지 이제 겨우 3년이지. 사자들의 세계도 인간
세상만큼 많이 험해졌나 보다."

솔은 몸을 움츠렸다. 현의 말대로 호란이 끝난 지 이제 겨우 3년
이었다. 북쪽에서 매일매일 끊이지 않고 내려오던 피난행렬이 아
직 눈에 선했다. 그들의 행색, 그들의 표정…… 그건 너무나도…….
솔은 고개를 휘휘 저어 눈앞을 뒤덮으려는 그림자를 떨쳐냈다.

"그런데 왜 이제야 나타나는 걸까요? 사람이 많이 죽은 건 3년
전이잖아요. 게다가 난은 한양까지 미치지도 않았었고."

"글쎄다. 어쩌면……."

현은 어깨를 으쓱했다.

"한양에 죽을 짓을 한 사람들이 많이 생긴 것인지도 모르지."

***

"그럼 그렇게들 알고 준비하도록 하시오."

"하오나 전하……."

옆에서 소맷자락을 잡아당겼다. 돌아보니 예조판서 김상윤이 고
개를 살짝 가로젓고 있었다.

그만두게. 소용없네.

"할 말 있는가, 병판."

병조판서 서충헌은 어금니를 꽉 깨물었다.

젊은 왕이 형형한 눈빛을 보내고 있었다.

그래, 소용없다. 여기서 무슨 말을 해 봤자 왕은 그저 자기 심기를 거스르는 말로밖에 듣지 않을 터다.

서충헌은 물러났다.

"아닙니다."

문무백관이 조아렸다.

"성은이 망극하옵니다!"

긴 어전회의가 끝났다.

"이건 아닐세. 이건 아니야……."

"거참, 이제 그만하게."

예판은 오랜 친구의 어깨를 토닥였다.

서충헌은 깊은 한숨을 내쉬며 중얼거렸다.

"북방은 아직도 전쟁으로 만신창이일세! 오랑캐들은 겨우 내몰았다 해도 아직 그쪽 백성들은 당장의 연명도 힘든 판인데, 또 조세를 더 거두어들이겠다니? 이럴 때야말로 나라의 위엄을 보여 줘야 한다니?"

"어쩌겠나. 좌상대감께서 저리 강경하게 주장하시고, 전하께서도 뜻이 분명하시니."

"다들 정말 그렇게 생각하는 것인가? 정녕 내가 우매해서 전하의 큰 뜻을 읽지 못하는 것이난 말일세."

"저마다의 사정이 있는 게지. 그리고 특히나 자네는 지금 가만히 입 다물고 있어야 하는 상황 아닌가! 거 제발 좀 흥분을 가라앉히 란 말일세."

자신의 상황. 서충헌의 얼굴에서 핏기가 빠져나갔다. 그때 저쪽 에서 누군가가 다가왔다.

"아니 이게 누구신가. 병판, 예판 아니신가."

"좌상대감."

둘은 고개를 조아렸다.

좌의정 안익태. 명실상부 조선 최고의 세도가. 말 한 마디로 나는 새도 떨어뜨린다 하나 겉보기에는 그저 폭삭 늙은 노인에 불과했 다. 하얗게 완전히 새어 버린 백발에, 마른 몸 위에 걸친 관복은 너 무나 커서 허수아비처럼 보일 지경이었다. 하지만 그 두 눈은 사람 의 것이 아닌 것 같은 이채를 띠고 날카롭게 번뜩였다.

"대감들은 젊어서 좋겠소. 난 이제 어전회의에서 가만히 서 있기 도 힘드는구먼. 늙으면 죽어야지 원……."

"무슨 말씀을 그리 하십니까?"

"정말이야. 그놈의 저승사자는 왜 우리 집엔 안 들르고 엉뚱한 데만 돌아다니는가 모르겠어."

예판이 헛기침을 했다.

"어이구, 그렇지. 궐 안에서 괴력난신을 논해서 될 일인가."

"건강하게 오래오래 사셔야지요."

"마음에도 없는 소리들 말게. 건강이라 하니 말인데, 병판 자네

아들은 요새 좀 어떤가?"

올 것이 왔구나.

서충헌은 어렵게 웃었다.

"염려해 주신 덕분에 많이 나아서, 잘 지내고 있습니다."

"벼슬도 되물릴 정도라니 걱정이 크겠어. 그렇게 온 조정의 기대를 한 몸에 받던 총아였는데 그놈의 전쟁이 앞길 창창한 젊은이 하나를 제대로 망쳤지. 뭐, 나는 얼마든지 기다릴 수 있네만."

"……."

"아직 집에서 요양하고 있나? 이제 날도 풀렸는데 슬슬 바깥바람도 쐬고 해야 하지 않겠는가. 꽃구경도 좀 하고."

그렇게 말하는 좌의정의 입가가 묘하게 실룩거렸다.

비웃음인가.

서충헌은 깊게 허리를 숙여 표정을 가렸다.

"그리 전하겠습니다……."

예판을 버려 두고 큰 걸음으로 궐을 나섰다. 기다리던 몸종이 얼른 말을 끌고 왔다.

"그 녀석 어디 있나?"

"소, 소인은 잘……."

얼버무리는 것을 보니 집에 없는 모양이었다. 그렇다면 또 그곳이다. 채찍을 든 서충헌의 손이 부르르 떨렸다.

***

백화루.

세상 온갖 꽃들이 한 곳에 모였다는 곳. 그 이름은 참으로 노골적이면서도, 몹시도 정확했다. 정원에 쏟아 부은 듯 무더기로 핀 붉고 희고 노란 꽃들이 달콤한 향내를 흐드러지게 흩뿌렸다. 취할 것처럼 짙은 향내가 넓게 채운 마당을 꽃잎보다 더 선명한 색의 치맛자락들이 가로질렀다. 하늘은 가늘었다가 늘어졌다가 당기며 내려앉는 가야금 음색으로, 높고 낮은 웃음소리로 가득 찼다.

세상은 희로애락에 따라 흘러가도 이곳 담장 안에는 그저 웃음만이 넘쳐났다. 당연히 그러해야 했다. 이곳은 한양 최고의 기루, 백화루였으니까.

하지만 가끔은 답지 않은 소요가 일기도 했다. 오늘처럼.

"아이 참, 나리. 제가……."

"비켜! 너 말고 화영이 나오라잖아! 내가 그 귀하신 얼굴 보겠다고 개성에서 여기까지, 엉? 얼마나 벼르고 왔는데. 여기냐? 여기 있는 거야?"

"나리!"

젊은 선비는 장지문을 있는 힘껏 열어젖혔다. 이미 잔뜩 취해 붉다 못해 검어진 얼굴에 갓은 찌그러져서 목 뒤에서 덜렁거렸다. 버선은 어디서 벗어 던졌는지 맨발이었다.

그는 방을 죽 둘러보았다.

29

"아니네? 이년은 아닌 것 같고……."

하고 나가려다가, 다시 돌아섰다.

"그런데 이건 또 뭐하는 짓들이래냐?"

뒤에 섰던 기녀가 안절부절못하며 그를 잡아끌었다. 그때 안에 있던 여인이 미소를 지으며 말했다.

"함께하시겠습니까? 나리."

"어어, 좋지! 재미있을 것 같네."

여인의 턱짓에 방 밖에 있던 기녀가 문을 닫고 물러갔다.

젊은 선비는 잠시 엉거주춤하게 멈춰 섰다. 호기롭게 들어서긴 했는데, 무얼 어떻게 해야 할지, 일단 어디 앉아야 할지부터 감이 오지 않았다.

방 한쪽에는 그를 맞아들인 기녀가 미소만 지으며 앉아 있었다. 가채에 꼬리가 긴 나비 머리장식을 셋이나 올리고, 붉은 매화문양을 빼곡하게 수놓은 검은 홑겹 저고리에 눈이 시리게 밝은 황색 치마로 몸을 휘감은 여인이었다. 얇디얇은 저고리에 흰 속살이 아른아른 비쳐 보였다. 선비의 눈이 자꾸 그쪽으로 가자 그녀는 새빨간 입술로 웃었다.

"앉지."

반대편에서 목소리가 날아왔다. 여인과 반대쪽에 앉아 있던 남자였다.

연보라색 도포차림에, 흑립 아래로 수정 끈을 늘어뜨린 젊은 남자였다. 그는 상대를 쳐다보지도 않고 있었다. 그저 손에 든 붓 끝만 바라볼 뿐.

그 앞엔 흰 종이가 넓게 펼쳐져 있었다. 사실 온 방 안이 치다 만 난 그림으로 발 디딜 틈이 없었다. 대충 세어도 열댓 장이 넘었다. 취한 눈으로 봐도 신통찮은 솜씨였다.

"크큭! 아이고 이것도 난이라고 종이 아깝게……."

남자가 그 소리에 피식 웃었다. 그리고 드디어 고개를 들어 방문 객을 마주보았다.

오랜 시간, 무엇 한 가지만을 갈고닦은 사람 특유의 무심함이 배어 있는 얼굴이었다. 긴장감 없이 웃고 있지만 베일 듯 날카로운 눈매는 숨겨지지 않았다. 단정한 얼굴에 어울리지 않는, 스산할 정도로 차가운 눈이었다. 게다가 서른도 안 되어 보이는 나이에 어울리지 않는 위압감하며…….

술김이 아니었다면 주눅이 들었을 터였다.

"칼밥 좀 드신 분인가 봐?"

"아직도 그렇게 보이나보군."

남자가 자기 옆자리를 손으로 휙 쓸어 종이 무더기를 치웠다. 선비는 그 자리에 냅다 앉았다. 제대로 초대도 받았겠다 거칠 것이 없었다.

"거, 나도 술 한 잔 따라 보거라. 나 김가라고 부르쇼."

"그럼 난 서가라고 합시다."

기녀가 주안상에서 술 한 잔을 따라 건넸다.

"채란이라 하옵니다, 나리."

"못 듣던 이름이로구나?"

"가무가 못 봐 줄 꼴이라, 찾아 주시는 분이 없답니다."

"가무를 못 하는 기생에 난도 못 치는 선비라! 이건 뭐 사람 웃기려고 만든 방인가? 어이, 서 씨 자네는 그래가지고 어느 세월에 획한 번 긋겠어? 이리 줘 보게."

김 선비는 상대의 손에서 붓을 낚아채고는 빈 종이에 휘둘렀다. 제법 호쾌한 획이었다.

"어때!"

"일단 나보단 낫군."

"계집처럼 흐늘흐늘한 자네 것이랑은 비교 불가지. 아무렴!"

그때였다.

"야, 서민훈! 오랜만이다!"

장지문이 부서질 듯 열렸다. 이번 불청객은 서슴없이 방 안으로 걸어들어 오더니 상을 발로 차 엎었다. 김 선비는 혼비백산해서 일어났지만 서민훈은 정좌했던 자세 그대로 고개만 비스듬히 들어 상대를 올려다보았다.

"누구신지?"

"이것 보게?"

차림새로 봐서 꽤나 있는 집안의 자제였다. 방 밖에서 이죽거리고 있는 두 일행도 마찬가지였다.

"나 기억 안 나나? 이거, 니 솜씨잖아?"

희미하게 흉터가 남아 있는 자기 뺨을 신경질적으로 가리켰다.

민훈은 잠시 미간을 좁혔다가 이내 고개를 저었다.

"한둘이 아니라서."

"이 자식이!"

흉터가 와락 덤벼들더니 민훈의 멱살을 잡았다. 민훈은 순순히 끌려갔다. 흉터는 자신만만하게 뒤쪽의 일행에게 외쳤다.

"이것 봐. 병조판서 서충헌 대감의 장남이 제대로 맛이 갔다더니, 소문이 정말이네? 열여덟에 무과에 급제하시고 내금위 종사관까지 지내신 분께서 말이지."

김 선비는 술이 확 깼다. 개성에 살아 얼굴은 몰랐지만 서민훈의 이름이라면 그도 들어 본 적이 있었다.

10년은 바라보는 무과를 최연소로 일등 급제하고 그 무예가 조정 최고의 무관들이 보기에도 혀를 내두를 정도이며, 못 다루는 병기가 없고 특히나 검 한 자루면 가히 홀로 스물은 족히 상대하고도 남음이 있다 했다. 그 검이 차라리 아름다울 정도라, 주상이 친히 보시고 감탄하여 가까이 두고 장차 크게 쓸 인재라 소문이 자자하였는데……

"누이와 같이 외가에 갔다가, 자기 혼자 살아 돌아왔다지?"

그랬다. 3년 전 북방 오랑캐가 밀고 내려오던 그날, 하필 그곳에 있어 하나뿐인 누이동생을 잃고 또…….

"자기도 팔 병신이 되어서. 이젠 이 팔로는 술잔보다 무거운 건 들기가 힘들다던데?"

흉터가 민훈의 오른팔을 쿡쿡 찔렀다.

그랬다. 그렇다고 했다.

그래서 난을 그 모양으로 쳤던 건가 싶었다. 아무래도 자리를 피하는 게 나을 것 같아 김 선비는 조심스럽게 몸을 옮겼다. 민훈을 슬쩍 곁눈질하던 그는 얼어붙고 말았다.

민훈은 웃고 있었다. 입으로만.

"아주 잘 알고 있네?"

"그래, 이 자식아. 내가 오늘 같은 날이 오기를 얼마나 기다렸는지 아냐?"

"그래. 그랬겠지."

그 다음 순간 일어난 일은 아무도 제대로 보지 못했다.

민훈이 왼손으로 멱살을 잡은 상대의 손을 쳐낸다 싶었던 순간, 흉터는 허공에서 반 바퀴를 돌아 바닥에 우당탕 처박혔다. 어지러이 날렸던 옷자락이 가라앉자 그제야 모두가 사태를 파악했다. 정확하게는 보기만 하고 이해하지 못했다.

흉터는 바닥에 드러누워서 꼼짝도 못하고 있었다. 민훈의 왼팔이 그의 목을 짓누르고 있었고, 오른손에 쥔 젓가락이 그의 눈 바로 앞에 떠 있었다.

민훈은 상대의 얼굴을 가까이 들여다보며 입을 열었다.

"내가 멀쩡했을 때는 다시 찾아올 용기가 없었을 테니까. 이제야 기억나는군. 주막에서 심부름 하던 계집애를 건드리려다가 나한테 걸렸었지? 미안하네. 예전 그대로인데 내가 몰라봐서."

"키, 커헉……!"

목이 졸리는지 흉터의 얼굴이 시뻘겋게 변했다. 크게 뜬 눈은 공포에 질려 있었다. 이미 시야엔 젓가락의 뾰족한 끝밖에 보이지 않았다.

"사람 죽이는 덴 칼씩이나 들 필요가 없어."

같이 온 일행 중 하나가 파랗게 질려서 뛰어나갔고 하나가 안절부절못하며 방 안에 발을 들였다. 모두가 허둥대고, 얼어붙고, 어찌할 바를 모르는 찰나.

"나리, 곤란합니다."

방구석에 없는 듯 서 있던 채란이 입을 열었다.

민훈이 채란을 슥 쳐다보았다. 술잔을 옆에 놓고 난이나 치고 있던 선비의 눈빛이 아니었다. 검 한 자루로 물길도 베어 내는 무관의 그것도 아니었다.

"사, 살려 줘…… 내가, 내가 잘못했……."

"그래. 그, 그만하게. 이런 데서 이러면 안 되네."

김 선비도 두 손을 내저었다.

누구라도 한 명은 곧 비명을 지를 것만 같은 긴장 속, 팽팽히 당겨졌던 실이 갑자기 탁 끊어졌다.

민훈은 오른팔을 옆으로 뻗었다. 툭, 손가락에 걸렸던 젓가락이 바닥으로 떨어져 내렸다.

팔에 힘이 좀 풀리자 흉터가 혼비백산해서 빠져나갔다. 쿨럭거리는 그를 일행이 급히 부축해서 사라졌다. 뒤도 안 돌아보는 줄행랑이었다.

채란은 김 선비에게 허리를 숙였다.

"죄송합니다, 나리. 술상 다시 봐서 올리겠습니다."

"나, 나는 됐네!"

김 선비도 후다닥 방을 나섰다.

"만나서 반가웠네. 어…… 서 씨! 건강하게!"

한순간에 방이 적막해졌다. 채란은 어깨를 으쓱했다.

"오늘은 요란했습니다, 나리."

"미안하게 됐네."

말과는 달리 전혀 미안하지 않은 표정이었다. 민훈은 엎어진 상을 바로 놓았다.

"아시면 됐습니다."

채란은 대수롭지 않게 답하고는 열린 방문 너머로 눈을 돌렸다. 하늘 먼발치가 붉게 물들고 있었다.

"벌써 해가 지는군요."

"준비해 주게."

"네."

채란이 병풍 끝을 밀자 그 뒤로 난 문이 드러났다. 민훈은 밖에서는 보이지 않는 그 문을 소리 없이 열고 들어갔다. 등 뒤에서 채란이 병풍을 다시 정리했다.

빛이 들지 않는 좁은 방이었다. 하지만 민훈은 익숙하게 손을 더듬어 구석에 놓인 장을 열었다. 어둠을 닮은 검은 도포자락이 넓게 널렸고, 흑립이 사를 갈무리하며 그 위에 앉아 있었다. 장식 하나 없는 긴 검 한 자루가 그 옆에 기대어 섰다. 딱 한 줄기 새어 들어온 빛이 그 귀퉁이에 미끄러졌다.

민훈은 손을 뻗었다.

***

"자. 잃어버렸던 거지?"

막동이가 막 환호성을 지르려던 찰나였다. 솔은 손을 등 뒤로 숨겼다.

"아, 뭐예요, 누나!"

"먼저 약속 하나 해."

솔은 어젯밤에 주운 팽이로 동네 제일의 악동과 거래를 하려 하고 있었다.

"다음부턴 을순이 머리칼 잡아당기지 않기."

"을순이부터 제 바지에 벼룩 집어넣지 않기로 하면요."

"그, 그래……."

을순아, 내 도움은 필요 없었던 것 아니니?

솔은 빼앗기듯이 팽이를 돌려줬다. 막동이가 제자리에서 펄쩍펄쩍 뛰었다. 어지간히도 기쁜 모양이었다. 신나게 춤을 추던 막동이가 손바닥을 번쩍 들어 내보였다. 솔은 피식 웃으며 그 손바닥을 찰싹 때려 주었다.

"근데 누나는 어떻게 그렇게 잃어버린 것들을 잘 찾아요? 우리 엄마도 누나가 못 찾는 건 아무 것도 없대요."

"응? 아, 그건……."

솔은 막동이에게 가까이 오라고 손짓했다. 그리고 막동이 귀에 대고 속삭였다.

"귀신들이 알려줘."

"으아아아! 아, 누나 진짜!!"

막동이는 귀를 막 비비며 도망갔고 솔은 조용히 키득거리며 뒷 짐을 졌다.

온 마을이 흥겨운 분위기였다. 아이들이고 어른들이고 웃는 얼 굴로 한 방향으로 향하고 있었다. 오늘이 박참봉댁 잔칫날이었던 것이다. 어제 오늘 하루 종일 준비한 음식들이 푸짐하게 차려져 있 을 터였다. 물론 그게 아니었더라도, 축하 손님은 많았을 것이다. 참봉 어르신은 그만큼이나 덕이 많은 양반이었다. 신분을 가리지 않고 사람을 다정히 대하는 것이 그 집 법도였다. 그 댁 마님도 아 가씨도, 나이가 비슷한 솔이와 허물없이 지냈다.

그래서 솔은 대문을 들어서자마자 안채로 끌려왔다.

"네에? 신랑 되실 분요?"

"그래. 아직도 소식이 없네. 벌써 한참 전에 도착했어야 했는 데…… 사람들이 이리 많이 모였는데 어떻게 해야 할지……."

마님의 얼굴이 백지장이었다. 안 그래도 건강이 안 좋은 분인데 금방이라도 쓰러질 듯했다. 옆에 앉아 있던 아씨도 두 손으로 얼굴 을 가렸다.

"어떡해, 솔아…… 나 혹시……."

시집도 가기 전에 소박맞은 것 아닐까.

그 말까지 튀어나오기 전에 솔은 단칼에 말을 잘랐다.

"에비! 그만, 거기까지! 찾을 사람은 보내 보셨어요?"

"다른 이들 눈치 못 채게 좀 전에 최소한으로 꾸려 보냈다. 그래서 부탁인데……."

마님은 솔의 두 손을 꼭 쥐고 머뭇거렸다. 솔이 활짝 웃으며 말했다.

"걱정 마세요, 마님. 동쪽 산길 쪽으로 한번 올라가볼게요."

"고맙구나. 고마워! 내 크게 사례하마. 저기, 그래도 혼자 산길을 너무 위험하니 석이 아범이랑 같이 가려무나."

"아니에요. 전 혼자 있을 때 더 잘 찾는다구요."

"안 된다! 잠시만 기……."

"다녀오겠습니다!"

"솔아!"

솔은 얼른 마당으로 뛰어내렸다. 그리고 마님이 뒤쫓아 사람을 보내기 전에 급히 달음질쳤다.

"누나, 어디 가?"

막동이가 배추전을 입에 물고 섰다 물었다. 눈이 호기심으로 반짝반짝 빛나고 있었다. 이 마을 제일의 악동은 마을 제일의 수다쟁이이기도 했다.

"귀신 만나러."

"아, 정말!"

막동이는 미련 없이 도망갔고 솔이는 만족했다.

***

이솔. 스무 살. 마을 제일의 장사라고 불리는 이태출의 외동딸이다.(도련님네 석도는 사람의 범주를 넘어섰다며 이웃들은 그를 셈에 넣지 않는 버릇이 있다.) 태어나자마자 엄마를 잃고 아빠가 젖동냥하여 겨우 키웠는데, 그 커다란 덩치로 손바닥만 한 아기를 안고 업고 하며 얼마나 애지중지했던지 아직도 마을에 그 사연들이 전설처럼 남아 있었다.

자라면서 어찌나 복사꽃처럼 뽀얗고 고와지는지 아빠랑은 닮은 데가 털끝만큼도 없어, 그것조차 전설적이었다. 얼굴만 곱다 뿐이랴. 손도 야무지고 도련님과 몇 해 어울리더니 글도 읽고 쓸 줄 알 정도로 영민했다.

그리고 아는 사람만 안다고 각자 생각하지만, 사실 마을사람 모두가 알고 있는 사실인데 신기하게도 어떤 문젯거리가 생겼을 때 솔이에게 맡기면 기가 막히게 잘 해결되고는 했다. 운이 좋다고 할까. 그것도 능력이라고 할까. 여러 모로 재주가 많은 아이였다.

이태출은 행복했다. 딱 두 가지 문제만 빼면.

하나. 이 딸이 도통 시집을 갈 생각을 안 한다는 것.

둘. 이 딸이 가끔씩 영문 모를 헛소리를 한다는 것.

"저기…… 안녕하세요오……!"

솔은 아무도 없는 산길 한가운데에 서서 외쳤다. 누가 봐도 약간 미친 사람처럼 보인다. 그래서 솔도 이런 일을 할 때는 기를 쓰고 혼자 다니는 것이다.

물론 답은 없었다.

보통 사람들 귀에 들리는 답은.

– ……누구니, 넌?

– 안녕하십니까.

– 안녕하지 못해. 여기서 나가.

다행이었다. 오늘은 잘 들렸다.

"죄송해요. 혹시 사람 하나 못 보셨어요? 어떻게 생겼나 하면은요……."

– 몰라. 귀찮아.

– 어떻게 생겼는데요?

"……."

큰일이다. 생김새를 몰라!

솔은 식은땀을 흘렸다. 마님께 대강이라도 물어올 걸 싶었다. 근데 마님이라고 신랑 얼굴을 알고 계시긴 할까 의심스럽긴 했다.

그때 먼발치에서 사람들이 외치는 소리가 들렸다. 가지 위에 앉아 있던 까치가 한 방향으로 머리를 주억거렸다.

– 저쪽 너머에 몇 마리가 돌아다니네.

"고마워요! 이거 먹을래요?"

솔이 볶은 콩 몇 알을 꺼내자 까치는 날개를 퍼덕였다.

－ 그거 싫어. 개구리 줘.

"개, 개구리…… 지금 없는데."

－ 칫!

까치는 날아가 버렸다. 솔은 꺼냈던 콩을 입 안에 털어 넣고 까치가 가르쳐 준 방향으로 향했다. 다행히 길이 이어진 쪽이었다. 오르막 내리막을 두어 번 거치자 사람이 보였다. 말 한 마리와 당나귀 한 마리도. 그는 맨몸인 말과 짐을 잔뜩 실은 당나귀 고삐를 모아 쥐고 안절부절못하고 있었다.

"혹시 참봉 어르신댁 가시는 길이세요?"

"아, 또 사람을 보내 주셨네! 아이고 감사해라."

그 사람이 쪼그만 여자애 하나임에도 그는 눈에 띄게 기뻐했다.

사정은 이러했다. 자신들은 건넛마을에서 새신랑 될 도련님을 모시고 오던 차였는데, 도중 도련님이 소피를 봐야겠다고 혼자 숲 속으로 들어가선 돌아오지 않고 있다는 것. 같이 출발한 다른 두 사람이 산을 한참 뒤지고 있는데 아무래도 보이질 않는다는 것. 어떻게 해야 하나 난감하던 차에, 마침 박참봉댁에서 사람들을 둘 보내 주셔서 그 사람들도 같이 도련님을 찾고 있다는 것.

과연 여기저기서 "도련니임!" 하고 부르는 소리가 들렸다.

"이렇게 멀리 가셨을 리가 없는데. 호, 혹시 이 산에 범이라도 있는가?"

"글쎄요. 호환은 없었는데…… 처음에 어느 쪽으로 가셨죠?"

"저쪽이네. 큰일이야. 곧 해도 떨어질 것 같은데, 이거 참…… 어이구……."

솔은 남자가 가리킨 숲속으로 발을 들였다.

"어, 어이 처자! 처자 혼자 그렇게 가면 위험해!"

"조심할게요. 다른 분 보시면 참봉 어르신께 가서 자초지종 좀 알리라고 해 주실래요? 많이 걱정하고 계세요."

그는 그러마고 고개를 끄덕였다.

솔은 거침없이 걸었다. 겨울 동안 쌓여 있던 삭은 낙엽이 발밑에서 마구 버스럭거렸다.

산에선 함부로 길을 벗어나선 안 된다. 나무도 바위도, 첫눈엔 분명히 달라 보이지만 어느 순간 한 가지로 보여 사람의 눈을 홀린다. 잠시만 정신을 놓았다간 제자리로 돌아갈 수가 없게 되어 버리고 마는 것이다. 게다가 이렇게 큰 산의 주인은 사람이 아니다. 그들의 심기를 거슬러서는 절대 안 된다.

한참을 걷던 솔이 뭔가를 발견하고 쪼그리고 앉았다.

"멧돼지?"

어지러운 발자국과 파헤쳐진 흙더미, 나무둥치에 붙은 털 가닥. 꽤 덩치가 큰 분이었다. 아무래도 소피보다가 멧돼지에 쫓겨 길을 잃은 것이 분명했다. 아까부터 여기저기서 떠들어 대던 목소리는 이제 거의 아우성 수준이었다. 솔은 지끈거리는 옆머리를 검지로 꾹 누르면서 사방에 허리를 숙였다.

"네네. 얼른 다들 데리고 나갈게요. 저희도 빨리 나가고 싶어요.

죄송합니다. 죄송합니다. 죄송합…… 응?"

솔은 눈을 가늘게 떴다.

"이게 뭐지?"

나무 허리에 이상한 자국이 나 있었다. 산짐승이 긁어 놓은 흔적
과는 전혀 달랐다. 뭔가 날카로운 쇠붙이로 가로로 한 번, 세로로
한 번 선명하게 베어 놓은 자국이었다.

누군가가 의도를 가지고 남긴 표식이었다.

갑자기 온 사방이 조용해졌다. 어찌된 일인지 목소리들도 일제
히 입을 꾹 다물었다. 적막이 파도처럼 덮쳤다. 솔은 오싹 소름이
돋아 옴을 느꼈다. 기분이 좋지 않았다. 이런 깊은 산속에 이런 표
식이라니. 엮이면 안 된다는 생각에 솔은 얼른 몸을 돌렸다.

그게 문제라면 문제였다.

"으앗?!"

나무뿌리에 덜컥 발이 걸렸다. 솔은 미처 손 쓸 새도 없이 넘어
졌다. 운이 나쁘게도 곧바로 가파른 비탈이어서 비명도 못 지르
고 대여섯 바퀴를 굴러 떨어졌다. 마지막으로 바위에 등을 세게 부
딪치고 그녀는 정신을 잃었다. "도련님!" 부르는 소리가 아주 아
주…… 너무 멀리서 들려왔다.

***

"아야……"

눈을 뜨자마자 신음소리부터 흘러나왔다. 그래도 살아 있구나 싶어 솔은 조금 기뻤다가, 곧장 가슴이 철렁했다. 사방이 어둠이었다. 어느새 밤이 되어 있었다.

솔은 일어나 보려다가 비명을 지르며 다시 주저앉았다. 아무래도 발목이 상한 것 같았다.

"큰일났다……."

제발 누군가 빨리 찾아 주기를 바라는 수밖에 없었다. 봄이라지만 산중의 밤은 아직 찼다. 솔은 양팔을 감싸 안고 부르르 떨었다.

그나마 보름이 가까운 봄이라 다행일까. 나무가 우거지지 않아 달빛이라도 그럭저럭 비쳐 들어오고 있었다. 솔은 가만히 웅크리고 앉아 눈이 어둠에 익숙해지길 기다렸다.

"계세요……?"

아무런 대답이 없었다. 한동안은 또 안 들릴 모양이었다. 그래도 말이라도 주고받으면 좀 덜 무서울 텐데, 오늘은 일진이 최악이었다. 머리 위에서 밤새가 스산하게 울었다.

그때였다.

솔은 고개를 홱 돌렸다. 뭔가가 부스럭거린 것 같았다.

착각일까?

아니었다.

버석버석 낙엽이 밟히는 소리였다. 점점 가까워지고 있었다.

솔의 얼굴이 새파랗게 질렸다. 산짐승일까? 지금은 말도 안 통할 텐데 어떡하지? 설마 범인가? 곰? 아까 그 멧돼지? 온갖 생각이 머리를 꽉 메웠다.

어느 쪽이건 지금 상태로는 달아날 수도 없었다. 울컥 눈물이 솟아났다. 그녀는 본능적으로 주변을 더듬었다. 부러진 나뭇가지 하나가 잡혔다. 솔은 그것을 단단히 움켜쥐고 앞으로 겨눴다.

"가, 가까이 오지 말아요!"

있는 용기를 다 짜내 외쳤다.

"정말로?"

대답이 돌아왔다. 솔은 오히려 기겁해서 비명을 질렀다.

나무그림자 아래에서 누군가가 천천히 걸어 나왔다. 나뭇가지에 조각난 달빛이 검은 옷자락 위로 쏟아졌다.

솔이 알고 있는 옷이었다. 아니, 누군들 모를 수 있을까.

솔의 입이 벌어졌다.

"……또?"

"……또 너냐."

저승사자가 한숨을 내쉬었다.

제발 누구라도 와 달라고 간절히 빌긴 했었다. 그래도 이건 아니었다. 솔은 힘없이 나뭇가지를 떨어뜨렸다.

"어제 안 죽는다더니 오늘이었어."

저승사자가 솔의 코앞까지 다가왔다. 어제 본 그대로였다. 검은 갓에 검은 도포 차림. 이렇게 어두운데도 얼굴은 눈까지 다 가린 그대로라 온통 검었다. 여전히 뒷골이 서늘해지는 모습이었다. 바닥에 주저앉아 올려다보니 그 위압감이 어제와는 비교가 되질 않왔다.

솔은 마른침을 삼켰다.

그 사이, 그는 솔의 옆을 지나쳐 걸어갔다.

"⋯⋯어?"

아니, 왜?!

솔은 허겁지겁 손을 뻗어 검은 도포의 끝자락을 잡아챘다.

"뭐냐."

목소리. 약간은 지친 듯한, 낮지만 넓은 울림을 가진 그런 목소리. 연배는 도련님과 비슷할까? 하지만 이현의 잔잔하고 따뜻한, 듣는 이를 감싸주는 듯 부드러운 음성과는 전혀 다른⋯⋯ 날카롭진 않지만 메마르고 차가운, 공허한 목소리였다.

달 없는 밤 같네.

어이없이, 문득 그런 생각이 들었다.

솔은 작은 소리로 대답했다. 어째서인지 주눅이 들었다.

"아니, 그⋯⋯ 그냥 가시는 거예요?"

저승사자가 솔을 물끄러미 내려다보는 게 느껴졌다. 도대체 무슨 말을 하는 건지 이해를 못하겠다는 듯했다.

"저 찾으러 오신 것 아니에요?"

"아니다. 이거 놔라."

"그럼 도⋯⋯와 주시는 것도 아니구요?"

저승사자한테 도와 달라니, 자기가 말해 놓고도 이상했다. 하지만 솔은 지푸라기라도 잡아야 했다. 솔의 목소리는 떨리고 있었다.

사실, 무서웠다. 이런 시간에 혼자 산 속에 내버려지는 것은. 아무리 솔이라 해도 지금까지 눈물을 꾹 눌러 참고 있었던 것이다. 비록 저승사자이긴 해도, 낯익은 모습을 마주친 것만으로도 솔은 반가워서 울음을 터뜨릴 것 같던 참이었다.

게다가 그는, 어제 그 화살비 속에서 솔을 구해 주지 않았나? 심지어는 집까지 데려다 줄 마음도 있었던 것 같았다.

저승사자가 조용히 도포 끝자락을 털어냈다. 솔의 손에서 그의 옷자락이 힘없이 빠져나갔다. 저승사자는 특유의 텅 비고 감정 없는 목소리로 입을 열었다.

"어제는 내 잘못이었기에 도움을 주었다만, 지금 이 상황이 나와 무슨 상관이 있지?"

"네?"

뒤통수를 크게 한 대 맞은 기분이었다.

틀린 말은 아니다, 하지만.

"나를 못 만난 셈 치면 되겠구나. 수고해라."

"아니, 그게……."

솔은 말을 잇지 못했다. 정말이었다. 저승사자는 큰 걸음으로 멀어져가고 있었다. 길게 자란 풀숲을 손에 든 긴 검으로 헤쳐 가며, 확실하게 떠나가는 뒷모습이었다.

솔의 큰 눈망울에 눈물이 맺혔다. 그녀는 손을 뻗었다가, 거두었다가, 입술을 꼭 깨물었다.

울컥 속에서 뭔가가 치솟았다. 머릿속에서 뭔가 툭 끊어지는 듯도 했다.

"나! 여기서 죽으면 곧장 처녀귀신 행이니까!"

산 전체를 쩌렁쩌렁 울리는 목청이었다.

"있는 패악 없는 패악 다 부려서 여길 전국 팔도에서 제일 유명한 귀곡산으로 만들어 버릴 거예요! 어떤 무당이 오건 스님이 오건 절대 안 잡혀 줄 테니까! 염라대왕님이 직접 신장들 보내서 잡으러 오면 그때 못이기는 척 따라가서 이게 다 당신 때문이라고 까발릴 거야! 뭐가 그리 바쁘신지 쪼끄맣고 살도 없는 여자애 하나 안 도와줘서 짐승 밥 만들고, 애는 비명횡사에 짐승은 입맛만 버리게 만들었다고! 뭐라고 하지? 국록(國祿)? 그것 드시는 분이 직무태만 아니냐고 박박 우길 거니까 각오해요! 하하하! 그때 후회해 봐야 소용없을 거라고!"

마지막에는 삿대질까지 하고 있었다. 그래서 저승사자가 되돌아왔을 때 솔은 오히려 덜컥 했다.

"그 입, 다물어라."

목소리에도 찔려 죽을 수 있을 것 같았다. 솔은 순식간에 기가 죽었다.

"……네."

"어디냐?"

"저희 집요?"

"다친 곳."

"오른쪽 발목입니다……."

또 데려다준다고 하기라도 할까 봐? 솔은 자기 머리를 쥐어박고 싶었다.

순간 저승사자가 손을 뻗었다. 발을 뒤로 빼려 했지만 그의 손이 더 빨랐다. 놀람과 부끄러움과 공포에 비명이 튀어나올 뻔 했다. 솔은 두 손으로 입을 턱 막았다.

저승사자는 두 손으로 솔의 발목을 감싸 쥐고 있었다. 얇은 버선 위로 체온이 그대로 전해진다. 차가운 산 공기에 얼어붙었던 탓일까. 살에 와 닿는 그의 손은 너무도 따뜻했다. 뜨거울 정도로. 천천히 발등부터 무릎까지 더듬어 올라가는 손가락. 분명 옷 위지만, 봄이라 한창 얇고 가벼워진 차림 탓에 맨살 위에 닿는 것과 다를 바가 없었다.

남자와는 이 정도 거리로 가까이 앉아 본 적조차 없었다. 도련님 외에는. 아니, 도련님과도 손끝 한 번 스쳐 본 적 없는데 이게 무슨 일인지. 솔은 입술을 꼭 깨물고 눈을 질끈 감았다.

그는 솔의 발목을 조심스럽게 좌우로 돌려 본 후에야 솔을 놓아주었다.

이제 끝났나?

무슨 헛소리든 얼른 해야 했다. 솔이 감았던 눈을 뜨려던 순간이었다. 그의 손끝이 솔의 턱에 닿았다.

"아?"

솔이 눈을 크게 떴다. 저승사자가 그녀의 얼굴을 담담히 들여다보고 있었다. 홀린 듯, 솔도 그를 마주보았다.

이렇게 가까웠었나? 숨소리마저 들릴 듯한 거리. 갓에 단 사 너머, 그의 얼굴도 읽어 낼 수 있을 것만 같았다. 한순간 저 천을 걷어 내 보고 싶은 충동이 일었다.

긴 손가락은 턱에서 미끄러져 올라, 그녀의 뺨을 스쳤다. 생전 처음 느껴 보는 손길에 솔의 입술이 가볍게 벌어졌다. 저승사자는 그녀의 귀밑머리에 붙은 나뭇잎을 떼 주고는 손을 거뒀다.

"정신 차려라."

뒤늦게 얼굴이 화끈거렸다. 솔은 허겁지겁 손등으로 얼굴을 쓸었다. 저승사자가 훌쩍 몸을 일으켰다.

"저…… 어떻게 되는 거예요?"

"서쪽 초입에서 장정들이 여럿 불을 들고 헤매고 있더군."

"아! 도련님이랑 저 찾으러 나온 분들일 거예요!"

"그 근처에 버리면 되겠지."

혼잣말처럼 중얼거렸다.

버리다니!

막 항의하려는데 갑자기 몸이 허공에 들렸다.

"으아악? 꺄악!"

저승사자가 솔을 어깨에 짊어졌다. 솔은 얼굴이 새빨개져서 외쳤다.

"놔, 놔 주세요!"

"짐승 밥이 되고 싶으면 그렇게 하든가."

"그, 그건 아니지만…… 이렇게는!"

"업으랴?"

"아뇨!"

솔은 반항을 멈추었다. 아니, 그냥 모든 걸 포기했다. 솔이 버둥거리길 멈추자 저승사자는 한 손으로 솔의 허리를 감싸 안았다. 이미 솔은 귀 끝까지 홍시가 되어 있었다.

하하하…… 이건 다 꿈이야! 이건 없었던 일이야! 잠깐, 이게 중요한 게 아니지. 아니지, 아니야. 이것도 중요하지만, 더 중요한 게 있어!

"설마 도련님이 잘못되셔서 오신 것……!"

짧은 한숨소리가 들렸다.

"……아니군요. 다행이다. 그럼."

막 그가 한 걸음을 떼자마자, 솔은 고개를 반짝 들고 한쪽을 가리켰다.

"우리 저쪽으로 가요."

저승사자가 고개를 돌려 자기 뒤통수를 노려보는 것이 느껴졌다. 표정도 가히 짐작이 갔지만, 모르는 척 하기로 했다.

"오늘 새신랑 될 도련님도 찾아가야 해요."

"너 말이다."

순간 목소리에 오싹한 한기가 서렸다.

"여유가 넘치는구나."

소름이 오소소 돋았다.

그래, 어차피 자신도 변덕으로 구해 주는 것일 터. 솔 하나를 챙기기에도 어마어마한 호의와 노력이 필요할 텐데 난데없이 사람 하나 더 찾자니, 산신령이라도 귀찮을 터에 상대는 저승사자다. 하지만 이대로 도련님을 놓고 가면 다시 여기까지 오늘 중으로 찾아올 자신이 없었다. 자칫하면 큰일이 날지도 모르는데……

이대로 입을 다물지 않으면 솔 자신도 위험하다고, 본능이 그렇게 속삭였다. 그래도 솔은 입을 열었다.

"도와주세요, 저승사자님. 제발 부탁이에요."

대답은 없었다. 하지만 적어도 아직 내던지지는 않았다.

"저희 마님, 나이 마흔에 첫 딸을 보셨어요. 시집은 일찍 오셨는데 아기님이 오랫동안 안 오셨다나 봐요. 집안 어르신들이 흉한 말씀 많이 하시고, 첩을 들여라 씨받이를 들여라 온갖 참견을 다 하셨는데 참봉 나리께서 다 물리치셨대요. 마님만 계시면 된다고…… 마님뿐이라고…… 그러다 얻으신 따님이니 얼마나 귀하셨을까요?"

외출을 한번 할 때도 내내 가마 옆에 붙어 서서 부인이 어디 불편한 데 없는지 계속 챙기던 참봉 어르신 모습이 떠올라, 솔은 자기도 모르게 픽 웃었다.

"아씨도 두 분을 닮아 어찌나 심성이 고우신지 몰라요. 저희 마님, 본래부터 건강이 많이 안 좋으셨는데 이제 연세도 있으시잖아요? 해가 갈수록 많이 힘들어하세요. 하긴 지금 연세면 보통 손주도 시집장가 보낼 나이시죠. 아씨가 그래서 집을 떠나질 않으시겠다는 거예요. 철들고부터 매해 어머니가 편찮으시니, 한 해라도, 한 달이라도, 하루라도 더 어머니 모시겠다고…… 그러다가 올해 벌써 스물아홉이 되셨어요. 많이 늦은 건가요? 이젠 마땅한 혼처도 없다시더라구요. 신부 나이가 너무 많다나?"

마을 모두가 속상해하고 분개하고 했었다. 솔도 마찬가지였고.

"그런데 드디어 나타난 거예요. 아씨 짝 되실 분이요. 어르신 뵈러 왔던 건넛마을 친구분 아드님인데, 글쎄 담 너머로 아가씨 보시곤 한눈에 반하셨다지 뭐예요? 답장도 잘 못 하셨다는데 연서를 어찌나 보내셨던지 글쎄 마을에 모르는 사람이 없어요. 아가씨도…… 아가씨도 그분이라면 좋다고 하셨고."

솔은 발그레하게 물들었던 아씨의 뺨을 떠올렸다. 아씨는 솔에게 속내를 털어놓으며 무척 행복한 미소를 지었더랬다.

"저승사자님. 저, 꼭 그 도련님 아씨께 모셔다 드려야 해요. 도와주시면 꼭 사례할게요! 마님께서 크게 챙겨 주기로 하셨으니까, 음……."

솔은 잠깐 고민했다.

"3분의 1 드릴게요."

아까보다 한층 깊은 한숨소리가 들렸다.

"반 드릴게요!"

솔은 완전 울상이 되어서 외쳤다.

이걸로도 안 되면 3분의 2를 불러야 하나? 다 드린다고 해야 하나? 그럼 난 뭘 위해 목숨 걸고 여기 들어온 거지? 음, 사실 목숨 걸일 없이 금방 찾아나갈 줄 알았지. 역시 방심은 화를 부르는군.

따위의 생각이 머릿속에 차라락 지나갔다.

그래서 대답을 놓쳤다.

"네?"

"말이 너무 많다고 했다."

"그, 그런 말 많이 들어요."

"그 도련님이란 작자는 어떻게 찾을 생각이냐."

"아! 그건 아까 개구리한테 들어 뒀어요. 저쪽, 아, 아! 저 미친 것
아니에요! 내리지 마세요! 가 보시면 알아요! 꺄악!"

***

솔은 이리저리, 좌우로 흔들리며 생각했다.

꽤 머네. 그나마 사람들이 있다는 산길 초입 쪽으로 더 내려오는
길이라서 다행인 걸까.

한밤중의 산길을 저승사자와 함께 헤매고 있다니, 그냥 이 모든
일이 꿈같았다.

저승사자.

사자들의 혼을 거두어 인도한다는 명부의 차사.

……라는데.

누구든 눈만 마주치면 수일 내에 숨이 끊어지는, 벌써 수십 명의
목숨을 거둬 간 무서운 신.

……이라고 했는데.

정말?

솔은 눈을 감았다.

숨소리.

솔을 짊어지고 이 어두운 산길을, 가파르고 미끄러운 산길을 오르내리는 그의 숨소리를 들었다. 오르막마다 희미하게 거칠어지는 숨소리. 언제 그랬냐는 듯 금방 정돈되는 호흡.

신이 숨을 쉬던가?

솔은 조심스럽게 그의 등에 손을 올려 보았다. 따뜻했다. 초봄의 산을 덮은 냉기도 그의 곁에 꼭 붙은 솔에겐 남 이야기였다.

죽음을 두르고 다닌다더니, 죽음이 이렇게 따뜻한 것이었나?

"저기냐?"

"네. 저 굴이에요."

벌써 낮에 들은 이야기라, 아직 저기 계속 있을지는 알 수 없었다. 그저 그러기를 바랄 뿐이었다.

둘은 비탈 아래에 뚫린 작은 굴 앞에 섰다. 저승사자가 솔을 내려 주었다. 솔은 옆의 나무를 짚고 한 발로 섰다.

"제가 가 볼게요."

아무래도 이런 상황에 저승사자를 마주치는 건 도련님 건강에 아주 좋지 못할 것 같았다.

"마음대로."

"저기요! 안에 계세요?"

솔은 목청껏 외쳐 보았다.

"뉘, 뉘시오……? 사람이오, 귀신이오?"

다 죽어 가는 목소리였지만 대답은 분명했다. 솔은 화색이 만연해서 입구로 향했다. 오른발은 쓸 수 없으니 한 발로 콩콩 뛸 수밖에 없었다.

솔은 달빛을 등으로 받으며 동굴 입구에 들어섰다.

구석에 그토록 찾던 사람이 보였다.

"찾았다!"

"으아아악!"

도련님은 비명을 지르더니 혼절해 버리고 말았다.

"어, 어째서?"

"처녀귀신이 외발로 뛰고 있잖아. 산 속에서."

저승사자의 말에 솔은 입만 뻐끔거렸다. 말 그대로 유구무언이었다.

저승사자는 어깨가 아픈지, 한쪽 팔을 한 번 돌리고는 고개를 한쪽으로 기울였다. 기척으로 봐서는 눈도 감은 것 같았다.

"뭐 하세요?"

"너희들을 찾는 사람들, 그렇게 멀지 않은 곳에 있군."

"그게 들려요? 전 아무 소리도 안 들리는데."

"이쪽으로 향하게 해 보마. 받아라."

저승사자가 뭔가를 던졌다. 솔은 간신히 허공에서 그것을 잡아 냈다. 나무칼집에 갈무리된 작은 단검이었다.

"없는 것보단 낫겠지. 사람들 무사히 만나면 버려라."

그는 대답도 듣지 않고 몸을 돌렸다.

"저, 저기!"

저승사자가 매우 불편한 기색으로 돌아보았다.

솔은 허리를 꾸벅 숙였다.

"감사합니다!"

발자국 소리가 멀어져 갔다. 솔은 그래도 한참동안 고개를 들지 않았다.

***

그리 긴 시간이 지나지 않아 솔은 사람들을 만날 수 있었다. 박참봉은 스무 명이나 되는 장정들을 동원해 산을 뒤지고 있었다. 비록 혼절하긴 했지만 크게 다친 곳 없는 사위와 솔을 모두 무사히 찾게 된 박참봉은 맨발로 마당으로 뛰어내려와 둘을 얼싸안았다.

솔은 저승사자에 대한 이야기는 한마디도 하지 않았다. 그저 발길 닿는 대로 열심히 찾다 보니 도련님은 만났는데, 모시고 내려가질 못해 도움이 못 되어 드렸다며 송구스러워했다. 마님은 무슨 말을 그렇게 하냐며 눈물을 글썽였다.

혼례는 그 다음 날 무사히 치러졌다. 신랑도 신부도 그렇게 보기 좋을 수가 없었다고 했다.

솔은 이야기로만 전해들을 수밖에 없었다. 집에 갇혔으니까. 이태출은 솔을 방 안에 집어넣고 밖에서 문을 걸어 잠가 버렸다.

"한 달간 나오지 마라!"

"아빠나 한 달간 들어오지 마."

부녀는 언제나처럼 으르렁거렸다. 이번엔 아버지의 분노도 꽤 오래갈 것 같았다. 그 마음도 충분히 이해할 수 있었다. 사실 솔 자신도, 사람들을 만나자마자 자기도 모르게 엉엉 울고 말았었으니까.

"흠."

솔은 방바닥에 큰대자로 누워 있다가 허리춤을 뒤적였다.

매끈하게 갈무리된 단검이 손에 걸려 나왔다. 버리라고 듣긴 했지만 왠지 그러고 싶지가 않아 챙겨 온 것이었다.

나무를 깎아 만든 칼집엔 옻칠이 되어 있었다. 칼날은 머리칼도 벨 만큼 제대로 벼려져 있었다. 특별한 물건은 아니었다. 저잣거리에서도 살 수 있을 만한 칼이긴 했다. 아주 관리가 잘 되어 있다는 것이 특징이라면 특징이랄까.

솔은 손톱으로 칼집을 통통 튕겨 보았다.

"이거, 진짜야."

실체가 있었다. 이건 누구나 볼 수 있고 누구나 만질 수 있는 실재하는 칼이었다.

그렇다면 그 주인도 그러하지 않겠는가.

하긴, 어젠 이것저것 많이도 당했지.

얼굴이 확 달아올랐다. 솔은 당황해서 얼른 고개를 저으며 일어나 앉았다.

결론은, 그 저승사자는 진짜 칼도 들 수 있고 사람도 만질 수 있으니 사람에게 해코지도 아주 제대로 해 줄 수 있다는 뜻이었다.
그리고 솔은 그에게 약속을 해 버렸다.

떨리는 눈이 이불 밑에 숨겨 놓은 패물상자로 향했다. 마님이 챙겨 준 사례금이었다.

"······얼마를, 어떻게 줘야 해······?"

솔의 가장 큰 고민이었다.

二. 우연과 인연 사이

묵호(黙湖) 서민훈.

어린 시절 유랑하다가 본 호수의 이름을 딴 호이지만, 그를 아는 이들은 그를 묵호(墨虎)라고 불렀다. 그는 거대하고 준엄했던, 오직 새소리만 간간이 퍼졌던 안개 낀 새벽 호수의 침묵을 닮고자 하였다. 하지만 다른 이들은 그가 가진 무력이 그의 이름에 꼭 드러난다고 믿었다. 눈으로 보고도 믿을 수 없는 그 압도적인 강함이.

깊은 대밭을 거니는 거대한 검은 호랑이.

그것이 그를 그린 그림이었다.

병조판서 서충헌은 왕이 내린 그 그림을 족자로 만들어 걸었고 민훈은 그래서 집 안에선 고개를 들지 못했다. 왕의 선물이 아니었다면 진작 그의 손에 불쏘시개가 되었을 것이다.

그 검은 호랑이는 지금 뒷산을 헤매고 있었다.

길도 없는 산중. 험한 구덩이와 바위를 긴 다리로 성큼 타넘은 뒤로, 긴 옷자락이 스쳤다. 가슴께를 가로막는 나뭇가지들은 대수롭지 않게 몸을 한 번 트는 것으로 피해 갔다. 조금의 머뭇거림도 없이. 마치 바위 사이를 흐르는 계곡물처럼.

아니, 사람들의 평처럼 그 모습은 참으로 이 산중의 왕을 닮아 있었다. 심지어 갖춰 입은 복색도 모두 검은색 일색이었으니, 더 말할 것도 없지 않은가.

"하아……."

최근 들어 한숨이 많이 늘었다.

민훈은 고개를 들어 별을 읽고는 눈썹을 찡그렸다. 시간이 생각보다 많이 지체되고 있었다. 이게 다 그 여자 때문이었다.

갑자기 들린 여자 목소리에 처음엔 그조차도 소름이 쭈뼛 끼쳤었다. 작게 뭔가를 중얼거리다가, 누군가를 부르다가, 한숨을 쉬었다가 하는 소리였다.

그가 산을 찾은 목적과 관련이 있을까 싶어 가 봤는데…….

처음엔 어디서 새하얀 목련이 내려앉았나 싶었다. 흰 치마저고리가 꽃 이파리처럼 넓게 펼쳐진 속에 그녀는 앉아 있었다. 두 무릎을 꼭 모아 끌어안고, 바위에 등을 기댄 그녀는 밤하늘을 바라보고 있었다. 옷보다 더 새하얀 얼굴은 자기처럼 곱고 맑아 한밤의 어둠도 감히 덮지 못할 듯했다. 그저 한쪽 뺨 위의 작고 붉은 상처가 장인의 작품에 가해진 슬픈 흠일까.

듬성한 나뭇잎들을 걸러 쏟아진 달빛에, 흙투성이 옷자락은 은사를 수놓은 비단처럼, 머리칼에 꽂힌 잔 나뭇가지와 낙엽들은 오래된 왕관처럼 보였다.

이 세상 것이 아닌 아름다움. 좀 더 가까이서 보고 싶다고, 무심결에 생각했다. 과연 눈앞에 있는 것이 맞기는 한 것인가, 내 손이 닿을 수는 있는 존재인가. 만져 보고 싶다고 생각했다.

그런데.

"가, 가까이 오지 말아요!"

저 얼굴, 너무 낯익지 않은가.

민훈은 어이가 없었다. 저 여자가 이 시간에 여기 왜 주저앉아 있는 것인지 이해할 수가 없었다.

어제도 한밤중에 인적도 없는 길에 혼자 있더니 이번엔 산? 이 여자야말로 정말 사람이 아닌 것 아닌가?

"어제 안 죽는다더니 오늘이었어……."

마음껏 오해하고 부루퉁해져서는 툴툴거렸다.

아니, 이쪽이 더 불만인데 말이다! 너는 이틀째 나를 그냥 마주친 것이지만 난 이틀째 너한테 방해 받고 있단 말이다.

답지 않게 욱 하던 민훈은 스스로한테 조금 놀랐다. 그는 침착하게 상황을 정리했다.

별로 흥분할 일도 아니다. 어차피 찾는 자들도 있는 것 같으니 알아서 내려가겠지. 그냥 무시하면 된다.

그런데 실패했다.

패악도 그런 패악이 있을 수가 없었다. 온 한양 사람을 다 깨워 일으킬 그 기세에 민훈도 기가 질리고 말았다. 결국 이리저리 휘둘리다 어울리지 않는 짓까지 다 해 버리고 말았던 것이다. 그것도 한참이나 걸려서.

"찾았다."

이제야 겨우 제자리로 돌아올 수 있었다. 민훈은 나무 위에 난 칼자국을 쓰다듬었다. 가로세로로 깊이 그어 놓은 표식. 과연 어젯밤에 들은 그대로였다.

나, 난 모르네. 그저 정해진 날에 날아온 밀서를 그곳에 숨겨 놓기만 하면 된다고 했단 말일세. 열어 보지도 않았어! 난 아직 '자격'이 없다며 그런 일밖에 시켜 주지 않았다고……!

역관을 따라다니며 비단으로 큰돈을 만진 자였다. 대가 센 자는 아니어서 어젯밤 민훈의 칼 밑에서 자기가 아는 것들은 모조리 털어놓았다. 뒤탈이 걱정되었던지 뒤늦게 그를 쫓긴 했지만 그 말에 거짓은 없었다.

민훈은 나무 밑을 파헤쳤다. 깊게 팔 것도 없었다. 부드러운 흙 바로 밑에서 작은 나무상자가 끌려나왔다. 검집으로 내려쳐 자물쇠를 박살내고 안에 있던 것을 꺼내 보았다.

질 좋은 종이봉투였다. 자색 인장으로 단단히 봉해진.

인장에 새겨진 글자는 셋.

자하원(紫河院)

그 이름을 바라보는 민훈의 입가가 뒤틀렸다.

저 이름 뒤에 숨은 자들이 얼마나 될지, 그들이 무슨 일을 했고 지금 무슨 일을 하고 있으며 앞으로 무슨 일을 할지, 민훈은 상상하는 것만으로도 사리문 어금니가 부서질 듯했다.

마음과는 반대로 그는 천천히 봉인을 뜯어냈다. 어떻게 얻은 단서인지 몰랐다. 티끌만큼도 상하게 하고 싶지 않았다.

그런데.

"……하."

단 한 문장이었다.

사자(死者)는 산 자들의 일에 관여치 말라.

떨리는 손 안에서 서찰이 비명을 지르며 구겨졌다. 한발 늦었다. 또 늦어 버렸다.

언제?

아까 그 여자 때문에 길을 벗어났을 때?

눈에서 불꽃이 튈 것 같았다. 민훈은 눈을 질끈 감았다.

"괜찮아."

스스로를 진정시켰다. 손의 떨림이 조금씩 잦아들었다. 한동안 석상처럼 꼼짝도 않다가, 한참만에야 민훈은 구겨진 서찰을 천천히 정리해 품 안에 갈무리했다. 금방이라도 폭발할 것 같은 분노와 함께.

"다시 시작하면 돼. 시간은 많으니까."

어차피 그 늙은 짐승들보다는 자신의 살날이 훨씬 더 많이 남았을 것이다. 그래야만 한다.

그는 뒤돌아섰다. 다음 순간 그의 손끝에서 번개가 내리쳤다. 등 뒤에서 육중한 소리와 함께 나무 등걸이 사선으로 쓰러지기 시작했다. 민훈은 검을 허공에 다시 한 번 뿌리고, 검집에 집어넣었다.

동이 트기엔 아직 먼 밤이었다.

* * *

"나 같으면 말이다."

이현은 한가롭게 말했다.

"그 정도 써 봤으면 천자문 정도는 외워서도 만들었겠구나."

"거짓말!"

그린 듯한 현의 얼굴에 미소가 떠올랐다. 솔의 목소리엔 아직 힘이 있었다. 그 말은 곧, 놀리는 재미도 있다는 뜻이었다.

현은 솔의 집 툇마루에 걸터앉아 있었다. 솔은 문도 못 열고 방 안에 갇힌 채였다. 뭐 정말 갇힌 것이겠느냐마는, 솔은 기특하게도 아빠 명령대로 방에 갇힌 척이라도 하고 있었다. 오늘로 열흘째다.

안부가 궁금해 직접 찾아와 봤더니 솔은 몹시 시무룩해져 있었다. 소일거리가 있으면 반성할 시간도 모자랄 것이라며, 이태출은 도련님이 베껴 쓰라고 맡긴 소학 서책마저도 빼앗아갔던 터였다. 솔은 말 그대로 벽만 보며 열흘을 버티던 중이었다.

"네 친구들한테 좀 찾아다 달라지 그랬느냐."

"갊아먹지나 않으면 다행이게요."

"친구 간에 믿음이 없구나. 안타까운 일이다."

"저…… 오라버니. 오늘 오신 이유가 설마…….."

"네가 짐작하는 그대로다."

현은 더없이 진지했다.

"가둬 놓고 놀리니 더 재미있구나."

"아, 정말!"

"아니, 이 녀석이! 도련님께 말버릇이 그게 뭐냐아!"

마당을 들어서던 태출이 버럭 소리를 지르며 달려왔다. 쿵쾅거리는 걸음에 땅마저 흔들릴 기세였다. 현마저도 무심결에 물러나 앉게 만드는 용맹함이었다. 태출이 툇마루를 단번에 뛰어오르더니 문고리를 잡았다.

"기다리십시오, 도련님. 제가 이년 버릇을 오늘 제대로 고쳐놓겠습니다!"

"부탁합니다."

"음? 어? 아, 네. 그, 그래야죠."

의도와 다른 이현의 반응에 태출이 엉거주춤하게 멈춰 섰다. 이렇게 나오면 알아서 말릴 줄 알았는데 큰일이었다. 거구의 사내 이마에 식은땀이 맺히기 시작했다.

그때 현이 부채 끝으로 태출의 손을 가리켰다.

"그런데 그건 뭡니까?"

"이거요? 참봉 나리 댁에서 저 녀석한테 보내신 겁니다요. 마님께선 저한테 말씀하셔도 될 텐데 꼭 이렇게 서찰을 보내시네요."

아마 글을 읽을 줄 아는 솔이 기특하기도 하고, 남들에겐 말하지 않고 아녀자들끼리 소식 나누는 소소한 즐거움도 크기 때문일 것이다. 어쩌면 태출에겐 알리고 싶지 않은 이야기를 전하고 싶어서일 수도 있고.

현의 얼굴에서 거짓말처럼 웃음기가 사라졌다.

또 지난번처럼 위험한 부탁을 하는 것이라면? 그건 좀 곤란한데.

"이리 줘 보세요."

"아얏? 그거 제 거라면서요! 도련님께서 왜……."

"시끄러워, 이 녀석아! 여기 있습니다요."

"아니, 그런 게 어디 있어요! 잠깐!"

태출이 냉큼 서찰을 내밀었다.

현은 서찰을 열었다.

방문이 부서지며 벌컥 열렸다. 태출과 현의 입이 벌어졌다. 솔이 씩씩거리며 나오는 순간, 현은 곧바로 냉정한 얼굴이 되어서는 서찰을 들고 벌떡 일어섰다. 그리고 팔을 뻗어 서찰을 머리 위에서 펼쳤다.

"으아! 너무해! 오라버니! 오라버니!"

솔이 열심히 깡충깡충 뛰어 봤지만 역부족이었다. 신장 차가 너무 컸다. 딸이 아예 현의 팔을 붙잡고 매달릴 기세이자, 태출이 식겁해서 솔을 붙잡았다. 아무리 허물없이 친하다 해도 정도가 있는 법이었다. 태출은 아예 솔을 뒤에서 껴안고 달랑 들었다.

"잘하셨습니다. 그대로 계세요."

"맡겨만 주십시오!"

"둘 다! 뒷일이 무섭지 않은 거죠? 오늘밤 잠자리가 사나워지는 수가 있어!"

"그것도 기대되긴 하지만……."

현은 다 읽은 서찰을 다시 곱게 접어 솔 앞에 내밀었다.

"미안하다. 내가 잘못했다."

"……네? 도련님?"

신속한 태세 전환에 태출은 어이가 없어졌다. 솔은 몸을 한 번 떨쳐서 아빠 품에서 벗어났다. 그리고 현의 손에서 서찰을 낚아챘다. 그녀는 그대로 방 안으로 들어가더니 반쯤 부서진 문을 쾅 소리 나게 닫았다.

"뭐라고 써 있었습니까……?"

태출이 현에게 조심스럽게 물었다. 현은 작게 한숨을 내쉬었다.

"기다려 보세요. 곧 재미있는 일이 벌어질 테니."

두 남자는 툇마루에 주저앉아 잠시 기다렸다. 아니나 다를까 문이 슬그머니 열렸다.

"아빠아……."

태출은 소름이 오싹 끼쳤다. 저렇게 다정한 목소리라니, 그는 딸이 어떨 때 저렇게 나오는지 알고 있었다.

"나, 내일 밖에 좀 나가면 안 돼요……?"

더없이 다소곳한 자세로 가련하게 묻는다.

"아, 안 된다!"

"역시…… 안 되겠죠……."

가녀린 어깨를 떨어뜨리고, 고개도 들지 않고 문을 닫고 들어가는 솔이었다. 문 닫히는 삐걱 소리마저도 슬펐다.

현을 바라보다가, 마당을 내려다보다가, 처마를 올려다보다가 하던 태출은 뭐라 어물어물하더니, 현에게 꾸벅 인사하고는 방문을 열고 들어갔다.

"어디를 가려고 그러냐……?"

이 사내는 태생적으로 딸을 이기는 게 불가능했다.

현은 고개를 가로젓고는 자리에서 일어났다.

"마님께서 병조판서 어르신 댁에 가시는데 같이 가자세요."

"응? 거길 네가 왜 따라가?"

"아씨랑 같이 다니셨는데 이제 안 계시니 적적하시다고요. 가는 길에 말동무도 해 주면 나오는 길에 성 안 구경도 시켜 주신대요!"

병조판서라면 서충헌 대감인가.

현은 부채로 가린 입 속으로 그 이름을 읊어 보았다. 그가 알기론 병판도, 그 안주인도 훌륭한 사람이었다.

　뭐 별 일이야 있을까. 열흘만의 외출이니, 그는 솔이 모쪼록 즐거운 시간을 보내길 빌어 주며 대문을 나섰다.

***

　"예쁘지?"

　주인장이 은근한 목소리로 물었다. 솔은 열심히 고개를 끄덕였다. 주인장은 좌판에 놓여 있던 머리장식 하나를 들어 보였다.

　"여기 끝에 나비 두 마리를 올렸지? 요것 잘 봐라. 여기 날개 하나하나마다 귀한 보옥을 박아 놨어요. 이렇게 말간 빨간색이 조선에선 나지가 않거든? 밖에서 들여온 귀한 보옥이라 이거야. 그러니까……."

　그는 손가락 여덟 개를 펴 보였다. 솔이 "오." 하고 작게 감탄사를 질렀다. 주인장은 오히려 머쓱해졌다.

　"그러니까 네가 사기는 힘들 거란 말이지."

　"이건요?"

　"아, 이 나뭇가지 모양? 이건 칠보로 만들려다 만 거야. 제대로 색 먹였으면 훨씬 화려해졌을 텐데 만든 노인네가 더는 손 안 대겠다더라고. 거 참."

　솔은 그 머리장식을 유심히 들여다보았다. 구릿빛 머리장식은 끝이 세 갈래로 갈라진 나뭇가지 모양으로 가지마다 나뭇잎을 두

세 장씩 올렸다. 크고 작은 이파리들 위엔 잎맥 무늬까지 세세히 두드려 새겨 넣어, 정말 살아 있는 나뭇가지를 꺾어 놓은 듯 생생했다. 형형색색의 칠보를 올리지 않아도 충분히 아름다웠다. 솔은 이것을 만들었다는 그 장인의 마음이 이해가 갔다.

"이건 이만큼이다."

이번엔 손가락 다섯 개만 펴 보였다. 솔은 다시 한 번 감탄사를 내뱉었고 주인장은 기분이 좋아졌다.

"살 만한 값이지?"

"네, 그러네요. 그러니까……."

솔은 그 머리장식을 집어 들고 옆에 서 있던 여인에게 건넸다.

"이걸로 사세요."

"엉?"

"응?"

주인도 여인도 당황했다.

여인은 눈가와 입술을 새빨갛게 칠한 미인이었다. 가녀린 상체에 꼭 들어맞게 맞춘 화려한 저고리와 풍성한 치마가 여염집 사람의 복색이 아니었다. 그녀는 고개를 갸웃 하며 입꼬리를 올렸다. 아찔하게 고혹적인 미소였다.

"내가 왜 그래야 하지?"

"그래그래! 너 이분이 누구이신 줄 알고 그러는 거냐? 경국지색이 발에 차인다는 백화루의 채란님이시다. 이분께는 저런 상등품이 어울리지! 그럼!"

주인장은 그녀가 이미 들고 있던 화려한 보석 노리개를 가리키며 역정을 냈다. 못해도 두 배는 비싼 물건일 것이리라.

"음. 이것도 잘 어울리실 것 같았는데…… 왠지 이거, 딱 이분 것이라는 느낌이고."

"재미있는 아가씨네. 왜 그런 생각이 들었을까?

"그냥 그런 게 떠오를 때가 있거든요. 하하, 마음에 안 드시면 어쩔 수 없지요."

솔은 방긋 웃으며 어깨를 으쓱했다. 그리고 주인장을 향해 고개를 꾸벅 숙였다.

"구경 잘 했습니다!"

"그, 그래."

주인장은 얼떨떨해져서 인사를 받았다.

솔은 가벼운 걸음으로 길 한쪽에서 기다리던 가마 쪽으로 달려갔다.

"구경은 다 했니?"

"네, 마님! 예쁜 게 정말 많더라구요."

"왜 하나 사질 않고? 내가 하나 골라 주랴?"

"제가 저런 걸 달 때가 있겠나요, 뭐? 어서 가세요. 늦겠어요."

다시 가마가 움직이기 시작했다. 솔은 그 옆에서 나란히 걸었다.

과연 사대문 안의 화려함과 번잡함은 굉장했다. 솔은 올 때마다 새삼 놀라곤 했다. 빈 땅 하나 없이 빽빽하게 들어찬 집들 하며, 이 길에서 저 길 끝까지 이어진 상점들은 또 어떠한가. 간판에는 평소엔 보지도 만지지도 못하던 신기하고 진귀한 물건들이 아무렇지 않는 듯 펼쳐져 있었다. 그쪽으로 눈을 떼지 못하는 솔을 위해 마님은 곧잘 가마를 세우고 기다려주곤 했다. 솔은 그 마음 씀에 감사했다.

"다리 아프지 않느냐? 이제 그만 나귀에 타는 게 낫겠다."

마님이 가마 창을 열고 말했다. 솔은 같이 걷고 있던 나귀와 눈을 마주치고는 어깨를 으쓱했다.

"아무렇지도 않아요. 저 논일하고 밭일하는 아이잖아요? 이 정도는 거뜬하니 걱정 마세요, 마님."

"그래도……."

"바람 들어가요. 고뿔 드십니다. 창 닫으세요."

환하게 웃으며 대꾸하는 솔을 따라 마님은 자기도 모르게 웃고 말았다.

"도착했습니다요, 마님."

앞장서서 가던 갑돌 아범이 말했다. 그리고 넋을 잃고 선 솔에게서 나귀 고삐를 건네받았다.

"수고했다, 이제 이리 다오."

"네."

솔은 선물을 잔뜩 짊어진 나귀 등을 슥슥 쓸어 주었다.

"고생했어요."

나귀가 이를 드러내고 푸르릉 거렸다. 가마꾼들이 가마를 내리자 마님이 몸을 일으켰다. 솔은 얼른 가서 그녀를 부축했다. 대문 안에서 사람들이 급히 마중 나왔다. 과연 높으신 분의 댁이라, 집의 크기도 어마어마하거니와 안을 오가는 사람들 수도 눈이 돌아갈 정도였다. 박참봉댁의 집과는 비교가 되질 않았다.

솔은 그 위용에 그만 기가 죽어 버렸다. 하지만 호기심은 별개라, 마님을 따라 안채까지 들어오는 동안 솔은 목이 아프도록 사방을 두리번거렸다.

안채 주인이 마당까지 내려와서 그들을 맞아들였다.

"몸도 안 좋다 들었는데 예까지 어찌 오셨소? 어서 드십시다."

키가 훤칠한 귀부인이 부드럽게 웃으며 마님에게 다가왔다. 웃는 눈가가 곱게 주름진 온화한 낯이었다. 다만 웬일인지 보는 이가 안타까울 정도로 파리한 안색에 몹시도 수척하였다.

"과년한 여식 겨우 시집보내는데 선물을 너무 많이 보내셨습니다. 찾아뵙고 인사 드려야지요."

마님은 잠시 솔의 손을 꼭 쥐고 토닥였다.

"여기서 잠시 기다려 주겠니? 오래 걸리진 않을 게다."

"네, 마님."

두 노부인이 방 안으로 사라졌다. 옆에 있던 여인이 필요한 게 있냐고 물어 솔은 고개를 가로저었다. 그녀는 용무가 있으면 자신을 부르라고 하곤 안채 뒤쪽을 돌아 사라졌다.

순식간에 사방이 조용해졌다. 드디어 혼자가 되었다. 그게 무척 마음에 들었다.

"으이차! 아이고."

담 옆의 잘 자란 감나무에 기대어 앉아 보았다. 담 너머는 사람들 발소리, 두런거리는 말소리, 연장소리로 가득했다. 담 이쪽에선 감나무가, 호두나무가, 군데군데 피어난 풀꽃들이 소곤거리고 수런거렸다. 기분 좋은 일렁임으로. 솔의 입꼬리가 슬쩍 올라갔다.

봄바람이 살랑살랑 코끝을 간질였다.

솔은 눈을 감았다.

"응?"

손등에 닿는 낯선 감촉. 참새 두 마리가 까만 눈으로 솔을 올려다보고 있었다.

***

"또 어디를 가려는 것이냐."

막 툇마루로 내려서려 할 때였다. 노기 서린 목소리가 옆에서 날아왔다. 민훈은 대답 없이 그냥 아버지를 향해 허리를 숙였다. 그 정중한 무례가 서충헌은 마음에 들지 않았다.

"요 며칠 겨우 집에 붙어 있는가 싶더니, 또 기생들 치마폭에서 노닥거릴 셈이더냐."

"차라리 눈에 안 띄는 것이 더 평안하시지 않겠습니까."

"말은 곧잘 하는구나. 그래, 아비의 평안이 염려되기는 하더냐."

"물론입니다."

민훈은 그제야 똑바로 섰다.

"딸을 앞세우셨으니 아들보단 오래 사셔야지요."

서충헌은 말문이 막혔다. 아니, 정확하게는 혀가 얼어붙어 버렸다. 곧장 아들의 멱살을 잡아 패대기쳐, 석 달 열흘을 두드려 패고 싶은 분노와 저놈이 왜 또 제 입에 누이를 올려 자학을 일삼는가 하는 연민과, 한 떨기 꽃 같이 미소 지었던 딸아이에 대한 그리움이 엎치락뒤치락 하는 사이…… 그는 말을 이을 순간을 놓쳐 버리고 말았다.

민훈은 아버지의 답을 기다리며 담담히 서 있었다. 충헌은 지쳐 버렸다.

"네놈이 아비를 위하는 마음이 있다면…… 다시 몸을 다스려 주상 전하 곁으로 돌아와야 할 것이다."

"제 팔은 돌아오지 않습니다."

칼로 내려치는 듯 단호한 목소리였다. 그리고 다음 순간, 내내 무표정하던 민훈의 입가가 비틀려 올라갔다.

"혹, 자하(紫河)의 도라도 깨친다면 또 모를까……."

"실없는 소리!"

자하. 어느 때부터인가 조선 팔도에 번지고 있는 잡스러운 사교였다. 하늘에서 내려온 천선(天仙)을 모시며 그의 기기묘묘한 신통력으로 그를 따르는 모든 자들의 소원을 이뤄 주고, 큰 강물이 세상의 온갖 티끌을 씻어 낸 위에 그들만의 나라를 만든다 했던가. 호사가들은 지난 호란도 그 천선의 힘이었다고 말하곤 했다. 지평선을 빼곡하게 매우며 달려오던 오랑캐의 파도야말로, 조선을 쓸어 버릴 큰 강물이 아니었겠느냐며.

입에 올리기도 창피한 일이었다.

"소자는 그럼 이만."

민훈은 다시 한 번 허리를 숙였다. 그리고 답도 기다리지 않고 마당을 나서 버렸다. 충헌이 뒤에서 무슨 말인가를 하는 것 같았으나 대꾸하지 않았다.

'그 일' 이후로, 이 부자의 대화는 항상 이런 식이었다.

민훈은 아버지의 시야에서 벗어나자마자 눈을 찡그렸다. 강한 햇살에 눈이 시렸다. 밤에 움직이는 일이 많았다 보니 눈이 많이 피로해진 듯싶었다. 빛에 익숙해지느라 천천히 걷던 그는 제자리에 멈춰 섰다가, 세 걸음을 뒷걸음질했다.

그리고 자기 눈을 의심했다.

"확실히 이쪽 맞아요? 으으…… 나 여기 이렇게 막 돌아다니면 안 되는데."

안채 마당을 가로지르는 아주 아주 낯익은 얼굴. 이제야말로 다시는 볼 일 없으리라 여겼던 그 얼굴.

그 여자였다. 비단상집 담을 뛰어넘다 깔고 앉을 뻔하고, 약간의 책임감으로 호의를 베풀었는데 그걸 또 제대로 무시하고 줄행랑을 쳤던…….

밀서 찾으러 갔던 산중에서 사람을 심장마비 걸릴 뻔하게 만들고, 그것도 모자라 이것저것 마음대로 시켜 대며 실컷도 부려먹었던 바로 그…….

그…….

……이름을 모른다.

"여기요? 아, 찾았다!"

오늘은 양쪽 어깨에 참새를 한 마리씩 얹고 있었다.

갑자기 주변을 두리번거리기 시작해, 민훈은 담에 붙어 서서 몸을 숨겼다. 여자는 주먹을 쥐었다 폈다 하다가, 어깨를 돌리다가, 한숨을 쉬다가 하더니…….

나무에 매달렸다.

왜?

민훈의 입이 자기도 모르게 벌어졌다.

도대체 왜? 나무는 갑자기 왜 타는 거지? 아니, 애초에 여기 왜 와 있는 것이고?

그 틈에 솔은 꽤 높은 곳까지 능숙하게 기어 올라갔다. 그녀는 팔을 뻗어 기울어진 나뭇가지 위의 새둥지를 더듬었다.

"으이그. 그러게 기초공사를 탄탄히 하셨어야지요. 애기들 큰일 날 뻔했네. 아, 지금 두 분 싸우지 마시구요. 위험하다구요."

솔이 요리조리 만지작거리자, 위태롭게 기울어져 있던 새둥지가 제대로 자리를 잡았다. 금방이라도 떨어질 것 같았던 새알들도 겨우 제자리로 돌아갔다. 참새들이 요란하게 지저귀며 날아올랐다. 솔도 같이 키득거리기 시작했다.

"나리……?"

벽에 붙어 서서 꼼짝도 안 하는 민훈이 이상했던지, 오가던 하인이 조심스럽게 다가왔다.

"저건 누구냐?"

"아, 마님 손님을 따라온 몸종인 것 같습니다요. ……근데 왜 저러고 있답니까? 끌어낼까요?"

"됐다. 그만 가 보거라."

하인은 고개를 갸웃거리며 사라졌다. 민훈은 잠시 고민했다. 무엇인가 계속 마음에 걸렸던 탓이다. 그때 산 속에서도 그렇고 오늘도 그렇고. 일단 저 여자의 존재 자체도 의문이지만 그것 말고도 뭔가가…….

아! 그건 아까 개구리한테 들어 뒀어요.

그날 밤의 개구리도 그렇고 오늘 저 참새도 그렇고. 그래. 저 여자 꼭, 그것들과 말이 통하는 것처럼 굴고 있지 않은가? 역시 좀 이상한 여자다. 얽히지 않는 게 좋을 것 같다.

그리 결론 내리고, 돌아서려던 민훈은 다시 멈칫했다.

밑져야 본전이지. 확인해 볼 가치는 있지 않을까?

몸이 움직이는 속도가 생각보다 앞섰다. 민훈은 안채로 통하는 문을 넘었다. 거창하게 헛기침을 할 것도 없었다. 나무 위에 올라가 있던 솔이 먼저 그를 발견했다. 과연 굉장한 눈치였다. 안 그래도 하얀 솔의 얼굴이 완전히 백지장이 되었다.

"죄, 죄송합니다. 나리!"

"내려와라."

"네!"

솔은 허둥지둥 나무를 내려왔다. 언제나처럼, 급히 뭔가를 할 때
는 꼭 문제가 생기는 그녀였다. 발이 나뭇가지에서 죽 미끄러졌다.

"으악?"

정신을 차린 순간 이미 허공이었다. 팔을 휘둘러 보았지만 이미
잡히는 건 없었다. 아찔한 추락. 눈앞이 휙 돌았다. 솔은 눈을 질끈
감았다. 그녀는 비명을 지를 새도 없이 그대로…….

민훈의 품 안으로 떨어졌다.

털썩 소리도 나지 않았다.

맨바닥에 충돌했는데 이렇게 안 아플 리가 없는데…… 아, 나 곧
바로 죽은 거구나. 다행이다. 고통 없이 죽어서.

솔은 실눈을 떴다.

그리고 세상에서 제일 한심한 것을 발견한 표정의 남자와 눈이
마주쳤다.

처음 보는 얼굴이었다. 솔보다는 좀 더 연상일까? 바위를 깎아
만든 듯 선이 강하면서도 단정한 얼굴의 미남자였다. 주인의 성격
을 닮은 것처럼 곧게 뻗은 눈썹과 콧날. 끝이 살짝 올라간 날카로
운 눈매도 선이 분명했다. 다만 그 속엔 한겨울 서리보다 차가운
한기가 서려 있었고 눈 밑엔 짙은 그늘이 드리워져 있었다. 남자의
단호한 입가가 씰룩였다.

"가지가지 하는구나."

"으아아, 죄송합니다!"

호의는 딱 거기까지였다. 남자는 대뜸 팔을 거뒀고 솔은 그대로 나동그라졌다. 악 소리가 나올 정도로 아팠다. 눈물이 찔끔 나온 눈을 떠 보니, 그녀를 양팔로 받아낸 선비가 왼손으로 오른쪽 어깨를 감싸 쥐고 있었다. 통증이 있는 모양이었다.

"괜찮으세요? 어, 어떡하지? 사람들을 불러 올까요?"

솔이 어깨를 만져 보려 하자 민훈이 그 손을 탁 쳐냈다. 솔은 깜짝 놀라서 손을 거뒀다.

여전히 말 많고 수선스러운 여자였다. 그래도 자기 얼굴을 전혀 못 알아보고 있다는 점 하나는 마음에 들었다.

"남의 집 나무엔 무슨 일로 올라가 있었는지부터 설명해라."

"아니, 저는…… 차, 참새들이 도……."

솔은 한순간 말을 멈추고 침을 삼켰다.

"참새 둥지가 기울어져 있는 게 보이기에 도와주려 했던 것입니다. 죄송합니다."

어깨에 새를 얹고 있는 걸 분명히 봤는데.

민훈이 다시 입을 열려 할 때였다.

"무슨 일이냐?"

안채 문이 열리고 민훈의 어머니 신 씨가 나왔다. 박참봉댁 마님도 뒤따라 나와, 솔은 반색하며 앞으로 나섰다.

"마님!"

"그래. 무슨 일이 있었니?"

"제, 제가······."

"아닙니다. 낯선 이가 있기에 누군가 싶어 들어와 보았습니다."

민훈이 솔의 말허리를 잘랐다. 마님은 둘을 번갈아 바라보더니 고개를 끄덕였다.

"이 아이가 아까 말씀 드렸던 그 아이입니다. 제가 적적해서 함께 와 달라고 부탁했다던."

"그렇군요, 말씀대로 아주 곱네요. 이쪽은 소개가 늦었습니다. 제 아들입니다."

신 씨의 말에, 민훈은 노부인을 향해 뒤늦게 예를 올렸다.

머릿속에선 여러 생각들이 복잡하게 떠올랐다가 사라지고 있었다. 대부분 저 여자, 개구리, 참새에 대한 것들이었다. 말을 바꾸는 순간의 그 표정······ 계속 마음에 걸렸다. 그는 하나의 가설을 세우고 그 위에 자신을 올려놓아 보았다. 그리고 자신의 계획 위에 저 여자를 올려놓아 보았다.

"그럼 저는 이만 가 보겠습니다. 건강이 제일인 것 아시지요. 다음번엔 더 좋은 낯빛으로 뵙겠습니다."

"제가 드리고 싶은 말씀입니다. 가시는 길 평안하시길 빕니다."

옆에 섰던 여자도 꾸벅 인사를 하고는, 일행을 따라 나갔다. 민훈은 어머니와 나란히 서서 그들의 뒷모습을 지켜보았다.

신 씨가 미소를 지으며 말했다.

"저 아이, 참 곱구나. 작고 하얀 것이 꼭 박새 같다. 얼굴만큼 품성도 그리 밝고 따스할 수가 없다더라. 네 누이랑 많이 닮았지?"

"전혀 다릅니다!"

신 씨 부인이 눈을 커다랗게 떠서, 민훈은 뒤늦게 후회했다. 뭘 그리 정색하고 말았던가.

어머니는 다시 미소를 짓고는 돌아섰다.

"집에 자주 좀 들르거라. 적적하구나."

"그러겠습니다."

민훈은 옷깃을 여미며 훌쩍 대문을 넘어섰다. 저 멀리 그들 일행의 가마가 보였다.

거리는 뒤를 밟기에 딱 적절할 정도로 북적였다. 그녀는 가마 안을 향해 뭐라 뭐라 말하며 웃고 있었다. 민훈은 익숙한 솜씨로 사람들 사이에 묻혀, 그들의 뒤를 따르기 시작했다.

***

성벽을 따라 길게 난 길은 사계절 내내 볼거리가 넉넉하기로 유명했다. 때는 봄이라, 온갖 꽃들이 사방에 흐드러져 절경을 이루고 있었다. 가마꾼들도 지친 기색 하나 없이 감탄사를 뱉으며 천천히 걸을 정도였다. 하지만 솔의 눈엔 아무 것도 들어오지 않았다.

아프다……!

바닥에 떨어질 때 부딪힌 엉덩이가 심상치 않았다. 꽤나 거창하게 멍이 들 것 같았다.

솔은 아까의 그 선비 얼굴을 다시 한 번 떠올리곤, 소리 없이 이를 갈았다. 이것으로 서른두 번째이지만 도무지 멈출 수가 없었다. 오늘 중으로 300번은 채울 수 있을 것 같았다.

이게 다 그 사람 때문이었다. 도와주려면 끝까지 도와줄 일이지, 세상에 사람을 그렇게 바닥에 내던지는 게 어디 있을까. 짐짝도 그렇게 무심히 다루지는 않는다. 어릴 때 다 같이 흙바닥을 뒹굴던 친구들끼리야 그런 장난도 칠 수 있을 것이다. 하지만 그 얼굴…….

솔은 다시 한 번 이를 갈았다.

그 얼굴은 농이 통하지 않는 얼굴이었다.

어렸을 때부터도 할머니가 옛날 옛날 호랑이가 연초 피던 시절에 하면 할머님, 어디서 그런 허황된 이야기를 듣고 오셨습니까? 했을 그런 인간!

그는 지극히 합리적인 이유로 솔을 받아 줬을 것이 분명했다.

아아, 자기 집에서 낯선 사람 송장 치는 건 귀찮은 일이니까. 그래, 분명 그런 이유였을 것이다. 안 죽을 만한 높이에선 귀찮다고 내던졌을 것이고. 으아아! 어쩌면 그렇게 합리적으로 못됐을까! 사대부는 다 그런 것인가?

이때 반짝 떠오르는 사람이 이현이었다.

현이 오라버니였다면 어땠을까? 오라버니라면 미끄러지는 순간 받으려고 달려왔겠지. 그리고…….

솔은 고개를 가로저었다.

아마 달음질이 느려 제시간에 못 받아냈을 것이다. 아니면 힘이 달려 그냥 솔한테 깔려 버렸거나. 그리고 그런 일이 벌어졌다간 오

라버니네 집의 미랑 아주머니가 솔을 가만 두지 않았을 것이다. 주
걱으로 볼기짝을 수십 대는 얻어맞았겠지. 오라버니는 그 이야기
를 10년은 우려먹으며 행복해했을 것이다.

솔은 히익! 하고 헛숨을 삼켰다. 생각만 해도 소름이 돋았다.

"괜찮으냐? 안색이 나쁘구나."

"네. 그냥 좀…… 하하."

"건강이 제일이다. 마나님께서도 참 큰일이야. 날이 갈수록 더
안 좋아지시는구나."

"어디 편찮으신 건가요?"

"마음의 병이라 해야 하나. 눈에 넣어도 아프지 않을 자식을 그
리 잃었는데, 몸인들 편안하겠느냐?"

솔이 눈만 깜박깜박 하고 있자 마님은 한숨을 내쉬었다.

"그 댁에 너랑 비슷한 또래의 딸아이가 있었단다. 참 곱고 착했
더랬지. 외가가 함경도 쪽인데, 노마님께서 편찮으시니 뵙고 자리
지켜드리고 싶다고 제 오라버니랑 같이 거길 머물러 가지 않았었
겠니? 그런데 알다시피……."

전쟁이 일어났다. 북방의 오랑캐들이 예고도 없이 물밀 듯이 밀
고 들어왔고 함경도 북쪽, 특히 연주 지방은 쑥대밭이 되었다.

솔은 뭐라 말을 이어야 할지 알 수가 없었다.

"우리 딸 혼사도 이리 축하해 주셨지만, 아마 그 아이 생각에 더
마음이 많이 아프셨을 게다."

"네……."

"혹여라도 만약에 또 뵐 일이 있거든, 네 입담으로 한번 웃게 해
드리렴."

"제가 그럴 재주가 있나요? 하하……."

솔은 수수하게 말을 받았다.

일행이 마을 어귀에 다다르자 솔은 마님에게 허리 숙여 인사했
다. 솔의 집은 더 안쪽이지만, 마님과 이야기를 나누다 보니 들를
곳이 생각났던 것이다. 마님은 간식거리가 잔뜩 든 보따리를 안겨
주었고 그래서 솔은 행복해졌다. 그녀는 보따리를 소중히 안고 마
을 외곽 쪽을 향해 달렸다.

*　*　*

민훈은 검지 손끝으로 쥐고 있던 부채의 살을 톡톡 두드리고 있
었다. 그리고 솔이 웬 다 쓰러져가는 초가집 안으로 들어가며 "동
이야, 오랜만! 집에 있어?"라고 외치는 순간 하마터면 부채를 부러
뜨릴 뻔했다.

저 여자, 또 엉뚱한 곳에 들르고 있었다.

그는 근처의 나무 뒤로 몸을 숨겼다.

다른 집들과 아주 많이 동떨어진 곳에 있는 집이었다. 더군다나
버려진지 꽤나 오래된 것을 누군가가 겨우 손봐서 그럭저럭 살 만
하게 만들어 놓은 곳이었다.

"아아, 왔구나! 어서 들어와."

문을 열고 나온 것은 만삭의 여인이었다. 그녀와는 서로 비슷한 또래처럼 보였다. 솔은 제집처럼 신발을 벗고 집에 올라섰다.

"남편은?"

"일하러. 내일 일찍 올 거야."

"그렇구나. 이거 선물! 어서 들어가서 먹자."

문이 닫혔다.

민훈은 잠시 고민했다. 애초에 그가 여기까지 온 이유는 그녀의 집을 알아내기 위해서였다. 노부인이 대하는 것으로 보아 몸종은 아닌 듯하고, 그렇다면 자기 집이 있을 터. 그걸 알아야 다시 저 여자를 찾아서 그녀가 정말 그가 (생각하는 것만으로도 한심해지긴 하지만) 의심하는대로 인간 아닌 것들과 말이 통하는지 어떤지 명확히 확인할 수 있을 것이었다. 그리고 (그럴 일은 없겠지만) 그게 사실이라면 그녀에게 아주 많은 볼일이 생길 테고.

어떻게 할까. 이대로 다시 나와서 집으로 갈 때까지 기다릴까, 아니면 방에서 무슨 소리를 하는지 들어볼까.

고민은 짧았다.

그는 황토로 바른 집 뒷벽에 기대어 앉았다.

산을 등진 성긴 울타리 사이로, 새로 올라온 봄풀들이 비죽이 고개를 내밀고 있었다. 생생한 흙내를 품은 바람에 긴 풀잎들이 한가하게 춤추었다. 무릎에 올린 손등 위에 어디선가 나비 한 마리가 날아와 앉았다. 민훈은 멍하니 그 하얀 날개를 바라보았다.

이런 망중한이라니, 현실감 없는 여유였다.

"아기는 언제쯤 나오는 거야? 우와, 움직였어!"

"글쎄 나도 하나도 모르겠다…… 누가 알려줬어야 말이지. 때되면 나오겠지?"

"너 혼자 괜찮겠어? 사내들은 아무 것도 모를 텐데."

"짐승도 새끼 혼자 잘 낳잖아. 닥치면 어떻게든 될 거야."

쓰는 말은 이곳 것이라도, 억양은 저 북쪽의 것이었다. 아마도 전란 중에 떠돌다 여기 정착한 유민이리라. 오가는 말을 들어 보니 내외가 둘 다 가족들과 흩어져 홀홀단신으로 헤매다, 서로 의지하여 연을 맺게 된 듯했다. 본래 살던 사람이 야반도주를 했던지, 혹은 죽었던지 해서 텅 빈 지 오래된 폐가를 겨우 손질해서 터를 잡았고.

나비가 날개를 접었다 폈다 한다.

오라버니.

새하얀 날개가 햇살을 받아 반짝인다.

오라버니, 이것 봐요!

그래, 그래. 잘 그렸구나. 굳이 찾아와서 자랑할 정도는 아닌 것같지만.

까르르 웃으며 돌아서던 뒷모습,

흰 날개를 무참하게 뒤덮었던 그 핏자국…….

그…….

피바다…….

민훈은 눈을 질끈 감았다.

"네가 써 준 서신이 잘 전해졌나 봐. 고향에서 사람 편에 답장을 보내줬더라고."

"글을 쓸 줄 아셔?"

"그럴 리가. 아마 나처럼 누구한테 부탁했겠지. 여기 있어. 저, 안 바쁘면…….'"

"헤헤, 나처럼 한가한 사람이 어디 있다고. 이거야? 잠깐만."

저 여자, 글도 읽을 줄 아는 듯했다. 사대부도 아니면서 글공부 할 여유가 있었다니 본인 말대로 정말 한가한 모양이라고 민훈은 생각했다.

"숙부님이시네. 건강히 잘 지내는 것 같아 무엇보다 기쁘고……. 소식 듣고 깜짝 놀랐다셔. 혼인 축하하고 아기 가진 것도 축하하신 대!"

"응."

수줍은지 다 기어들어가는 목소리였다.

"다른 친척들은 아직 안부를 모르겠다고 하시고. 숙부님네 가족은 다시 고향 마을에 자리를 잡으셨대. 힘든 기억이 많은 곳이지만 아무래도 고향을 지켜야겠다고 하시네. 워낙 사람이 줄고 상한 사람이 많아서 많이들 힘들었었는데 점점…….'"

"왜 그래?"

"으음…… 점점 더 나빠진다고…… 하시는걸. 연명할 만큼의 수확은 있는데 관에서 거두어가는 양이 자꾸 늘어나는 모양이야."

사람이 줄어서 땅이 남아도니 더 많이 일하고 더 많이 거두어들이면 되는 일이라는 논리였다. 말은 그럴싸하나 쉽지 않은 일이다. 민훈에겐 그 뒷배경이 빤하게 보였다.

누군가 다른 사람 손에 들어가, 관에 전해졌으면 경을 쳤을 서신이었다. 그래도 도무지 참을 수 없어서 할 말을 다 쏟아 적은 그들의 울분도 알 만했다. 뒤로 구구절절 그들의 힘든 사연이 연달아 늘어져 나왔고 여자의 목소리는 점점 작아졌으며 듣던 여자가 간간이 흐느끼는 소리가 섞였다.

이 시대엔 흔한 슬픔이었다. 다들 없었던 일인 듯 잊고 있지만, 특히 그 창칼과 불꽃이 미치지 않았던 한양 성내의 사람들은 관심조차 가지지 않지만 아직도 북방은 잿더미였다. 운 좋게 그곳에서 살아남은 사람들의 가슴도 잿더미였다.

민훈은 고개를 들어 하늘을 올려다보았다.

우는 여자를 달래고 도닥이는 소리가 꽤 오래도록 이어졌다.

"에그…… 아기야, 미안해. 내가 엄마 울렸다."

"아니야. 무슨 말이야, 그게."

"빨리 아빠 어서 오세요, 하렴. 너네 엄마는 아빠가 최고란다."

"그만하라니까."

드디어 목소리에 웃음기가 섞였다.

"참! 솔아. 혹시 이것도 한번 봐 줄 수 있니? 남편이 산에서 나무하다가 주웠다면서 들고 왔어. 뭐 함부로 건드리지 말라고 그렇게 말했는데."

"그러게. 어디 보자…… 어?"

종이가 부스럭거리며 펴지는 소리였다. 그 작은 소리가 천둥처럼 크게 들렸다. 민훈은 급히 몸을 돌려 방 쪽을 노려보기 시작했다. 온몸의 신경이 예리하게 곤두섰다.

"어, 어라?"

"왜 그래?"

"해석이…… 잘 안 되는데? 어떻게 보면 시문…… 같기도 하고? 뭐 이런 글자가?"

심장이 쿵 하고 내려앉았다. 지금 저 여자들, 산 속에서 글을 찾았다고 말하고 있는 건가? 설마 그날 밤 놓쳤던 '그것'과 관련이 있는 것일까? 민훈은 당장 문을 박차고 들어가고 싶은 마음을 간신히 억눌렀다.

"네가 못 읽는 글자도 있어?"

"난 많이 쓰이는 쉬운 글자나 겨우 읽는 정도라고. 이건 도련님께 여쭤 봐야겠다. 내가 가져가도 돼?"

"응. 마음대로 해."

일을 하나 덜었다. 여기 두고 갔으면 밤에 두 곳을 돌아야 했을 텐데 운이 좋은 것일지도 몰랐다. 아니, 민훈은 왠지 저 여자와 그들의 글일지 모르는 '저것'이 엮인 상황이 이상하게 거슬렸다.

이제 슬슬 자리가 파하는 기색이었다. 민훈은 조용히 몸을 일으켜 벽에 붙어 섰다. 곧 문이 열리더니 그 여자, 솔이라고 했던가. 그 여자가 나오고 배웅하러 만삭의 여인도 따라 나섰다. 둘은 마당에서 좀 더 한담을 나누다가 한참만에 겨우 떨어졌다. 무슨 일 있으면 꼭 전하라고 야단스럽게 신신당부를 하는 솔에게, 집주인은 웃으면서 내쫓는 시늉을 했다.

"그럼 또 올게!"

솔은 제자리에서 천천히 한 번 돌며 마당을 한 바퀴 둘러보곤, 그제야 밖으로 나섰다.

민훈은 집주인이 방문을 닫고 다시 들어간 뒤에야 솔의 뒤를 따랐다. 평범하게 살아온 아낙은 그의 기척을 읽지 못했다.

그는 왔을 때처럼, 솔과 아주 먼 거리를 두고 그녀의 뒤를 밟았다. 보통 사람이라면 그게 미행이라고 인식도 못할 정도의 거리였다. 웬만큼 눈과 귀가 밝지 않고서는 불가능한 재주다.

하지만 다음에 들른 집의 정체는, 그런 능력이 없었어도 쉽게 알수 있었을 것이었다.

"이소올! 너 이 녀서어어어억!!!"

온 마을이 떠나갈 듯한 고함 소리와 함께, 대문 밖으로 거구의 장정이 튀어나왔다. 건장한 중년 남자의 손에 들린 것은 어마어마한 크기의 밥주걱이었다.

솔은 멈칫하더니 뒷걸음질을 쳤다.

"뭐, 뭐? 왜? 왜 그래, 아빠?"

남자는 주걱을 똑바로 겨누었다.

"내가 일 마치면 재깍재깍 집에 들어오라고 했지! 또 어디로 샜다가 이제야 오는 게야!"

"응 그게, 동이네…… 잠깐! 왜 물어놓고 듣지도 않고!"

"일단 맞자. 그 다음에 들으마!"

저 팔로 휘두르는 주걱이면 가히 흉기라 할 만했다. 그는 진심으로 그걸 휘둘러 댔고 솔은 다람쥐처럼 잽싸게 피하며 뭐라 뭐라 열심히 항변하기 시작했다. 이웃 사람들이 하나둘 나오더니 그 꼴을 구경하며 한마디씩 거들고 있었다. 패가 나뉘어 응원 비슷한 것도 하면서.

민훈의 입에서 의미 모를 신음성이 흘러나왔다.

더 이상 가까이 갈 필요는 없겠지. 아니, 가까이 가고 싶지 않다.

와자지껄해진 길거리를 뒤로 하고 그는 몸을 돌렸다. 마지막으로 다시 한 번, 그녀를 곁눈질하면서. 자신이 두 달을 버리고도 손에 넣지 못한 '그것'을 아무렇지 않게 찾아 가슴에 품은, 인간 아닌 것들과 통하는 신이한 자. 어쩌면 그녀의 존재란, 민훈에게는 큰 선물이 될 수도 있지 않을까.

아니지.

성 방향으로 걸음을 옮기며 민훈은 입꼬리를 들어올렸다. 맞은편에서 오던 아낙이 흠칫하며 옆으로 비켜섰다.

저승사자를 위한 선물이겠지.

***

밤이 이미 깊어 인경이 치고도 한참 지난 시각. 솔은 등잔불을 끼고 앉아 있었다. 옆방에선 아버지가 요란하게 코를 골고 있었다. 그 소리를 자장가 삼아 커 온 어린 시절 덕분에, 남들이면 진저리를 쳤을 그 굉장한 소음도 솔에겐 아무런 장애가 되지 않았다. 아니, 오히려 마음이 더 편안해진달까, 왠지 안심이 된달까, 그런 경지에까지 올라 있었다.

그래서 낮에 받아온 글을 살피는 솔의 집중도도 최상이었다.

"이상하네."

아무래도 이상했다. 공자 왈 맹자 왈 가르치는 글은 아니고, 누구한테 보내는 서신도 분명히 아니었다. 대강의 내용은 봄이 옴을 기뻐하고 잘 먹고 잘 살자는 시문 같은데 영 꺼림칙했다. 문장이 너무도 조잡했던 것이다. 생전 처음 보는 글자도 섞여 있고 틀린 글자도 이곳저곳 보였다. 내용도 이 이야기 하다가 저 이야기 하다가 널뛰기를 하고 있어 꼭 술 취한 사람이 쓴 것처럼 보일 지경이었다. 그런데 그 서체가…….

"으으, 부럽다."

정말 샘이 날 정도로 멋들어졌던 것이다. 현의 부탁으로 서당에서 쓸 법한 책들을 베껴 적는 일을 한 지도 꽤 오래된 솔이었다. 적어도 글자를 보는 눈은 하늘 꼭대기에 박혀 있었다. 이 글은 아무나가 아무렇게나 쓴 것이 절대 아니었다. 뭘까, 이 불균형은?

"귀신이 곡할 노릇이⋯⋯."

탁.

히익! 하고 헛숨을 삼키며 솔은 문에서 화닥닥 물러났다. 사람이 진짜 놀라면 비명조차 안 나온다 했던가. 정말이었다. 솔은 쿵쾅대는 가슴에 손을 올렸다. 분명히 문 밖에서 무슨 소리가 났다. 호랑이도 제 말 하면 온다더니 귀신도?

탁.

또다.

작은 돌멩이 같은 것이 툇마루에 떨어지는 소리였다.

솔은 방구석엔 놓아뒀던 다듬이질 방망이를 움켜쥐었다. 등이 찬물을 뒤집어 쓴 듯 싸늘해지며 그새 식은땀이 나기 시작했다. 아빠를 부를까 말까 한순간 고민이 되었다. 하지만 일단 미뤄 두기로 했다.

어쩌면 또 새나 쥐나 여우 같은 것들이 볼 일이 있어 무작정 쳐들어온 것일 수도 있으니까. 문 열어 보고 귀신이면 그때 불러야지. 근데 우리 아빠 깊이 잠들면 업어 가도 모르는데? 어, 어떡하지? 아니야! 난 아빠를 믿어! 아빠니까!

의미 없는 용기가 생겼다. 솔은 떨리는 손으로 문고리를 잡고 밀었다. 삐걱, 조용히 비명을 지르며 방문이 열렸다. 문 여는 소리가 이렇게 무서웠나 싶었다. 방망이를 쥔 손에 힘을 주고, 고개를 내밀어 보았다.

마당 한가운데에 시커먼 인영이 서 있었다. 솔은 두 손으로 자기 입을 턱 막았다. 비명이 터져 나오려다 틀어 막혔다. 검은 그림자는 천천히 팔을 뻗더니 느릿하게 손짓하기 시작했다. 가까이 오라고.

솔은 주변을 두리번거리고는 손가락으로 자기를 가리켰다.

나요?

그림자가 고개를 끄덕였다.

응, 너.

솔은 시무룩해져서 방망이를 내려놓고 마당으로 나왔다.

"수금하러 오셨군요."

"아니다."

몹시도 단호한 목소리였다.

"……하지만 온 김에 받아가지."

"3분의 1이죠?"

"반."

"칫!"

솔은 작게 툴툴거렸다. 잔뜩 긴장하고 기다렸는데 보름이 다 되도록 안 보이기에 그냥 그것으로 끝인 줄 알았었다. 그 무섭다는 저승사자도 자신의 마음에 감복한(?) 것이리라 믿었었건만. 이제 와서 수금이라니. 그것도 얄짤없이 저토록 정확하게.

"저 그런데…… 저승사자가 돈이 필요하세요?"

여기에 마지막 희망을 걸어 보았다.

저승사자는 한동안 말이 없었다. 천 너머로 솔을 물끄러미 내려다보길 한참. 길게 이어지는 침묵과 시선에 솔의 낯이 뜨거워질 때 즈음에서야 한다는 말이…….

"준다고 약속했으니 받아야지."

"그, 그럼 제가 약속을 안 했었다면?"

"그런 푼돈 따위."

쓸데없는 원칙주의였다.

"약속 취소할게요!"

"아무 답례도 없이 그 고생을 시킬 작정이었나? 어이가 없군."

말이 또 바뀐다. 저토록 진지하고 무상한 목소리로 저런 헛소리
라니, 억지인 줄 알면서도 왠지 지기가 싫어졌다.

"그래도 그 덕에 사람 하나 살릴 수 있었잖아요. 아주 보람 있는
일 아니셨어요?"

"일면식도 없는 자 하나의 생사가 내게 무슨 의미가 있지? 이 나
라에선 하루에만도 수백 명이 죽어나간다."

싸하게 냉기가 도는 목소리였다. 진심이구나. 그런 생각에 솔은
입술을 꼭 깨물었다. 말장난할 여유 따위, 한순간에 땅속으로 처박
아 버리는 무게였다.

"내가…… 조금 고생해서 다른 사람에게 도움을 줄 수 있다
면…… 좋잖아요."

"그 오지랖이 네 명을 깎겠군."

울컥 해서 다시 뭐라 항변하려 하자 저승사자가 손을 들어 말문
을 막았다.

"됐다. 그 푼돈, 네겐 중요한 듯하니 기회를 주마. 약속은 없던 일

로 해 줄 테니 물건 하나만 넘겨라."

"물건요?"

"낮에 받아온 시문."

"어, 어떻게 그걸?"

정말 귀신은 귀신인가 보다 했다. 하긴 알려 준 적도 없는 솔의 집을 찾아온 것부터가 비범하지 않은가. 솔은 어버버 하다가 고개를 가로저었다.

"안 돼요. 제 물건이 아니잖아요."

"동인가 하는 그 여자 물건도 아니지. 주운 사람이 임자라는 헛소리는 하지 마라."

"그래도 제……."

저승사자가 한 걸음 앞으로 내딛었다. 솔은 움찔했다.

갑자기 공기가 바뀌었다. 지금 눈앞에 있는 건 솔이 알고 있던 그가 아니었다. 애초에 지금까지 한가롭게 말을 섞고 있었다는 사실 자체가 거짓말 같았다. 진정 죽음을 직조하여 두른 듯한 검은 옷자락에선 피 냄새마저 배어 나오는 듯했다.

"내가……."

무섭게 벼려진 칼 끝 같은 목소리였다. 솔의 대꾸를 단번에 내려쳐 끊어내고, 그녀를 똑바로 겨눈 채 다가왔다. 뒤로 물러서고 싶어졌다.

"너랑 노닥거리려고 여기 온 것 같나?"

한 걸음 더 다가왔다.

솔은 그의 손을 곁눈질하고 싶었다. 오늘도 검을 들고 있었나? 그랬었나? 하지만 눈을 돌릴 수가 없었다. 어느 순간, 그녀는 맹수 앞에 서 있었다. 마주보고 있는 눈을 피하면 곧바로 끝장이라는 확신이 들었다. 다리에 힘이 빠지기 시작했다. 용케 이번에도 안 물러서고 버텨냈다.

저승사자는 거기서 멈춰 섰다. 그리고 손을 내밀었다.

"내놔라."

혀가 굳어 말이 나오질 않았다. 솔은 고개를 세차게 가로저었다. 눈에 맺힌 눈물 때문에 앞이 잘 보이지 않았다.

"혼자 뭘 할 수 있다고. 그때 그 개구리한테라도 도움을 청해 보지 그러냐."

웃음기라곤 한 톨도 섞이지 않은 차가운 목소리지만, 저것은 조롱이었다. 솔은 확실히 느낄 수 있었다. 정신이 번쩍 들었다. 욱하고 속에서 뭐가 치솟았다. 그 누구도 솔을, 솔의 능력을, 솔의 친구들을 그런 식으로 대할 수는 없었다. 그게 그녀의 몇 안 되는 철칙 중 하나였다.

"이 근처엔 개구리 없어요."

솔은 주먹을 꽉 움켜쥐고 말을 이었다.

"이런 일로 도와 달라고 하기도 부끄럽고. 돕는다고 나서다가 다치게 만들고 싶지도 않으니까! 그러니까 내가 먼저 '말 걸지' 않을 거예요. 이건 제 문제니까요."

"정말로 말이 통하기라도 하는 것처럼 구는군."

"그런 것, 못 믿겠다는 듯이 말씀하시네요? 차사님부터도 사람이 아니면서."

말투는 대차건만 목소리는 형편없이 떨리고 갈라져 있었다. 저 승사자가 피식 헛웃음을 흘렸다.

"웃지 마세……! 어?"

솔은 갑자기 고개를 들었다. 그리고 미간을 좁히고 하늘 한 부분을 뚫어지게 바라보기 시작했다. 물론 그곳엔 아무것도 없었다. 저 승사자는 하늘과 솔을 번갈아 쳐다보았다.

솔은 잔뜩 당황해서는 소리를 죽여 악을 쓰고 있었다.

"아, 아니, 지금 말 걸면 안 되지. 내 입장이 뭐가, 웅?"

표정이 점점 굳어졌다. 뭔가 심각한 이야기를 들은 모양이었다. 물론 아무 소리도 들리지 않았다.

"정말?"

보이지 않는 누군가에게 묻고 재차 확인까지 한다. 눈에 띄게 허둥지둥하며 제자리에서 빙글빙글 돌던 그녀가 그 다음으로 한 짓은 대뜸 부탁이었다.

"차사님. 말 있으셨죠? 좀 태워 주세요."

분명 눈빛이 불안하게 흔들리는데 그게 그에 대한 공포 때문은 아니었다. 방금 전까지의 일은 까맣게 잊은 듯했다. 민훈은 어이가 없었다.

이미 말한 대로 그녀와 노닥거릴 의지가 전혀 없었던 그는 솔을 지나쳐 방 쪽으로 향했다. 하지만 솔이 더 빨랐다. 우당탕 방 안으로 뛰어 들어간 그녀는 바닥에 놓여 있던 시문을 양손으로 낚아채 가슴 앞으로 들어올렸다. 막 방문을 들어서던 민훈이 멈칫했다.

"찢을 거예요."

"뭐?"

"찢어 버릴 거라구요! 제 부탁 안 들어주시면 지금 당장!"

"너……!"

팽팽한 긴장감 속에서 짧은 침묵이 이어졌다. 옆방의 코고는 소리만 우렁찼다. 이대로 석상이 되어 버릴 것만 같이 얼어붙은 둘 중에, 먼저 움직인 쪽은 솔이었다. 그녀는 종이를 척척 접더니, 저고리 앞섶을 벌려 그 사이로 쑥 집어넣었다. 새하얀 살결이 언뜻 드러났다가 숨었다. 경악해서, 튕기듯 올라가 그쪽을 손가락질 하는 민훈의 손을 그대로 낚아채고 솔은 마당으로 뛰어내렸다. 저승사자는 황망하게 끌려나왔다.

"말! 휘파람 불어야 해요?"

대답이 필요 없었다. 문 밖에서 말 우는 소리가 들렸던 것이다.

키가 큰 흑마였다. 예전엔 정신없이 타느라 몰랐는데 지금 보니 높아도 너무 높았다. 절대 솔 혼자 기어 올라갈 수 있는 높이가 아니었다. 애초에 말을 몰 줄도 모르고. 솔에게는 그가 필요했다. 저승사자. 그러니까 자기가 손목 잡고 질질 끌고 온 이 남자가.

"으아!"

뒤늦게 손목을 놓고 손을 털었다.

민훈은 기분이 나빠졌다. 그가 뭐라 말하려고 입을 여는 순간, 솔은 손바닥으로 자기 가슴을 탕 쳤다.

"이거 드릴게요. 저 좀 태워다 주시면."

"왜 내가 그거 그냥 꺼내갈 수 있다는 생각은 안 하는 거지?"

"그, 그럴 거예요?"

솔은 사색이 되어서 양팔로 자기 몸을 끌어안았다.

민훈은 이마를 짚었다.

왜 또 이런 식인가. 왜 이 여자랑 엮이면 일이 매번 이 모양으로 꼬이는가.

"사람 하나 살리는 일이에요. 아니, 둘…… 아니. 셋 살리는 일이에요. 좀 도와줘요."

"내가 아까……."

"그럼 이 글도 드리고, 어…… 저도 저승사자님 부탁 하나 들어드릴 테니까. 그러니까 제발!"

"무슨 부탁을 할 줄 알고?"

"뭐가 됐든! 아니, 너무 파렴치한 건 빼고요. 지금 급해요. 빨리 가야 된다니까!"

민훈은 허 하고 헛웃음을 뱉었다.

다음 순간 펄럭 바람 소리가 난다 싶더니 저승사자는 말 위에 올라 있었다. 그가 손을 내밀었다. 솔은 그 손을 잡았다.

단단하고 차가운 손. 밤 속만 헤매 다녀서 찬 기운만 스민 남자의 손.

등자에 발을 올리자마자, 그는 단번에 솔을 안장 위로 끌어올렸다. 거칠었지만 무사히 안장 뒤쪽에 안착했다. 사실 엉덩이가 욱신 거렸지만 꾹 참았다.

솔이 저승사자의 허리 옆으로 고개를 쑥 내밀었다. 너무 경황이 없어, 그가 놀라는 기색도 느낄 새가 없었다. 그녀는 팔을 뻗어 말의 목을 두드렸다.

"잘 부탁드려요."

누구한테 할 말이야?

민훈은 진심으로 지적하고 싶었다.

"그럼, 가요!"

흑마가 번개처럼 앞으로 뛰쳐나갔다. 솔은 저승사자의 옷자락을 꼭 붙잡고 그 등에 몸을 기댔다. 아무래도 익숙해지지 않는 속도감에 두 눈을 꼭 감고서. 마지막 정신력을 끌어 모아 행선지까지는 말할 수 있었다.

"동이. 동이네 집으로요."

***

지척에서 울리는 말발굽소리는 천둥 같았다. 바람을 가득 안고 옷자락이 펄럭대는 소리도 사정없이 귓속을 할퀴었다. 흑마는 말 그대로 전력질주를 하고 있었다. 집들도 담들도 나무들도 순식간에 휙휙 뒤로 물러나더니 어느새 외진 벌판 한가운데였다. 목적지가 멀지 않다.

– 이상하대.

동이네 집을 나오기 전에 집 주변의 친구들에게 그녀를 부탁했었다. 남편이라도 같이 있으면 괜찮았을 텐데, 그는 아기 나오기 전에 한 푼이라도 더 벌어 보겠다고 남 집에 일하러 가고 오늘밤엔 집에 없었다. 아무리 봐도 오늘 나올까 내일 나올까 싶은 태동에 낮에 그렇게 울기까지 했으니 마음이 쓰였다. 그래서 무슨 일이 생긴 것 같으면 알려 달라고 신신 당부를 했었던 것인데…….

소식은 그 집 마루 밑에 살고 있던 쥐에서 뒷마당의 나무에 앉아 졸던 산새와 여러 다른 입들을 거쳐 솔의 집까지 전해졌다. 애초에 단순했던 정보는 여기저기 옮겨지며 토막 나고 망가지긴 했지만, 큰 문제없이 알아들을 수 있었다.

– 동이가 이상하대.

당장 가서 무엇이든 해야 한다. 그 생각밖에 들지 않았다.

"더, 빨리, 안 돼요?"

또 혀 깨물 뻔했다! 말에 오르고 세 번째 하는 말인데 매번 위기였다. 두 번째까지는 말없이 속력을 높이던 저승사자가 이번엔 입을 열었다.

"안 돼."

"네, 윽! 네."

결국 깨물었다.

멀리 동이네 집이 보였다.

"저기예요!"

말이 마당에 들어서자마자 솔은 뛰어내렸다. 착지하는 순간 한쪽 발목에 번개가 내리쳤다. 산에서 다쳤던 쪽이었다. 솔은 한쪽 눈을 찡그렸다가, 그래도 절뚝이며 집으로 달렸다.

"동이야!"

"소, 솔아……."

동이는 몸을 동그랗게 말고 방바닥에 엎어져 있었다. 얼굴은 눈물범벅에 온몸이 식은땀에 젖어 있었다. 치맛자락에 피가 흥건했다. 솔이 얼른 가서 그녀를 끌어안았다. 동이의 몸도 떨리고 있었고 솔의 손도 형편없이 떨리고 있었다.

"어, 어떡해…… 너무 아파. 나 좀 살려 줘."

"어떻게 된 거야?"

"몰라. 아까부터 너무 아픈데…… 움직일 수가 없어. 피도……아, 저 피 어떡해. 우리 아기 어떡해?"

아닌 게 아니라 솔도 더럭 겁이 났다. 하지만 티를 낼 수도 없었다. 누구 하나라도 정신을 바짝 차리고 있어야 했다. 동이가 길게 비명을 질렀다.

"괜찮아. 괜찮을 거야! 아, 어, 저기요!"

솔은 마당에 멀거니 서 있는 저승사자를 돌아보았다.

"호, 혹시 애 받아 봤어요?"

"제정신이냐?"

"도움이 안 되네!"

아무렇지도 않게 폭언이다.

다른 방법이 없었다. 이건 솔이 혼자서 감당할 수 있는 일이 아니었다.

"동아. 잠깐만 기다려. 당나무집 할매 모셔올게. 금방 올 테니까."

"누, 누구? 솔아, 가지 마. 나 무서워."

"괜찮아. 정말 바람처럼 다녀올 거야. 조금만 참자. 할 수 있어, 그렇지? 아기를 위해서!"

동이의 두 손을 꼭 잡고 힘주어 말했다. 불안함에 이리저리 흔들리던 동이의 눈에 빛이 돌아왔다. 그녀는 입술을 꼭 깨물고 고개를 끄덕였다.

솔은 얼른 마당으로 돌아왔다. 저승사자는 이미 말에 올라 있었다. 다시 한 번 버럭거리며 말에 기어올랐다. 등자에 발을 올리는 순간 비명을 지르고 싶었지만 꾹 참았다.

"당나무집 아시죠?"

"모른다."

"우리 집은 잘만 찾아왔으면서 어째서?!"

"입 놀릴 시간 있나? 방향 지시해라."

맞는 말이었다.

"일단 마을 쪽으로요."

말이 소리 높여 울더니 땅을 박찼다. 그만큼 달렸는데 지친 기색도 없었다. 하지만 솔에게는 그 속력도 마땅치가 않았다. 더, 더 빨리. 더 빨리…… 주문처럼 중얼거리는 그녀는 초조해서 어쩔 줄을 모르고 있었다. 어느새 마을 초입이었다.

"왼쪽요. 언덕, 위까지, 가야 해요."

방향 알려 준답시고 이번엔 눈도 안 감았더니 세상이 펑펑 돌았다. 그래서 드디어 당나무집이 보인 순간.

"저 집이에……!"

팔을 뻗어 손가락질을 하던 솔의 몸이 휘청 했다. 검은 도포자락을 잡고 있던 남은 한 손에서 힘이 빠졌다. 아? 하고 의미 모를 감탄사가 새어나왔다. 시간이 멈춘 듯했다. 힘없이 허공을 젓는 양손이 느릿하게만 보였다. 몸이 뒤로 확 쏠리는 순간, 저승사자가 솔의 손목을 덥석 잡았다. 그는 그녀의 팔을 끌어다 자기 허리에 둘렀다. 솔은 다시 그의 등에 꽉 파묻혔다. 너른 등에 뺨을 붙이고 그녀는 허덕였다. 심장이 튀어나올 듯 쿵쾅거렸다. 힘 잃은 그녀의 손을 자기 손으로 단단히 덮어 누르고, 저승사자는 한 손으로 고삐를 움켜 쥐었다.

흑마가 드디어 목적지에 도달했다. 거칠게 잡아채는 고삐에 제 속력을 못 이겨 좌르륵 미끄러졌다가 앞발을 높이 쳐들며 겨우 정지했다. 솔은 속으로 비명을 지르며 저승사자에게 매달렸다.

"오메 오메, 이게 또 뭔 일이여!"

당나무집 할매는 신발도 신지 않고 밖으로 뛰어나왔다. 그녀의 마당에 서 있는 것은 목을 한참 꺾어야 머리가 보이는 커다란 검은 말과, 갓을 쓴 검은 도포 차림의 저승사자…….

"하이고! 차사님, 드디어 우리 영감탱이한테 데려다주러 오셨……잉?"

그리고 그 뒤에서 고개를 쏙 내미는 낯익은 처자였다.

"소, 솔아? 니는 또 왜 그기……."

"할매!"

"아이고, 이것아! 내 니 코찔찔이일 때부터 철딱써니 없이 날뛸 때 알아봤제! 니 벌써 북망산 가볼면 니 애비 어떡하라고!"

"아니에요!"

"차사님요, 야는 좀 봐주면 안 됩니까? 야가 아직 시집도 못 갔는 디 이래 뒈져불면 얼매나 불쌍……."

"으아, 아니라구요!"

솔은 쏟아내듯이 자초지종을 설명했다. 듣고 있던 당나무집 할매, 마을 제일의 산파의 표정이 점점 굳더니 얼른 방에 들어가 몇 가지 짐을 싸서 나왔다.

"어쩌자고 아무 것도 모름서, 아무도 안 부르고 미련하게 시간만 보내고 있었당가. 어여, 어여 가자."

"네. 그런데……."

어떻게 가야 하지? 솔이 우왕좌왕 하고 있으니 할매가 소리를 버럭 질렀다.

"솔이, 니가 내려와야지! 거 세 명이 어찌 탄당가."

"어, 어…… 할매 말 괜찮아요?"

"니는 내가 할매 할매 하고 불리니 정말 할머니로 보이냐! 썩 내려와!"

아닌 게 아니라 당나무집 할매는 풍채 좋은 중년 부인이었다. 이

마을에선 솜씨 좋은 산파에게 그런 별명을 대대로 붙이는 풍습이
있었다.

할매의 얼굴을 본 순간부터 미동도 않고 얼어붙어 있던 저승사
자가 그제야 입을 열었다.

"내려라."

솔은 두 말 없이 내려왔다. 당나무집 할매가 그 자리에 올랐다.
고삐를 틀어 말머리를 돌리며, 민훈은 솔을 내려다보았다.

막 자려고 가볍게 입었던 옷은 바람에 쥐어 뜯겨 형편없는 매무
새였다. 헝클어진 머리칼은 상기된 뺨에 달라붙었고, 한 가닥은 아
예 입에 물고서도 모르는 모양이었다. 피가 점점이 묻은 치맛자락
을 양손으로 구겨 쥔 채, 그녀는 그를 올려다보고 있었다. 큰 눈망
울 한가득 담긴 간절함. 너무, 너무도 익숙한 감정이었다. 다시 마
주하고 싶지 않은…….

그는 눈길을 돌렸다.

"여기서 기다리고 있어라."

"아니, 저는…….."

긴 울음소리가 솔의 목소리를 덮었다. 흙먼지를 일으키며 말이
마당을 빠져나갔다.

솔은 망연자실해서 가만히 서 있었다. 멍……하게, 몸도, 마음
도, 생각도 허공에 떠올라 헤매는 듯했다. 그런 그녀를 현실로 끌
어내린 것은 멀리서 울리는 개구리 소리였다. 솔은 두 손을 눈높이
로 들어올렸다. 흐릿한 핏자국. 식은땀 위로 전해지던 열에 달뜬 동

이의 체온도 그대로 남아 있는 것만 같았다. 그녀는 고개를 세차게 흔들고는 한 걸음을 내딛었다.

"윽!"

저릿한 통증이 훅 내달렸다. 두리번거리던 솔은 마당 귀퉁이에 세워 둔 긴 나무막대를 발견했다. 없는 것보다는 나을 듯싶었다. 그녀는 그것을 챙겨 들고 사립문을 나섰다.

기다리고 있으라니, 말도 안 되는 소리. 가는데 얼마나 걸릴까?

계산해 볼 필요도 없었다. 아주 오래오래 걸릴 것이고 고생 꽤나 할 것이었다. 그래도 그게 여기 가만히 앉아 기다리며 발만 동동 구르는 것보다 백 배 나았다. 어쩌면, 가서 그녀가 도울 일이 있을지도 모르니까. 그 저승사자님이 거기서 뭘 더 도움이 될 수 있을 것 같지는 않았다. 아니, 미안한 말이지만 사실 불길하지 않나? 난산 중인 산모 머리맡에 저승사자가 서 있어?

"얘들아?"

사위가 묵묵무답이었다. 아무도 그녀의 부름에 화답하지 않았다. 어쩌면 답했지만 그녀가 듣지 못한 것일 수도 있고. 오늘은 이제 더 이상 '들을 수 없을' 모양이었다. 그래도 아까 동이 소식까지는 들을 수 있어서 얼마나 다행이었는지.

내일…… 어쩌면 그 다음 날에라도, 잘 들리는 날에 가서 꼭 고맙다고 인사해야지. 그렇게 다짐하며 솔은 절뚝절뚝 걸었다.

인적이 완전히 끊긴 밤길은 길기도 길었다. 얼마의 시간이 흘렀을까. 겨우 마을을 완전히 빠져나와 들판 길에 이르렀다. 가리는 것

없이 쏟아지는 달빛에 사방이 오히려 더 밝았다. 길 양옆으로 늘어선 논밭에서 풀벌레가 노래를 부르고 있었다.

"안녕하세요."

찌르르르…… 대답처럼 돌아오는 소리. 솔은 말을 이었다.

"지금 제 친구가, 아기를 낳고 있는데요……."

멀리서 밤새가 길게 울었다.

"잘, 됐으면, 좋겠어요. 그게……."

숨이 차서 끊기던 호흡에 물기가 섞이기 시작했다. 솔은 흠흠 목을 가다듬었다가 다시 입을 열었다.

"저희 엄마도 저를 낳으시다가……."

아, 실패했다. 울컥 솟아오른 울음에 뒷말이 파묻혔다. 눈에 눈물이 차올라 앞이 뿌옇게 흐려졌다. 솔은 손등으로 눈을 눌렀다.

무서웠다. 동이 앞에서 차마 티낼 수는 없었지만 너무나 무서웠다. 친구의 목소리라고는 믿을 수 없었던 그 짐승 같은 비명소리. 생각만 해도 몸이 덜덜 떨려왔다.

그렇게 아픈 걸까, 원래? 그 피는 또 어떻게 된 거지? 그렇게 많이 나면 안 될 것 같은데. 뭐가 어떻게 잘못된 거야? 우리 엄마도 그랬을까? 엄마도 많이 아파했겠지? 그랬겠지? 우리 엄마 어떡해. 우리 아빠 어떡해…… 나는, 나는…… 내가.

흑, 하고 꾹 깨문 입술 사이로 흐느낌이 새어 나왔다.

"앗!"

돌부리에 발이 걸려 우당탕 넘어지고 말았다. 막대기도 저만치 굴러가 버렸다. 겨우 몸을 추슬러 앉아 보니, 무릎이 까져서 피가 나고 있었다. 솔은 주저앉은 채로 하늘을 올려다보았다. 그저 새까 맣기만 한 하늘을.

터벅터벅 발소리가 들린 것은 바로 그때였다.

솔은 깜짝 놀라서 고개를 내렸다. 뿌옇게 흐려진 눈 때문에 아무 것도 안 보여, 급히 눈을 비볐다. 검은 밤에 파묻힌 검은 두 그림자. 너무도 낯익은. 이젠 반갑기까지 한.

그런데 입이 열리지 않았다.

그는 말에서 내려 고삐를 쥐고 그 곁에서 걸어오고 있었다. 서두 르는 기색 없이. 세상 모든 일에서 관심을 놓은 무심함이 그 걸음 마다 배어 있었다. 그는 솔 앞에서 멈춰 섰다.

아직도 목에 걸려 말이 나오질 않았다.

저승사자는 한숨을 쉬더니 솔 앞에 쭈그려 앉았다. 낮춘다고 낮 췄건만 아직도 올려다 봐야 하는 높이에서, 그는 말했다.

"정도껏 멍청하거라. 좀."

"동이는……요?"

드디어 말이 나온다. 그게 두려움 때문이었다는 걸 그제야 깨달 았다. 입술이 파르르 떨리고 있었다.

"동이는 어떻게 됐어요?"

"둘 다 무사하다."

거기까지였다. 꾹꾹 눌러 왔던 무언가가 가슴 속에서 펑 하고 터 져 버렸다.

솔은 저승사자를 와락 끌어안았다. 당황했는지 몸을 급히 빼려는 걸, 더 단단히 당겨 끌어안았다. 참을 수 없는 울음이 터져 나왔다. 그녀는 어린애처럼 으앙 하고 목 놓아 울었다. 방울방울 솟아오른 눈물이 빰을 타고 흘러내려 검은 옷깃을 적셨다. 도포자락을 움켜쥔 손이 가늘게 파르르 떨렸다.

저승사자는 움찔해서 뒤로 물러나려다가, 실패했다. 솔은 온몸으로 그를 붙잡고 엉엉 울고 있었다. 한 번 더 시도해 봤지만, 여전히 실패했다. 갈 곳 잃고 허공에서 방황하던 두 손이 조심스럽게, 떨리는 솔의 어깨 위로 내려왔다. 그는 어설프게 솔의 어깨를 두어 번 도닥였다.

울음소리는 더 더 커져서, 아주 오랫동안 이어졌다.

***

어둡고 좁은 방이었다.

길게 내려친 발 사이로 불빛이 새어나왔다. 발 안쪽에 자리한 누군가의 옆모습이 그림자로 일렁였다. 좌의정 안익태는 그 너머를 곁눈질해 보려는 마음을 힘겹게 접었다.

"일은 잘 마무리되었습니까."

"분부하신대로 해 놓았습니다."

맞은편에 앉아 있던 장년의 남자가 공손히 대답했다.

"여러 곳에 뿌려두었으니 곧 저자에 나돌기 시작할 것입니다."

"의도대로 되느냐가 문제지요."

구석에 앉아 있던 귀부인이 신경질적으로 말했다. 안익태는 헛기침을 했고 그녀는 좌의정을 힐끔 보더니 입가를 뒤틀었다.

발 안쪽에서 조용하게 웃는 소리가 났다.

"기다려 봅시다. 어떻게 되나."

젊은 남자의 목소리였다. 처음 만났을 때부터 지금까지, 안익태는 그 책이라도 읽는 듯 평온한 어조가 흔들리는 걸 들어본 적이 없었다.

저 발을 걷어 보고 싶다.

회동 때마다 치미는 그 욕구에 안익태는 고통스러웠다. 조선 팔도의 그림자를 모두 제 발밑에 두고 꼭두각시 줄 당기듯 뒤섞고 휘젓는, 주상도 두렵지 않은 자신을 이토록 긴장케 하는 저 남자의 얼굴이 너무도 궁금했다.

"저승사자가 미끼를 제대로 물어 주면 좋겠군요."

안익태가 입을 열었다. 발 너머의 '그'가 고개를 돌려 자신을 바라보는 것이 느껴졌다.

"원주(院主)님을 위해서. 그리고……."

"자하원을 위해서."

한데 뒤섞인 목소리가 기이하게 울렸다.

촛불이 꺼졌다.

三. 화염과 그림자

화창한 날씨였다. 일하기도 좋고 놀기도 좋은 봄날이었다. 길을 오가는 사람들의 얼굴도 날씨만큼이나 밝았다.

단 한 명, 솔이만 빼고.

그녀는 팔짱을 낀 채 손톱을 잘근잘근 씹으며 걷고 있었다. 다음 달이면 칠순인 김 노인이 반갑게 인사했다.

"솔이, 잘 잤느냐?"

"응." 하고는 휙 스쳐 지나가는 솔이었다. 또 정신을 어디 빼놓고 다니는 중인 모양이었다. 으레 있는 일이었다. 김 노인은 허허 웃으며 가던 길을 계속 갔다. 아닌 게 아니라 솔은 지금 대혼란 상태였다. 그게, 어젯밤에……

"으아아아아!!"

솔은 새빨갛게 달아오른 얼굴을 두 손으로 가리고 비명을 질렀다. 사람들이 놀라서 쳐다봤다가, 주인공이 솔임을 알고는 그럼 그렇지 하며 제 할일로 돌아갔다. 으레 있는 일이었다.

솔은 겨우 얼굴에서 손을 떼고 심호흡을 했다. 미친 게 분명했다. 제정신이고서는 그럴 수가 없었다.

어쩌자고 알지도 못하는 외간 남자를 그렇게 덥석 끌어안았단 말인가. 아니지. 생각해 보면 그 외간남자한테 손도 잡혀 봤고, 다리도 내놨었고, 어깨에 둘러매지기도 했…… 나 시집 다 간 거 아닌가?

"아니야아아! 사람 아니잖아아!!"

처절하게 부정했다. 밤새도록 몇 번을 반복한 짓인 줄 모른다. 하지만 불쑥불쑥 기억이 날 때마다 끝내는 이 과정까지 오고야 마는 것이었다. 다음에 만나면 꼭 그건 실수라고, 없었던 일로 하자고 해야지. 단단히 다짐하고 나서야 가까스로 다른 일이 손에 잡혔다.

그렇게 마음을 다잡고 날이 밝자마자 당나무댁 할매한테 갔다가, 애 낳은 집에는 삼칠일간 얼씬도 말라는 말만 듣고 내쫓긴 그녀는 다음 목적지로 향하고 있었다.

다시 오마.

아직도 선연히 남아 머릿속을 맴도는 목소리.

솔이 울음을 그칠 때까지 한참을 기다린 그는 그녀를 집 마당까지 데려다놓고는 시문을 챙겨 사라졌다. 그때까지도 바위처럼 입을 다물고 있다가 딱 저 한마디만 하고선.

약속은 쓸데없이 잘 지키는 원칙주의자다. 그녀가 부탁 하나를 들어준다고 했으니, 뭔가를 부탁하러 다시 나타날 것이다. 이번엔 전처럼 무방비로 있고 싶지 않았다. 솔은 가슴에 품은 종잇장의 존재를 다시 한 번 확인했다. 저 대단한 저승사자도, 그녀가 시문의 사본을 만들어 뒀다는 것은 몰랐던 모양이다.

"도련님, 계세요?"

"안 계신다, 이것아."

오늘 그녀를 맞은 것은 석도 아저씨도, 도련님도 아니었다. 마당 한켠에서 커다란 장독대를 닦고 있던 넉넉한 몸집의 여인. 세상에서 솔이 가장 두려워하는 사람이었다.

"미, 미랑 아주머니."

"오냐. 오늘은 또 무슨 일로 우리 도련님을 귀찮게 하러 오셨을까? 우리 솔이 아씨는?"

괜히 손을 터는데, 두툼한 손바닥이 팡팡 꽤나 묵직한 소리를 내며 부딪쳤다. 솔은 본능적으로 엉덩이를 가리고 뒷걸음질을 쳤다. 저 손바닥에 엉덩이가 불이 나도록 얻어맞았던 어린 시절의 추억 탓이었다.

"아니, 그게, 저……."

"너도 이제 짝 찾아서 혼인할 생각을 해야지. 다 큰 처자가 이렇게 외간 남자 집에 드나들고 그러면 못 쓴다. 그러다 시집 못 가!"

이미 못 갈 것 같아요.

솔은 침통해졌다.

"저 갈게요……."

"어딜 가느냐. 먼 걸음 해 놓고."

바로 귀 뒤에서 들리는 목소리에 쩍 얼어붙었다. 현은 빙긋 웃으면서 솔을 지나쳐서 마당으로 들어섰다.

"그래도 손님인데 차 좀 내주시겠습니까."

"네…… 도련님……."

미랑은 마지못해 답하며 부엌으로 들어갔다. 현은 자기 뒤를 조심스럽게 따라오는 솔을 돌아보다가 고개를 갸웃했다.

"다리는 왜 또 그러느냐. 다 나은 게 아니었던가?"

"그럴 일이 좀 있었어요. 보여 드리고 싶은 게 있어서 찾아왔는데 바쁘세요?"

"네가 부탁하는 일이면 만사 미루고 먼저 해 줘야지. 일단 들어가자."

"방문은! 열고 이야기하세요, 도련님!"

미랑이 버럭 고함을 질렀다. 현은 허허 웃으며 방 안에 자리를 잡았다. 방문은 순순히 활짝 열어 두고. 그래서 솔은 개미만 한 소리로 말할 수밖에 없었다.

"이것 좀 봐 주세요."

"뭔데 그러냐?"

덩달아 현도 목소리를 낮췄다. 솔은 시문을 꺼내어 넓게 펼쳤다. 그걸 찬찬히 훑던 현의 눈이 가늘어졌다.

"어디서 난 게냐?"

"동이네가 산에 나무하러 갔다가 찾았대요. 좀 이상하죠?"

"이상하지. 이거 네 글씨니까."

"……제가 필사한 거니까요."

"원본은 어쩌……."

뒤통수가 섬찟섬찟해서, 현은 고개를 들었다. 다과상을 들고 들어오던 미랑이 호랑이 같은 눈으로 둘을 내려다보고 있었다. 남들 오해 사지 않고 점잖게 이야기하라고 문 열어 놓으랬더니, 이 인간들이 방바닥에 머리 맞대고 앉아 다정하게 소근대고 있었던 것이다. 그것도 문 활짝 열어 놓고.

"……걱정 말게. 영 데려가겠다는 자 없으면 내가 책임지면 될 일이……."

"도련님!"

"오라버니!"

"진심인데."

현이 기운 빠진 얼굴로 어깨를 떨어뜨렸다. 그 결과 두 여인들에게 진땀이 나도록 더 들들 볶일 수 있었다. 살림 물건 몇 가지가 마당으로 내던져질 것 같은 기세의 폭풍이 집 안을 휩쓸고 지나갔다. 한참만에야 솔과 현은 겨우 다시 마주앉을 수 있었다. 미랑이 문을 쾅 닫고 나간 덕에 이야기하기는 더 수월했다.

120

"숨겨 둔 의미가 있는 것 같죠?"

"그만 씩씩 대거라…… 무섭구나."

"오라버니께서 매번 그런 장난을 치시니까!"

현은 두 손바닥을 펴 보이며 솔을 막았다.

"그, 그래. 내가 잘못했다. 너는 이게 대체 뭐라고 그리 신경을 쓰느냐."

"느낌이 이상하잖아요. 그냥 봐도 뭔가 어색하고."

"글쎄다. 정인끼리 주고받은 연서일 수도 있지. 글이 서툰 것뿐일지도."

"그건 아닐 거예요."

저승사자가 연인들의 편지 따위를 굳이 찾아갈 이유가 없다. 왠지 또 저승사자 이야기를 했다간 꽤나 거하게 잔소리를 들을 것 같은 예감에, 솔은 간밤의 일은 숨기기로 마음먹고 있었던 터였다. 그런데 예상과는 다르게 오늘 현의 태도가 영 진지하지 못했다.

"별 것 아닌 것 같다만 일단 두고 가거라. 살펴보긴 하마."

"뭔가 알게 되시면 꼭 알려 주셔야 해요?"

"그래그래. 기대하진 말고. 거 참, 이야기책 필사는 부탁한 적이 없는데 무슨 거창한 음모를 상상하는 것인지."

솔은 그래도 자세히 살펴봐 달라며 신신당부하고 집을 나섰다. 현은 언제나처럼 사립문까지 따라 나와서 그녀를 배웅했다. 손까지 흔들어 주면서. 미랑의 매서운 눈초리를 웃는 얼굴로 받아넘기며.

다시 방으로 들어서면서, 그는 등 뒤로 문을 굳게 닫았다. 항상 얼굴에 걸려 있던 미소가 씻은 듯 사라졌다. 그는 조용히 자리에 앉아 책상 위에 올려 뒀던 서책을 펼쳤다. 여러 번 접힌 종이 한 장이 그 사이에 끼워져 있었다. 강호의 봄을 노래하는…… 듯 보이는 시문이었다. 솔이 가져온 것과 똑같은 내용의.

"뭐 필요하신 것 있으십니까?"

방 밖에서 미랑이 물었다.

"석도 좀 불러 주십시오."

그저께 토끼 잡으러 산에 갔다가 나뭇가지에 묶여 있는 걸 찾았다 했었나. 좀 더 이야기를 들어봐야 할 것 같았다. 종잇장을 내려다보는 현의 눈이 날카롭게 빛났다.

* * *

"무슨 뜻일까요?"

채란이 붓끝을 다듬으며 물었다. 한 시진이 넘도록 바닥에 놓인 두 글문을 노려보고 있는 민훈을 향해서였다. 하나는 사자는 산 자들의 일에 관여 말라며 민훈을 비웃었던 글문이었고, 하나는 어젯밤에 찾아온 글문이었다. 역시 똑같은 글씨체였다. 민훈이 한참만에 입을 열었다.

"자네 생각은 어떤가?"

"제가 뭘 알겠습니까? 그저……."

채란의 입꼬리가 올라가는 것이 보였다. 그녀는 한 획에 난 이파리 하나를 그어 올렸다. 강하고도 유연한 곡선이었다.

"종이에서 여인의 향내가 나는군요."

민훈의 입에서 허 하고 한숨 같은 웃음이 새어나왔다. 그는 두 손을 물끄러미 내려다보았다. 한 줌밖에 안 되던, 그 파르르 떨리던 어깨의 감촉이 아직 남아 있는 듯했다. 그의 품에 파묻혀 숨 막히게 목 놓아 울던 그녀. 그건 향내 나는 여인 같은 종류의 상대가 아니었다. 굳이 찾자면 막 눈 뜨고 뛰어다니는 강아지 새끼와 비슷하다고 할까. 무서울 것 없이 천방지축인, 사람 말은 귓등으로도 안 듣는? 게다가 제 발로 자꾸 위험한 구덩이로 기어들어간다는 점도 똑같고!

문제는 그 엉망진창인 행보에 자기까지 계속 엮이게 된다는 점이었다. 저승사자는, 이렇게 눈에 띄어서는 안 되는 것이었다. 그 존재는 애초에 자하원의 들개들을 잡기 위한 것이다. 그의 목적은 그들만 알면 족하고, 다른 이들은 그 그림자만 봐도 피해야 했다. 혹여 엉뚱한 사람이 더 얽혀 괜한 피를 보는 일은 없었으면 했으니까. 그래서 온갖 방법을 동원해 저승사자에 대한 재수 없는 소문을 흩뿌려 놓은 것이었는데…… 어제의 그 산파도, 입단속을 시키긴 했지만 어떻게 될지 알 수 없었다. 그는 사람을 믿지 않았다.

"빨리 정리해야 해……."

자기도 모르게 혼잣말이 새어나왔다.

최대한 빨리 쓸어 버려야 한다. '그들'을. 그리고 자기 자신도 또한. 그 시작의 실마리가 바로 여기 있는데 손으로 붙잡을 수가 없었다. 분명히 이 글문들 안에 미끼가 숨겨져 있을 터인데. 바늘과 함께.

어디일까? 무엇일까?

"눈을 좀 붙이시는 게 좋겠습니다. 더 맑은 정신으로 보시는 게 낫지 않겠습니까."

"그건……."

민훈은 눈을 들어 문 쪽을 바라보았다.

"안 될 것 같은데."

채란도 따라 그쪽을 쳐다보았다가 고개를 갸웃했다. 아무 일도 없……지 않았다. 갑자기 바깥이 소란해지기 시작했던 것이다. 그녀 또한 귀가 밝은데도 소리를 읽는 것은 민훈을 당할 수가 없었다. 채란은 한숨을 폭 쉬고는 미소를 지었다. 어쩐지 짓궂은 기색이 설핏 섞인 웃음이었다.

"그럼 오늘도 부탁드립니다, 나리. 그런 계약이었죠?"

"굳이 말 안 해도 되네."

민훈이 몸을 일으켰다. 채란은 앞장서서 문을 열고는 뒷걸음질로 물러났다. 문 밖 마당에 펼쳐진 광경은 이곳에선 자못 익숙한 것이었다.

"놔! 어? 안 놔? 어허!"

새파랗게 젊은 선비였다. 역시나 엉망진창으로 취한 상태였다. 백화루의 여러 잔일을 봐 주는 장정이 그 팔을 붙들고 있었는데 워낙 거칠게 몸부림치는지라 곤혹스러워하는 듯 보였다. 맞은편엔 기녀 둘이 서 있었다. 어린 기녀가 그 뒤에 숨어 한쪽 뺨을 감싸 쥐고 떨고 있었다.

"너, 너 이리 안 와? 어디 양반한테 술을 쏟고, 엉? 네년들도 내가 저년 저거 좀 가르치겠다는데 눈깔들이……!"

아무래도 꽤나 지체 높으신 댁 자제라 그대로 내쫓지도 못하고 안절부절못하는 모양이었다. 그래서 그는 점점 더 기세등등해지고 있었다. 민훈은 마당으로 성큼 내려섰다.

"좋다! 응? 좋아, 그래. 이놈들 내가 누군 줄 알아? 내가 오늘 여기 가만히 두…… 으악!"

선비가 무릎 뒤를 걷어차이고 주저앉았다.

"뭐, 뭐냐!"

눈에 눈물까지 고여서, 얼굴이 시뻘게진 선비가 뒤를 돌아보았다. 민훈은 뒷짐 지고 있던 손을 풀었다.

"미안. 뒤에서 치는 건 좀 나빴군."

왼손으로 선비의 뒷덜미를 움켜쥐고 돌려세웠다. 가는 체격의 선비가 종이인형처럼 휘청이다 강제로 바로 섰다. 그 얼굴이 수치와 분노로 금방이라도 폭발할 듯했다. 이성보다 감정이 한참 앞서는 자였다. 그는 팔을 잡고 있던 장정의 허리춤에서 칼자루를 빼들었다. 칼을 빼앗긴 장정은 헛숨을 삼키며 뒤로 물러났다. 아무리 부지불식간이라도 칼을 빼앗기다니. 민훈은 그자를 짧게 노려보았다. 장정은 뱀 앞의 개구리처럼 바짝 얼어붙었다.

"너 뭐 하는 놈이야!"

"칼은 내리고 이야기하지."

"뭐야?"

"그게……."

민훈이 칼자루를 쥔 선비의 손을 손가락질했다. 그 움직임이 워낙 느릿하고 여유로웠던 탓에 선비는 화를 내며 칼을 휘두를 틈을 놓쳤다.

"그렇게 쥐어서는 휘두르다 막혔을 때 칼이 튈 거거든. 위험하니까."

"하! 이게 어디서!"

민훈은 왼팔을 횡으로 휘둘렀다. 금속이 찢어지는 듯한 요란한 소리가 나더니 칼이 허공을 날았다. 서너 바퀴 빙글빙글 돌던 칼은 건물 기둥에 콱 박히며 겨우 멈췄다. 선비는 자기 손과 칼을 번갈아 보더니 사색이 되었다.

"거 봐."

"너, 너 이 자식! 내가 누군 줄 알고 이러는 거냐? 내 아버지가……!"

"모르지만, 병판으로 상대가 되었으면 좋겠군."

선비의 얼굴에 남아 있던 핏기가 싹 가셨다. 아무래도 그 대단하신 아버지가 육조판서까지는 못 되는 모양인지, 그는 뭐라 어물어물거리기 시작했다. 기루에 처박혀 거기서 늙어 죽을 기세로 술만 푼다던 전직 천재 무관, 현직 개망나니의 소문이 그제야 생각난 모양이었다. 그 기세가 좀 전과는 사뭇 달랐다. 민훈의 계약 내용은 여기까지였다. 지금부터는 채란의 영역이었다.

"어머, 나리들. 좋은 날 왜들 이러십니까."

그녀는 능숙하게 선비의 팔짱을 꼈다.

"제가 따로 챙겨둔 좋은 술이 있지요. 바로 차려 올리겠습니다. 이쪽으로."

그는 못 이기는 척 그녀가 끄는 방향으로 걸음을 옮겼다. 뭐라 몇 마디를 더 하는 듯했지만 아무도 알아듣지 못했다. 채란이 그를 데리고 사라지자 마당에 섰던 세 기녀들도 물러났다. 어린 기녀는 깊이 허리를 숙이고는 도망치듯 뛰어갔다. 언뜻 보기에도 꽤나 멍이 크게 들 듯했다. 지금까지의 일이 거짓말인 것처럼 한순간에 마당이 텅 비어 버렸다. 여러 방에서 새어 나온 가야금소리와 웃음소리만이 너른 마당을 채웠다.

혼자 남은 민훈은 칼이 박힌 기둥으로 걸어갔다. 칼 주인은 몇 번 뽑아 보려다 안 되겠는지 자리를 비운 참이었다. 그는 오른손으로 칼자루를 쥐고 당겨 보았다.

"……."

움직이지 않았다. 입가에 뒤틀린 미소가 떠올랐다. 왼손으로 단번에 칼을 뽑아든 그는 그것을 오른손으로 바꿔 쥐려다가, 그냥 바닥에 내던지고 돌아섰다. 칼날이 돌바닥에 부딪히며 찢어지는 듯한 비명을 질렀다. 옷자락에 숨긴 오른손은 가늘게 떨리고 있었다.

***

"이 정도 높이에 묶여 있었습죠. 도련님."

석도는 자기 가슴께를 가리켰다. 워낙 체격이 큰 탓에 다른 사람과는 기준이 다를 수밖에 없었다. 현은 고개를 끄덕였다.

"보통 사람 눈높이 정도 되는군요."

"그런가요?"

"네. 일이 재미있게 되었습니다. 그거, 누구든 얼른 발견해 달라고 외치는 듯한 모양새 아닙니까."

동이의 남편이라는 자도 평범한 촌부라 들었다. 그가 발견할 정도라면 그쪽 시문도 꽤나 눈에 잘 띄는 곳에 있었을 것이 분명했다. 이토록 가까운 시일에, 가까운 사람들이 발견한 것만 두 장이니 사실상 훨씬 더 많은 글들이 산에 뿌려져 있다고 보는 편이 옳았다. 명백한 의도를 가지고 행해진 일이었다.

현은 눈을 내리깔고 서안을 노려보기 시작했다. 석도가 조심스럽게 물었다.

"솔이 아씨와 관련된 일입니까?"

"그 아이가 엮여 있지 않았다면 이런 잡문에 시간을 들일 이유가 없지요. 주변에 다른 눈에 띄는 것은 없었습니까?"

"글쎄요. 별다른 건 없었던 것 같은데……."

"그렇군요. 뭔가 생각나면 알려 주세요."

석도는 고개 숙여 대답하고는 방 밖으로 물러났다. 그가 나가자

방이 세 배쯤은 넓어진 느낌이 들었다. 현은 눈을 감고 생각에 잠겼다.

똑같은 글을, 사람 눈에 잘 띄게 여러 장 뿌려둔다는 것은 무엇을 의미할까. 저잣거리에 뿌린 것이 아니라 산중에 흩어 놓은 것은 주목할 만하다. 보통 사람들 여럿에게 알리기보다는, 산에 자주 들어오는 사람들, 혹은 그중 누군가 한 사람을 목적에 두고 쓰인 것이라 보는 편이 좋겠지. 전하고 싶은 내용은? 적어도 강호의 봄날에 대한 찬양은 아닐 것이다. 뒤엉킨 어순과 틀린 글자로 보아 일종의 암호문인 듯하지만…… 이렇게 눈에 띄게 수상하게 써서야, 정말 제대로 의미를 숨길 의도가 있었는지 의심스럽다. 게다가 이 글이 엉뚱한 자에게 전해져서 해석될 경우도 생각해야 했을 텐데.

산을 오가는 어떤 사람(들)이 쉽게 발견해서 보고, 암호임을 쉽게 알아채서 해석해 줬으면 하지만, 사실 다른 자가 발견하고 해석해도 큰 문제는 없을 내용이라고?

"그래. 안 좋은 냄새가 나는군."

현은 붓을 들었다. 어서 찾아 달라고 사람 눈높이에 암호문을 묶어 두는 자들이다. 해석 방법도 단순하게 하지 않았을까?

눈이 선과 획을 낱낱이 흩었다가 다시 모은다. 수를 골라내고, 뒤틀린 글자는 파자 풀이로 재조합한다. 말이 될 때까지 앞뒤로, 위아래로 붙였다 뗐다 뒤집었다 하기를 잠시.

결과물을 얻어 내는 데는 반 시진도 채 걸리지 않았다.

정돈된 붓을 천천히 내려놓고, 현은 몸을 일으켰다. 그리고 자기 손으로 적은 글을 내려다보았다.

4월 13일 자시(子時) 무명암

무명암은 도성 남쪽 산에 있는 버려진 암자였다. 다행인지 불행인지 이곳에서 그리 멀진 않다. 현판도 떨어지고 없고 도대체 어느 시대에 지어진 것인지 가늠도 안 될 정도로 낡아 폐가나 다름없는 곳이었다. 날짜는 겨우 사흘 뒤이고. 불쾌한 기운이 스멀스멀 피어올랐다. 악의마저 느껴지는 시간과 장소였다.

"솔이 녀석에겐 알리면 안 되겠어."

현은 중얼거렸다.

***

솔은 빨래바구니를 쾅 소리 나게 내려놓았다. 마침 아버지도 밭일하러 자리를 비운 지라 잔소리할 사람도 없었다. 그래서 솔은 기지개를 켜며 마음껏 앓는 소리를 냈다.

아구구 앓으며 허리를 뒤틀던 솔은 한숨을 내쉬었다. 고작 두 명 분 빨래인데 왜 이렇게 많은 건지 이해할 수가 없었다. 물을 먹어 곱절로 무거워진 빨래더미를 들고 나르는 건 웬만한 밭일보다 더 힘들었다. 식구 많은 집은 도대체 어떻게 살고 있는 걸까?

"누나, 엄마가 이거 갖다 주래!"

육남매집의 막내 막동이였다.

아이는 제 몸집만 한 광주리를 양팔로 들고 있었다. 옷감이 산더미처럼 쌓여 아이 눈을 완전히 가리고도 남을 지경이었다. 뵈는 게 없어서 갈지자로 비틀대며 들어오는 걸 보고 솔은 얼른 뛰어가 그걸 받아들었다. 무게가 제법 되었다. 툇마루에 내려놓고 돌아서니 막동이가 또 손바닥을 내밀고 있었다. 솔은 짝 소리 나게 손을 마주쳐 주었다. 항상 느끼지만, 왠지 흥이 나는 장난이었다.

"하, 잘도 안 넘어지고 찾아왔네. 신기하군."

"이정도 쯤이야 식은 죽 먹기지. 내가 누군데."

아이는 자기 가슴을 탕 두드리며 허리를 뒤로 젖혔다. 솔의 입에서 피식 웃음이 새어나왔다.

"엄마가 모레까지 해 주면 된대."

"촉박하네. 이번엔 어떤 무늬로?"

"새."

"며, 몇 마리나?"

"응? 알아서 많이! 랬어."

솔은 하늘을 보며 허허 웃었다. 이것저것 살림에 보탬이 되는 일은 닥치는 대로 하는 그녀는, 사실 여러 곳에서 불러다 부탁할 만큼 손재주 하나는 좋은 편이었다. 음식 솜씨도 괜찮은 편이지만 제일 뛰어난 것은 자수였다. 금침에 원앙을 띄우기도 하고 병풍에 꽃과 새를 새기기도 한다. 새신부의 저고리 소매에 작은 나비를 올려주기도 한다. 살아 있는 그것들을 오래도록 가까이하고 보아 온 덕인지 그녀가 그리는 생생함은 각별했다.

일은 막동이 어머니를 통해 들어왔다. 그쪽도 같은 일을 잘하는 편인데다 발이 넓어, 마을 전체는 물론 도성 안 양반님네의 일도 곧잘 받아오곤 했던 것이었다. 지금 막동이가 들고 온 옷감도 아주 고급인 것이 도성 안에서 온 주문인 모양이었다. 이런 일은 사례가 넉넉해서 좋았다. 문제는 주문품이 '새'이고 마감이 이틀 뒤라는 점이었다.

"하아…… 오늘도 밤샘이다."

"누나, 근데……."

막동이가 눈을 반짝이며 은근히 다가왔다. 마을 제일의 악동에다 마을 제일의 수다쟁이. 솔은 바짝 긴장했다.

"어젯밤에 어디 갔었어?"

"으, 응? 뭐라고?"

"나 밤에 쉬하러 일어났었는데 누나가 막 그 시간에 지나가던데? 이만한 지팡이 짚고?"

등에 식은땀이 흐르는 게 느껴졌다. 하지만 여기서 밀리면 끝장이었다. 솔은 눈을 커다랗게 뜨고 입을 가렸다.

"막동아 그건……."

"그건?"

"귀신이야."

"으아아! 누나, 진짜!"

막동이는 이런 이야기가 질색이었다. 솔은 안절부절못하며 말을 이었다.

"정말이야. 나 어제 일찍 잤는데…… 어, 어떡하지, 우리 막동이? 너 설마 눈 마주친 건 아니지? 그렇지?"

"됐어!"

아이가 도망치듯 문을 나섰다. 아니, 그것은 줄행랑이 맞았다. 솔은 그 뒤에 대고 외쳤다.

"너 한동안 엄마랑 꼭 붙어서 자! 밤에 잠 깨도 절대 뒤로 돌아눕지 말고!"

"그만해애애!"

"그리고 밤에는 집 밖으로 나오지 마라, 좀! 호랑이한테 물려 간다고!"

막동이는 힘껏 달리더니 한순간에 점이 되어 사라졌다. 하여간 겁 많은 꼬맹이였다. 솔은 미소를 지으며 마루로 돌아왔다. 아이가 놓고 간 비단자락이 눈에 들어왔다. 매끈하고 보드라운 연녹색 비단이었다. 황조(黃鳥)를 올려볼까? 문득 그런 생각이 들었다.

빨래 널기는 잠깐 미뤄 두기로 했다. 생각난 김에 한 마리, 딱 한 마리만 먼저 그려 보고 싶어졌다. 솔은 방에서 상자 하나를 꺼내 왔다. 뚜껑을 열자 패에 곱게 감긴 온갖 색실들이 햇빛을 받아 반짝였다.

손이 색실로 가려다가 멈칫했다. 그리고 방향을 바꾸어 상자 구석의 옻칠된 칼집을 한 번 탁 퉁겼다.

일도 많고. 현이 오라버니한테 부탁해 둔 것도 들어야 하고, 그

133

러니.

"늦게 오세요. 늦게."

대답이 있을 리 없었다. 괜히 창피해져서 솔은 피식 웃었다. 이게 뭐하는 짓인지……

뒤늦게 두리번거려 보니 다행히 주변에 아무도 없었다. 안도의 한숨을 내쉰 그녀는 그제야 일에 집중하기로 했다.

상자에서 샛노란 색실 하나를 골라 들었다. 길게 실을 풀고 바늘을 꿰는 사이 콧노래가 흘러나왔다. 아버지가 어린 시절부터 그녀를 업고 재우며 불러 줬던 자장가. 엄마가 곧잘 불렀다는 노래. 한가롭고 잔잔한 울림을 품은 가락이었다.

이 일 끝나면 동이네 아기한테 옷 한 벌 지어 줘야지. 보송보송한 병아리 수 놓아서. 쪽마루에 걸터앉아 따뜻한 볕을 온몸으로 받으며, 솔은 그런 생각들을 했다.

***

뜨거운 것이 얼굴로 확 튀어 올랐다. 눈을 감지 못했다. 감을 수 없었다. 이곳은 찰나에 목이 떨어지는 곳이니까. 앞에 선 상대가 무너지자 옆에서 칼이 짓쳐들어왔다. 팔을 들고 몸을 틀었다. 허리 옆으로 들어온 적의 팔을 흘리고 얼굴을 칼자루로 내려찍었다. 뭔가가 부서지는 소리가 났다.

"설아야!"

갈라진 목으로 다시 한 번 불렀다.

"설아야아아!"

그건 숫제 절규였다. 너울대는 불꽃 너머로 사람 그림자들이 몰려들고 있었다. 집을 뒤덮은 화염 때문에 한밤이 대낮처럼 밝았다. 그들은 모두 피 묻은 날붙이를 들고 있었고 낯익은 얼굴은 하나도 없었다. 그가 알던 이들은 모두 바닥에 누워 있었다.

멀리서 가느다란 비명소리가 들려왔다. 뺨을 있는 힘껏 얻어맞은 것 같이 정신이 번쩍 들었다. 몸은 그보다 먼저 움직이고 있었다. 칼자루를 고쳐 쥐는 손, 비명소리를 향해 달려가는 다리, 가로막는 자의 칼끝을 노리는 눈. 이미 금이 간 어금니가 잇소리를 내며 다시 힘을 실었다.

사방에서 찔러오는 칼을 다섯 개째 쳐냈을 때 검이 부러졌다. 막 베어 넘긴 자가 떨어뜨리는 것을 낚아채서 뒤에서 덮쳐 오던 자의 목덜미에 꽂아 넣었다.

있는 힘껏 달렸다. 정말로, 있는 힘껏. 안채까지 도착했을 때엔 심장이 뼈를 뚫고 튀어나올 것처럼 뛰고 있었다. 한 숨, 한 숨 들이마시고 내쉬는 숨 하나하나가 불이 붙은 듯 고통스러웠다. 평생 잡아온 검이 이렇게 무거웠던가. 덜덜 떨리는 손은 검을 안 떨어뜨리는 것이 그저 최선이었다.

장지문은……

장지문은 안에서 튄 피로 시뻘겋게 물들어 있었다.

"설아야……?"

대답이 없다.

대답이 없었다.

저편 마을의 비명소리, 아우성소리만 멀리서 실려 왔다.

문에 손을 올렸다. 어서, 어서 열고 들어가서 동생을 데려 나와야
지. 말은 틀렸다. 이미 사방으로 다 도망가 버렸으니까. 지금은 뒤
쪽 담을 넘어 숲으로 숨어들어가야……

문을 열어야 하는데.

손이 미친 듯 떨린다.

나는…….

내가…….

***

"……!"

민훈은 비명을 질렀다. 아니, 비명도 꿈이 잡아 삼키고 가 버렸던
가. 그는 크게 헐떡이며 가슴을 움켜쥐었다. 빈 방의 싸늘한 적막이
그를 덮었다. 식은땀에 온통 젖은 온몸이 한참동안 떨렸다. 그는 경
련이 잦아들 때까지 눈을 질끈 감고 가만히 기다렸다.

다행히 아무도 들어오지 않았다. 정말 소리를 지르진 않은 모양
이었다.

"하…… 하하……."

의미 모를 웃음이 비어져 나왔다. 그는 몸을 일으켜 바로 앉았다.

익숙한 방. 익숙한 이부자리. 익숙한 상. 그가 붙박혀 있는 백화루의 방이 맞았다.

잊을 만하면 꼭 되돌아와서 온몸을 발기발기 찢어놓는 이 꿈. 그는 언제나 문을 열지 못한다. 그 뒤에 무엇이 있는지는 이미 너무도 잘 알고 있건만…… 잘 알고 있기에 열지 못하건만, 그는 그때도 바로 문을 열지 못했었다.

'그들'의 피를 바치면 이 꿈도 끝날까.

그는 바닥에 흩뿌려진 종이더미들을 더듬었다. 맨 위에 놓여 있던, 마지막으로 정리해 낸 한 장을 눈앞에 들어올렸다.

4월 13일 자시 무명암

그들의 이번 회동장소일 것이다. 이따위 허술한 암호를 쓰다니 숨기려는 건지 드러내려는 건지 헷갈릴 정도였다. 아마 후자의 확률이 높겠지. 하지만 다른 단서를 놓친 그에게는 선택의 여지가 없었다. 그러니, 그 부름에 응해 줄 생각이었다.

단, 그들이 예상치 못할 덤을 하나 더 달고서.

커다란 눈을 깜박이며 그를 빤히 올려다보던 얼굴. 그의 어깨에 둘러매진 채로도 고개를 반짝 들고 칼같이 말대꾸하던 그 목소리. 어깨에 참새 두 마리를 얹고 걷던 그 옆모습.

저도 저승사자님 부탁 하나 들어드릴 테니까.

거의 멱살을 잡을 기세로 그렇게 말했었다.

이솔.

세상을 향해 말을 걸고 그들의 답을 들을 수 있다는 그녀.

어쩌면, 그들과의 싸움에서 왼손으로 든 검보다 더 강력한 무기가 되어줄 존재.

"……뭐가 됐든 다 들어주겠다고 했었지."

너무 파렴치한 것만 빼고. 이 일을 파렴치하다고 생각하진 않을 것이다. 그게 그녀의 문제라면 문제였다. 민훈은 눈을 감았다.

"그 넓은 오지랖이 네 명을 깎을 거야."

＊＊＊

안익태는 찻잔을 기울였다. 청명하면서도 여운이 깊은 맛과 향이었다.

"허허……."

감탄사가 절로 나왔다. 그의 집에 들어오는 차들도 최상급품이건만 아무리 해 봐도 이 맛은 나질 않았다. 역시 타는 사람의 솜씨가 문제인 것일까.

"마음에 드시오?"

"물론입니다, 전하. 제 평생 이렇게 좋은 차는 처음이옵니다."

"매번 그 소리요. 가실 때 좀 챙겨가시구려."

"성은이 망극하옵니다."

왕과 좌의정은 주변을 모두 물리치고 마주앉아 있었다. 그저 다과상 하나만 가운데 두고, 다관이 다 비워질 때까지 이어지는 이 독대는 그들에겐 일상이었다.

"그래, 바깥세상은 그동안 어떻게 돌아가고 있소?"

"만백성이 태평성대를 외치고 있지요. 지난해에 어찌나 풍작이었던지 올해는 춘궁도 없어, 집집마다 밥 짓는 연기가 끊이질 않고 다들 배를 두드리며 노래 부르는 소리가 도성 안에 넘쳐납니다. 모두 전하의 은덕이지요."

"북방의 조세를 높인 것 때문에 말들이 많다 하던데."

안익태의 눈이 초승달 모양으로 휘었다.

"당치도 않습니다. 없이 살던 자들이 갑자기 너른 땅을 가지게 되어, 하늘 높은 줄 모르고 기고만장하였다는 소문이 파다합니다. 추상같은 어명으로 분수를 깨닫게 하여야 탈이 없을 것입니다. 조정의 중신들은 모두 같은 생각입니다."

"좌상이 그러하다면 그게 맞겠지."

"염려 마시옵소서. 만백성이 한마음으로 주상 전하의 덕을 기리고 있습니다. 지금이야말로 조선의 요순시절 아니겠습니까."

"거, 참. 못하는 말이 없소. 그만하시오."

"늙은이가 주책이지요. 허허허."

안익태가 크게 웃자 젊은 왕도 못이기는 척 따라 웃었다. 독대는 언제나처럼 길지 않았다. 좌의정은 노구를 핑계로 일어났고 왕의 극진한 배웅을 받으며 물러나왔다.

웃는 눈매에 거의 가려 있던 눈동자가 햇볕 아래로 나오자 번들 거리며 빛났다. 가마에 오르기 전 그는 구부정한 허리를 펴고 뒤를 돌아보았다가, 고개를 한참 꺾어 구름 위를 올려다보았다.

"하늘이 아직 나를 돕는구나."

지난해의 대풍년이 큰 힘이 되어 주고 있었다. 북방 외에는 생활 이 궁핍한 곳이 전혀 없어 조세를 걷는 것도 문제가 없고 백성들의 불만도 미미했다. 아래쪽이 조용하니 조정의 다른 중신들도 자기 들 이권다툼에 정신없이 몰두해 있었다. 무엇보다도 왕이, 그의 말 대로 움직이면 만사형통이라 믿으며 그에게 더욱 힘을 실어 주고 있었다. 젊다 못해 어리다고 부르고 싶은 왕이었다. 몸은 이제 성년 이라 하여도, 왕의 마음은 아직 자신의 옷자락에 매달리던 그 시절 그대로였으니까.

그림이 완성되어 가고 있었다. 아주 만족스럽게.

남은 것은 귀찮은 날파리들을 쳐내는 것뿐.

그 첫 번째 날파리를 눌러 죽일 계획이 지금 진행 중일 터였다. 박 원로가 나서서 꾸민 그 계책은 안익태의 마음에 썩 들진 않았 다. 조악하고 야만적인 방식이었다. 하지만 그래서 더 호기심이 이 는 것도 사실이었다. 과연 그 저승사자라는 자는 여기에 어떻게 반 응할 것인가…….

"다녀오시었습니까, 아버님."

여식이 어찌 알고 그를 마중 나와 있었다.

"오냐."

딸은 깊이 숙였던 허리를 펴고 고개를 들었다. 흑단 같은 고운 머릿결은 한 올도 흐트러짐 없이 정하게 빗어 넘겨, 그가 선물한 댕기를 드리웠다. 매끈하게 날아가는 눈썹과 곧고 높은 코, 이지로 반짝이는 눈동자. 얇지만 모양 좋은 입술은 끝에 홍매화같은 미소를 머금고 있었다.

안시호, 그의 가장 귀한 보석. 마흔 넘어 겨우 얻은 세상에서 가장 아름다운 보물. 이 아이에겐 조선 누구보다 더 빛나는 길을 걷게 해 주고자 했었다.

문득, 병판 서충헌의 얼굴이 떠올라 안익태는 얼굴을 일그러뜨렸다. 그놈이 자식 관리를 더 잘 했더라면⋯⋯. 묵호 서민훈이 그의 계획대로 왕의 내금위장이 되었더라면 시호의 미래도 더 화려했을 것인데. 이럴 줄 알았으면 시호에게 장차 네 짝이 될 사내라고 그자를 보여 주지도 않았을 것인데.

"괜찮으십니까?"

"별 것 아니다. 들어가자꾸나."

안익태는 흐려지려는 자기 마음을 떨쳤다. 가당치 않은 걱정이었다. 종래엔 모든 것이 그의 뜻대로 될 것이었다.

***

현은 헛기침을 했다.

"⋯⋯."

그는 한 번 더 헛기침을 했다. 그래도 기다리던 반응은 돌아오지 않았다. 그래서 그는 그냥 하고 싶은 대로 하기로 했다. 현은 솔의 등을 토닥였다.

"솔아. 나 왔……."

솔이 그제야 스르르 고개를 들었다. 그 눈과 마주친 현은 흠칫 놀라며 한 걸음 물러섰다.

"아…… 현이 오라버니 오셨구나……."

솔은 새빨갛게 충혈된 눈을 비볐다. 눈 아래도 시커멓게 꺼진 것이 산 사람의 몰골이 아니었다. 그녀는 마루에 걸터앉아 바늘과 실과 비단에 파묻혀 있던 중이었다. 어제 물건을 받은 날부터 지금 이 순간까지 한순간도 쉬지 않고 일한 결과, 마루 저편으로 길게 펼쳐 놓은 비단 위엔 각종 새 십수 마리가 날갯짓을 하고 있었다. 그 모습 하나하나가 어찌나 생생한지 금방이라도 옷감을 놓고 날아오를 듯했다. 현은 새삼 감탄했다. 과연 넋을 잃고 보게 만드는 솜씨였다.

"오라버니, 그건 어떻게 됐어요……?"

"그래. 안 그래도 그걸 알려 주러 왔다."

현은 퍼뜩 정신을 차렸다. 그리고 점잖게 솔에게서 딱 두 자 떨어진 거리에 앉았다.

"밤새 연구해 봤지만 아무 것도 없더구나. 아무리 뒤져 봐도 다른 뜻이 만들어지질 않는다. 애초에 암호 같은 게 아니었던 게야."

"네에? 그럴 리가요?"

솔의 눈이 휘둥그레 커졌다. 새빨간 눈으로 그러니 좀 무서워져서, 현은 슬쩍 그 눈길을 피했다.

"누가 그냥 지독하게 못 쓴 글을 자기 딴엔 맘에 들었는지 품고 다니다 흘린 것일 테다. 세상엔 별 의미 없는 일들이 대부분이거든. 괜히 헛수고 했구나, 너도 나도."

"그럴 리가 없어요."

"그럴 리가 없긴. 그럴 수도 있지."

"그럴 리가……."

"내가 틀렸다는 게냐?"

"그건……!"

그렇진 않다. 현은 솔이 아는 사람 중에 가장 똑똑한 사람이었다. 그녀만 그렇게 생각하는 게 아니라 온 마을 사람들이 그렇게 생각한다. 정말 그녀가 잘못 생각한 것일까? 그렇다면 저승사자는 왜 그렇게 그 글에 집착했던 거지?

뭔가 놓치고 있다는 생각이 들었다. 다시 한 번 더 눈으로 확인해 보고 싶어, 솔은 손을 내밀었다.

"그런 뜻은 아니었어요. 그럼 드린 것은 이제 돌려주세요."

"그것에 대해서도 할 말이 있는데……."

현은 부채로 입을 가렸다.

"내가 등잔을 엎어 버려서 그만, 그 종이를 태워 먹어 버렸구나."

"네에에?!"

솔이 벌떡 일어나자 무릎에 놓여 있던 옷감이며 바늘이 맨바닥에 우수수 떨어졌다. 현은 혀를 차곤 몸을 숙여 그것들을 줍기 시작했다.

"미안하게 됐다. 넌 그냥 있거라. 내가 동이네에 가서 직접 설명하고 사과하고 오마."

"아니, 그걸 왜 오라버니께서, 아니 왜 그렇게 조심성 많으신 분이 등잔 같은 걸 엎어요?"

"네가 하도 재촉하니 밤새서 글 보다 그러지 않았느냐. 나도 피곤해질 때가 있다."

언제나처럼 별로 크지 않은 목소리였는데, 솔은 입이 턱 막혔다. 맞는 말이었다. 현은 그녀의 부탁을 들어주려 지금까지 고생하고 오늘도 직접 걸음까지 한 참이었던 것이다. 투정할 입장이 아니었다. 솔은 꼬리를 내렸다.

"죄송해요……."

"아, 아니. 딱히 사과를 받으려고 한 이야기는 아니고……."

현은 안절부절못하며 부채로 얼굴을 한참 부치다가, 한숨을 쉬었다.

"일단 앉아라. 발목도 시원찮은 녀석이."

"다 나았어요."

"그래도 좀 덜 써야지. 밤엔 누워서 쉬고. 전처럼 밤에 혼자 돌아다니는 일은 절대 하지 말고."

"이젠 안 해요……."

"그래, 그러다 다음번에는 저승사자보다 더한 걸 마주치는 수가 있다."

솔은 눈을 깜박였다.

"그, 그게 뭔데요?"

"자고로 사람이 제일 무서운 법이다……."

현이 몸을 일으켰다. 따라 나서려는 솔을 손을 들어 막았다.

"나오지 말고 거기 그대로 앉아 있거라. 난 간다."

"어떻게 그래요. 저 때문에 고생하셨는데."

"됐다. 우리 사이에 무슨."

"그럼……."

솔은 앉은 채로 허리를 푹 숙였다.

"고마워요, 오라버니! 안녕히 가세요."

"뭐, 뭘…… 이 정도로……."

현은 험험 헛기침을 여러 번 하고는 얼른 문을 나섰다. 솔은 깊은 한숨을 내쉬었다. 그리고 꼰 다리 위로 턱을 괴고 곰곰이 생각에 잠겼다.

그 모습을 엿보던 두 쌍의 눈동자가 서로를 향해 신호를 보냈다. 자그마한 두 그림자는 솔이네 담에서 살금살금 걸어 떨어지더니 먼 데까지 뛰어가서야 참았던 숨을 내쉬었다.

"들었지? 들었지, 을순아?"

"그래, 막동아. 나도 들었어."

막동이는 두 주먹을 불끈 쥐었다.

"거봐. 솔이 누나, 밤에 자꾸 밖에 뭐 하러 다니는 거 맞다고 했잖아!"

"저승사자 이야기도 하던데? 언니 저승사자 만난 적 있나 봐."

을순이는 땋은 머리를 뱅글뱅글 돌리며 애써 태연한 척 하는 중
이었다. 저승사자라니, 사실 무서워서 다리가 후들거리고 있었다.
하지만 막동이 앞에선 티낼 수 없었다. 자신은 언젠간 막동이 녀석
을 꺾고 이 동네 꼬맹이들의 대장이 될 사람이니까! 한편 막동이는
지금껏 솔에게 속아 왔다는 배신감 말곤 다른 걸 떠올릴 여력이 없
었다.

"두고 봐. 내가 이번에야말로 꼭 솔이 누나의 비밀을 밝혀내고야
말 테니까."

"뭐래, 겁쟁이가."

"뭐야? 너 말 다 했어?"

"다 했지."

막동이는 주먹을 들어 올렸고 을순이는 그 틈에 막동이의 코에
박치기를 날렸다. 막동이가 눈물을 글썽이며 주저앉자 을순이는
빨개진 이마를 쓰다듬으며 말했다.

"내기하자. 누가 먼저 알아내나."

"너…… 너으, 흐아응…… 우고뽕…….."

"이기는 사람이 대장이야. 알지?"

"으래!"

두 악동은 손바닥을 짝 마주치고 헤어졌다. 반대 방향으로 걸으
며, 둘은 계속 솔이네 집 방향을 돌아보곤 했다.

***

솔은 눈을 감았다.

탁, 하고…… 희미하게 뭔가를 던지는 소리가 다시 들렸다. 이런 식으로 방문하는 밤손님을 그녀는 잘 알고 있었다. 그래서 솔은 몹시 우울해졌다.

그녀는 들고 있던 바늘을 내려놓고 몸을 일으켰다. 관절마다 우두둑 소리가 나서 한순간 바짝 굳었던 솔은, 옆방의 코고는 소리가 변함없이 우렁차서 겨우 가슴을 쓸어내렸다.

문을 조심스럽게 열고 나가니 마당 담에 기대어 선 손님이 보였다. 그녀는 그쪽으로 살금살금 다가갔다.

"이틀 뒤에 오시지……."

"누구 마음대로."

언제나처럼 묘하게 밉상이구나.

순간 둘의 마음속을 똑같이 스친 감상이었다.

"오늘은 제가 부탁 들어드리기로 한 차례죠?"

"그……."

"머, 먼저 꼭 해야 할 이야기가 있는데요."

솔은 두 주먹을 꽉 쥐었다. 민훈은 그 손들을 힐끔 보고는 눈을 가늘게 떴다.

뭐지, 싸우자는 건가?

"지, 지, 지난번의 일. 그, 그거 실수니까……!"

"지난번의 일?"

"실수라구요! 그, 그러니까 그거 아무 의미 없는 일이니까! 우리 아무 일 없……!"

뒷말은 입 밖으로 나오지 못했다. 솔은 새빨개진 얼굴로 눈만 깜박깜박했다. 그녀의 입은 저승사자의 큰 손에 틀어 막혀 있었다. 말을 삼키다 걸린 것인가, 가슴이 불편하게 쿵쿵 뛰었다. 그는 자기 얼굴 앞에 검지를 세우곤 으르렁거렸다.

"사람들 다 깨울 참이냐?"

"푸아! 아무 일도 없었던 거예요. 알겠죠?"

"무슨 소린지……."

차사님은 아무 생각이 없었구나. 나 혼자 온갖 의미를 두고 창피해했던 거야.

솔은 안도했다. 그러면서도 가슴 한켠이 뜨끔해와, 눈썹을 찌푸렸다.

뭐지, 이건?

"됐어요. 그럼. 이제 부탁할 걸 말씀해 보세요. 참고로 이틀 뒤부턴 아주 열심히 도와드릴 수 있으니 그 이후에 뭘 시키시면 더 결과가 좋을 거예요."

"내일이다."

"……흐아."

다들 날 죽일 셈인가. 솔은 신음소리 비슷한 걸 내면서 두 손으로 얼굴을 가렸다. 하지만 언제까지고 투정만 부릴 수는 없는 일이었다. 따지고 보면 자수 일감을 받은 것도 자기 욕심이었으니 그것 때문에 다른 일을 제대로 못 해내선 안 될 일이다. 모두 자신이 자초한 일이었다. 책임을 져야 했다.

어리광 그만 부려, 이솔.

입 안으로 중얼거린 솔은 곧 얼굴에서 손을 뗐다.

"네. 좋아요. 무슨 일을 하면 되죠?"

좀 전과는 확연히 달라진 표정에 저승사자는 고개를 갸웃했다. 그리고 천천히 팔짱을 꼈다.

둘 사이에 침묵이 흘렀다. 그는 한참동안 말없이 솔을 내려다보았다. 이런 식으로 사람을 빤히 내려다보는 것이 그의 버릇이라는 걸 이제는 솔도 알았다. 그래서 그녀는 꼿꼿이 서서 그 시선을 받았다.

그런데 이번은 좀 너무 오래이지 않나?

"저…… 차사님?"

망부석이라도 된 건가? 눈앞에 손이라도 흔들어 보려던 차에 그가 입을 열었다.

"이솔이라고 했지?"

"네."

저승사자는 마지막으로 고개를 숙였다가, 곧 바로 들었다. 무슨 고민인지 몰라도 그제야 결론이 난 듯했다. 아주 깊은 고민이었다.

"자하원이라고, 들어봤나?"

솔은 고개를 가로저었다. 언젠가 빨래터에서 아주머니들이 이야기하는 걸 들은 것도 같았지만 제대로 이해한 것은 아니었으니까. 모르는 것은 모른다고 확실히 인정하는 편이 좋다고, 현에게 그렇게 배웠다.

"한양까진 아직 교세가 미치지 않았으니 들어 본 자가 많진 않겠지. 남쪽에서 번지고 있는 사교(邪敎)다."

"교라면, 어…… 불도(佛道) 같은?"

"그래. 그리고 그들에겐 부처가 아니라 천선(天仙)이 있지. 상제의 별을 타고 난 자라 세상 만물을 다스릴 신통력을 가지고 있고, 그를 믿고 가르침을 따르면 앉은뱅이는 일어서고 소경은 눈을 뜬다고 하더군. 교조라는 자는 몰락한 양반가 출생인데, 어느 날 상제를 꿈에서 뵙고 그가 말한 곳에서 그 천선을 만나 함께하게 되었다고 한다."

솔은 눈을 깜박였다.

"대단하네요."

저승사자가 비소를 흘렸다.

"그런가? 신도들은 천선의 영험함을 믿고 하루 세 번, 북두성이 뜨는 하늘을 향해 다섯 번씩 절을 하고 주문을 외는 것만 하면 된다고 들었다. 진정으로 성심을 다한다면 뜻하는 바가 모두 이루어진다고."

"주문이라면 뭐 '자하자하자하하' 이런 거?"

괜히 한번 웃기려고 해 보았는데, 돌아오는 건 싸늘한 침묵뿐이었다. 솔은 앞으론 입 다물고 있기로 마음먹었다.

"계속하세요."

"자줏빛 자(紫)자에 강 하(河)자를 쓴다. 신도들의 믿음이 하늘에 닿으면 자하의 큰물이 일어나 세상을 쓸어내고 그 위에 자신들만의 나라가 세워질 것이라고 믿고 있어."

"그, 그거 역⋯⋯!"

솔은 자기 입을 틀어막았다. 그들의 말, 역도로 몰려도 할 말 없는 소리였다.

"그래. 그런데 아직 잘도 살아남아 있지?"

"어떻게 된 일이에요?"

"나도 그게 궁금하다. 뭔가 뒤에 버티고 있는 것 같긴 한데 아직 제대로 손에 잡히질 않는군."

"그렇게 위험한 게 어떻게 그리 쉽게 번지고 있는 거죠?"

"직접 보여 줬잖나. 자하의 파도를."

"네?"

저승사자는 고개를 기울였다.

"3년 전에. 북방에서."

찬물을 뒤집어 쓴 것 같이, 오싹한 냉기가 머리끝부터 발끝까지 훑고 지나갔다. 솔의 얼굴에서 핏기가 가셨다.

북에서 남으로 이어지던 그 끝없던 피난 행렬⋯⋯ 피딱지가 굳은 맨발의 사람들. 북방의 오랑캐는 푸른 옷을 갖춰 입고 물밀듯이 밀고 내려왔다. 어찌나 잔혹하고 무자비했던지 무방비로 농사짓고 밥 짓고 있던 사람들의 피로 그 푸른 옷이 온통 검붉게 물들었다

했다. 조선을 쓸어내 버리려 한, 자색의 물결……

"눈에 보이면 믿게 되니까."

"그런…… 말도 안 돼. 설마 그게 그 자하원이라는 곳과 관련 있다는 거예요?"

"없을 것 같나?"

솔은 혼란스러웠다.

"차사님 말대로, 이제 와서야 커지기 시작했다면서요. 잡스러운 무리라면서요. 어떻게 그런 일을 벌여요?"

"네 생각보다 그림이 크다."

무슨 소린지 알 수 없었다. 솔은 당장 떠오르는 의문부터 해결하기로 했다.

"정말 관련되어 있다면요……? 어떻게 하시려구요."

"죽일 거야."

평소와 똑같이 담담하고 무상한 말투에, 좀 전까지처럼 학구적이기까지 한 어조라 솔은 그 말도 마찬가지로 곰곰이 되씹었다. 그랬다가, 뒤늦게 얼어붙었다.

"네, 네? 지금 뭐라고?"

"책임을 지게 해야지."

"아니, 그거 아니었잖아요. 근데 이 이야길 저한테 왜 하시는 건데요?"

아까부터 묻고 싶었다. 그가 하는 모든 말이 솔에겐 너무나도 먼 이야기였다. 그녀는 그냥 아빠 따라 농사짓고, 도련님의 서책 옮겨 적는 일 돕고, 간혹 자수 일감 받아와서 수놓으며 하루하루 먹고 사는 평범한 보통의 사람이었다. 남방의 사교이니, 역모이니 그런 건 그녀의 세계가 아니었다. 솔직히 이해하기도 힘들고. 이해하기도 두려웠다.

그리고 이 말수 적은 저승사자가 갑자기 왜 이렇게 길게 이야기를 하는 것인지…… 솔은 불안해지기 시작했다.

대답은 가차 없었다.

"자기가 무슨 일을 하게 될 것인지는 알아야 할 것 같아서."

무덤을 팠구나. 내가 내 무덤을 팠어. 솔은 식은땀이 나기 시작하는 손을 치마에 닦았다.

"그럼 제게 하실 부탁이라는 게……."

"암자 하나를 감시해 줬으면 한다. 내일 자시, 무명암이다."

"잠깐만요. 그거, 그 자하원이라는 것과 관련된 곳인 거예요?"

"약속을 했으면 지켜라."

역시, 답할 가치가 없다고 생각하면 무자비하게 말을 씹는다. 그 자하원이라는 것과 관련된 사람들이 무명암에서 뭔가 벌이는 게 분명했다. 저승사자는 그녀를 이용해서 그곳을 감시하고 싶은 것이고.

솔은 손을 내저었다. 핑계. 핑계가 필요했다.

"그렇게 쉬운 일이 아니에요. 짐승들은 제 말 말고는, 사람들의 말은 제대로 알아듣고 기억하지 못한다구요. 이야기를 엿듣는 것 같은 건 불가능해요."

"그런 건 필요 없어. 안에 내가 직접 들어갈 테니까."

"그럼요?"

"무슨 일인가가 벌어질 텐데, 거기서 도망치거나 근처에서 자리를 뜨는 자가 있을 거야. 그럼 그자가 어디로 향하는지만 알려 주면 된다."

쉽진 않겠지만 불가능한 일은 아니었다. 높게 멀리 날 수 있는 새들의 눈을 빌리면 될 것도 같았다. 생각보다는 덜 위험해 보였다. 딱 그 정도라면…… 해 주고, 그만 이 차사와 연을 정리하면 되지 않을까?

"그게 다예요?"

"더 하고 싶나?"

솔은 질색을 하고 손사래를 쳤다.

"아뇨! 무명암, 자시. 그 시간에 거기까지 어떻게 가지."

"오지 마라."

"네? 저 필요하신 것 아니었어요?"

"필요 없어. 방해돼."

둘 사이에 다시 짧은 침묵이 흘렀다. 둘은 뭐 이런 바보가 있냐는 투로 서로를 노려보았다. 그나마 굽혀 줄 마음이 있는 솔이 필사적으로 대화를 정리해 냈다.

"그러니까…… 상황을 살펴줄 수 있는 제 '친구'들만 거기 있으면 된다는 뜻이었군요?"

"……그래. 다음 날 밤에 여기로 다시 올 테니 그때 본 걸 이야기해 주면 된다."

"하하하, 그나마 다행이네요. 낮에 가서 미리 부탁드려야겠다."

"절대로."

저승사자가 기대고 있던 벽에서 몸을 뗐다. 그는 구겨진 도포자락을 툭 털어내며 여상하게 말했다.

"······가까이는 가지 마라."

등줄기가 스산해지는 한마디였다. 마냥 쉽게 생각할 일이 아니라는 것, 뭔가 위험한 일에 엮여 버렸다는 것이 실감났다. 웃을 마음이 싹 사라졌다. 솔은 마른침을 꿀꺽 삼켰다.

"그럴게요."

"이틀 후에 오마."

***

밤은 짧았다.

그렇게 저승사자를 보낸 솔은 방에 큰대자로 누워 생각을 정리해 보려 했다. 하지만 이틀 내내 지칠 대로 지친 몸이었다. 그녀는 까무룩 잠들었고, 집채만 한 붉은 물결이 자기를 덮치는 꿈에 내도록 시달렸다.

겨우 일어나 아버지가 차려 주는 밥을 먹는 둥 마는 둥 숟가락을 물고 수를 놓은 그녀는 그 결과, 목표한 서른여섯 마리의 새를 모두 완성할 수 있었다. 한 땀만 더, 한 땀만 더, 하는 사이에 시간이 꽤 흘러 있었다.

솔은 해가 기울어지기 시작하는 때에서야 땀을 뻘뻘 흘리며 산을 오르고 있었다. 그녀는 입술을 짓씹으면서 중얼거렸다.

"끝이다……진짜. 이게 끝이야. 나 앞으로 입조심 할 거야, 정말로. 진심이라고."

왜 그때 무슨 부탁이든 들어준다는 말을 그렇게 함부로 했던가. 뼈아픈 실수였다. 차라리 인정에 더 호소해 볼걸. 아니, 그런 것 안 통한다고 그 사람, 자기 입으로 말했었다. 이래서야 동이랑 아기 목숨을 살리고 자기 목숨을 거는 셈이 아닌가.

"후, 후후…… 2대 1이면 남는 장사네."

요렇게 생각해 봐도, 별로 위안이 되질 않았다. 그나마 하루 좀 쉬었다고 발목이 말끔히 나은 것이 다행이었다. 그녀는 꽤 빠른 속도로 산을 오를 수 있었다. 해지기 전까지 집에 넉넉하게 돌아갈 수 있을 것 같았다. 사람들이 많이 다니는 길을 조금 벗어나, 길인지 숲인지 헷갈리기 시작하는 외진 오솔길을 한참 거슬러 올라가자 멀리 목적지가 보였다.

무명암. 암자 이름이 무명인 것은 아니었다. 100년 전 즈음에는 제대로 된 이름이 있었으리라. 어쩌면 200년일지도 모를 일이었다. 마을에서 제일 나이가 많은 노인들 중에도 이 암자의 이름을 아는 사람은 하나도 없었다. 현판이 떨어지고 없는 암자는 바람만 불어도 폭삭 내려앉을 것처럼 낡아 있었다. 멀리서 봐도 거뭇거뭇하게 썩어 문드러진 나무 기둥들이 을씨년스러웠다. 기와는 깨지고 흘러내려 온전한 것이 더 드물었다. 크고 작게 뚫린 지붕의 구멍에 본당 내부는 비가 오면 비에 젖고 눈이 오면 눈에 젖은 지 한세월 이었다. 주변을 둘러싼 높은 나무 때문에 해도 잘 안 들어, 그 속은 그저 캄캄한 어둠뿐이었다. 본당 옆에 딸린 창고도 사정은 마찬가 지였다.

솔은 그 자리에서 멈춰 섰다. 저승사자의 말처럼 더 이상 가까이 가서는 안 될 것 같았다. 일은 자시에 벌어질 것이라 했지만 지금 이라고 안전하다는 법은 없었다. 그녀는 챙겨 온 주머니를 열었다. 숲새들이 관심을 가질 만한 곡류와 냇가에서 모아 뒀던 반짝반짝 빛나는 잘 닦인 차돌을 땅에 늘어놓고, 그녀는 쪼그려 앉았다. 그리 고 그들을 불렀다.

잠깐 만에 손바닥만 한 작은 새들에서 팔뚝만한 큰 새까지 푸르 르 날아와 솔을 둘러싸고 앉았다. 머리에 오목눈이 한 마리를 얹고 조근조근 이야기를 이어나가던 그녀는…….

"아니, 다섯 개는 좀……. ……셋! 셋이 최대야! 에이잇, 적당히 들 해!"

마지막엔 버럭버럭 소리를 지르고 있었다. 내일까지 딱 손톱만 한 하얀 차돌 세 개를 더 찾아오기로 약속하고서야 거래를 끝낼 수 있었다.

어쨌거나 목표한 일은 제대로 해낼 수 있을 것 같았다. 해가 꽤 기울어 있었다. 이젠 빨리 집에 돌아갈 시간이었다. 그녀는 마지막 으로 암자 쪽을 다시 한 번 돌아보았다. 호기심이 스멀스멀 일어나

려다가, 그림자에 파묻힌 시커먼 입구 쪽이 눈에 닿는 순간 깨끗이
사라졌다. 그녀는 얼른 걸음을 옮겼다.

***

"너 때문이야."
"아니거든, 너 때문이거든?"
"아니야! 내가 아까 이쪽 길 아니라고 했잖아!"
"언제? 언제 그랬는데? 내가 이쪽이라니까 네가 두 말 않고 따라
왔었잖아."

을순이의 눈에 눈물이 그렁그렁해졌다. 막동이는 주먹을 꼭 쥐
고 울음을 참았다. 아홉 살 소년소녀에겐 버거운 일이었다. 집을 나
선 솔을 몰래 따라올 때까지만 해도 호기심과 기대감에 눈이 반짝
였던 둘이었다. 그녀가 혼자 숲을 들어섰을 땐 가슴이 두근대다 못
해 쿵쾅댈 정도였다. 드디어 솔이 숨기고 있는 그녀만의 비밀을 알
아낼 수 있겠다 싶었으니까. 구미호라도 만나는 것일까? 도깨비 방
망이를 숨겨 놓고 있는 것일지도 몰라. 아이들은 소근거렸다.

혹시나 들킬까 봐 아주 멀리 떨어져서 갔던 게 문제였다. 사람
길을 벗어나기 시작한 후에도 둘은 용감무쌍하게 소리만 쫓아 그
뒤를 따라 숲으로 들어갔던 것이다. 이게 아니다 싶었지만 둘 중
누구도 먼저 돌아가자는 말을 할 수 없었다. 아이들은 서로 이 길
이다, 저 길이다 하며 자신만만하게 엉뚱한 길로 들어서고 말았다.

이젠 돌아갈 길도 알 수 없게 되어 버린 둘이었다.

숲의 밤은 빨리 온다. 벌써 주변이 어둑해지려 하고 있었다.

"아야!"

을순이가 나무 등걸에 걸려 나동그라졌다.

"으, 을순아! 괜찮아?"

"이게 뭐야…… 으아아아앙! 엄마아!"

무릎이 까졌는지 옷 너머로 피가 배어 나오고 있었다. 목 놓아 우는 을순이 옆에서 어쩔 줄 모르고 있던 막동이 눈에, 낯선 그림자가 보였다.

"을순아! 을순아! 저것 봐. 집이야."

"집? 어, 어디?"

아이들은 풀숲을 헤치고 그쪽으로 허둥지둥 달려갔다. 흙 언덕을 두 손 두 발로 기어오르니 다 쓰러져 가는 암자가 눈에 들어왔다. 사람 사는 집이었으면 얼마나 좋았을까. 실망한 을순이가 다시 울음을 터뜨리려는 차에, 막동이가 부러 큰 목소리로 말했다.

"다행이다! 여기서 기다리면 되겠네."

"응?"

"누나가 오려던 데가 여기인가 봐. 아무도 모르는 데가 아니니까, 어른들이 찾으러 오기 쉬울 거 아냐?"

"그, 그치?"

을순이는 손등으로 눈물을 닦았다.

"응! 여기서 밤 보내면 짐승들도 피할 수 있겠다. 거봐, 이쪽 길

맞다고 했잖아."

"몰라."

"들어가 보자."

귀신이라도 튀어나올 것 같은 집이건만, 솔이가 들른 곳이라고 생각하니 덜 무서워졌다. 어쩌면 솔이 언니가 아직 안에 있을지도 모른다. 그런 생각도 들었다. 그래서 을순이도 몸을 일으켰다.

"언니가 여기다가 숨겨 놓는 걸까? 도깨비 방망이?"

"그럴지도 모르지."

막동이는 괜히 뿌듯해졌다. 어쨌거나 이곳을 발견해 낸 것은 자신이었으니까. 을순이가 울음을 그치자 마음도 한결 가벼워졌다. 사내는 용감해야 한다고 아빠랑 형들이 항상 말했었다. 막동이는 앞장서서 반쯤 부서진 본당 문을 밀었다.

"조심해서 들어와."

막동이가 문 안쪽으로 먼저 들어갔다. 안쪽의 어둠에 가려, 을순이는 막동이를 눈에서 놓쳤다. 을순이는 아직 들어갈 엄두가 나질 않았다.

"막동아……? 어때?"

그런데 대답이 돌아오질 않았다.

"막동아? 장난치지 마."

적막. 마침 불어온 바람에 나무들만 부스스 소리를 냈다. 문득 혼자 남겨졌다는 생각에, 을순이는 얼른 문 안으로 따라 들어섰다.

"너, 진짜! 장난 그만 치……."

쿵 하고 뭔가를 들이받고 소녀는 주저앉았다. 생각지도 못한 충격에 을순이는 멍하니 고개를 들어올렸다. 온통 어둠이라 캄캄한 가운데 저 한참 위에서, 두 눈동자가 자기를 내려다보고 있었다.

***

바닥이 없었다. 몸은 한없이 아래로 아래로 가라앉았다. 뭔가가 온몸을 감싸 안고 짓누르고 있었다. 입을 여는 순간 소리가 나오지 않는다는 것을 깨달았다. 숨도 쉴 수 없었다.

……물. 물이었다. 그녀는 큰 물 속으로 끝없이 가라앉고 있었다.

도와줘요.

팔을 휘저어 보아도 잡히는 게 아무 것도 없었다. 그녀는 다급하게 허우적 댔다. 살려 달라고, 외치려고 입을 열 때마다 안으로 물이 들어찼다. 숨이 막힌다. 춥다. 눈물이 솟으려다 물에 섞여 흩어진다. 눈을 지끈 감고 손을 위로, 마지막 힘으로 뻗어 올렸다.

누가, 제발 좀…….

그 손을 덥썩 잡는 누군가가 있었다.

"……!"

솔은 번쩍 눈을 떴다. 온몸이 식은땀으로 젖어 있었다.

"허억…… 헉……!"

심장이 미친 듯이 쿵쾅댔다. 아직도 숨쉬기가 힘들어, 그녀는 가슴을 꾹 누르고 심호흡을 했다. 악몽이었다. 산에서 돌아오자마자 쓰러져 초저녁잠이 들었었는데 이 모양이었다. 피곤하면 푹 자야 하는데 그럴수록 편히 자기가 더 힘들었다. 어젯밤도 그렇고 지금도 그렇고 자꾸 왜 이런 악몽이 덮치는지 알 수가 없었다.

"······동아!"

누군가의 외침소리가 들렸다. 벌써 해가 진 지 오래였다. 이 시간에 무슨 일일까? 솔은 몸을 일으켰다.

"막동아! 을순아!"

막동이 아버지였다. 멀리서 다른 어른들이 외치는 소리도 들렸다. 마당에서 아버지가 막동이 아버지를 잡고 이야기하고 있었다.

"왜? 애들이 안 보여?"

"아이고, 태출이. 이놈들이 낮에 나가서는 아직도 안 들어오네."

"뭐야? 지금 시간이 몇 신데!"

솔은 문을 벌컥 열었다. 생각보다 밤이 깊어 있었다. 그 둘이 아무리 장난꾸러기라도 저녁밥 먹을 때까지는 집에 들어왔어야 정상이었다. 한창 크는 애들이라 흙바닥을 구르다가도 밥 때가 되면 배가 고파 집으로 달려가곤 했던 것이었다.

"아직도요?"

"아, 솔아! 우리 애들 못 봤냐? 네가 뭘 숨겼다느니 감시한다느니 엉뚱한 헛소리 하면서 놀던데 여기 안 들렀던?"

"네? 아뇨. 오늘은······."

"그러냐. 아이고, 이놈들이 그럼 도대체······! 알았다."

"나도 찾아봄세. 같이 가세."

"저도요!"

솔은 주섬주섬 신발을 꿰어 신었다. 아버지는 어느새 대문 밖을 나서고 있었다. 마당으로 막 내려서려던 솔의 등에 식은땀이 한 줄기 흘렀다.

"……응? 에이. 아닐 거야."

나를 감시한다고 했다고? 하, 그 꼬맹이들이 감시는 무슨…… 그럴 것 같았으면 오늘 눈에 띄었어야지. 오늘은 둘 다 코빼기도 안 보였는데…….

"설마?"

설마 제대로 감시했던 걸까? 하필 오늘? 눈치 채지 못하는 사이에 뒤를 밟았던 걸까? 설마, 어쩌면, 진짜로 산까지 따라왔다고?

솔은 고개를 가로저었다. 거기가 어디라고 따라와. 그럴 리가 없다고, 그렇게 믿고 싶었다. 가다가 간혹 뒤도 돌아보곤 했었는데 누가 따라오는 기척은 없었던 것이다. 하지만 확신할 수는 없었다. 일단 오늘 그녀의 상태가 정상이 아니었기 때문에.

"하…… 하하…… 하하하?"

그녀는 산 쪽을 돌아보았다. 밤에 묻힌 산은 그저 거대한 검은 그림자였다. 그 검은 그림자가 솔을 빤히 내려다보는 것만 같았다.

***

"준비되셨습니까."

"네. 나갑니다."

현이 문을 열고 나왔다. 언제나처럼 꾸밈없는 도포 차림의 그는, 이번만은 백색이나 맑은 옥색이 아닌 쪽색의 옷을 입고 있었다. 그 얼굴엔 평소의 미소가 단 한 조각도 남아 있지 않았다.

마당에선 커다란 활과 화살집을 허리에 건 석도가 기다리고 있었다. 말 두 필의 고삐를 쥔 채였다. 모두 강하고 질긴 다리를 한 준마들이었다. 그는 한 마리의 고삐를 현에게 건넸다. 현은 능숙하게 말 위에 올라탔다. 석도도 유난히 다른 말보다 더 덩치가 큰 다른 한 마리 위에 올랐다.

"오래 걸릴지도 모릅니다. 미랑 아주머니께선 먼저 주무시고 계세요."

"저는 신경 쓰지 마십시오, 도련님."

미랑이 깊이 허리를 숙였다. 현은 고개를 한 번 끄덕이고는 말을 출발시켰다. 잘 훈련된 준마는 흙먼지를 일으키며 순식간에 가속했다. 석도의 말도 그 뒤를 따라 달리기 시작했다.

두 그림자가 한밤의 어둠 속으로 파묻혔다.

***

민훈은 별을 올려다보고 있었다. 별 읽는 법은 어린 시절, 수학한다며 이곳저곳을 유랑하고 다닐 때 국경을 수비하던 늙은 군인에게 배웠다. 남아 있는 이가 별로 없던 노인이었다. 그는 보리를 뭉쳐 만든 주먹밥을 하룻밤 내도록 입 안에서 녹이며 민훈을 상대해 주었다. 별의 이름. 별에 얽힌 이야기들, 별의 위치가 알려주는 시간. 그리고 불길하거나 상서로운 별들의 움직임…….

자시였다.

그는 앉아 있던 나뭇가지에서 훌쩍 뛰어내렸다. 꽤 높은 위치였는데도 아무 소리도 나지 않았다. 아주 오랜 시간 기다렸으나 암자 안으로 나고 드는 사람은 하나도 없었다. 아무리 봐도 덫이었다. 그렇다면, 가서 부숴 놓을 생각이었다.

그는 거침없이 경내로 들어섰다. 작은 본당으로 걸음을 옮긴 그는 반쯤 닫혀 있던 문을 칼자루로 밀었다. 요란한 소리와 함께 문이 열렸다. 바닥은 한 걸음 내딛자마자 비명을 지르며 삐걱거렸다. 퀴퀴한 나무 썩은 내만 가득한 곳이었다. 하다못해 그를 조롱하는 서신 하나 남겨져 있지 않았다. 그것 자체가 조롱인가, 싶은 생각이 들 때쯤이었다.

인기척이 있었다.

민훈은 급히 본당을 빠져나왔다. 그리고 기척이 있던 창고로 날듯이 달렸다. 이번에야말로 놓칠 수 없었다. 문을 박차고 들어간 그는 이미 검을 뽑아들고 있었다.

안을 훑던 그의 눈이 흔들렸다. 눈앞에 펼쳐진 광경은 그의 기대와는 전혀 다른 것이었다. 창고 한가운데, 거적때기 하나가 놓여 있었던 것이다. 한 귀퉁이로 조그만 발 네 개가 삐져나온.

민훈은 급히 걸어가 거적을 밀어젖혔다.

"아우…… 하지 마……."

열 살도 채 안 되어 보이는 여자 아이가 옹얼거리며 돌아누웠다. 숨소리도 새근거리는 것이 완전히 잠에 취해 있었다. 바로 옆에 누운 남자 아이는 숫제 코를 골고 있었다. 둘 다 손과 발이 묶인 사람답지 않게 아주 평온하고 느긋했다.

풀썩, 손에서 미끄러진 거적이 다시 아이들 위로 떨어졌다.

"……하?"

웃음도 아니고 감탄도 아닌 소리가 자기도 모르게 비어져 나왔다. 그때였다.

끼이익.

문이 닫혔다. 순식간이었다. 민훈이 그쪽에 닿기도 전에 바깥에서 자물쇠를 지르는 쇳소리가 났다. 곧이어 와장창 하고 벽에 뭔가 부딪혀 깨지는 소리가 이어졌다.

벽, 벽, 지붕, 지붕, 벽.

하나둘이 아니었다. 민훈은 그것이 뭔지 알고 있었다. 기름병이었다. 바로 불을 당겼는지 매캐한 냄새가 새어들기 시작했다.

실수였다. 창고 안의 인기척에 마음이 쏠리고, 난데없이 등장한 아이들에 당황하느라 바깥의 기척을 읽지 못했다. 저쪽도 민훈만큼이나 오래도록 준비하고 오래도록 기다려온 모양이었다.

창고로 만든 건물이라 창도 머리 위 높이에 아주 조그맣게 하나 뚫려 있을 뿐이었다. 사람이 나가기엔 턱없이 작았다. 유일한 출구는 문뿐이었다.

성긴 벽 사이로 열기와 연기가 들이쳤다. 민훈은 어금니를 사리
물었다.

***

연기였다.

솔은 가슴이 철렁 내려앉았다. 어느새 자시였다. 무슨 일인가 벌
어질 것이라 하긴 했지만 불이라니? 그녀는 있는 힘껏 달려 암자
앞마당에 들어섰다. 불이 붙은 곳은 창고였다. 시뻘건 화염이 하늘
로 치솟고 있었다. 얼른 주위를 둘러보았지만 아이들의 모습은 보
이지 않았다. 아주 다행이거나, 아주 최악인 상황이었다.

"막동아! 을순아!"

대답이 들려와도 안 들려와도 문제였다. 불 안 붙은 본당 쪽에서
누나! 언니! 하면서 뛰어나와 주길 바랐지만 헛된 기대였다. 그녀
는 창고 근처로 조금 더 다가가 보았다. 빗장이 질린 위에 자물쇠
가 걸려 있었다. 그것이 더 이상했다.

막 소리를 질러 보려던 솔의 입이 얼어붙었다. 갑자기 등줄기가
오싹해졌다. 그녀는 주춤주춤 뒤를 돌아보았다. 암자를 둘러싼 수
풀 속에서, 불타오르는 한 쌍의 눈동자가 그녀를 노려보고 있었다.
아니, 한 쌍이 아니었다. 하나, 둘, 셋, 넷…… 다섯, 여섯? 움직인다.
그것들은 암자를 중심으로 거리를 두고, 천천히 주위를 돌기 시작
하고 있었다.

이리 떼였다.

솔은 마른침을 삼켰다.

"아, 안녕하세요?"

여러 마리가 동시에 날카로운 이를 모조리 드러내며 으르렁거렸다. 무심결에 주저앉을 뻔할 정도로 위협적이었다.

말이 통하지 않았다. 아니, 저쪽이 말을 들을 생각이 없었다. 이런 일은 처음이었다. 그래도 그들의 뜻은 분명히 알 수 있었다. 위협. 분노. 희열. 갈증. 그리고…… 배고픔.

솔의 손이 떨리기 시작했다.

***

꽤 먼 곳인데도 타는 냄새가 바람결에 묻어 왔다. 저 멀리, 불붙은 암자가 내려다보였다. 남자는 절벽이나 다름없는 바위 위에 꼿꼿이 서서 그쪽을 바라보고 있었다. 새하얀 도포가 바람결에 펄럭였다.

잘 접어 갈무리한 부채를 한 손에 쥐고 뒷짐을 진 그의 손가락엔, 가느다란 은반지 하나가 자리하고 있었다. 본디 손의 일부인 것처럼 얇고 폭이 좁은 그것 위엔 복잡한 문양이 섬세하게 새겨져 있었다. 글자 같기도 하고, 그림 같기도 한 문양. 남자의 표정도 그러했다. 아주 많은 생각을 하고 있는 것 같기도 하고, 아무 생각이 없는 것 같기도 한.

그는 그곳에서 모든 것을 바라보고 있었다.

***

솔은 뒷걸음질을 쳤다. 등 뒤는 창고였다. 열기가 훅 끼치는 것을 느끼며 솔은 조심스럽게 입을 열었다.

"아, 안에 있어요? 안에 누구 있나요?"

큰소리를 낼 엄두가 나지 않았다. 이리들이 금방이라도 목덜미를 물어뜯을 기세였으니까. 이렇게 개미만 한 소릴 누가 알아듣기나 할까 싶었는데, 대답이 돌아왔다.

"이솔?"

"차사님?"

솔의 입이 벌어졌다.

"설마 거기 갇힌 거예요?! 정말?"

입이 생각을 거르지 않고 말을 뱉었다.

민훈은 혀를 찼다.

"너 혼자냐?"

"또 대답을 안 하네!?"

저 여자는 지금 그게 뭐가 그리 중요한지!

문짝이 제일 먼저 타서 부서지면 안 되니 불은 지붕과 벽을 중심으로 붙어 있었다. 이미 머리 위 천장은 넓게 퍼진 불로 뒤덮여 금방이라도 무너질 것 같았다. 연기도 위쪽부터 차더니 점점 아래로 내려오고 있었다. 한시라도 빨리 빠져나가야 했다.

민훈은 두 아이들을 문 앞까지 끌어다 놓고 있었다. 덮어 놓았던 거적에 무슨 약을 써 놓았는지, 아이들은 이 난리 통에도 깊이 잠들어 코를 골고 있었다.

"거기 혹시 아이들 있어요? 어떻게 생겼냐면⋯⋯!"

"둘?"

"있구나! 다행이다. 아니지. 큰일이다! 자, 잠깐만요!"

솔은 주위를 두리번거렸다. 겉보기엔 다 쓰러져 가는 것 같더니, 그래도 창고라 튼튼하게 만들었던지 빗장은 쉽게 부서질 것 같지 않았다. 게다가 자물쇠도 아주 굵고 큼지막했다. 만든 지 얼마 안되었는지 반짝이기까지 했다. 솔이 맨손으로 뜯어낼 만한 것이 아니었다. 하지만 주위에서도 뭔가 도움이 될 법 한 게 전혀 보이질 않았다.

이리 떼는 눈을 희번덕거리며 그녀의 움직임 하나하나를 좇고 있었고. 솔은 울고 싶어졌다.

"어, 어떡해요? 아무 것도 없네?"

"자신만만하더니⋯⋯. 비켜라."

"네?"

민훈은 한 번 더 인내심을 발휘하기로 했다.

"문에서 떨어지라고."

그는 두 손으로 칼자루를 움켜쥐었다. 오른손을 주로, 왼손을 부로. 민훈은 눈을 감았다.

불티가 튀는 소리도, 불붙은 천장이 기울어지는 소리도, 솔의 외침소리도 한순간에 사라졌다. 존재하는 것은 그저 검 한 자루. 그는 없었다. 그러므로 그는 서민훈이 아니었다.

베는 것은 검, 그는 그 검에 딸린 그림자일 뿐. 세간에서 이르길 망자의 길을 인도하는 명부의 저승사자. 그러니 그는 그날 팔에 화살도 칼도 맞지 않았다. 그가 베지 못할 것은 없다.

그는 눈을 떴다.

솔은 양쪽 귀를 틀어막았다. 무시무시한 굉음과 함께 박살난 나무 파편들이 터져 나왔다. 반사적으로 감았던 눈을 조심스레 떴다. 그녀의 입이 멍하니 벌어졌다.

두터운 나무문이 사선으로 두 토막이 나 있었다.

허공으로 날려갔던 나뭇조각들이 후두둑 소리를 내며 떨어져 내렸다. 문짝은 마치 거대한 짐승이 후려갈긴 것처럼 압도적인 힘으로 쪼개져 있었다. 이래서는 자물쇠도 빗장도 소용이 없었다. 갈라져 벌어진 틈 사이로, 저승사자가 검을 갈무리해 넣는 것이 보였다. 불꽃이 밝히는 빛이 칼날 위로 미끄러지다가 검집 안으로 꺼져 들어갔다.

"아…… 어……."

입이 말을 만들지 못하고 머뭇거렸다. 솔은 이리 떼의 존재조차 잊고, 숲 쪽으로 뒷걸음질을 쳤다.

저승사자가 문 쪽으로 성큼성큼 걸어오더니 간신히 걸려 있던 문짝을 걷어찼다. 겨우 붙어 있던 경첩이 그것으로 수명을 다했다.

육중한 문짝이 힘없이 넘어가 바닥으로 쓰러졌다.

"도와."

"네, 네!"

그는 을순이를 끌어내 솔에게 갖다 안겼다. 그리고 막동이를 어깨에 짊어지고 나왔다. 열기로 가득 찼던 창고를 벗어나자 싸늘한 한기가 그들을 덮쳤다. 을순이의 몸이 떨리기 시작해, 솔은 얼른 아이를 꼭 끌어안았다. 그리고 막동이의 얼굴을 더듬어 보았다. 재와 땀으로 엉망진창이지만 다친 곳은 없었다. 숨소리도 평온했다.

"아아…… 다행이야. 다행이다."

"워우우우우우!!!"

선두에 섰던 커다란 이리가 길게 포효를 뿜어 냈다. 솔은 화들짝 놀라서 그쪽을 바라보았다. 잊고 있었다. 위기는 끝난 게 아니었다.

우두머리의 신호가 끝나자 이리들이 거리를 좁혀오기 시작했다. 한걸음, 한걸음, 그들은 반원을 그리며 안마당으로 들어섰다.

"……너냐?"

"아뇨!"

"그럼 이건 또 뭐야."

민훈은 목으로 흐르는 땀을 손등으로 닦으며 중얼거렸다. 오른손이 가늘게 떨리고 있었다. 오른팔은 오늘은 끝이었다. 저것들은 남은 왼손으로 상대해야 했다. 못할 것은 없었다. 다만…… 셋을 지키면서라면?

민훈은 짧은 한숨을 내쉬었다. 다시 검을 뽑으며, 그는 잠긴 목소리로 중얼거렸다.

"재미있을 것 같기도 하고."

"미쳤어요? 재미?"

솔은 악을 썼다.

"비켜요!"

그녀는 저승사자에게 을순이를 갖다 안기고 확 밀어냈다. 예상치 못한 공격에 그 저승사자도 주춤 물러서고 말았다. 솔은 한 발자국 앞으로 나섰다.

"저, 저기요. 우리 말로 해요. 저희가⋯⋯."

우두머리가 입을 크게 벌리고 위협적인 소리를 뿜어 냈다.

솔도 이를 악 물고 주먹을 움켜쥐었다. 이런 일은 처음이었다. 어떻게 이렇게, 꼭 그녀와 저들 사이에 누가 벽을 쳐 두기라도 한 것처럼 이야기가 통하질 않는 것인지. 분명히 자신의 '목소리'는 그대로인데!

한 마리가 번개처럼 뛰어올랐다. 솔은 깜짝 놀라 팔을 들어 얼굴을 가렸다.

"꺄아⋯⋯악?"

이리의 이빨 대신 날카로운 바람이 솔을 덮쳤다. 캥! 하는 비명과 요란한 말발굽소리도. 팔을 내리자, 자기 앞을 가로 막고 선 말 한 필이 보였다. 그 위에 탄 것은⋯⋯.

"현이 오라버니?"

"가만히 있거라."

173

난생 처음 듣는 차가운 목소리였다.

숲 속에서 다시 한 번 거대한 그림자가 솟구치더니 이리들을 뛰어넘어 이쪽에 내려섰다. 흥분한 말은 흙먼지를 튀기며 투레질을 하더니 두어 바퀴 돌고서야 현 옆에 나란히 섰다.

"서, 석도 아저씨!"

"아가씨, 괜찮으십니까?"

"저는 괜찮은데 두 분이 어떻게……."

"그 이야기는 나중에 하자."

현은 뒤로 눈을 돌렸다. 솔을 지나친 그 눈길은 그녀의 뒤쪽, 검은 옷을 두르고 얼굴을 가린 남자를 향했다. 저승사자. 두 남자의 눈빛이 허공에서 부딪혔다.

"여자를 짐승 무리에 앞세우다니 듣던 것과는 다르시군."

"그쪽과는 달리 난 몸이 하나라."

민훈은 무심하게 대꾸하며 축 늘어진 아이들을 추슬러 올렸다.

아니 왜 초면에 서로 시비지?

어째선지 말마다 뼈가 있었다. 솔은 식은땀을 흘리며 그 사이를 가로막았다. 때마침 이리 떼도 태세를 정비해 둘의 말을 끊었다.

우두머리가 짧게 으르렁거리자 말에 치였던 이리가 비척이며 뒤로 물러났다. 어째서인지 제일 뒤에 흰 털을 지닌 이리 한 마리만을 남겨 두고, 다른 이리들은 오히려 앞으로 더 나섰다. 사람이 늘었는데 두려운 기색도 없었다.

현은 눈을 그쪽으로 돌렸다.

"어떻게 된 일이냐, 솔아?"

"모르겠어요. 갑자기 저렇게 덤벼 오는데, 말을 걸어도 들어주질 않아요."

현은 짧게 혀를 찼다. 솔 하나였다면 얼른 말에 태워 도망칠 생각이었는데 아이들까지 딸려 있었다. 계획을 바꿔야 했다.

"다 치워야겠습니다, 석도."

"네, 도련님."

현의 말이 끝나자마자 석도가 말에서 뛰어내렸다. 그는 무언가를 향해 성큼성큼 걸어갔다. 그 모습을 눈으로 좇던 솔은 고개를 갸웃 했다. 두 동강이 난 문짝 중 하나였다. 두꺼운 나무를 단단히 엮어 만든 그것은 두께가 상당했고 더불어 무게도 상당했다. 석도는 그것을 아무렇지 않게 번쩍 들더니 양팔을 크게 휘둘렀다.

문짝이 거짓말처럼 허공을 날았다.

솔이 입을 채 다물기도 전에 날아간 문짝이 이리 떼 한가운데에 직격했다.

짐승은 짐승이었다. 이리들은 날렵하게 몸을 날려 문짝을 피했다. 하지만 그 눈들엔 당혹감이 담기기 시작하고 있었다.

현이 팔을 뻗었다. 석도는 허리에서 활대와 화살을 풀어 그를 향해 던졌다. 현의 손이 그것들을 허공에서 낚아챘다. 활집을 빠져나온 활은 여느 활보다 더 크고 단단했다. 현은 아무렇지도 않게 그 활에 화살을 먹여 우두머리의 이마를 정조준했다. 낭비가 전혀 없는, 물 흐르듯 자연스러운 동작이었다. 민훈이 눈을 가늘게 떴다.

정작 솔은 현 옆에서 소리 죽여 악을 썼다.

"오라버니. 항상 잘못 맞추시잖아요!"

"……땅을 쏠 거다. 그럼 저것들 중 하나에 맞겠지."

이리들은 눈에 띄게 동요하고 있었다. 우두머리는 활이 무엇인지 아는지, 현이 자신을 겨누자 신경질적으로 그를 노려보았다. 하지만 제일 뒤에 선 흰 이리는 여전히 꼿꼿하게 서서 움직이지 않고 있었다. 솔은 그 이리가 마음에 걸렸다.

저 자세…… 저 여유. 저 눈빛.

마치…….

사람 같지 않은가?

눈이 마주쳤다.

솔은 헛숨을 삼키며 한 걸음 물러났다. 이리가 눈으로 웃었다.

***

남자는 눈을 떴다.

불타는 암자가 순식간에 밀려나고 소나무가 둘러선 바위 절벽이 눈앞에 펼쳐졌다. 그의 입꼬리가 희미하게 올라갔다.

"이런…… 재미있는 게 있네?"

하얗고 자그마한 여자. 짐승의 눈으로 볼 땐 단번에 목을 부러뜨릴 자신이 있는, 무리에서 가장 약해빠진 개체.

하지만 어째서인지 자꾸 뒤로 물러서게 만드는, 꼬리를 말게 만드는 그 눈. 속이 환히 비쳐보이게 시리고 맑은…… 무해한 눈동자.

그는 하늘을 올려다보며 깊이 숨을 들이마셨다. 어차피 박 원로의 계획에는 기대하지 않았다. 그저 저승사자라는 그자의 얼굴이나 한번 보려고 직접 나와 본 것이었는데…….

의외의 수확이었다.

사람이 둘이나 늘었고 둘 다 만만치 않아 보이니 굳이 귀한 이리들을 상해 가며 장난을 칠 필요는 없어 보였다.

그는 '줄을 끊었다'.

꽉 움켜쥐었다 편 손가락 사이사이로 '실'들이 가닥가닥 흘러내려 흩어졌다.

남자는 돌아섰다. 그리고 입 안에서 이름 하나를 천천히 곱씹었다. 즐거운 듯이.

"솔…… 솔이라고."

***

이리들이 뒤로 물러나기 시작했다. 특히 그 흰 이리는, 갑자기 고개를 내젓더니 제일 먼저 도망쳤다. 솔은 이해할 수가 없었다. 좀 전까지의 그것과 같은 이리라고는 믿을 수가 없는 태세 전환이었다. 우두머리는 끝까지 이를 드러내며 느리게 뒷걸음질을 치고 있었다.

석도가 앞으로 크게 한 걸음 내딛었다. 그게 신호라도 되는 듯이 모든 이리들이 뿔뿔이 흩어졌다.

그래도 한동안 누구 하나 움직이지 않았다. 날이 바짝 선 긴장감
은 금방 가라앉지 않았다. 이젠 안전하다는 확신이 들 때까지 꽤나
긴 시간이 걸렸다.

"끝……?"

솔은 자문해 보았다. 머뭇머뭇 하늘을, 나무숲을, 바닥을 훑어보
고서는 그제야 납득했다. 이제 끝이었다.

그녀는 주저앉았다.

"솔아!"

현이 얼른 화살을 거두고 말에서 뛰어내렸다.

"오, 오라버니……."

"일어설 수 있겠니?"

"잠깐만요. 잠깐만 있다가……."

현은 그녀의 어깨를 감싸 안고 부축했다. 다른 것들은 눈에 들어
오지도 않는 듯했다. 민훈은 석도를 향해 걸어갔다. 그러고는 말없
이 두 아이들을 갖다 안겼다.

"고맙소."

석도가 인사하며 아이들을 받아 안았다. 아이들은 재투성이였다.
아무래도 저 창고 안에 갇혀 있다가 나온 것 같은데, 불구덩이 안
에 갇혔다가 이리 떼의 습격을 견디고도 아이들은 생채기 하나 없
었다. 연유야 어찌되었든 그것도 이 검은 옷의 남자 덕이었다.

저승사자는 인사 따위 들리지도 않은 듯 그저 휙 몸을 돌렸다.

재가 묻고 뿌옇게 흐려지고 불티가 튀어 구멍 난 옷자락이 떠올랐다가 가라앉았다. 그새 그는 숲 속으로 발을 내딛고 있었다.

"잠깐."

현이었다. 민훈은 반사적으로 멈춰 섰다. 어깨 너머로 돌아보는 그를, 현은 날카로운 눈으로 응시했다.

"다시는 이 아이 앞에 나타나지 않으시기를 바라네."

이상한 높임이었다. 평소 같았으면 그게 뭐냐고 놀리며 되물었을 텐데, 한 번도 들은 적 없는 싸늘한 현의 목소리에 솔은 목을 움츠렸다.

저승사자는 작게 어깨를 들썩였다. 솔은 그게 뭔지 알았다. 그는 소리 없이 웃고 있었다.

"그쪽이 저 아이의 오라비라도 되시나?"

"비슷하지."

"그런 말 함부로 할 입장 아니신 것으로 알고 있는데?"

현은 어금니를 으득 소리 나게 깨물었다. 그 눈은 수많은 의미를 담고 저승사자, 아니 얼굴을 가린 흑의의 젊은 남자를 노려보았다.

"너…… 뭐하는 놈이냐."

"보다시피 옛날에 죽어 자빠진 귀신이지. 산 자들은 나한테 신경 꺼 줬으면 좋겠군."

"헛소리!"

"그래. 그리고 내가 충고 하나 하겠는데……."

민훈은 턱 끝으로 솔을 가리켰다.

"저 여자 명줄 조금이라도 늘리고 싶으면, 허튼 짓 못하게 줄로 묶어다 방에 가둬 놔야 할 거야. 이 시간에 여기가 어디라고 혼자서 뛰어와?"

"……."

저승사자는 귀찮다는 듯 팔을 한 번 떨치고는 숲속으로 걸어 들어갔다. 검은 숲 그림자가 금세 그를 삼켰다.

"오, 오라버니?"

"……돌아가자, 솔아. 이야기는 내일 하고."

현은 비로소 솔과 눈을 맞추었다. 그는 솔이 알던 언제나와 같은 현이 오라버니로 돌아와 있었다. 다정하고 상냥한, 그리고 엄격한.

"아주 긴 이야기가 될 것 같구나."

미소 속에 가시가 있었다. 솔은 어색하게 하하하 마주 웃었다. 도대체 어떻게 둘러대야 할까? 아니, 현을 상대로 어설픈 거짓말이 통할까? 머릿속이 온갖 생각으로 가득 찼다.

"으……웅. 웅? 누나……?"

석도의 팔에 안겨 있던 막동이였다. 아이는 부스스 일어나 눈을 부비다가 비명을 질렀다. 눈에 재가 들어간 모양이었다.

"으아! 악! 이게 뭐야! 여기 어디야?!"

"어디긴 어디야! 너 자꾸 사고 칠래, 진짜?!"

솔은 날듯이 달려가서 막동이의 귀를 잡아 비틀었다. 아이가 살려 달라고 고래고래 소리를 질렀다.

그러고 보니 이 아이들에게 꾸며 댈 이야기도 생각해야 했다. 최대한 안 무섭고, 의미 없는 일에 휘말린 것으로.

솔은 벌써 머리가 지끈거리기 시작했다.

***

민훈은 큰 걸음으로 내리막길을 내려왔다. 급경사를 지나 사람
이 다니는 길에 도착한 그는 낮게 휘파람을 불었다. 나무 사이에서
키 큰 흑마 한 필이 달려 나와 그 앞에 섰다. 그는 두터운 목을 토
닥이고 쓸어내리며 말을 달랬다.

"잘 기다렸구나. 이제 돌아가……."

민훈은 고개를 기울이며 손을 눈앞으로 들어올렸다. 손등에 꽤
큰 상처가 나 있었다. 검댕이 묻은 것뿐인 줄 알았는데 그 사이로
피가 흘러내리고 있었다. 그제야 욱씬거리는 통증이 느껴졌다.

아까, 아이들을 문 앞에다 끌어 놓을 때였다. 불붙은 서까래가 아
이들 위로 떨어지기에 팔로 급히 막았는데 그때 상한 모양이었다.

주변엔 인기척이 전혀 없었다. 한동안 누가 가까이 오가지는 않
을 기색이었다. 민훈은 갓끈을 풀고 답답한 갓을 벗어 들었다. 그리
고 안장에서 물통을 꺼내들고 나무 밑에 기대어 앉았다.

"하……."

어이가 없는 밤이었다. 그는 손등 위로 물통을 기울였다. 재와 피
가 섞인 물이 손끝을 타고 흘러내렸다.

방심의 대가가 컸다. 어쨌거나 아이들은 상하지 않아 다행이었

지만. 그녀도…….

솔아!

번쩍, 하고 한 장면이 머릿속을 스쳐 지나갔다.

자리에 주저앉던 솔과, 다급하게 그 어깨를 감싸 안고 부축하던 그. 긴장하지도 않고 뿌리치지도 않고 그 품에 기대어 눈을 깜박이던 그녀. 이름…… 이름을 불렀다. 수천 번도 더 불러 본 듯 익숙하게. 서로가 서로를.

그 사이에 끼어들 수 있는 건 아무 것도 없었다.

……왜 그런 게 떠오르는 거지?

갑자기 덮치는 통증에 민훈은 눈살을 찌푸렸다. 상처를 동여매던 손에 과하게 힘이 들어가 있었다. 민훈은 고개를 가로저으며 손을 털었다. 아직도 몸에서 긴장이 안 풀린 것인가 싶었다. 어서 돌아가서 쉬고 내일 다시 그녀…… 그녀를 만나 이야기를 들어야만 했다.

'그'가 솔과 관련 있는 사이였다니 일이 귀찮아질 수도 있었다. 계획을 수정해야 할 필요가 있었다. 생각을 해야 했다. 아주 많은 생각을.

민훈은 몸을 일으켜 말에 올랐다.

***

동이 터오고 있었다. 남자는 하나 둘 인적이 늘기 시작하는 거리
를 느린 걸음으로 가로질렀다.

단정한 얼굴의 젊은 남자였다. 키가 크다는 것만 빼면, 묘하게도
스쳐지나가고 나면 돌이켜 생각해도 그 얼굴이 기억나지 않을 것
같은 인상이었다. 패랭이를 쓰고 등짐을 져도 어울릴 것 같고, 어사
화를 꽂고 앵삼을 입어도 본래 그러했던 것처럼 어울릴 듯했다.

그는 지금, 바스라진 마른 낙엽이 옷자락에 묻은 새하얀 도포를
입고 있었다.

엄지손가락 끝으로 같은 손 약지에 낀 반지 표면을 버릇처럼 쓸
며, 그는 걸었다.

남자는 골목으로 들어섰다. 여러모로 겹쳐진 복잡한 골목이었다.
저희들끼리 모여 작은 돌멩이를 던지고 잡고 노는 아이들을 지나
쳐, 그는 점점 더 깊이 들어갔다.

길가에 묶여 있던 개가 꼬리를 말고 뒷걸음질 쳤다. 골목을 가
로지르던 쥐 한 마리가 바싹 얼어붙어 길 한가운데에 납작 엎드렸
다. 남자는 그 곁을 지나쳤다.

골목 끝은 웬 기와집의 뒷문으로 이어져 있었다. 남자는 문이 보
이는 위치 즈음에서 들고 있던 부채를 펴 얼굴을 가렸다.

남자가 문 앞에 당도하자마자 기다렸다는 듯이 문이 열렸다.

"다녀오셨습니까, 나리."

중년의 남자가 깊이 허리를 숙이며 그를 맞았다. 남자는 고개를 끄덕이며 문을 넘었다. 그리고 곧장 집 안으로 향했다.

곧 손님이 올 터였다.

그의 방은 넓지만 단출했다. 바닥도 벽도 문을 바른 장지도 고급 스러웠지만 방을 꾸미고 장식할 목적으로 둔 것은 하나도 없었다. 심지어 한쪽에 둘러친 병풍은 모두 백지로 발려 있었다.

남자는 그 앞에 앉았다. 어린 여자아이 하나가 들어오더니 방 가운데 달린 발을 풀어 내렸다. 그는 그제야 부채를 접어 옆에 내려놓았다.

저편에서 발소리가 들려 왔다. 손님이 당도한 모양이었다. 아이가 문을 열자 수염이 희끗한, 비대한 몸집 위로 옥색 도포를 두른 남자가 방 안으로 들어왔다. 어두운 표정이었다. 그는 허리를 숙여 예를 표했다.

"앉게, 박 원로."

"네, 원주님."

박 원로는 발 앞의 방석에 조심스럽게 앉았다. 그리고 그보다 더 조심스럽게 입을 열었다.

"어제……."

"실패했겠지."

"어떻게 그것을?"

직접 가서 봤으니까 하고 말할 필요는 없었다. 박 원로는 금방 나름의 이유를 찾아 납득했다. 그들의 원주는 그런 존재였다.

"다시 손을 쓰겠습니다. 심려치 마십시오."

"너무 애쓰지 말게. 이번 일도 나쁘지 않았어."

박 원로가 머리를 조아렸다.

남자는 낮게 웃었다. 익숙한 반지의 촉감을 다시 음미하며 그는 말했다.

"앞으로 더 재미있어질 테고."

四. 바늘 또는 실

솔은 눈을 굴렸다. 괜히 땅바닥을 보다가, 벽을 보다가, 천장을 보다가 하는 그녀를 현은 끈기 있게 기다렸다. 하지만 솔이 손톱을 노려보기 시작할 때 즈음엔 그의 인내심도 바닥났다.

"솔아."

"네."

"내가 묻질 않느냐. 그 시간에 거길 왜 갔던 것이냐고."

이미 막동이를 통해서 솔이 낮에도 거길 들렀었다는 이야기는 들었다. 솔이 산을 좋아하는 건 사실이었다. 하지만 무명암은 그저 산 타다가 일 없이 닿을 만한 곳이 아니었다. 하루에 두 번이나 오를 만한 곳은 더더욱 아니었다. 게다가 하필 그 시간에 그곳이라니.

암호문에 당당히 적혀 있던 시간과 장소 아닌가. 현이 그렇게 숨겼었는데 도대체 어디서 알아내서 거기에 나타났던 것일까?

현은 이미 답을 알고 있었다. 분명히 그…….

"저승사자냐?"

솔의 작은 어깨가 움찔 했다.

"그자가 너더러 그곳으로 나오라고 했던 것이냐? 너는 그래서 그대로 한 것이고?"

"아뇨. 꼭 그런 것은…….

"이 일이 얼마나 위험했는지 알고는 있니? 우리가 조금만 늦었어도…….

"알고 있어요. 죄송해요."

현은 입을 다물었다. 자신도 모르게 목소리가 커졌다. 이렇게 다그칠 의도는 아니었는데…….

솔은 돌멩이처럼 입을 꾹 닫고 있었다. 그 저승사자라는 자에 대해서만큼은 한 마디도 제대로 풀어놓질 않았다. 현은 아랫입술을 지그시 깨물었다.

불타는 건물을 등지고 있던 그 불길한 그림자. 열풍에 날리던 불티 튄 검은 옷자락. 그 어둠 속에서도 절대 얼굴을 가린 천을 걷어내지 않던 남자. 당연하다는 듯 들고 있던 검은 한눈에 보기에도 오래도록 길이 잘 든 것이었다.

저승사자라니…… 웃기지 마라.

그것은 사람이었다.

그것도 아주 위험한 종류의.

그런 말 함부로 할 입장 아니신 것으로 알고 있는데?

그리고 그자는 현의 정체를 알고 있었다. 등줄기가 싸늘하게 식어 내려가는 느낌이었다. 안 될 일이었다. 15년 동안 지켜 온 평화였다. 부모 잃고 이 마을에 흘러들어온 가난한 얼치기 양반 도련님. 방 안에 틀어박혀 글 읽기만 즐기는 백면서생. 서당에 서책 만들어 갖다 주는 것이 낙인 팔자 좋은 청년. 그는 그것으로 족했다. 그런데…….

"오라버니? 괜찮아요?"

솔이 눈을 동그랗게 뜨고 올려다보고 있었다. 현은 고개를 가로 저었다.

"앞으로는 그자와 절대 엮이지 말거라. 약속해."

"……싫어요."

현은 자기 귀를 의심했다.

"솔아?"

"저, 오라버니, 저도 정말 궁금한 게 있는데…… 하나 여쭤 봐도 돼요?"

"그래라."

"그날, 오라버니께선 어떻게 알고 그곳까지 찾아오신 거예요?"

그녀의 목소리는 정중했지만 그것은 분명히 추궁이었다. 현은 한순간 혀가 굳었다.

"나는……."

"그것, 암호문 맞았죠? 거기 적혀 있었던 거죠? 자시에 무명암이라고."

"……."

예상 못한 공격이었다. 현은 빠르게 변명거리를 만들어 냈다. 하지만 그 찰나의 침묵이 이미 하나의 대답이었다. 솔이 한숨을 내쉬었다.

"저를 속이셨네요."

"그게 아니다."

"아뇨. 맞아요. 저를 속이셨어요."

"나는 네가 걱정 되어서……."

"오라버니."

솔은 사람 좋게 헤헤 웃었다. 현은 어떨 때 솔이 저런 표정을 짓는지 알고 있었다. 그녀는 화가 나 있었다. 그것도 아주 많이.

"저는 어린애가 아니에요."

"……."

"도와주셔서 감사해요. 무엇보다, 걱정해 주셔서 감사해요. 하지만 무얼 하고 안 할지는 제가 결정할 수 있었으면 좋겠어요. 저한텐 그게 아주 중요해요."

또렷한 목소리였다. 현의 얼굴이 창백해졌다. 이러려던 것이 아니었다. 모든 것은 솔을 위해, 그저 이 아이를 지켜야 한다는 마음으로 한 일이었는데…….

너는 어째서 나를 그런 눈으로 보느냐.

"저승사자님은 적어도 제게 숨기는 건 없으셨는데."

묻는 말에 대답을 안 해서 문제지.

작게 투덜거리는 소리는 현의 귀에 닿지 않았다.

현의 얼굴이 싹 굳어졌다.

"저승사자……님이라고 했냐?"

"일단 저보단 연상 같으니까……?"

심상찮은 분위기를 느낀 솔이 그의 눈치를 보기 시작했다. 하지만 이미 늦은 뒤였다.

현의 머릿속에서 뭔가 툭 소리를 내며 끊어졌다. 다음에 그 자리에 남은 것은 그녀와 같이 흙진창을 구르고 놀던 그 시절의 이현이었다.

"너, 그자 때문에 죽을 뻔한 거 알아, 몰라! 자꾸 똥고집 부릴 테냐, 계속?"

"똥고집이라니……! 오라버니, 옛날 버릇 나오십니다? 아, 따지고 보면 올 필요는 없댔는데 제가 간 것이니까요. 제가 잘못한 거네요."

"변호를 해 주는구나, 아주."

"변호가 아니라 그냥 사실을 말한 것뿐인데."

"이 녀석이……!"

"에헤, 오라버니. 체통을 지키세요!"

방문이 쾅 소리를 내며 열렸다. 솔과 현이 화들짝 놀라 그쪽을 바라보았다. 소매를 걷어붙인 미랑이 다과상을 든 채 방문을 박차고 서 있었다.

"손이 없어서."

둘은 고개를 끄덕였다.

문지방을 넘은 그녀는 방 가운데에 다과상을 쿵 내려놓고, 현과 솔을 번갈아 노려보았다.

"맛있게 드세요. 맛있게 먹어라."

"네⋯⋯."

"그리고."

미랑은 크게 숨을 들이마셨다. 둘은 눈을 질끈 감았다. 그녀를 15년 동안 겪어 온 이들은 다음에 무슨 일이 벌어질지 본능으로 알았다. 폭포수 같은 잔소리가 철없는 두 남녀 위로 쏟아졌다. 두 집안 통틀어 유일한 상식인임을 자처하는 미랑은 자기 소임을 완벽히 다할 생각이었다. 한 시진을 충만하게 채운 미랑은 그러고도 마음에 차지 않는지, 씩씩거리며 돌아섰다. 비 맞은 개 꼴이 된 둘은 할 말을 모두 잊은 채였다.

***

어느새 햇살이 머리 꼭대기에서 쏟아져 내리고 있었다. 민훈은 눈을 가늘게 뜨고 하늘을 올려다보았다. 아무래도 하루를 시작하기엔 늦은 시간이었다. 이 늦은 기상이 그는 마음에 들었다.

전날 밤 무명암을 벗어난 그는 도성 벽을 넘어 백화루로 곧장 달렸다. 거기서 탄내 밴 옷을 벗고 몸을 씻은 후 새 옷으로 갈아입은 뒤에, 다시 그 위에 술병을 엎고서 순라군들의 눈을 피해 집으로 돌아왔다. 인기척 없이 벽을 넘어 들어온 그는 부러 신발을 아무렇게나 벗어 던지고 펼치다 만 이부자리 위에 드러눕는 것으로 긴 하루를 끝냈다.

첫새벽에 일어난 몸종이 마당에 내던진 신발과, 술 냄새에 절어 뻗은 작은 주인을 발견하는 것도 계획대로였다. 이것으로 병판 댁 장남은 다시 한 번 사람들 입에 오르내릴 터였다. 그 개망나니가 또 술이 떡이 되어 가지고는, 갈지자로 휘청대면서도 용케 순라군들 피해 제집 담을 넘어 와서 처자고 있더라고.

"기침하시었습니까."

어린 몸종이 소세할 물을 떠 왔다. 찬기가 도는 물로 얼굴을 씻어 내고, 의관을 다시 갖추어 방을 나섰다. 아버지는 이미 집에 없었고 어머니 신 씨가 안채에서 그를 맞아들였다.

신 씨는 한참 들여다보던 새가 수놓아진 비단자락을 내려놓고, 아들을 올려다보았다. 언제나처럼 온화한 표정. 다만 오늘은 특히나 더 밝은 얼굴이었다. 민훈은 몸가짐을 바로하고 문안 인사를 올렸다.

"늦게 돌아왔나 보구나. 그러다 몸 상하겠다."

"명이 워낙 질겨 괜찮습니다."

"너 말고 만복이 이야기다. 매일 오늘은 오시려나 오늘은 오시려나 노심초사하며 네 방문 앞을 서성이다 토끼잠을 잔다 하더라. 언제 드시든 불편함이 없으셔야 한다고 내내 이것저것 살펴두면서."

민훈은 만복이, 물을 떠다 주던 그 소년 시종을 떠올렸다. 쭈뼛쭈뼛하며 대야를 내려놓던 조그마한 아이. 내내 고개를 숙이고 있어 얼굴도 보지 못했다.

보나마나 피곤에 절어 불만 가득한 표정을 짓고 있었겠지.

부디 그 아이가 더 안 좋은 소문을 많이 내주길 기대해 보는 민훈이었다.

"아니, 손은 왜……?"

민훈은 붕대 감은 한 손을 등 뒤로 슥 숨겼다.

"별일 아닙니다."

"무슨 승강이라도 있었던 게냐? 어디 보자."

"괜찮습니다."

신 씨의 얼굴이 어두워졌다. 그녀가 몸소 장성한 아들의 손을 억지로 끌어당기려 할 때였다.

"마님, 좌상대감댁 아씨께서 도착하셨습니다."

예상 못한 손님이 그를 구원했다.

"오, 그래. 벌써."

신 씨가 몸을 일으켰다. 그리고 어느새 문을 나서려는 아들을 불러 세웠다.

"오랜만인데 인사는 해야 하지 않겠니?"

"피차 불편해질 뿐입니다."

"그래도 예의가 아니다. 아예 집에 없었다면 모를까, 어찌 정혼자의 방문을 모른 척 하려 하느냐."

바위처럼 딱딱하던 민훈의 얼굴에 금이 갔다. 그는 뭐라 말을 하려 입을 열었다가, 다시 닫았다.

그 사이 문이 열렸다. 그녀는 이미 그 앞에 당도해 있었다.

"마님, 강녕하시었습니까."

"덕분에 잘 지냈지. 어서 들어오렴."

신 씨의 인사에 정중히 다시 목례한 후, 그녀가 문 안으로 들어섰다.

긴 비단치마가 사르르 쓸리며 문지방을 넘었다. 그 끝에 시선을 두고 있던 민훈은 고개를 천천히 들어올렸다. 넉넉한 폭의 풍성한 치마 위에 다소곳이 모은 흰 손. 맞춤하게 재단한 연분홍색 저고리와 붉은 옷깃은 맑은 낯빛을 더욱 빛나게 했다. 붉은 입술이 놀란 듯, 잠시간 벌어졌다가 금방 닫혔다. 평소엔 살짝 올라가 있던 눈꼬리가 수줍게 둥글게 휘었다. 가는 눈썹은 흔들림이 없었다.

안시호. 좌상 안익태의 외동딸. 그의 정혼자였다.

시호는 눈이 마주치자 얼른 고개를 숙이고 옆으로 비켜섰다.

"계신 줄 몰랐습니다……."

"……."

가늘게 떨리는 목소리. 미처 다 숨기지 못한 기쁨.

민훈은 묵묵히 그녀를 내려다보았다. 본래 계획대로라면 2년 전에 식을 올렸어야 할 사이였다. 이미 인연을 맺어 생을 함께하고 있었을 여인인 터였다. '그 일'만 없었더라면.

그는 '그 일' 이후 모든 것을 버렸고 그 안에는 그녀도 포함되어 있었다. 어차피 집안 어르신들끼리의 약조였다. 그는 그리 살가운 사람도 못 되었다. 해서, 어차피 데면데면한 관계이긴 했었으나…… 그래도 그녀에겐 어떠한 기대가 있긴 했을 것이었다. 그리고 그 기대를 박살낸 것은 민훈이었다.

민훈은 그녀에 대한 자신의 감정을 죄책감으로 규정했다. 하지만 그녀에게 무엇인가를 보상할 여유가 그에겐 없었다.

"편히 계시다 가십시오."

툭.

언제나와 똑같이, 누구에게나와 똑같이. 철저히 무심해서 더더욱 차갑게만 들리는 목소리로 저렇게 던져 놓을 뿐이었다.

그는 그녀를 지나쳐 문을 나섰다.

"저……!"

신 씨가 탄식했지만 아들은 뒤도 돌아보지 않고 성큼성큼 걸어 멀어져갔다.

"미안하구나. 저 녀석이 아직도 저 모양이다."

"아닙니다. 제 잘못이에요."

시호는 얼른 신 씨를 부축했다. 막 현기증이 나려던 부인은 그녀의 어깨에 의지해 자리에 앉았다. 시호의 손이 불붙은 듯 뜨거운 것을 느낀 신 씨는 고개를 가로저었다. 빨갛게 달아오른 얼굴로, 시호는 아랫입술을 꼭 깨물고 있었다.

"시호야."

"네, 마님."

"우리 이대로는 안 되겠다. 뭔가 다른 수를 내야 하겠구나. 좌상 어르신과 의논해서…… 네게 가장 좋은 방법을 찾아보자."

애초에 이 혼사를 강력하게 밀어붙이던 것은 좌상 쪽이었다. 그러다 설아가 그렇게 떠나고, 누이 잃은 민훈이 저 꼴이 되고 난 후로는 저쪽에서도 기별이 뚝 끊긴 상태였다. 약조를 무르고 싶어 하는 것이리라, 서충헌도, 신 씨 부인도 모두 확신했다. 하지만 어째서인지 좌상 대감은 2년 동안 별 말이 없었다.

파혼이 시호의 흠이 될까 걱정하는 것일까. 딸 가진 어미로, 신 씨 부인도 그 마음을 이해하고도 남았다. 그래서 아들이 저리 냉랭히 대하는데도 매주 시어미 될 자신에게 안부 인사를 전하러 들르는 이 아이가 너무 안된 것이었다.

"저는 이대로도 좋습니다, 마님. 혹…… 제가 불편하신 것이라면…….."

"아니, 그런 게 아니다. 내가 네게 미안해서 그런다."

"그런 것이라면 염려 마세요. 저는 처음 뵌 순간부터 마음을 정한 걸요."

시호가 살풋 웃었다. 화사한 미소에선 향기마저 나는 듯했다.

"저는 나리의 것이고, 나리도 저의 것입니다."

***

"나는 말이야."

솔은 말갛게 닳은 차돌 세 개를 손 안에서 굴렸다. 그녀가 앉은 툇마루 아래엔 멧비둘기 세 마리가 나란히 자리해 있었다. 그들은 몸을 좌우로 흔들며 초조함을 감추지 못하고 있었다. 솔이 돌멩이를 하나씩 허공에 던졌다 받을 때마다, 비둘기들의 고개도 올라갔다 내려갔다 했다.

"분명히 세 개로 합의했던 것 같거든."

- 아니다! 다섯 개다!

- 네 개다!

- 두 개다!

두 마리가 영문을 몰라 하는 다른 한 마리를 우다다 쪼아 댔다. 솔은 입술을 지그시 깨물며 웃음을 참았다.

"어쨌건, 왜 양이 늘어난 거지?"

- 멀다. 사람 간 곳.

- 네 집도.

다음에 다시 그곳에 들를 일은 없을 것 같아서 직접 집으로 찾아와서 본 것들을 알려 달라고 미리 부탁해 놓았던 터였다. 솔의 집이야 산짐승들에게는 잘 알려져 있으니 문제될 것도 없었다. 다만, 본래 쫓아가 달라고 한 누군가의 행선지가 꽤 멀었던 모양이었다. 차돌 세 개로는 수지가 안 맞을 만큼.

"어디까지 갔기에? 분명히 본 것은 맞아? 틀렸으면 이것도 줄 수 없다구."

솔이 손 안으로 차돌들을 숨기자 세 마리가 요란하게 날갯짓을 했다.

- 틀림없다! 봤다!
- 바위 언덕 너머, 사람 집 많이많이 있는 곳. 냄새나는 곳!
- 대나무가 으악! 했다.

"……응?"

- 무서운 새가 막 울었어.
- 맞아맞아. 잠도 안 자고. 밥도 안 먹는 새.
- 막 울어. 그래서 도망 나왔다.

"응?"

바위 언덕 이야기를 하는 걸 보니 도성 안으로 갔다는 듯한데. 그런데 뭐? 대나무가 으악? 무서운 새가 막 울어?

"그냥…… 나랑 같이 가 보자. 그게 낫겠어."

- 우리 까먹었다.

"……."

애초에 낮에 움직이는 녀석들이 어떻게 한밤중에 깨어서 일을 해 주었나 했다. 나름 굉장히 큰 용기를 내 주었으나 결과는…… 아니지, 그래도 고마워 해야지. 부엉이나 소쩍새에게 기대했었는데 그쪽에는 보기 좋게 배신당하고 말았다. 솔은 허허 웃었다.

- 우리는 깜깜하면 잔다. 못 자고 갔다. 졸렸다. 어렵다.

"그, 그래. 이해해."

– 멍청한 솔이 우리를 이해했다!

– 솔이 너무 멍청했는데, 이해했다. 대단.

– 그래 맞아. 솔이 멍청해. 아주아주.

"으윽! 너희들 너무한 거 아니냐?"

비둘기들은 서로 돌아보더니 제자리에서 폴짝폴짝 뛰었다.

– 솔이 오고 사람이 솔이 계속 봤다. 사냥 준비.

– 솔이 냠냠하려고 숨어서 기다렸다. 그런데 솔이 하나도 몰랐
다. 나 무서웠다.

– 나도. 예쁜 돌 받아야 되는데.

– 검은 사람 나오니까 다른 데 갔다. 그치?

– 맞아. 우리, 따라갔다. 그런데 무서운 새가…….

– 예쁜 돌! 다섯 개! 주세요!

그녀는 돌을 던지고 받던 짓을 그만두었다. 꼭 쥔 주먹 속에서
땀이 배어났다. 그러고 보니 생각 못 하고 있었다. 당연히 생각했어
야 하는 일인데도.

그때, 불을 지른 그 사람은 어디에 있었을까? 불이 붙자마자 자
리를 떴다? 그렇게 안일할 리가 없다. 그 저승사자를 창고에 가두
고 불을 지를 위인이다. 계획대로라면 그 자리에서 결말을 지켜볼
생각이었을 것이다.

그런데, 솔이 나타났다. 몸을 숨긴 채로 그녀를 살피고 있었던 모
양이었다. 비둘기들이 사냥 준비라고 했으니 여차하면 해치울 마

음도 있었으리라. 짐승들은 살기에 민감하다. 저승사자가 창고를 일찍 부수고 나왔기에 망정이지 까딱 잘못했다간 비명횡사할 뻔한 것 아닌가.

솔의 얼굴에서 핏기가 빠져나갔다. 오기를 부리긴 했지만 현의 걱정도 타당한 것이었다. 이번엔 정말 큰일 날 뻔 했다. 그녀뿐만이 아니라 아이들도……

소름이 오싹하게 끼치면서도, 반대로 머리 한구석이 뜨겁게 달아올랐다.

"……."

아이들. 막둥이와 을순이. 그 조그마한 아이들이 뭘 잘못했다고 그런 일을 당해야 했을까. 차사님이 시간 맞춰 문을 열지 못했더라면…… 솔은 격하게 고개를 가로저었다. 생각하고 싶지도 않았다.

아이들은 결국 산도깨비에 홀린 것으로 이야기가 되었다. 아이들은 믿었다. 창고 안에 들어가서 정신을 잃은 후엔 기억하는 것이 없어서 더욱 다행이었다. 그 둘은 오늘 하루 도깨비에 홀린 무용담을 온 마을에 떨치느라 여념이 없었다.

진실은 솔의 몫이었다.

두려움 속, 한구석에서 싹터 오르는 것은 분노였다. 아무리 악인이라도 인간이라면 지켜야 하는 도리가 있었다. 그렇지 않은가?

솔은 혀를 한 번 차곤 고개를 저었다.

"돌은 더 없지만."

그녀는 옆에 엎어 뒀던 바가지에서 좁쌀 한 줌을 꺼냈다.

"이거면 될까?"

난리도 그런 난리가 없었다. 깃털이 풀풀 날리도록 열렬히 열광하는 비둘기들 앞으로 솔은 좁쌀을 흩뿌렸다. 비둘기들은 연신 대가리를 땅에 박으며 좁쌀을 주워 먹었다.

"고마워, 다들. 고생 많았어."

- 부탁 또 해라!

- 안 깜깜할 때 하는 일!

"그래, 그래."

솔은 미소를 지으며 턱을 괴었다. 복잡한 머릿속을 차곡차곡 정리해 나가며, 그녀는 한 가지 결심을 굳혔다.

***

그리 오랜 시간 기다릴 필요는 없으리라 생각했다. 저승사자도 미행의 결과가 못 견디게 궁금할 테니까. 과연 예상대로였다. 솔은 병아리를 수놓고 있던 천 조각을 내려놓았다. 그리고 일어나 문을 열었다.

"우리 아빠 잠이 깊어서 참 다행이죠?"

오늘은 아예 툇마루 구석에 앉아 버린 그녀였다. 마당에 서 있던 저승사자는 한숨을 쉬더니 그녀 곁으로 다가왔다.

"앉으세요."

"뭐하러."

그는 솔과 거리를 두고, 기둥을 등지고 섰다. 혹 솔의 아버지가 깨서 문을 열더라도 금세 몸을 숨길 수 있을 법한 위치였다. 대답이고 하는 행동이고 이젠 어느 정도 예상이 되는 듯도 했다. 이 사람은 역시나, 대체로, 아니 거의 항상, 좀…….

"밉상이군."

개미만 한 소리로 혼잣말하는 솔이었다. 저승사자는 팔짱을 끼더니 고개를 삐딱하게 기울였다.

"결과부터 말해라. 어디냐."

"그것보다 먼저 꼭 짚고 넘어가고 싶은 게 있는데요."

솔은 깍지 낀 손 위에 턱을 얹었다. 매우 진중한 자세가 되어서, 그녀는 입을 열었다.

"뭐요, 허튼 짓 못하게, 뭐? 줄로 묶어다가 방에 가둬둬야 한다고? 그거 진심?"

"……."

전혀 진중하지 못하게 비비 꼬인 목소리였다. 저승사자는 예상대로 미동도 않고 그녀를 노려보았다. 천천히 열까지 세고 나면 뭐라고 한 마디 하리라 싶었는데, 의외로 저승사자에게서 다섯 만에 대답이 튀어나왔다.

"……꼭 짚어야 한다는 게 고작 그거?"

"고작이라뇨. 사람을 사람 취급 안 하는데! 내가 무슨 물건이야? 짐승도 그렇게 다루면 싫어한다구요?"

솔은 두 주먹을 불끈 쥐었다.

어찌, 그래도 내가 좋자고 한 일도 아니고, 아이들이 걱정되어서 한 일을! 그리고 결과적으로는 차사님도 도와주⋯⋯진 못했지만 어쨌건 도와줄 수 있는 상황이기도 했지 않나? 저승사자씩이나 되어 가지고는, 자기가 다 알아서 한다고 해 놓고서 보기 좋게 창고에 갇혀있던 사람한테서 그런 말 듣고 싶지 않거든?!

⋯⋯이라고 생각하는데 역시 오늘도 생각한 바가 입으로 모조리 술술 다 나오던 중이었다.

"그리고 그 말대로 나 묶어다가 방에 처박아 놨어 봐요. 오늘 이렇게 한가하게 이야기 들으러 올 수 있었을 것 같아요? 잠깐⋯⋯ 따져 보니 결국은 다 차사님이 일 시켜서 그런 거잖아요? 앞으로 아무 것도 안 시키시면 내 명줄 탄탄히 보존되겠네!"

여기까지 쏟아내고 솔은 헉헉거렸다.

아아, 시원하다. 근데 시원해도 되는 건가?

뒤늦게 저승사자 쪽을 살피던 솔은 입을 꾹 다물었다. 그는 기대고 있던 기둥에서 등을 떼고 있었다. 팔짱은 여전히 끼고 있지만 계속 끼고 있으려고 노력하고 있는 건지, 어깨가 딱딱하게 굳어져 있었다.

"네⋯⋯ 그런 것입니다⋯⋯."

"⋯⋯다했나?"

"아마도요?"

"그래서 그자는 어디로 갔다고?"

안 듣고 있었어!?

솔은 고개를 떨어뜨렸다. 그리고 될 대로 되라는 심정으로 내뱉었다.

"바위 언덕 너머, 사람 집 많이많이 있는 곳. 냄새나고 대나무가 으악! 한 곳요. 먹지도 않고 자지도 않는 무서운 새가 운대요."

"……."

"……."

"지금 나랑 장난하……."

"진짜예요. 사람이 아니니 우리 기준을 들이대면 안 되죠. 걔네들은 최선을 다해서 전해 준 거라구요?"

짧은 한숨소리가 이어졌다. 저승사자는 골치가 아픈지 드디어 팔짱을 풀고 한 손으로 이마를 짚었다. 소맷자락이 스르르 흘러내렸다. 그 손에서 낯선 것을 발견하고, 솔은 눈을 크게 떴다. 그녀는 그쪽을 손가락질하며 멀거니 일어섰다.

"다, 다치셨어요?"

"아니다."

"맞는데?"

왜 남자라는 생물들은 하나같이 뻔히 다 보이는 거짓말을 하는 걸까.

손등부터 팔목 아래까지 흰 붕대가 감겨 있었다. 안쪽에서 검붉은 핏자국이 조금 비쳐 올라와 있었다. 그전까진 못 보던 것이었다. 아무래도 어젯밤 그곳에서 다친 것이 분명했다. 하지만 일 검으로 그 두터운 문짝을 박살내던 그 실력으로 어쩌다가 저런 위치에, 저런 상처를 입은 것일까.

"……아."

알고 있다. 어떻게 하면 저곳이 상하는지.

솔은 자기도 모르게 한손으로 입을 가렸다.

"감사합니다……."

저승사자가 슥 곁눈질을 하는 게 느껴졌다. 솔은 진심으로 인사했다.

"막동이와 을순이, 지켜 주셔서 감사해요."

"뭐라는 건지."

그는 다시 팔짱을 끼며 고개를 돌렸다. 솔의 얼굴에 미소가 떠올랐다.

그래, 그녀의 선택은 옳은 것이다. 그리고 옳을 것이었다.

"바위 언덕 너머, 사람 많은 곳은 도성 안을 뜻하는 거예요. 그 아이들은 성벽을 바위 언덕이라고 부르거든요. 냄새나는 곳은……
보통 사람이 생활하며 나는 냄새는 그 아이들도 알고 있으니, 그렇게 말하진 않았을 것 같아요. 제 생각엔 아주 번화한 장소가 아닌가 싶어요. 숲에서 흔히 맡을 수 없는 냄새들이 많이 섞인 곳……."

저승사자는 묵묵히 듣고 있었다. 그녀의 생각에 동의하는 듯한 모양새였다. 기대에 보답하고 싶은 마음이 굴뚝같았지만, 솔의 추리는 딱 여기까지였다.

"대나무가 으악! 했다는 소린 모르겠어요. 안 먹고 안 자는 무서운 새도 뭔지 모르겠고."

205

"찾아보면 보이겠지."

의외로 선선한 대답이었다. 하긴, 그 외에 뭘 더 할 수 있으랴. 여기서부터는 저승사자의 몫이었다. 그리고 솔도 거기 숟가락을 얹을 생각이었다.

"이제 빚진 것 없죠?"

"그래."

"그럼 지금부턴 제가 하고 싶어서 하는 일인 거예요."

무슨 소리냐고, 눈으로 물어오는 저승사자. 솔은 숨을 크게 들이마셨다. 가슴에 풀 내 가득 섞인 밤공기를 깊이 채워 넣었다가 천천히 내뱉었다. 마음속 앙금을 그 풀에 다 비워 내려는 듯.

솔은 웃었다.

"또 찾아주세요."

"······뭐?"

"그거! 그런 뜻 아니고! 이상한 뜻 아니라!"

"뭐?"

"또 제 도움이 필요하시면 찾아오시라구요."

솔은 상대의 얼굴을 담담히 올려다보았다. 그가 무슨 표정을 짓고 있을지 궁금했다. 하지만, 의미 없는 의문이었다. 그녀는 결심했으니까.

"제가 도와 드릴 테니까. 자하원인지 뭔지······ 그 나쁜 사람들 잡으시는 거요. 별로 큰 도움이 되진 못하겠지만······ 없는 것보단 낫겠죠?"

달빛은 처마에 걸려 반 토막 나 있었다. 날이 선 빛발이 마루에 걸터앉은 솔의 치맛자락과, 양옆을 한가로이 짚은 그녀의 손을 비추었다. 잘 손질된 손톱 끝이 낡은 마룻바닥을 톡톡 두드렸다.

민훈은 그 손끝을 바라보았다.

불안…….

초조…….

두려움…….

그리고 그 모든 것을 덮으려 노력하는 단호한 여유.

저 아이, 진심이다.

"……차사님?"

손등이 욱신 쑤셔 왔다. 손등이 아닌 몸속 어딘가도.

바람 한 번만 세게 불어도 날려갈 듯 작고 가녀린 몸. 그 시절의 누이보다도 한참은 더 여려 보이는 저 어디에서 저런 힘이 나오는 것일까. 저것은 용기인가 만용인가.

오라버니.

해사하게 웃는 설아의 얼굴이 얼핏 그녀 위로 스쳤다. 무심결에, 그 아이를 따라 웃으려는 순간 눈앞이 새빨갛게 물들었다. 그 불꽃. 그 장지문. 그 방. 그…….

입꼬리가 올라가려다, 어색하게 뒤틀렸다. 그의 대답은 정해져 있었다.

***

"처음부터 그를 너무 쉽게 보셨던 것 아닙니까."

여인의 날카로운 목소리가 어두운 방 안을 쩽하게 울렸다. 박 원로는 곧게 앉아 눈을 감고 있었다. 그는 말없이 그 질책들을 받아 냈다.

"누가 압니까. 오늘 밤엔 그 저승사자가 박 원로님 머리맡에 서 있을지? 좋은 기회이니 잘 활용해 보세요."

"……그렇게 허술히 처리하진 않았소."

오늘 이 방에서 처음 한 한 마디였다. 여인은 기다렸다는 듯 가늘게 웃었다.

"그러셨길 바랍니다. 박 원로님 입이 그자의 칼을 물고도 우리 이름을 노래 부르지 않으리라는 확신이 저는 없으니까요. 제가……."

슥 하고, 책장이 넘어가며 종이가 스치는 소리가 났다. 여인은 입을 다물었다. 맞은편에 앉아 있던 안익태가 슬쩍 웃었다. 그의 차례였다.

"주 원로님. 그쯤 하셔도 되겠습니다. 오늘 할 이야기가 많지 않습니까."

"……흥."

여인은 고개를 옆으로 틀었다.

안익태는 발을 친 쪽을 향해 머리를 조아리며 말했다.

"원주님. 큰어르신께서 한양으로 출발하셨다 합니다."

책장이 넘어가려다 멈추었다. 그동안 한 마디도 않고 서책만 넘기던 그림자가 고개를 돌렸다. 안익태는 눈을 들어, 상대의 가슴께 즈음을 바라보며 말을 이었다.

"사흘 전에 연주에서 출발하셨다는 기별입니다. 가르침을 받겠다는 백성들이 일백에 이르러, 열 개의 독경회를 조직하셨다고 합니다."

"독경회 따위가 중요한 게 아니잖나."

한가로운 목소리였다. 그런데도 안익태는 목덜미가 바싹 굳어오는 것을 느꼈다.

자하원의 시작…… 이 교를 처음 만들고 경전을 완성해 낸 그들의 시조인 교조를, 그들은 큰어르신이라고 불렀다. 신도들은 그의 가르침을 받고 자하의 도를 깨치려 그의 발밑에 엎드렸다. 백발을 날리며 지팡이 하나에 봇짐 하나 지고, 늙었으나 쇠하지 않은 곧은 몸으로 교조는 전국 팔도를 누벼 왔다.

이번의 행선지는 바로 전란에 잿더미가 된 북방의 연주. 그리고 그를 그곳에 보낸 자가 바로 눈앞의 남자였다.

자하원에 큰어르신은 있지만 작은 어르신은 없었다. 아무도, 얼굴 한 번 본 적 없는 눈앞의 젊은 남자를 작은 어르신이라고 부르지 않았다.

원주님. 팔도 1만을 헤아리기 시작하는 그들의 주인. 교조가 그 앞에 머리를 조아린, 사람이되 사람이라 믿을 수 없는 인외인이라.

이름붙이길 천선. 그들뿐만이 아니라 세상 만물이 그 앞에 무릎을 꿇으므로.

안익태는 그를 처음 마주했을 때를 떠올렸다. 그때 그가 본 것…… 그리고, 북의 파도가 필요하다는 말에 답하던 웃음소리. 단신으로 국경을 넘으며 대수롭지 않게 옷자락을 떨치던 하얀 손. 당연하다는 듯이 그들의 뜻대로 북방을 잿더미로 불태워 버린 야만의 부족들.

자하원의 시작은 교조였을지 몰라도, 그 끝을 결정할 것은 이 남자였다.

그리고 안익태는 그를 상대로 일생일대의 내기를 걸고 있었다. 그는 안익태다. 말 한마디에 나는 새도 떨어뜨린다는 조선 최고의 세도가, 좌의정 안익태. 주상도 손바닥 위에서 마음대로 주물러 온 그였다. 다른 것이라고 뜻대로 주무르지 못하라는 법은 없었다. 그러니 이 정도 수모쯤은 얼마든지 견뎌줄 수 있다고, 그는 머리를 조아린 채 생각했다.

"손대면 부스러지도록 마른 검불이라, 조그만 불씨 하나만 심어 두고 왔다 하십니다."

연주는 오랑캐가 휩쓴 지역 중에서도 국경에서 가까워 피해가 컸던 곳이었다. 비교적 토지가 비옥한 편이라 북방에선 그나마 크게 번성한 지역이었다. 사람도 많고 물자도 많은 곳. 그래서 그만큼 희생자도 많고 피해도 컸다. 살아남은 백성들은 피땀을 흘리며 그 땅을 지켰고 이제 좀 다시 일어설 수 있으려나 싶은 정도가 되었다. 그리고 드디어, 사람은 적고 땅은 남아도니 부당하게 얻은 재물로 창고들이 그득할 것이라, 조세를 두 배로 올린다는 칙령이 도착한 것이었다.

땡볕에 바싹 마른 검불 같은 백성들의 가슴에, 불의 씨앗을 심는다. 다정하게 등을 토닥이며 은밀히. 씨앗은 백성들의 울분을 먹고 무럭무럭 자라나 무엇인가가 될 것이다. 피와 쇠냄새가 나는 무엇인가가.

원주가 입을 열었다.

"부채질이 필요하겠습니다. 주 원로."

"네, 원주님. 저희 상단은 출발 준비를 마쳤습니다."

"빠를수록 좋겠지요."

"당장 이동하겠습니다."

돈이 북으로 움직인다. 바람이 불 것이다. 누구도 본 적 없을 큰 바람이.

안익태는 마른침을 삼켰다.

"그럼 그 저승사자는 어찌하시렵니까. 저희가 처리할까요?"

주 원로였다. 여자의 몸으로 대상단의 정점에 선 자답게 그녀는 강하고 저돌적이었다. 안익태는 그녀가 마음에 들지 않았다. 원주가 오직 그녀에게만 존대를 하는 것부터도 그렇고.

"급할 것 없지 않습니까. 어떻게 노는지 좀 더 지켜보고 싶기도 하고."

"네?"

원주는 다시 대답하지 않았다. 다시 책으로 관심을 돌린 듯, 책장만 다시 한 장 넘어갔다. 박 원로와 주 원로가 의구심 가득한 눈빛을 교환했다. 안익태의 머릿속도 바쁘게 돌아가기 시작했다.

소리 없이 분주한 어둠 속이었다.

***

"아이구, 솔이 아부지. 이것 좀 받아주소."

"이게 다 뭐요! 뭘 이리 많이 가져오셨소?"

막동 엄마는 봄나물이 넘치게 담긴 함지박을 내밀었다. 태출은 무심결에 손을 뻗었다가 얼른 거뒀다.

"어허, 필요 없수다. 그 집 입이 몇 갠데, 애들이나 먹이시오. 난 뭐 무거운 거 들고오시는 줄 알고 도와드리려 했더만!"

"섭섭한 소리 말아요. 솔이 덕분에 우리 막동이 성하게 돌아온 거 아니오."

"그게 어디 그년 덕인가! 집에 붙어 있기 싫으니 도련님 줄레줄레 따라갔다 온 것뿐이지!"

감쪽같이 없어져서 온 마을을 발칵 뒤집어놓았던 아이들은 한밤중에 무사히 돌아왔다. 도련님과 솔이 품에 안겨 새근새근 잠든 채로. 밤새도록 엄마들한테 궁둥이에 불이 나도록 얻어맞긴 했지만 그것도 복이었다.

막동 엄마는 고개를 가로저었다.

"아무리 도련님이라도 솔이 없었으면 그 산 속에서 애들 어찌 찾소? 거, 알면서도 그러네."

"됐수다. 그냥 운이 좋은 것뿐이지."

"운도 적당해야 말이지. 하긴 솔이 아부지도 어쨌든 걱정은 걱정이겠소."

태출은 무슨 뜻이냐는 듯 눈을 둥그렇게 떴다.

"아무리 그래도 딸내미인데, 밤이고 낮이고 집 밖을 그리 돌아다니니……."

"크흠!"

불편한 헛기침. 막동 엄마는 얼른 입을 다물었다.

"걱정 마시오. 사람이 어떻게 무조건 남들이랑 똑같이 살겠소. 그 아이는 그 아이 나름의 생각이 있는 것일 테니."

"아이고, 내가 입이 방정이라…… 미안해요, 솔이 아버지."

태출은 뒷머리를 긁으며 씩 웃었다.

"됐소. 그래도 그 녀석이 자기 앞가림은 확실히 할 수 있다오. 그건 내가 믿지. 제 엄마 닮아서 그런 걸 어쩌겠나."

"엄마가 뭐요?"

솔이 대문을 들어서며 물었다. 아침부터 밭에 다녀오는 중이었다. 머릿수건을 벗고 흙 묻은 뺨을 손등으로 쓱 닦던 그녀는 뒤늦게 막동 엄마를 발견했다.

"아, 안녕하세요. 아주머니!"

"그래, 솔아. 마침 잘 왔다. 전할 소식도 있었는데."

막둥 엄마가 반색하며 솔에게 다가갔다.

"너 지난번에 새 수놓은 것 있지?"

"그거 진짜 죽는 줄, 하. 설마 또요? 살려 주세요."

"안 죽어, 이 녀석아. 그거 보신 대갓집 마님께서 너를 좀 만나자 하신다."

"네에?"

"으응?"

부녀가 얼떨떨해져서 서로를 마주보았다.

"너 뭐, 거기다 욕 같은 거 썼냐?"

"아빠는 딸을 뭐로 보고⋯⋯?"

"그런 게 아니라! 너 솜씨 아주 좋다고 와서 좀 하는 거 보여 주고 도와 달라시는 것 같더라."

이건 또 무슨 소리일까. 그냥 돈 몇 푼 벌어 보겠다고 막둥이네 일감을 좀 나눠해 줬을 뿐인데 이런 제의라니?

솔은 입술을 만지작거렸다.

"제가 왜 굳이⋯⋯ 이제 밭일도 점점 많아져서 바빠질 텐데요."

"사례 잘 해 주신대."

"가라, 딸아."

"아빠, 너무 고민 짧아?"

"땡볕에서 쭈그려 앉아 일하는 것보단 훨씬 나을 것 아니냐. 어차피 너 별 도움도 안 되고."

"도움 안 됐어⋯⋯?"

214

충격 받은 솔이 허망하게 중얼거렸다. 딸을 대신해서 태출이 나섰다.

"언제부터요?"

"빠르면 빠를수록 좋다 하셨으니 별일 없으면 지금 같이 가 보면 되겠수다. 잘됐지, 뭐. 솜씨 알아봐 주는 사람 만나기가 어디 쉽나? 생각 바뀌셨다 하기 전에 얼른 나섭시다. 가는 길에 시전에서 실도 좀 사서 가면 되겠군."

"그게 좋겠구려. 솔이 너 얼른 채비해라."

태출은 솥뚜껑 같은 손으로 딸의 등을 떠밀었다. 내심 딸이 고생하는 일이 마음 쓰였던 그였다. 조금이라도 편히 대접받으며 일할 수 있는 자리라니 대환영이었다. 막동 엄마가 아무 자리나 찾아오진 않았을 테니 크게 걱정하진 않아도 되리라.

그래서 그는 뒤늦게 물었다.

"근데 그 대갓집이 어디요?"

소처럼 몰려가던 솔도 귀를 쫑긋 세웠다. 막동 엄마는 왜 이제야 물어 주나 했다며 가슴을 폈다. 그리고 뿌듯한 목소리로 말했다.

"병조판서댁."

***

"도와드릴까요?"

"됐네."

민훈은 붕대를 팽팽히 당겼다. 대대로 뼛속까지 무인인 집안이다. 어린 시절부터 변방으로 내돌려지던 그에게 이런 수준의 치료는 익숙했다. 채란도 두말없이 물러나 하던 일에 열중했다. 가야금소리가 다시 이어졌다. 온전한 가락을 맺지 않고 같은 구간만 반복한다. 빠르게 갔다가, 느리게 갔다가. 강하게 갔다가, 여리게 갔다가…… 대낮의 기루에서만 들을 수 있는 소리였다. 해가 떨어지면, 가야금은 낮 동안 쌓은 기교를 한껏 발휘하여 교태 넘치는 곡조를 풀어낼 것이었다.

"연주에서 사람이 죽었다 합니다."

"하루이틀 일이던가."

"관아에서요. 마을 대표로 조세 문제를 항의하러 갔던 장정이었다더군요."

민훈은 그제야 눈을 들어 채란을 바라보았다. 채란은 여전히 가야금만 내려다보며 손을 놀리고 있었다.

"심상치 않은 분위기입니다."

"그렇군."

"네, 나리. 떠나왔다 하나 고향인데, 스산한 소식만 들려오니 기분이 좋진 않군요."

탕! 하고. 잘못 튕긴 가야금 줄이 비명을 질렀다. 붉은 꼬리가 길게 이어진 눈매가 일순 일그러졌다.

"주제넘은 감상이네요. 그날 나리께서 안 계셨으면 저도 이미 죽어 넘어진 백골일 것을."

침묵이 방 안을 가득 메웠다. 굳이 하지 않아도 될 말을 하고 말았다. 채란은 후회했다.

문득 연주가 온통 불바다이던 그날 밤이 떠올랐다. 겨우 빗장 쳤던 문이 부서지던 소리. 연주 기루를 빽빽이 뒤덮었던 아우성. 옷도 제대로 못 입고 정신없이 넘었던 돌담의 거친 감촉. 맨발로 달리던 눈밭. 발바닥을 파고들던 날카로운 돌들과 그녀 대신 누군가 지르던 비명 소리.

그리고 장승처럼 멈춰 서 있던 그. 피가 뚝뚝 떨어지는 긴 검을 들고 죽은 듯 서서, 살려 달라고 매달리는 그녀를 내려다보던 그 눈. 아무 빛도 없던.

채란은 고개를 들었다. 그리고 자신을 바라보는 민훈의 눈을 가만히 마주보았다. 그의 눈은 이제 비어 있지 않았다. 하지만 그 속에 있는 빛이 무엇인지 그녀는 감히 짐작할 수 없었다.

"다른 소식은 없습니다."

"수고했네."

단단히 붕대 감은 손을 한 번 들여다보고, 민훈은 몸을 일으켰다. 성큼 문 밖을 나서려던 그는 잠시 멈춰 섰다.

"시전에 대나무와 연관된 곳이 있던가?"

"글쎄요. 알아볼까요?"

"아니네. 지금 가 보면 되니까."

연자색 도포자락이 장지문을 스치고 나간다. 망설임 없는 발걸음이었다.

***

솔은 검지로 미간을 꾹 눌렀다. 머리가 지끈지끈 아파 왔다. 막동이 어머니는 병판 댁에 가 본 적이 있다는 말을 듣자마자 그럼 혼자 가라며 그녀의 등을 떠밀었던 것이다. 아이들이 여섯이다 보니 바쁘기도 할 것이다. 그래도 소개해 주는 사람이 같이 가야 안심이 될 터인데, 그 커다란 대문 앞에 가서 도대체 뭐라고 첫입을 떼야 한단 말인가. 게다가…….

솔은 괜히 엉덩이께를 더듬었다.

게다가 거긴 '그' 인상 안 좋으신 나리 댁이 아니냔 말이다!

세상 어이없고 한심하다는 투로 내려다보던 그 얼굴이 떠올랐다. 솔은 고개를 격하게 가로저었다.

들어가자마자 바로 안채로 직행하면 된다. 원하지 않더라도 그렇게 될 것이다. 웬만큼 재수가 없지 않고서야 또 마주칠 일이 있을까. 아니, 애초에 그 정도씩이나 되는 나리께서 내 얼굴을 기억할 리도 없다.

그리 생각하자 겨우 마음이 가벼워졌다. 그래서 시전 한 구석을 향하는 솔의 발걸음도 가벼웠다.

"극락이네……."

오색찬란한 색실들 앞에서 나온 첫마디였다. 가게 주인도 황송한 평에 기분이 좋아졌다.

"그래, 뭘 드릴까?"

지난번에 대형 작품을 만든다고 갖고 있던 색실이 많이 동났던 터다. 솔은 흔히 쓰던 색의 실들을 이것저것 고르고 나서 잠시 고민했다. 역시 도성 안 물건들은 최고였다. 이 실에도 눈이 가고 저 실에도 눈이 갔다. 심지어 흔치않은 금사와 은사도 저쪽에서 반짝이고 있었다.

오늘 부르셨다는 마나님 정도 되면 온갖 실을 다 사서 쓰실 수 있으실 테지. 그 옆에서 한두 가닥 얻어 볼 수 있으면 좋겠다.

그렇게 나름 불온한 생각을 해 보며 솔은 씨익 웃었다.

"이렇게만 살게요."

결국 늘 쓰던 것들만 골라 든 그녀였다.

"수 좀 놓나 봐. 보는 눈이 좋네."

가게 주인은 허리가 한참 구부러진 노파였다. 그녀는 함박웃음으로 얼굴에 주름 몇 줄을 더했다. 솔도 마주 웃었다.

"제가요?"

"그래. 손 좀 쥐 봐."

주인은 집안일, 밭일과 자수 일로 굳은살이 박인 솔의 손을 요리조리 돌려보곤 토닥였다.

"열심히 산 손이네."

"할머니도 손 예쁘시네요."

솔도 주름이 자글자글한 주인의 손등을 토닥였다. 그러다 고개를 갸웃했다. 노인의 손이 움직일 때마다 손목 안쪽에서 작은 방울 소리가 났던 것이다.

"응, 아, 이거?"

주인은 소매를 살짝 들춰 손목 쪽을 보여 주었다. 나무를 자그마하게 네모 모양으로 깎아 여럿 엮은 팔찌였다. 한 귀퉁이엔 새끼손톱만 한 작은 방울이 달려 있었다.

"염주야. 예쁘지?"

"네. 정말 예뻐요. 처음 보는 모양인데 어느 절에서 받으셨어요?"

"절 아니야. 그런 데가 있단다."

주인이 눈을 찡긋했다. 소박하지만 아주 정교하게 만들어진 물건이었다. 주인이 소맷단을 내릴 때까지 솔은 거기서 눈을 떼지 못했다. 나중에야 문득 정신이 들어, 솔은 얼른 실 값을 치렀다. 주인은 잔잔히 웃으며 돈을 받아들었다.

"또 오렴."

그럴 수 있으면 좋겠다고 인사하며 돌아나왔다.

순간 눈앞을 가득 메운 인파에 솔은 멈칫했다. 도성 안 시전은 솔의 마을과는 비교도 할 수 없을 정도로 붐볐다. 조금은 기가 죽을 정도로. 다른 사람 어깨를 안 치고도 그럭저럭 걸을 만하게 되기까지 한참 걸렸었는데, 방금 전 실 가게의 고즈넉한 분위기에 순간 방심하고 있었던 것이다. 솔은 잠시 머뭇거리다가 겨우 사람들의 물결에 다시 섞여들었다.

"하아……."

너무 많은 얼굴. 너무 많은 목소리. 벌써 피곤해졌다. 얼른 집으로 돌아가고만 싶었다. 하지만 모처럼의 도성 안 나들이 아닌가. 아

직 시간도 일러 병판댁에 들르기 전까지 여유도 좀 있었다. 솔은
고개를 들어 시선을 위로 두었다. 사람들 머리를 넘어, 양옆에 늘어
선 건물들이 목표였다.

"대나무…… 대나무……."

이만한 번화가가 또 어디 있겠는가. 어쩌면 이곳 어딘가에 비둘
기들이 말했던 그곳이 숨어 있을 수도 있지 않을까? 굳이 큰 기대
를 걸진 않았다. 차사님께서 알아서 잘하실 것이었다. 생각보다 허
술한 데는 있어도 바탕이 집요한 사람이니까. 뭐, 시간 때우기엔 좋
은 일이니까 찾아보는 것뿐이었다.

솔은 좌우를 두리번거리며 걷기 시작했다. 그런 그녀의 뒤에, 검
은 그림자 하나가 따라붙었다.

*　*　*

뒷짐 진 손끝으로 부챗살을 두드리며, 민훈은 걷고 있었다. 사방
에서 이것 좀 보라고, 이것 좀 사라고 외치는 소리가 메아리를 치
고 있었다. 더러는 길 가던 사람들을 붙잡고 가게 안으로 끌어들이
기도 했다. 하지만 그는 해당사항에 없었다.

언제나처럼 강한 햇빛에 눈을 살짝 찌푸린 탓에, 그렇지 않아도
차가운 인상에 더 날이 선 덕택이었다. 넉넉한 옷자락으로도 감출
수 없는 넓은 어깨와 웬만한 사람은 모두 내려다보는 훤칠하게 큰
키도 한몫했다. 하지만 무엇보다도 사방에 벽을 치고 있는 듯한 그

분위기가 압도적이었다. 상인들은 민감했다. 그들은 일찌감치 그에 대한 호객을 포기했다. 그래서 민훈은 자유롭게 시전 골목을 헤맬 수 있었다.

머릿속에선 방금 들은 연주 소식이 체에 걸린 돌멩이처럼 채였다. 태평성대. 그저 남쪽 한정의 태평성대. 한심한 일이었다. 하지만 어차피 지금 그가 할 수 있고, 해야 하는 일은 하나뿐이었다.

그놈의 '대나무가 으악!'한 곳을 찾는 것.

……도무지 어디다 도움을 청할 수도 없는 단서였다. 한참을 헤맸지만 눈에 띄는 것은 하나도 없었다. 정말 제대로 들은 말이 맞을까? 그 여자, 작정하고 나를 놀리고 있는 게 아닐까? 그런 생각이 슬금슬금 들기 시작할 때였다.

"도, 도둑이야! 도둑놈 잡아라!"

앞이 부산스러워졌다. 뭔가 와장창 깨지고 무너지는 소리가 나더니 사람들이 갈라졌다. 그 사이로 작은 몸집의 남자가 빠져나왔다. 손에 보따리 하나를 움켜쥔 채였다. 아무래도 저게 소매치기한 물건이리라. 보따리 주인이 같이 달려 보다가 안 되겠는지 신발을 벗어 던졌다.

민훈은 슬쩍 몸을 틀었다. 소매치기를 한참 지나쳐 날아온 신발은 민훈이 서 있던 자리에 툭 떨어졌다. 소매치기는 그를 향해 곧장 달려오고 있었다. 그는 한량답게 모르는 척할 셈이었다. 신발 주인 얼굴을 보기 전까지는.

다음 순간 그는 자기도 모르게 소매치기의 발을 걸고 있었다.

"으어어악!"

제대로 걸렸다. 남자의 몸이 허공에 뜨더니 두어 바퀴 굴러 가판을 들이받고 멈춰 섰다. 거창하게 건 것도 아니었다. 그저 비켜서는 척하며 슬쩍 발끝을 톡 건드렸을 뿐. 그래서 주위 사람들 모두, 저 혼자 발이 꼬여 야단스레 쓰러지는 소매치기를 보고 어리둥절해졌다. 신발 주인이 날듯이 달려와서 그 등짝을 후려갈겼다.

"이 나쁜 사람! 응? 도성 안에선 눈 감으면 코 베어 간다더니 진짜네! 이리 내놔. 내놔요!"

되찾은 보따리를 품에 꼭 끌어안았다. 주위를 두리번거리다가 바닥에 떨어진 신발을 찾곤, 한 발로 깡충깡충 뛰어와 그 속에 발을 꿰어 넣었다. 그리고 움찔 하더니, 딱 지척에 붙은 상대를 확인하려 고개를 들었다.

숨이 차 들썩이는 어깨. 이마로 흘러내린 앞머리. 발갛게 상기된 얼굴의⋯⋯.

민훈은 솔과 눈이 마주치기 전에 얼른 돌아섰다.

"⋯⋯?"

등 뒤에서 한껏 어리둥절해하는 기색이 느껴졌다. 민훈은 모르는 척 급히 걸음을 옮겼다. 그렇게 그는, 이 끈덕진 우연을 필사적으로 부정했다. 다행히 따라오는 기색은 없었다.

설마, 설마 그 새들 말 따라 그들의 은신처를 찾으러 여기까지 온 건 아니겠지. 아무리 넓은 오지랖도 그 정도는 아니겠지⋯⋯싶으면서도 그 이유를 아주 제할 수는 없을 것 같다는 확신에 가까운 의심이 들었다.

하여간 어디서든 시끄러운 여자다. 본인이 시끄럽거나, 주변이 시끄러워지거나. 오늘도 또 하고많은 행인 중에 제일 만만하게 보여서 소매치기 표적이나 되고 말이다. 하긴 가만히 서 있어도 온몸에 '난 무해해요' 하는 기운을 두르고 있으니 그럴 수밖에 없겠다. 그럼 좀, 몸을 사리며 살아야 할 게 아닌가.

도성 안에 무슨 볼일인지는 모르겠지만 굳이 마주할 이유가 없었다. 낮엔 피하자. 그녀와의 관계는 저승사자로서 맺는 것으로 충분했다. 그의 선은 거기까지였다. 그 이상은 사양이었다. 그렇게 마음을 다지며, 민훈은 머릿속을 털어냈다.

그런데.

"……아?"

"아?"

"안녕……하세요……?"

둘은 병판 서충헌의 집 대문 앞에서 딱 마주쳤다.

머리 위에서 까치 우는 소리가 요란하게 울려 퍼졌다.

민훈은 말문이 막혀 버렸다. 왜 행선지가 여기냐? 말끝이 혀에 걸렸다. 그는 입을 꾹 다물고 옆에 선 여자를 위아래로 다시 꼼꼼히 훑어보았다. 아무리 봐도 이솔이 맞았다.

놀라기는 솔도 마찬가지였다. 웬만큼 재수가 없지 않고서야 마주칠 일이 있겠냐고? 오늘이 바로 그 최악으로 재수 없는 날이었다. 멍도 다 사라진 엉덩이가 다시 쑤시는 듯했다.

저 나리, 어째서인지 이쪽을 계속 노려보고 있고.

솔개 앞에 선 병아리 꼴로 바짝 얼어 있던 솔이 겨우겨우 입을 열었다. 뭔가 말을 해야 할 것 같았다.

"혹시 아까 시전에서……."

"아니다."

"아니셨구나."

옷이나 체격이나 틀림없는데……?

솔은 식은땀을 흘리며 한 발 뒤로 물러났다. 아무래도 집주인 옆에 나란히 설 수는 없으니까.

그 소극적인 모습이 민훈은 생소했다. 그러다 문득, 자각했다. 그녀는 민훈의 정체를 모른다. 지금의 그녀에게 자신은 하늘같은 육조판서댁의 장남인 것이다. 첫만남의 인상이 아주 안 좋았던. 그는 열심히 기억을 더듬어 보았다.

"또 나무 타러 온 거냐?"

"……아닙니다, 나리."

솔은 최대한 예의바르게 대답하려고 노력했다.

역시나 대뜸 시비였다. 게다가…….

젠장! 내 얼굴, 기억하고 있잖아?

마침 문이 열리고 사람이 나왔다. 건장한 머슴은 민훈의 얼굴을 보고 조금 놀라더니 옆으로 물러났다. 웬일로 작은 주인이 낮에 일찍 들어왔나 싶은 모양이었다. 민훈이 그를 지나치자 그제야 옆에 섰던 여자애에게도 눈이 갔는지, 뒤늦게 질문이 날아왔다.

"넌 무슨 일이냐?"

그래, 그도 몹시 궁금했다. 민훈은 마당에 멈춰 서서 대답을 기다렸다.

"마님께서 찾으셨다기에…… 자수 일 하러 오라는 말씀 전해 들었습니다."

"아, 너로구나. 들어오너라."

솔은 조심스럽게 마당으로 들어섰다.

"여기서 잠시 기다려라."

머슴이 안채 쪽 담당을 부르러 사라졌다. 널찍한 마당에 솔과 민훈만 덩그러니 남았다. 솔은 최대한 앞만 바라보려 노력하며 뻣뻣하게 서 있었다. 아무래도 뒤통수가 따가웠다.

왜 안 가는 거야?!

그 문제의 나리께서 대문 옆에 비켜선 채로 계속 그 자리를 지키고 있었던 것이다. 솔이 쪽을 빤히 바라보면서. 짧은 기다림이 그렇게 초조할 수가 없었다. 이윽고 인기척이 나더니 안채 쪽에서 사람이 나타났다. 두 명이었다. 침모로 보이는 중년의 여인 한 명과……

눈이 시리게 고운, 복사꽃색 치마를 두른 아씨.

솔과 같은 또래일까. 곧은 자세에 부드러운 낯빛 위로 날렵한 맵시가 흘렀다. 귀하게 태어나 귀하게 자란 사람 특유의, 티 없는 당당함과 여유가 몸에 배어 있었다. 참봉 어르신네 아씨와는 완전히 다른 분위기였다. 솔은 그녀의 얼굴에서 눈을 떼지 못했다.

시호는 가늘게 웃었다.

"어서 오렴. 네가······."

솔을 바라보는 그녀의 눈이 흔들렸다. 공손하게 말씀을 기다리던 솔은 의아했다. 상대의 눈길이 향한 곳은 자기 뒤편이었다.

"오셨습니까."

시호가 정중히 인사하자 민훈도 목례했다.

"이 아이, 어머니께서 부르셨답니까?"

"그렇습니다, 나리. 무슨 문제라도······?"

"아닙니다."

이어지는 짧은 한숨소리.

"빨리 끝내고 가거라."

나한테 한 소리야?

반사적으로 돌아본 솔의 눈에 마당을 지나쳐 나가는 선비의 뒷모습이 들어왔다. 겨울바람 같은 걸음이었다. 그는 순식간에 건물을 돌아 사라져 버렸다.

"······아는 사이니?"

시호의 목소리가 싸늘하게 식어 있었다.

이유는 모르겠지만 왠지 자신에게 화가 나 있는 것 같아, 솔은 당황해서 대답했다.

"아, 아닙니다! 전에 저희 마님 모시고 왔던 날 꾸중을 들은 일이 있을 뿐입니다."

"그래?"

시호가 다시 살풋 웃었다. 극명한 표정 변화였다.

"저런 눈도 하실 수 있는 분이셨구나. 몰랐거든."

"네?"

"아니다. 따라오렴."

그녀는 휑하니 몸을 돌려서 앞장섰다. 좀 종잡을 수 없는 사람 같았다. 솔은 약간 긴장한 채로 그 뒤를 따랐다.

안채는 전에 본 그대로였다. 튼튼한 감나무 위에서 참새 한 마리가 지저귀었다. 그때 그 부부들 중 하나였다. 솔은 그 요란한 환영에 그만 픽 웃고 말았다. 겨우 어깨에서 힘이 빠져나갔다.

"네가 솔이구나. 앉아라."

"네, 마님."

솔은 공손히 인사하고 조심스럽게 앉았다. 마님은 기억대로 아주 키가 큰, 엄격한 분위기의 여인이었다. 병색이 짙어 야위었지만 머리는 한 치의 흐트러짐 없이 곱게 넘겨 쪽을 졌고 차림의 단정함도 그림 같았다. 육조판서댁 마나님의 차림치고는 지나칠 정도로 수수한 옷이라 솔은 의아했다.

"먼 길 오느라 고생 많았겠구나."

엄한 눈매가 둥글게 휘었다. 부드러운 목소리였다. 솔은 마음속으로 가슴을 쓸어내렸다.

"당치 않은 말씀이십니다. 불러 주셔서 감사합니다."

"새들이 하나하나가 당장 지저귀며 하늘로 날아오를 듯하더구나. 일전에 본 적 없는 놀라운 솜씨라 내 군이 수소문하였다. 대국에도 이런 솜씨는 가진 자는 드물단다."

"과, 과찬이십니다."

솔의 얼굴이 새빨갛게 물들었다. 면전에서 이렇게 노골적인 칭찬이라니, 생전 처음이었다.

"그래서 내 어려운 청을 하나 할까 하는데……."

"청이라니 당치 않으십니다! 편히 말씀하세요."

솔이 허둥거리자 신 씨는 눈을 크게 떴다가, 이내 작게 웃었다.

"그래. 그러자꾸나. 이쪽은 장차 내 며늘아기 될 아이란다. 이미 만났지?"

신 씨는 옆자리에 앉은 시호를 가리켰다.

"우리가 이리 자주 보는데도 마땅히 할 일이 없거든. 해서, 매번 재미없이 같은 말만 뜻 없이 주고받느니 그 시간에 둔한 솜씨를 좀 갈고닦아 볼까 생각했단다. 네가 우리에게 시간을 내줄 수 있다면 참 고맙겠구나. 사례는 매번 넉넉하게 하마."

고작 양민 계집애 하나를 상대로 과분한 예를 갖추고 있었다. 도성 밖에서 살아온 터라 높으신 사대부들을 대할 일이 많지 않았지만, 이게 보통의 경우가 아니라는 것 정도는 솔도 알고 있었다. 좋은 제안이긴 했다. 아무래도 변변찮은 힘으로 밭일 깨작이며 돕는 것보단 훨씬 살림에 보탬이 될 것이었다. 도성 안까지 매번 걸어서 오가는 게 일이긴 하지만……. 솔은 짧은 순간 치열히 고민했다. 머뭇거리는 모습을 본 신 씨는 한숨을 내쉬더니 서안 서랍을 뒤적였다. 그 얼굴에선 비장함마저 흘렀다.

"살려다오."

갑자기 눈앞에 불쑥 들이밀어진 그것. 놓다 만 국화 자수였다. 꽃잎이 사방팔방 직선으로 뻗어 나와 비단 위를 휘달리고 있는. 머릿속에 뭔가 번쩍 떠올랐다.

……밤송이?

"픕!"

황급히 입을 막았지만 이미 늦은 후였다. 무거운 침묵이 방 안을 채웠다. 솔의 얼굴이 빨개졌다가 하얗게 됐다가 파랗게 변했다.

내가 무슨 짓을 한 거지? 근데 이건 반칙이잖아. 마님, 저한테 왜 이러세요?

말이 입안에서 뱅뱅 돌았지만 어느 하나도 나올 수가 없었다. 솔이 이제 죽었다 싶어 이마를 땅에 쿵 박고 엎드리는 순간, 신 씨의 입에서 웃음이 샜다.

"큭……."

참으려고 노력해 보는 듯했으나 실패였다. 신 씨는 결국 크게 웃음을 터뜨렸다. 혼자 어깨가 들먹일 정도로 호탕하게 웃는 그녀를 위해, 솔도 따라 웃기로 했다.

"하……하하하?"

시호는 이러지도 저러지도 못하고 둘을 번갈아 바라보고만 있었다. 신 씨는 한참만에야 웃음을 그치고 눈가를 닦았다.

"너무 솔직한 게 아니냐."

"그런 소리 많이 듣습니다……."

"벌이다. 수락하거라."

첫인상과 많이 다른 분인 것 같다.

그리 생각하며 솔은 크게 고개를 끄덕였다. 어쩐지 좋은 기회를 잡은 것만 같았다.

"열심히 하겠습니다, 마님."

솔이 결연히 답했다. 일종의 사명감마저 느끼기 시작하는 그녀였다. 신 씨도 고개를 끄덕였다.

"그럼 당장 시작하자꾸나."

굉장한 추진력이었다. 기다리던 침모가 수틀을 내왔다. 준비는 순식간이었다.

"특별히 더 필요한 게 있느냐?"

"네."

"그게 무엇이냐?"

적어도 지금 신 씨 부인에게 몹시 필요한 것. 어떤 경우에 부인의 것과 같은 굉장한 작품이 나오는지 솔은 아주 잘 알고 있었다. 솔은 진지하게 바늘을 들어 보였다. 뾰족한 바늘 끝에 집게손가락을 올린 채로.

"용기……죠. 아무래도."

***

오늘은 함께 작은 국화를 수놓아 보기로 했다. 솔은 능숙한 솜씨로 단번에 바늘에 실을 꿰었다. 눈이 어두워 바늘구멍이 잘 안 보

인다는 신 씨를 위해 대신 실을 꿰며, 솔은 옆을 곁눈질했다. 시호
는 말없이 맡은 일을 해내고 있었다. 긴 속눈썹 아래, 차분히 내리
깐 눈. 붉은 실과 바늘귀를 엮는 굳은 살 하나 없는 매끈하고 하얀
손가락. 느리긴 해도 서툴지 않았다. 아마 그녀의 자수도 그러할 것
이었다.

솔은 먼저 빠르게 국화 한 송이를 완성해 냈다. 전체적인 진행을
한번 살피라는 의미에서였다. 마지막 한 땀을 마무리하자 신 씨의
입에서 탄성이 흘러나왔다.

"과연 대단하구나. 나이가 어려 아무래도 내가 사람을 잘못 부른
게 아닌가 걱정하였었다."

"그 점은 걱정하실 필요가 없습니다. 하지만 제 솜씨가 그 정도
로 대단한 건 아니랍니다. 이제 시작해 보실까요?"

둘은 아주 좋은 학생이었다. 사실 좋은 학생은 신 씨였고 시호는
그저 느릿하게 자기 할 일을 할 뿐이었다. 솔이 보기에 시호는 별
로 도움이 필요하지 않은 정도의 솜씨는 가지고 있었다. 그리고 사
실, 솜씨를 늘리고 싶어 하는 의지도 없어 보였다. 그녀가 이 자리
에 있는 이유는 오직 신 씨 부인 때문이리라고 솔은 짐작했다.

"솔이는 올해 몇이니?"

"네?"

"나이 말이다."

"아, 스물입니다, 마님."

"좋을 때로구나."

미간을 잔뜩 모으고 바늘을 놀리던 신 씨가 미소를 지었다. 그늘이 느껴지는 미소였다. 솔은 일전에 참봉댁 마나님께 들은 소리를 떠올렸다. 그래, 비슷한 또래의 딸이 있었다고 하셨었다.

"시집가야지?"

솔은 속으로 울음을 삼켰다.

"……네, 마님. 가야죠."

"좋은 사람이 짝이 되면 좋겠구나. 무엇보다 서로 믿고 의지할 수 있는 사람이 제일이더니라. 인연이 뜻대로 되는 건 아니라고는 하더라만."

신 씨가 길게 한숨을 내쉬었다.

"우리 아들 같은 남자 만나서 시호가 고생이 많지."

"……마님."

시호가 거의 소근거리다시피 하는 목소리로 말했다.

"그런 말씀 않으시기로 하셨습니다."

"그래, 그래. 미안하다. 내가 너무 답답해서."

그러고 보니 이집 아들이라 하면 그 나리님 아닌가. 솔이 자기도 모르게 눈을 찌푸렸다. 입만 다물고 가만히 서 있으면 그렇게 잘날 수가 없을 선비님이었다. 키며, 풍채며, 인물도 어디 가서 꿀리지 않을…… 솔직해지자. 솔이 살아오며 본 사람 중 현을 제외하곤 그 정도 인물은 본 적이 없을 정도로 잘생기지 않았던가. 그저 그 음침한 표정과 사람을 베어 죽일 듯한 눈빛이 문제인 것이지. 그 입 여는 족족 시비조인 말투도 문제고.

솔은 건너편의 시호를 곁눈질했다. 참으로 아름다운 아씨였다. 날아갈 듯 날렵한 눈썹 아래 별을 한가득 담은 듯 빛나는 커다란 눈. 작고 높은 코도 아담하게 예쁘고, 약간 얇은 입술은 오히려 섬세한 인상에 이지를 더했다. 솔은 치마저고리 밑에 숨은 버드나무 가지처럼 가녀리고 유연한 그 몸도 눈에 보일 듯했다. 미인도 속에서 금방 걸어 나온 듯한 아씨.

그 나리께서도 이 고운 아씨 앞에선 미소를 지어 주겠지? 따뜻한 눈으로 아씨 눈을 들여다 봐주고 험한 길에선 조심하라며 손 내밀어 주겠지? 다정한 목소리로 이름을 불러 주고, 하루의 안부도 물어 주고 또…… 또…… 꺄악, 정말……!

상상이 안 되잖아!!

솔은 아랫입술을 꾹 씹고 부르르 떨었다.

"괜찮으냐?"

"아무 것도 아닙니다!"

아씨가 아까웠다. 아무리 짚신도 짝이 있다지만, 왜 그런 나리 짝이 하필 이리 고운 아씨인 것인지! 솔은 자기가 다 속이 상하는 것이었다.

한 시진이 금방이었다. 신 씨는 솔이 매우 마음에 든 모양이었다. 생각했던 것보다 더 넉넉한 보수를 챙겨 주고, 내일도 꼭 오라는 신신당부 끝에야 신 씨는 그녀를 놓아주었다. 다행히 나오는 길에는 문제의 나리와 마주치지 않았다.

***

"으애더, 어드게 할 거웅?"

태출이 쑥버무리를 한가득 입에 물고 웅얼거렸다. 솔은 이미 입 안이 가득이면서도, 굳이 한 덩어리를 더 떼어 입 속에 밀어 넣으며 대답했다.

"오아나. 오 아야디."

"으?"

기다리라고, 손바닥을 내보이고는 열심히 씹어 삼켰다.

"좋잖아. 또 가야지. 값도 잘 쳐 주시는 데다가 무지 좋은 분 같았는걸."

"그래?"

"응. 깜짝 놀랐다니까."

솔은 툇마루에 벌렁 드러누웠다. 해는 한참 기울어 온 세상이 붉은 빛이었다. 집집마다 밥 짓는 냄새들이 구수했다. 솔은 이 시간이 참 좋았다. 주홍색으로 물든 처마 끝을 한참 바라보던 솔이 입을 열었다.

"아빠."

"왜?"

"엄마도 키 작았어?"

"또 왜?"

"지금 갑자기 든 생각인데, 마님이 키가 무지 크시더라고. 그 나리도 키가 크고. 내 키가 요모양인 것도 엄마 탓인가 하……악!"

태출의 딱밤은 딱밤 수준이 아니었다. 벌떡 일어나 앉은 솔의 눈엔 눈물이 그렁그렁했다.

"니 엄마는 너보다 훨씬 컸어, 이것아!"

"근데 난 왜?"

"그거야 니가 어렸을 때 워낙 안 처먹어서 그렇지! 어디서 엄마 탓이야, 엄마 탓은!"

"아니면 아닌 거지 왜 때려? 내 머리 아니었으면 진작 깨졌을 거라고!"

"머리 단단해서 좋겠다. 싫으면 시집이나 가!"

"……."

솔은 두 손으로 이마를 감싸 쥐고 으르렁거렸다.

"또 이 이야기야……."

"볼 때마다 하고 싶은 거 꾹 참고 있구먼 말이 많다. 다들 네 나이에 애가 둘이야! 도대체 언제 갈래?"

"이 아저씨가 남 말하듯이……?"

"내가 찾아오면 그놈이랑 할 거야?"

"아니."

"그러니까. 내가 어디서 빨리 한 놈 잡아오라고 했잖냐. 설득을 하건 납치를 하건!"

"기다려 봐!"

솔은 샐쭉해져서는 고개를 팩 돌렸다.

"기다려 봐. 언젠간 아빠가 깜짝 놀랄 만한 사람으로 잡아올 테니까."

"어이구, 기다리겠습니다."

"네네. 정말이라구요."

점점 작아지는 목소리와 점점 처지는 어깨. 태출은 못 본 척 하기로 했다.

五. 위험한 초대

차곡차곡 얹은 기와는 판판한 편이었다. 생각했던 것보다 더 할 만하다고, 민훈은 진지하게 생각했다. 그는 지붕 위에 올라앉아 있었다. 흐린 하늘엔 별도 달도 없었다. 때문에 어둠은 그의 검은 옷자락을 반은 하늘에, 반은 흑회색 기왓장에 모두 묻어 버렸다. 발아래에선 모임이 한창이었다.

"그래서, 그 김가놈은 잘 처리했고?"

"걱정할 거 하나 없소. 몇 대 쥐어 패고 도끼로다가 문짝 쩍쩍 찍어 놓으니 알아서 깁디다."

"액수 정확히 확인해."

"당연하지."

요 근래의 폭행과 살인과 약탈과 겁간의 기록이 차곡차곡 정리되는 자리였다. 열댓 명의 사내들이 모여앉아 떠들고 있었다. 저마다 얼굴에나 팔뚝에나 등짝에나 칼자국이 나 있는 자들이었다. 자기들끼리는 검계라고 서로 칭하는 무뢰배들의 무리였다.

민훈은 가늘게 찢은 육포 한 가닥을 물고 그들의 이야기에 귀를 기울이고 있었다.

결국 대나무니, 무서운 새니 하는 것을 찾는 일은 실패였다. 차라리 더 합리적인 길을 찾자고 그는 생각했다. 그자가 도성 안으로 도망쳤다는 것은 확실하니 도성 안에서 사람 목숨 앗는 일을 도와줄 만한 곳을 찾아보자. 그렇게 생각하고 찾은 게 이 조직이었다.

과연 돈 몇 푼에 누구를 어떻게 해 주었다는 이야기들이 간간히 나오고 있었다. 어쩌면 저승사자에 대한 의뢰 이야기는 이미 이전 회합에서 끝났을지도 모를 일이었다. 오늘 이야기가 안 나온다면 이따 해산한 후, 한 놈 낚아다가 둘이서 아주 천천히 긴 이야기를 나눠 볼 생각이었다.

"이젠 누가 뭐래도 도성 안에선 저희가 이거지 말입니다."

"큭큭. 그렇지."

"사람들이 요새는 그 저승사자라는 것보다 저희가 훨씬 더 무섭…… 컥!"

난데없는 주먹질에 말하던 사내가 턱을 감싸 쥐고 신음했다. 주먹을 날린 건 형님이라고 불린 그자였다. 급히 바닥에 침을 세 번 뱉어내고는 거칠게 씨근거렸다.

"재수 없게 그런 이야길 왜 하고! 다시는 그거 이름 입에 올리지 마라, 이것들아!"

흠. 그거.

민훈은 입 안에서 되뇌었다.

"우리같이 칼밥 먹는 것들은 말이지! 그런 건 근처에도 가면 안 돼! 그런 것들은 자기 이야기 하는 줄 알면 귀신같이 진짜 찾아와서 해코지한단 말이다. 칼 차고 다닐 거면 죽어자빠질 거리는 피해 다녀야지!"

남자는 침까지 튀기며 열변을 토했다. 아직은 해코지할 생각이 없지만 정말로 찾아와 있던 민훈은 조금 감탄했다. 어쨌거나 저건 빈 소리가 아니라 정말 두려워하는 기색이었다. 누가 저승사자 좀 잡아 죽여 달라고 의뢰하러 왔다간 소금을 뒤집어쓰고 쫓겨날 기세였다.

여기도 아닌가?

민훈은 육포를 물어 끊었다. 별로 실망할 것도 없었다. 이것이 아니면 저것을 찾고, 여기가 아니면 저기를 찾으면 된다. 이것이, 여기가 아니라는 것 자체도 어차피 하나의 정보인 것이다. 초조해할 필요가 없었다. 그게 그가 지금까지 일해 온 방식이었다.

다른 정보를 얻을 만한 곳……. 얼굴 하나가 떠올랐다.

나중에 확인해 본 바로는, 그녀가 놓은 자수가 워낙 뛰어나 어머니가 한동안의 선생으로 초청한 모양이었다. 악연이라고 불러도 좋을 만한 인연이었다. 어이없을 정도로 당혹스럽긴 했지만 생각해 보면 나쁠 것도 없을 일이었다. 그녀의 '눈'과 '귀'는 특별하니까. 어쩌면 그가 놓친 도성 안의 정보들을 다시 물어와 줄지도 모를 일 아닌가. 그렇게 생각하기로 마음먹었다.

아래쪽에선 이제 그냥 술판이 벌어지고 있었다. 민훈은 소리 없이 몸을 일으켜 지붕 위를 넘어섰다.

***

솔은 눈을 껌벅였다. 반쯤 열린 문 사이로 들어온 햇살이 머리맡을 따뜻하게 데워 놓고 있었다. 밖에선 새들이 재잘재잘 지저귀었다. 구수한 밥 냄새 풍성한, 평화로운 아침이었다.

"……어젠 안 오셨나?"

간만에 아주 제대로 잔 것 같았다. 밤귀는 밝은 편이니 어젠 정말 안 온 게 맞을 터였다. 잠 좀 더 잤다고 몸이 이렇게 가뿐할 줄이야. 솔은 있는 힘껏 기지개를 켜곤 씩 웃었다.

"일어났냐?"

"응, 아빠."

태출이 넉넉히 담은 밥 두 그릇과 절인 무, 데쳐서 된장에 무친 나물을 소반에 올려 들어왔다. 퍼지게 자고, 일어나자마자 남이 차려온 밥상 앉아서 받고, 이렇게 호사스러운 아침이라니. 솔은 마냥 행복해졌다. 밥이 부드럽고 나물 간이 딱 좋아 더 행복했다. 부녀는 다른 말도 없이 열심히 수저를 놀렸다.

언제나처럼 같이 밭에 함께 나가 일을 하고, 개울에 내려가 마을 아낙들과 노닥이며 빨래도 하면서 솔은 오전을 알차게 보냈다. 몸은 힘들어도 마음은 더할 나위 없이 편했다. 철들고 지금까지 죽 해 오던 일이니까.

점심 먹은 이후가 문제였다.

"다녀올게."

"일찍 일찍 다녀."

태출은 뒷모습으로 배웅했다. 몇 번 와 봤다고 도성 안까지 가는 길이 이젠 제법 짧게 느껴졌다. 그 짧은 시간 동안 솔은 오늘 가서 할 일들을 열심히 고민해 보았다.

우선은 어제 하던 국화부터 마무리해야지.

따앙!

그리고 나비도 한번 해 보고 싶다 하셨으니 오늘은 그것도 시작 해 볼까? 아직 좀 어렵⋯⋯.

따앙!

마님 실도 좀 사다 달라 하셨으니 가게에 들렀다가⋯⋯.

따앙!

솔은 멈춰섰다.

따앙! 하고, 다시 요란한 소리가 났다. 막 지나쳐 오던 대장간이었다. 웃통을 벗은 장정이 모루에 대고 있는 힘껏 망치를 휘두르고 있었다. 열기와 노동으로 온몸에 비오듯 땀이 흘렀다.

따앙! 또 한 번.

귀가 다시 한 번 재촉했다. 잘 들어봐, 솔아. 다시 한 번.

따앙! 하고 쇠가 비명을 질렀다. 그때 솔은 무심결에 고개를 끄덕였다. 망치 소리에 곧장 따라 나오는 아주 작은 쇳소리 하나. 이건…….

"방울?"

솔은 눈을 가늘게 떴다. 힘줄이 곤두선 질긴 손목 한가운데에 걸려 있는 것. 각지고 납작한 나뭇조각들을 엮어 방울을 꿴 염주였다. 본 적이 있는 물건이었다. 장정이 무슨 일이냐는 듯 솔을 쳐다봤다. 솔은 얼른 자리를 떴다.

"……"

빠르게 걸음을 옮기며 솔은 주변을 두리번거리기 시작했다. 의식하기 시작하자 느껴졌다. 시전 길을 가로지르는 동안 어딘가에서, 누군가에게서 드문드문 새어나오는 그 희미한 방울소리가. 설핏 스쳐가는 누군가의 옷자락 속에서도. 가게 구석에 앉은 누군가의 손목 위에서도. 그동안은 전혀 몰랐었다. 정말로. 솔은 엄지손톱 끝을 깨물었다.

절이 아닌 어딘가에서 받은 염주……라고 했었다.

"오늘도 또 왔네?"

"네. 안녕하세요, 할머니."

필요한 실을 쓸어담듯 골랐다. 마님의 주문품이라 고급 실로 양껏 골랐더니 주인의 만면이 밝아졌다. 대갓집 심부름이라는 말을 듣더니 하나하나 꼼꼼히 포장까지 해 주는 노인장이었다. 솔은 그

243

옆에서 알짱거리며 헛소리 몇 가지로 주인을 피식피식 웃겼다. 잠깐 보고도 몇년지기 친구같이 친해질 수 있는 이 친화력도 솔의 특기였다.

"근데 할머니."

"응? 왜."

"그 염주. 어디 가면 받을 수 있어요?"

주인이 고개를 들어 솔을 바라보았다. 웃는 얼굴이 살짝 굳어 있었다.

"이거 아무나 못 받는데 어쩌나. 우리 모임에서 나눠 가진 것이거든."

"그 모임…… 저는 못 들어가요?"

솔이 은근한 목소리로 물었다. 그녀의 두 눈은 기대로 반짝이고 있었다.

"글쎄. 모임에 사람이 늘면 좋긴 하지만…… 내 마음대로 정해도 되려나."

"무슨 모임이기에요?"

"응…… 책. 좋은 서책으로 같이 공부하는 모임이지."

"와. 대단해요! 저도 책…… 공부해 보고 싶은데 항상 일만 하느라…… 누가 가르쳐 주시는 분도 없고…….."

"저런. 그렇지. 쉽지 않지."

주인은 솔의 등을 토닥였다.

"그런데 정말 어떻게 해야 하나. 내 마음대로 정하면 안 될 것 같은데…… 내일 내가 물어보고…….”

“괜찮지 않습니까?”

낯선 목소리가 날아왔다. 솔은 화들짝 놀라서 옆으로 물러섰다. 누군가가 옆에 서 있었다. 도대체 언제부터 있었던 건지, 기척이 없어 전혀 눈치 채지 못했다. 새하얀 도포 차림의 젊은 남자였다. 눈이 마주치자 그는 솔을 향해 부드럽게 웃어 보였다. 산호로 장식한 갓끈이 찰랑였다. 솔은 급히 고개를 숙여 목례했다.

“아이고, 나리 오셨나요.”

주인이 반갑게 인사했다.

“네. 왔습니다, 할머님. 괜찮지 않을까요? 좋은 분인 것 같고.”

“그쵸? 그렇겠지요?”

언제 날 봤다고 좋은 분이 어쩌고 하시는 건지……?

솔은 상대의 얼굴을 곁눈질로 나마 꼼꼼히 훑었다. 스물 대여섯 정도로 보이는 남자였다. 유달리 눈에 띄는 특징은 없어도 해사한 얼굴이 보기 좋았다. 웃으면 더욱 그러하고. 잘 차려입지 않는다면 길 잃은 사람들에게 여러 번 붙잡혀 봉사당할 법한 인상이었다. 아무래도 낯설었다. 본 적 없는 사람이 확실했다.

그냥 한번 떠본 것뿐인데 예상과는 다르게 일이 돌아갔다. 솔은 초조해지기 시작했다. 둘은 그 사이 몇 마디 말을 나누더니 결론을 내린 듯했다. 남자는 주인장이 있던 자리를 차지하고 앉았고 주인은 가게 밖으로 나서며 솔에게 손짓했다. 솔은 얼른 그 곁에 따라 붙었다. 잘 포장한 실 꾸러미를 넘겨주며 주인이 말했다.

"나리께서 가게 잠시 봐주신다는구나. 지금 같이 한번 가 보자."

"네? 지금요? 저 지금 가야 할 곳이 있는데."

"허허허…… 그게 아니고. 모임은 내일이란다. 장소를 미리 알려 주는 게야. 내일 신시에 그쪽으로 바로 오면 될 게다."

지팡이를 짚은 주인장의 걸음은 아주 느린 편이었다. 솔이 부축해 주자 노인은 몹시 고마워했다. 주인은 가게를 돌아 나와 시전 안쪽 골목으로 향했다. 가게들이 들어선 대로를 벗어나자 한순간에 주변이 호젓해졌다. 살림집과 창고가 늘어선 골목이었다. 주인이 작은 쪽문을 밀어젖혔다.

마당이 딸린 작은 집이었다.

"이보게, 충이. 집에 있는가?"

안에선 대답이 없었다.

"또 어디 나갔나 보구면. 길은 잘 알았지? 내일 여기서 만나면 될 거야."

"네, 할머니. 여기가 그분 댁인 거예요?"

"빌려 사는 집이여. 여럿이서 사는데 이 시간엔 거, 사냥꾼 했다 던 충이 아재가 있을 텐데. 어딜 갔나? 없네."

"그렇구나. 그런데……."

솔은 팔을 뻗어 마당 한구석을 가리켰다. 산더미처럼 쌓여 있는 대나무 무더기를.

"저건 뭐죠?"

"아, 요샌 짐승 잡기도 질린다길래, 대나무로 붓대 만드는 거나

246

바구니 짜는 거라도 배워 보랬더니만 저만큼 베어다 쌓아 놨네 그
려. 부지런한 사람이야."

"아. 그렇구나……."

짤랑 하고 맑은 쇳소리가 울렸다. 솔은 머리 위를 올려다보았다.
처마 밑에 달린 풍경이 바람을 타고 흔들리고 있었다. 녹슨 풍경은
날개를 펼친 새 모양이었다.

목이 꽉 죄어오는 듯했다. 솔은 겨우 마른침을 삼켰다.

"내 정신 좀 보게. 쓸데없는 말을 너무 많이 해 버렸구만, 그래.
이제 그만 나갈까?"

"네네."

솔은 주인을 따라 마당을 빠져나왔다. 계속 뒤를 돌아보고 싶으
면서도, 왠지 누군가가 뒷덜미를 잡아챌 것 같은 기분도 들어 그녀
는 얼른 노인을 끌고 대로변으로 나왔다. 주인은 시간을 다시 한
번 확인해 준 후 가게 쪽으로 사라졌다. 솔은 손을 흔들어 친근히
배웅하곤 돌아섰다.

"나…… 찾아 버린 것 같지……?"

싸하게 팔에 소름이 돋았다. 그 비둘기들을 탓할 것이 아니었다.
그들은 정말 최선을 다해서 정확한 정보를 전해 준 것이었다.

저 집에 산다는 사람들 중에 '그 사람'이 있다. 막동이와 을순이
를 인질로 잡고, 저승사자를 태워 죽이려 한…… 그리고 솔의 목숨
도 노렸던 그 사람.

그리고 솔은 어쩌면 방금 '그들'의 초대를 받은 것인지도 몰랐다.

차사님께 알려야 했다. 평소에 좀 연락할 수단이 있으면 좋을 텐데, 그저 그가 찾을 때까지 기다릴 수밖에 없는 형편이 답답했다. 오늘 밤엔 꼭 와 줘야 하는데…… 어디서 또 엉뚱한 곳 뒤지느라 안 오시는 것 아닐까 걱정이 되었다.

"안 돼. 꼭 오셔야 해."

나 좀 무섭다고요! 드디어 뭔가 좀 제대로 해내긴 했는데 감당이 안 된다구요! 내일 어떻게 해야 해? 가? 말아?

한참 동안 머리를 쥐어뜯으며 고민했지만 답이 없었다.

병판댁에선 한번 본 얼굴이라고 쉽게 대문을 열어 주었다. 솔은 반사적으로 행랑아범에게 인사하며 마당으로 들어섰다. 안채까지 가는 길도 이젠 익숙했다. 머릿속은 이미 좀 전의 일로 가득 차 있었기에 솔은 거의 무의식에 따라 걸어가고 있었다.

그래서 실수하고 말았다.

"바쁜가 보네?"

시호였다. 인사도 못하고 그녀를 지나치고 만 솔이 흠칫했다. 그녀는 안채 문 옆의 벽에 기대어 서 있었다. 평소 같았으면 좌우를 살피며 다녔을 텐데 그저 앞만 보고 걷다 놓치고 말았다.

"죄송합니다, 아씨. 제가 정신을 놓고 다니다가 그만……."

"……."

시호가 방긋 웃었다. 꽃봉오리가 터지듯 화사하게. 솔의 입꼬리도 따라 올라갔다.

"웃지 마."

"······네?"

"누가 허락했니? 내 앞에서 웃으라고."

눈이 아찔하게 아름다운 미소를 입가에 걸고, 시호가 말했다.

솔의 입가가 얼어붙었다. 온몸에서 피가 빠져나가는 듯 등골이 싸하게 식으면서도 얼굴이 화끈거려 왔다.

"죄, 죄송합니다. 저는······."

시호가 가까이 다가왔다. 그녀는 솔에게서 두어 걸음 떨어진 곳에서 멈춰서더니 고개를 갸웃 했다.

"다행히 겁은 많구나."

"······."

"누가 보면 때리기라도 한 줄 알겠어. 얼굴 펴렴."

"아씨."

"어서."

시호는 얼굴에서 웃음기를 싹 거뒀다. 지금 하찮다는 듯 솔을 내려다보고 있는 그녀는 솔이 알고 가까이하던 그 누구와도 달랐다. 휘장처럼 둘러친 냉엄하고 고고한 기운. 단 한 걸음을 걷더라도 말을 타고 가마를 타는 사람들. 보다 높은 곳에서 우리를 발밑으로 내려다보며 살아가는 사람들. 흙 밭을 파먹고 삶을 이어가는 솔과는 피와 살이 다른, 그런······

"솔이 왔니?"

신 씨였다.

시호의 눈빛이 순식간에 변했다.

"네, 마님. 솔이가 왔어요."

시호가 다소곳하고, 약간은 수줍기까지 한 목소리로 대답했다. 그녀는 당연하다는 듯 솔의 손을 잡고 끌었다. 깜짝 놀라 손을 빼려 했지만 시호는 놓지 않았다. 그 얼굴엔 다시 화사한 미소가 떠올라 있었다.

"같이 꽃을 보고 있었답니다. 이제 들어갈게요."

"그래. 어서 올라오렴."

좀 전과 같은 사람이라고는 믿을 수가 없는 변화였다. 시호는 사뿐사뿐한 걸음으로 솔을 인도했다. 가볍게 잡은 손은 그렇게 부드러울 수가 없었다. 솔은 식은땀이 흐르는 이마를 닦지도 못하고 그 뒤를 따랐다.

"아니, 어디 불편한 곳이 있느냐?"

"아닙니다, 마님."

"그렇다면 다행이지만……."

솔은 어색하게 웃었다. 어지러웠다. 눈앞이 빙글빙글 돌아 바늘 끝이 흔들렸다.

"이것 좀 봐다오. 내가 어제 좀 더 해 봤는데 영 쉽지 않더라."

서투르지만 열심히 공들인 티가 나는 자수였다. 솔은 세차게 고개를 흔들어 생각들을 떨쳐냈다.

"훌륭하십니다, 마님."

"그러니? 빈말이라도 듣긴 좋구나."

"빈말이라뇨. 아니에요."

다시 한 식경이 순식간에 흘러갔다. 시호는 어제와 똑같이 조용히 앉아 수를 놓을 뿐이었다. 신 씨의 말에 간간히 부드럽게 웃으며 대답만 하고 먼저 입을 여는 법조차 없었다. 솔은 자기가 꿈을 꾼 것인가 생각했다. 물론, 그럴 리가 없었다.

"한동안은 일이 있어 시간을 내기가 힘들겠고, 닷새 후에 다시 시작해도 괜찮겠니?"

"저야 언제든 좋습니다. 마님 뜻대로 하시면 되어요."

"어찌 내 맘대로만 하겠느냐. 너도 볼 일이 있을 텐데."

"그, 그렇지 않아요."

어쩜 저렇게도 마음이 좋으실까.

솔은 자기도 모르게 시호 쪽을 힐끔거리며 허둥지둥 대답했다. 신 씨는 마침 새로 만들었다며 떡도 한 그릇 싸서 들려 주었다. 솔은 여러 번 깊이 허리를 숙여 인사하고는 대문간을 빠져나왔다.

겨우 제대로 숨이 쉬어졌다. 솔은 깊이 숨을 들이마셨다 내쉬면서 가슴을 꾹 눌렀다. 그리고 터덜터덜 걷기 시작했다. 뭐라 말로 설명할 수 없는 감정이 작은 가슴을 꽉 채우고 있었다. 솔은 열심히 그 감정들을 정리해 내야 했다.

"그래…… 내가 잘못했지."

박참봉댁이 특이한 것이다. 병판댁 마나님께서 흔치 않은 분이신 게다.

가까이서 직접 뵌 양반 어른들이 그런 분들이라 으레 그러려니 하고 말았다. 그 친절을 당연하게 생각하고 기고만장해져서는 안 되는 것이었는데.

사대부는, 무지렁이 양민인 우리네와는 뿌리부터가 다르니까. 그 것도 보통 양반님네도 아니고 육조판서라 하면 굉장히 높은 분 아 닌가. 그 댁 며늘님 되실 아씨면 또 얼마나 귀한 분일 것인가. 한 방 에 나란히 앉는 일 자체가 사실 이상한 일인데.

"아씨께서 마음 상하실 만도 해."

한숨이 새어나왔다. 그저 마을 안에서 친근하고 익숙한 사람들 에게 둘러싸여 보낸 평생이었다. 이런 경험은 정말 처음이었다.

솔은 좀 기가 죽어, 걸음이 자꾸만 느려졌다. 그래서 집까지 돌아 오는 길이 멀고도 멀었다.

멀리 마을 초입이 눈에 들어왔다. 드디어 집에 가서 누울 수 있 겠다 싶어, 발을 재게 놀리던 솔은 눈을 크게 떴다. 낯익은 사람이 보였던 것이다.

"응? 오라버니?"

이현이었다. 언제나처럼 부채로 얼굴을 가리고 있었지만 틀림없 었다. 애초에 이 마을에 저렇게 열심히 얼굴을 가리고 다니는 사람 이 그 외엔 없다. 초조하게 길 좌우를 오가던 현이 솔을 발견하고 반색했다.

그러고 보니 여기 또 있었다. 이상한 사대부 어르신.

"이제 오느냐."

"오, 아니 도련님. 여긴 웬일로 나와 계세요?"

"도련님이라니…… 그만 둬라. 아무도 없는데."

그게 문제가 아니잖아요.

솔은 어깨를 떨어뜨렸다. 애초에 이 사람이 원흉일지도. 그녀의 신분관념을 흐리멍텅하게 만든 것은.

"무슨 일이세요? 설마 저 기다리신 거예요?"

"그래."

현은 부채를 접고 솔을 내려다보았다. 솔도 상대를 빤히 올려다보았다. 둘 사이에 짧은 침묵이 흘렀다. 솔은 모처럼 높은 분께서 먼저 말씀하시길 기다렸고 현은 언제나처럼 솔의 질문을 기다렸으므로 대화는 실패였다. 결국 먼저 입을 연 것은 현이었다.

"그게…… 사과하려고 왔다."

"네?"

솔은 귓가에 천둥이 치는 것 같았다.

"그, 그만해요! 사대부가 상민한테 사과 같은 거 하지 말라고?!"

"무슨 소린지 모르겠군. 잘못은 인정하고 고치려 노력하는 것이 군자의 도리다. 오래도록 고민해 봤는데 아무리 생각해도 네 말이 맞는 것 같더구나."

현은 길게 한숨을 내쉬었다.

"네 의사를 묻지도 않고 내 마음대로 일을 덮으려 했다. 솔직히 모두 말하고 너를 설득해야 하는 것이었는데…… 거짓말 한 마디로 전부 해결하려고 했지. 널 무시한 처사가 맞다. 내가 잘못했다. 용서해라."

솔의 입이 가볍게 벌어졌다. 설마…… 이 사람.

"그 말씀 하시려고 여기서 기다리신 거예요?"

낯선 사람 마주치길 그렇게 싫어하는 사람이 이런 길목에서?

"사과는 때를 놓치지 않아야 하는 법이다. 다만 한 가지는 알아다오."

현은 고개를 슬쩍 옆으로 돌려 그녀의 시선을 피했다.

"다 너를…… 걱정하는 마음에 한 일이었다."

아, 그랬지. 언제나 그랬다, 이 오라버니는.

어릴 적 유난히도 천둥번개를 무서워하던 시절, 하늘에 구름이 심상찮게 모여든다 싶으면 매번 서책 한 권 끼고 공연히 글공부하자며 그녀의 집을 찾던 사람. 유독 먹을 것이 없던 그해, 삶은 고구마 바구니에 집어넣은 솔의 손이 홀랑 벗겨진 걸 보곤 몇 년 전까지도 극구 고구마는 자기 손으로 까서 건네주던 사람.

정작 자기는 비 맞는걸 그렇게 질색하면서…… 불땐 구들장 바닥도 제대로 못 짚는 손인 주제에.

그것이 이현이었다.

솔은 아랫입술을 꾹 깨물었다. 다음 순간 그녀의 몸은 10년 동안 해 오던 짓을 반사적으로 해 냈다. 한 발을 크게 내딛으며 팔꿈치로 현의 명치를 퍽 지른 것이다. 제대로 체중이 실린 일격이었다. 현은 신음을 흘리며 상체를 숙였고 솔은 헤헤 웃었다.

"저 화 안 났어요."

"그, 그래…… 다행이다. 아까보다 더 좋아 보여서 더 다행이고."

"음."

솔의 얼굴이 다시 굳었다. 현은 허리를 펴곤 가슴께를 문질렀다. 오랜만에 좀 세게 쳤던가, 눈치를 보기 시작하는 솔을 향해 그는 슬쩍 미소 지었다.

"도성 안에 일 보러 다닌다지?"

"네."

"무슨 일이 있었는진 묻지 않으마. 이제 참견도 적당히 해야지 또 혼날까 무섭기도 하고. 그래도⋯⋯."

부드러운 무게가 그녀의 머리 위에 차분히 얹혔다. 따뜻한 손. 온기가 봄날 아지랑이처럼 번져, 생채기 난 마음속을 다독이는 듯 했다. 머리 위에 현의 손을 얹은 채, 솔은 고개를 들어 한참 위에 있는 그의 눈을 바라보았다.

언제 저렇게 커지셨지?

현은 그녀의 눈을 마주보며 싱긋 웃었다.

"다 괜찮을 게다. 당당해지거라."

"당당⋯⋯요?"

"그래. 네게서 그걸 빼면 남는 게 뭐가 있겠니. 너답지 않아서 걱정했다."

칭찬이야, 욕이야?

되물으려던 참에 현이 훌쩍 몸을 돌렸다.

"그럼 잘 가라. 미랑 아주머니가 눈에 불 켜고 계실 것 같으니 난 이만 저쪽으로 가마."

"아. 저, 오라버니!"

"안다. 고맙다고."

현은 뒤도 돌아보지 않고 팔을 흔들어 주었다. 솔도 그 뒷모습을 향해 열심히 팔을 흔들었다. 어쩐지 마음속 구름이 한 겹은 걷힌 기분이었다. 그래, 어차피 지난 일. 이제 와서 뭘 어떻게 해 볼 수 있는 것도 아니다. 왠지 웃음이 나올 것 같았다. 지금은 지금 해야 할 일에 집중해야 했다.

그러니까, 그녀답게.

당당하게.

* * *

"제가 이겼어요!"

솔은 의기양양하게 외쳤다. 숨을 죽인 채 모기만 한 목소리로. 하지만 틀림없이 매우 당당하고 기세 넘쳤기에 저승사자는 자기도 모르게 답하고 말았다.

"······축하한다."

"네? 아니 그게 아니구요."

솔이 허둥지둥 설명을 덧붙였다.

"아직 못 찾으셨죠? 그 대나무 으악!요. 제가 오늘 거길 찾았단 말이에요."

예상대로 저승사자는 꽤나 놀란 기색이었다. 어차피 미동도 없었지만 이제 솔은 그에게서 그 정도쯤은 읽을 수 있는 경지에 올라 있었다. 그래서 그녀는 고개를 한껏 쳐들고 승리감을 만끽했다. 반쯤은 장난이었는데 괜히 기분이 좋아지는 것도 같았다. 저승사자가 급히 물어왔다.

"어디냐, 그곳이."

"실 가게 뒤쪽 골목 안에 있는 집이에요. 겉에서 보고 찾긴 힘드실 테고, 그보다 더 중요한 문제가 있어요."

오늘 시전에서 있었던 일을 소상히 풀어놓았다. 되도록 최대한 자세하게. 저승사자는 숨도 안 쉬고 (원래 숨을 쉬긴 쉬었던가?) 그녀의 목소리에 집중했다. 하지만 묵묵히 듣기만 하던 그는 솔의 말이 끝나자마자 고개를 가로저었다.

"그걸 나더러 믿으란 소리냐?"

"네. 뭔가 문제라도?"

"왜 모든 일이 네겐 그리도 쉽게 풀리는 거지?"

"그거야……."

솔은 순간 말문이 막혔다. 어떻게 설명해야 할까? 태어나서 지금까지 이런 우연들이 첩첩이 쌓이는 인생을 살아와, 이젠 웬만한 일은 대수롭지 않게 여기게 되었지만 그게 보통 일이 아니라는 것은 솔이 자신이 가장 잘 알고 있었다. 사실 그녀도 그 연유가 궁금했다. 하지만 도대체 누가 대답해 줄 수 있겠는가?

"제 운이 더 좋은가 보죠. 차사님보다."

결국 적당히 받아넘겨 버리고 말았다.

"안 믿으셔도 상관없어요. 어차피 직접 가 보시면 알 테니까. 그

나저나 내일 어떻게 하죠? 그 모임. 가야 해요, 말아야 해요?"

"다시 없을 기회다. 가야지."

"흐흠. 대낮이니 별로 위험하지…… 않겠죠?"

"위험이 밤낮을 가리더냐?"

"그, 그러면 어떻게 하라구요! 낮에는 차사님이 따라오지도 못하면서!"

아무리 솔이 겁이 없다곤 해도 제 목숨 중한 줄은 알았다. 정말로 혼자 가서 알아서 뭘 알아내 오라고 한다면 둘의 협력관계도 여기서 끝이라고 협박할 생각이었다. 그런데, 저승사자는 의외로 선선히 대답했다.

"사람을 붙여 주마."

"네? 사람……? 누구……? 어떻게?"

"근래에 병판집을 오가고 있으니 마침 잘 알겠군. 그 집 장남을 보내지."

"……."

뭐요! 왜 하필! 아니, 됐거든요. 사양할게요?

소리가 튀어나오려다 혀끝에 걸렸다. 그게 문제가 아니었다. 솔은 더듬더듬 말을 만들었다.

"차사님은 어떻게 병판 댁 장남을 막 오라 가라 하시는? 그 나리는 뭣 하는 분이기에 저승사자를 다 알아요? 시키는 대로 다 하고? 죽을죄라도 졌던 거예요? 아니면 죽었다 살아나기라도 한 건가?"

"넌 뭐 하는 애길래 날 알고 내가 시키는 대로 하고 있냐."

할 말이 없었다. 솔은 크게 헛기침을 하며 시선을 피했다.

"꼭 그 나리여야 해요? 저 그분 좀 힘들어서……."

"그쪽도 딱히 네가 마음에 들진 않을 테니 신경 쓰지 마라."

저승사자가 한숨 비슷한 걸 내쉬더니 덧붙였다.

"내일 둘이 이야기해 봐."

***

하루 종일 일이 손에 잡히지 않았다. 솔은 밥을 푸다가 가마솥 귀퉁이에 손도 좀 데고, 김매다가 엉뚱한 싹도 좀 뽑아 대며 하루를 보냈다. 뒤통수에 태출의 잔소리가 쏟아졌다. 하지만 귀에 들어오는 것은 하나도 없었다.

"나 갔다 올게."

"그래. 조심해서 다녀와라."

속인 것은 아니다. 어딜 간다는 말을 안 했을 뿐이지!

솔은 그렇게 생각하며 집을 나섰다. 당연히 오늘도 병판 댁에 가는 것이리라 생각한 태출은 대수롭지 않게 딸을 배웅했다.

목적지인 집 근처의 약속 장소에서 솔은 기다렸다. 아랫입술을 잘근잘근 씹다가, 손톱을 물어뜯으며 왔다 갔다 하는 사이 시간이 되었다. 솔은 좀 의연해지고 싶었다. 너무 큰 꿈이었다. 저 멀리서 그 사람이 보이는 순간 이미 솔은 있는 대로 바짝 얼어붙었다. 그러고 보니 이렇게 멀리서부터 그를 살피는 것도 처음이었다. 언제나 의외의 순간에 갑작스레 얼굴부터 부딪히고, 허겁지겁 도망치듯 멀어졌던 사이니까.

그는 옅은 자색의 도포를 둘러 입고 있었다. 길게 늘어뜨린 수정 갓끈이 가슴께에서 찰랑였다. 왼손에는 부채 하나를 접어 든 채였다. 한눈에 보아도 고급품인 옷과 장신구는, 그러나 적어도 주인에게는 아무짝에도 의미 없어 보였다. 귀한 복색을 한 사람 특유의, 그 복색을 드러내고 유지하려 하는 잰 듯한 태도가 그에겐 없었다. 그는 정말 '걷는다'는 행동 하나밖에 신경 쓰고 있지 않는 듯했다. 다시 보면 얼굴도 지금은 색이 밝은 편이나 예전엔 볕에 타서 그을었던 흔적이 남아 있었다. 다른 사람보다 머리 하나는 더 큰 훤칠한 키하며, 저 넓은 어깨하며…… 아무리 봐도…….

앉아서 책 많이 읽으신 분은 아니로군.

이런 결론을 내린 솔이었다.

어느새 그가 솔 앞에 당도했다. 과연, 한 번 보면 잊기 힘든 잘난 얼굴이라 생각하며 솔은 얼른 허리를 숙였다.

"오셨습니까, 나리."

"그래."

"이쪽입니다."

역시 부담스러워. 얼른 해치워 버리고 헤어져야겠다.

그리 생각하며 앞장서려 할 때였다.

"……멈춰라."

"네, 네?"

"말을 맞춰야 하잖느냐. 너 혼자 초대받은 것이라 들었으니 일행을 달고 가려면 변명거리가 있어야 할 것이다."

솔은 눈만 껌벅이다가 겨우 입을 벌렸다.

"아."

"아?"

"뭐, 뭐라고 해야 할까요? 전혀 생각이 안 나는데……?"

번쩍 하고 시호의 얼굴이 머릿속을 스쳤다.

"전혀 생각이 안 납니다, 나리!"

솔이 버럭 외쳤다.

실수하면 안 됐다. 눈앞에 계신 분도 꽤나 높으신 양반인 것이다. 평소대로 말을 끊어먹었다간 이번에야말로 경을 칠지도 몰랐다. 왠지 상대의 눈빛이 복잡해져 있었다. 뭐든 제대로 해내지 않으면 여러모로 곤란해질 것 같다는 확신이 들어, 솔은 열심히 머리를 굴렸다.

"저, 뭘 생각해 보려 해도…… 저는 나리에 대해선 아는 바가 전혀 없어서…… 일단 나리 존함도 모르구요. 그저 저승사자님께서 소개해 주신 것이 다인데 사실 왜 나리 같은 분께서 차사님과 엮여 계신지도 모르겠고…… 혹 차사님이 조상님이신가 싶기도 한……."

"아니다."

"아니겠죠, 역시. 죄, 죄송합니다."

"빚이 있어 잠시 돕는 것뿐. 네가 상관할 일이 아니다."

단호한 목소리였다. 그 속에 숨은 불쾌함이 느껴져, 솔은 얼른 머리를 조아렸다.

"이름이 솔이 맞느냐?"

"네, 나리."

"묵호 서민훈이다. 그 정도만 알면 된다."

그 묵 혹시 그 묵이고 그 호 혹시 그 호인가요……?

반사적으로 튀어나오는 질문을 꿀떡 삼켰다.

"집에 일하러 다니면서 안면 튼 사이인데 이 앞에서 마침 마주쳐, 내가 호기심이 일어 억지로 안내시켰다 하면 될 것이다. 너는 긴 말 말고 곤란한 표정만 짓고 있어라. 내가 알아서 할 테니."

"그러겠습니다."

"그 입, 조심하거라. 그 정도는 가능하겠지."

아, 역시 이분. 무서워! 한자리에 있고 싶지 않다! 차사님은 하고 많은 사람 중에 왜 하필……!

솔은 저승사자에 대한 원망이 머리끝까지 차올랐다. 하지만 겉으로는 헤헤 웃으면서 속없이 대답했다.

"네, 나리. 물론입니다."

민훈은 한쪽 눈썹을 추켜세웠다가 이내 평소의 약간 찌푸린 표정으로 돌아갔다.

솔은 골목 안쪽으로 그를 안내했다. 한 번밖에 안 와 본 곳이었지만 찾아가기는 수월했다. 솔에겐 그런 종류의 눈썰미가 있었다. 마침 문 바로 바로 밖에 나와 섰던 노인이 그녀를 반겼다.

"아이고, 이제 오⋯⋯?"

뒤에 선 민훈을 본 노인의 얼굴에 당혹감이 서렸다.

"할머니. 제가 곤란하다 했는데⋯⋯."

"좋은 글을 나누는 회가 있다 하여 무리해 따라왔다. 해가 될 일
은 없을 터. 가만히 앉아 듣다가 갈 것이다."

"나리께서는?"

노인이 조심스럽게 물었다. 민훈이 막 대답하려 입을 열 때였다.

"묵호 서민훈."

마당 한구석에서 대답이 대신 날아왔다. 모두의 눈이 그쪽으로
쏠렸다. 마당 저 끝, 병들어 죽어 이파리 하나 안 남은 나무 밑에 서
있던 흰 도포 차림의 남자였다. 솔에겐 낯익은 얼굴이었다. 해사한
얼굴의 젊은 남자. 산호 장식끈의 흑립을 쓴. 그는 천천히 일행에게
다가왔다. 솔은 작게 목례했고 남자도 눈웃음으로 답했다.

"누구냐."

민훈이 여상한 목소리로 물었다.

"윤시백이라 합니다. 시골의 한빈한 가문 출신이라 들으셔도 모
르겠지만⋯⋯."

남자는 버릇처럼 갓 양태의 끄트머리를 매만졌다. 그 손을 무심
결에 바라보던 솔은 고개를 갸웃 했다. 그의 약지에서 다소 특이한
모양의 반지가 빛나고 있었던 것이다.

"한양에서 묵호의 이름을 모르는 자는 없지 않겠습니까?"

남자가 슬쩍 웃었다. 솔은 가슴이 철렁 내려앉았다. 생전 본 적

없는 종류의 미소였다. 옆에 있는 사람 마음까지 탁 놓게 만드는 보기 좋은 웃음이었지만 솔은 왠지 목 한구석이 쿡 쑤시는 느낌이 들었다.

그는 금세 입가에서 미소를 지웠다.

"잘 오셨습니다. 안으로 드시지요."

시백이라 한 그 남자는 옆으로 물러서서 집으로 가는 길을 텄다.

"고맙군."

솔은 큰 걸음으로 나아가는 민훈의 뒤를 얼른 쫓았다.

방은 낡았지만 겉보기와는 달리 꽤나 넓었다. 이미 일곱 명이나 되는 사람이 둥글게 모여 앉아 있었다. 잔뜩 긴장했던 솔은 오히려 맥이 빠지는 느낌이었다. 일곱이나 된다고 해 봐야, 거의가 지팡이 없이는 걷는 것도 힘든 노인과 젖먹이 아이를 달고 온 젊은 여인들이었던 것이다. 그들은 작고 깡마른 중년의 남자 하나를 둘러싸고 이리해라 저리해라 훈수를 두던 중이었다. 남자는 진땀을 흘리며 쪼갠 대나무살을 이리저리 엮어 보고 있었다.

낯선 이들의 등장에 잠깐 놀란 듯했던 그들은, 시백이 따라 들어와서 사정을 설명하자 금방 수긍하고 환영인사를 건넸다.

"오메, 어디서 이런 이쁜 처자가 찾아오셨을꼬?"

"고, 고맙습니다."

짧게 자기소개를 마치며, 솔은 진땀을 흘렸다.

여기가 맞는 건가? 이게 그 무서운 종교 결사 자하원의 비밀 회동이 맞는 거냐고!

솔은 안절부절못했다. 어쩌면 잘못 짚은 것일지도 몰랐다. 여기 정말 그냥 시전 아낙들의 공부방일지도……? 괜히 차사님한테 설레발 친 것일지도……? 그녀는 열심히 민훈의 눈치를 보았다. 그는 좀처럼 표정을 읽기 힘든 얼굴로 그냥 방구석에 앉아 있었다.

뭔가가 시작된 것은 모여 있던 이들이 수다에 지쳐 널찍이 물러나 앉은 후였다. 대나무살을 만지작거리고 있던 남자가 보통이에서 책 한 권을 꺼냈다.

"오늘은 제 차례지요?"

책 표지에 선명히 막힌 네 글자.

자하세경(紫河世經).

……틀리지 않았다. 제대로 찾아온 게 맞는 것 같았다. 솔은 마른침을 꼴깍 삼켰다. 그 사이 남자는 책을 펴고 뒤적이기 시작했고 솔은 당황하고 말았다. 그녀는 빈손이었다. 옆쪽에 앉아 있던 실 가게 주인이 손끝으로 새 책 한 권을 밀어 주었다.

"가져가. 새로 온 사람들은 한 권씩 다 줘."

"네…… 감사합니다."

솔은 괜히 뒷머리를 긁적이며 책을 폈다. 한 장은 한문으로, 한 장은 한글로 적힌 얇은 책이었다. 노인은 뒤쪽에 앉은 민훈에게도 같은 책을 건넸다. 그 사이 남자는 책의 한 부분을 모기만 한 소리로 읽어 내려가고 있었다. 아낙들의 타박을 받고서야, 그는 허허 웃고는 아주 조금 더 목소리를 키웠다. 도대체 어딘지 몰라, 또 솔이 허둥지둥하고 있자 노인이 말없이 책장을 휘리릭 넘기고는 뒤쪽의 한 부분을 가리켰다.

"……하니, 마음을 담아 씨를 뿌리면 자갈돌도 그 뜻을 알아 몸을 피할 것이며, 마음을 담아 김을 매면 뽑힌 풀도 원과 망을 잊을 것이라. 가뭄이 때를 알고 비켜갈 줄을 알고 물길도 넘치지 않으니 세상에 굶은 자가 없고 배 두드리는 소리만 낭창함이로다. 또한……."

모두가 고개를 크게 끄덕이며 남자의 목소리를 듣고 있었다. 솔은 입술을 모으고 책에 집중했다. 정성을 다해 농사를 지으면 항상 풍년일 것이라는 이야기 아닌가. 그게 뭐라고 이리 거창하게 적어 놓고 돌려 읽는 것인지 이해할 수가 없었다.

"……함이 하늘의 이치이다. 그 이치가 이토록 밝으므로 매양 따를 일이나 땅을 기는 사람은 눈이 한없이 어두워 큰 뜻을 알지 못하므로 슬프고도 슬픔이라. 이에 상제께서 사람의 입으로 사람의 말을 전하려 뜻을 세우시니……."

천선. 하늘의 뜻을 사람의 입으로 전하는 자. 그의 말을 통하여 깨달음을 얻고 하늘의 이치에 닿으면 만사가 순리대로 흘러갈 것이라고 한다. 오늘 그 이름이 나오는 건 그 한 대목뿐이었다. 나머지는 가족의 화목에 대해 강조하는 구절이 또 대부분이라 솔은 맥이 풀렸다.

다른 사람들은 이제 오늘 읽은 구절과 관련된 자기 이야기들을 늘어놓고 있었다. 농사가 잘못된 이야기, 자기네 가족들의 소소한 이야기가 한참 이어졌다. 웃었다가, 화냈다가, 울었다가, 다시 웃으먼서 길게 이어지는 대화 속엔 솔이 끼어들 틈이 없었다. 솔은 여럿이 웃으면 눈치껏 허허 따라 웃을 뿐이었다.

……이게 자하원이라고? 차사님은 뭘 잘못 알고 계신 게 아닐까. 이들의 어디가 그렇게 흉악하다는 것인가. 그저 항상 얼굴 맞대고 같이 살아온 평범한 이웃들인데.

대화는 끝날 기미가 보이지 않았다. 슬슬 지루해지기 시작했다.

"흠."

먼저 일어날 수 있는 분위기는 또 아니었다. 결국 솔은 눈앞의 책을 뒤적이기 시작했다. 이것이 그들의 경전 같은 것이라면 읽어 둬서 손해 볼 것도 없었다. 아무리 봐도 무서운 주술서 따위는 아닌 것 같으니까, 겁먹을 필요는 없겠고.

읽는 눈이 빠른 그녀였다. 솔은 대수롭지 않게 팔랑팔랑 책장을 넘겼다. 꼼꼼히 읽을 생각도 없었다. 그냥 몇 개의 단어만 눈으로 쿡쿡 찍어 가며 훑던 그녀의 손이, 딱 멈췄다.

"……어?"

"무슨 문제라도?"

"네?"

옆자리에 앉아 있던 시백이었다. 그린 듯 꼿꼿한 자세에, 그러나 책은 허술히 반 접어 한 손에 들고 있었다. 그는 솔을 바라보며 고개를 살짝 기울였다. 끝이 약간 처진 눈가에 의미 모를 미소가 희미하게 걸려 있었다.

솔은 급히 고개를 가로저었다.

"아, 아니에요. 문제라니, 그런 것 없어요!"

"그렇습니까?"

"네. 여기 좋은 이야기들이 참 많네요."

"글쎄요. 저는 잘 모르겠지만 그렇다고들 하더군요."

그나저나 이 사람, 아무리 봐도 이쪽도 양반인데 왜 아까부터 계속 존대하고 있는 건지 알 수가 없었다. 그때 실 가게에서부터도 그랬다.

묘한 느낌의 남자였다. 어째서인지 그에서 눈을 뗄 수가 없었다. 그는 다시 고개를 돌려 책을 내려다보기 시작했다. 솔도 억지로 시선을 끌어당겨, 다시 자기 책에 내려꽂았다. 그래, 그곳에 있었다. 그녀를 온통 뒤흔들고 있는 그것이. 그……

"의미 있는 뭔가를 찾으셨길 바랍니다, 솔이 낭자."

대수롭지 않게 스치는 시백의 한 마디. 솔이 고개를 번쩍 들 때, 민훈이 탁 소리 나게 책을 덮었다. 이야기도 드문드문 끊겨 가고 있었다. 이제 파하려는 모양이었다.

"그럼 금번 모임은 여기까지 하지요."

여인이 아기를 둘러업으며 말하자 모두 고개를 끄덕였다. 사람들은 순식간에 자리를 정리하고 일어섰다. 다음 모임 약속도 금방 정해졌다. 민훈은 느지막이 일어나 문을 나섰다. 솔도 얼른 따라 나왔다.

"어떠셨습니까."

시백이었다. 공손한 말투였으나 낮추는 기색은 없는 목소리였다.

민훈은 입꼬리를 끌어올렸다.

"잘 들었네. 또 와도 되겠는가."

"물론입니다."

그의 배웅 아닌 배웅을 받으며 민훈과 솔은 그곳을 빠져나왔다. 둘의 손에는 자하세경이 한 권씩 들려 있었다. 특히 솔은 두 손으로 그 책을 꽉 부여잡고 있었다. 인적 없는 곳까지 와서야 민훈은 입을 열었다.

"수고했다."

"네, 응? 네."

아까부터 정신이 다른 곳에 가 있는 그녀였다. 민훈이 지그시 노려보자 솔은 정자세가 되었다.

"앞으로도 소식을 전할 일이 있을 땐 나를 통하면 될 것이다."

"차사님께 전할 게 있으면요?"

"그래."

"그, 그건 좀…… 제가 어찌 나리댁에서 함부로 다니며 나리와 말을 섞을 수 있겠습니까. 그, 시호 아씨께서도 계신데……."

"누구?"

"아, 아닙니다! 근데 저 이만 가도 될까요? 무지 급한 일이 생각나서!"

내용은 질문인데 어조는 완전히 강요였다. 굉장한 기세라 민훈은 엉겁결에 고개를 끄덕였다. 솔은 얼른 인사를 하고는 후다닥 자리를 떴다. 치맛자락이 펄럭 날릴 정도의 속도였다.

항상 뭔가 부산스럽다는 생각은 했지만, 오늘은 유독 그래 보였다. 민훈은 턱 끝을 매만지며 그 뒷모습을 바라보았다. 긴 댕기머리가 시전의 인파 속에 묻혀 사라지자 그는 긴 한숨을 내쉬었다.

참으로 피곤한 하루였다. 일도 일이지만, 그녀에게 정체를 들키지 않기 위해 쓸데없는 기운을 너무 쓴 탓이었다. 혹여 눈치 챌까 일부러 더욱 날 선 말투를 쓰고 소매 긴 옷으로 오른손을 숨기고 있었다. 다행히 아직 알아챈 기색은 아니었다. 뭔가 다른 것에 혼이 빠진 듯한데……. 아니, 어차피 그와는 상관없는 일이었다.

어느새 해가 뉘엿뉘엿 넘어가고 있었다. 황혼이 길게 깔리기 시작하는 길을 걸어, 민훈은 백화루로 향했다. 너른 마당을 화려한 풍악과 기름진 음식 냄새가 가득 채우고 있었다. 막 손님 받을 준비를 하고 있던 채란이 그를 맞았다.

"조사해 줄 곳이 있네."

"말씀하십시오."

채란은 막 들어 내가려던 가야금을 내려놓았다. 독경회가 있었던 집의 위치를 들은 그녀는 고개를 끄덕였다.

"어느 정도로 하면 될까요?"

"모조리. 최대한."

"알겠습니다, 나리."

채란은 뒷걸음으로 물러나 방을 나섰다. 빈 방에 혼자 남은 민훈은 갓끈을 풀려 손을 들어올렸다.

"……."

이것을 풀고, 거추장스러운 긴 옷도 벗어 던지고, 밤이 깊어질 때까지 드러누워 시간을 보내면 될 일이다. 언제나처럼.

그런데 그러면 안 될 것 같았다.

"……뭘 놓쳤지?"

뭔가 잊은 게 있었다. 놓치면 안 될 것을 놓쳤다. 의식하지 못한 머리 한구석의 기억이 그의 신경을 찔러 대고 있었다. 그저 밝은 햇빛과 어지러운 인파가 신경에 거슬려 그런 줄 알았는데 아니었다. 조용하고 어두운 그의 방에 돌아온 지금, 그 불쾌한 감각은 오히려 점점 더 뭉실뭉실 부풀어 오르고 있었다.

분명히 뭔가 잘못됐다. 머릿속에서 조각난 기억들이 착착 넘어가기 시작했다.

네, 나리. 물론입니다.

아니야.

한양에서 묵호의 이름을 모르는 자는 없지 않겠습니까?

이것도 아니다. 아직은.

그, 시호 아씨께서도 계신데…….

그건 네가 신경 쓸 일이 아니지.

근데 저 이만 가도 될까요? 무지 급한 일이 생각나서!

이것도 아니……?

총총히 뛰어가던 뒷모습. 순식간에 사람 속으로 파묻히던 긴 머리칼. 수많은 인파. 그 작은 몸을 집어 삼키듯 휘감아 흐르던, 그 수많은 사람들. 열, 스물, 서른…… 오던 자. 멈춰 서 있던 자. 가던 자. 시야 끝자락을 스친…… 눈에 아직 익지 않은, 하지만 낯설지 않은 뒷모습 하나.

솔의 것이 아니었던.

있었다. 그녀의 뒤를 따르는 누군가가.

"젠장……!"

민훈은 병풍을 밀어젖혔다.

***

솔은 달리다시피 하는 걸음으로 집으로 향했다. 마을로 통하는 외길은 길고도 길었다. 양옆으로 늘어선 논과 밭과 풀숲은 황혼녘의 햇빛에 붉게 물들어 있었다. 쉼 없이 걸어온 솔의 얼굴도 그러했다. 헐떡이는 자기 숨소리에 귀가 다 먹먹했다.

그래서 솔은 뒤를 돌아볼 생각을 하지 못했다.

***

태출은 허리를 있는 대로 숙이고는 바가지로 물을 퍼 등에 끼얹었다. 하루 내 쌓인 땀과 흙먼지가 시원히 쏠려 내려갔다.

"으이쿠, 좋다!"

이젠 날도 따뜻해서, 저녁 시간의 등목도 기분 좋게 할 만했다. 한 번 더 바가지를 휘두르던 그는 비명을 지르며 몸을 일으켰다. 흥이 나서 힘이 과했는지 등 아닌 바지 뒤춤에 물을 끼얹고 말았던 것이다. 태출은 툴툴거리며 방으로 향했다. 평소라면 한참 깔깔대며 툇마루를 굴렀을 딸내미는 아직도 귀가 전이었다.

"이것이 결국 또 늦네."

턱 옆을 긁으며 그는 으르렁거렸다. 하여간에 사람 말은 귓등으로도 안 듣는 녀석이었다. 화가 나진 않았다. 이미 태출은 딸에 대해 네가 그러면 그렇지 하는 체념에 가까운 자세를 가지고 있었던 것이다.

"이보게, 솔이 엄마."

태출은 아련한 눈빛으로 천장을 올려다보았다.

"자네 말은 좀 들었을라나? 아빠는 사내라 딸에 마음을 영 몰라줘서 더 저러나 싶으이."

대답 없는 잠시간 후.

"……아니지! 자네가 더하면 더했지 절대 덜하진 않았지. 내 실언 했네! 신경 쓰지 말게!"

갑자기 정색하고 도리질을 치는 태출이었다. 하지만 곧 그의 눈썹 위에도 시름이 섞이기 시작했다. 바깥이 벌써 어두워지기 시작하고 있었다.

***

"아야……."

머리가 깨질 것 같았다. 하지만 이마고 뒤통수고 짚어 볼 수가 없었다. 열심히 팔을 당겨 보던 솔은 잠시 후에 두 손이 등 뒤로 묶여 있음을 깨달았다. 코 밑에는 씁쓸한 냄새가 잔뜩 묻어 있었다. 두통의 원인은 그것 때문인 것 같았다. 다시 보니 발목도 꽁꽁 묶인 채였다.

솔은 눈을 질끈 감고 기억을 더듬었다. 그래, 그 책을 안고…… 집에 가려고 열심히 걷고 있는데…… 갑자기 무언가가 코랑 입을 막더니…….

눈 떠 보니 이 모양이었다.

습습한 기운이 가득 찬 오두막이었다. 구석에 켜진 작은 등불이 낡은 오두막 안을 희미하게 밝히고 있었다. 금방이라도 바스라질 듯한 거적 한 장과 정체모를 보퉁이 하나만 저쪽에서 뒹굴 뿐, 다른 것은 아무것도 없었다. 벽으로 세운 나무짝들 사이로 바깥의 어둠이 길게 새어 들어왔다. 짙은 풀과 흙 내음, 가까이서 흐르는 큰 물 소리…….

산 속이었다.

몽롱하던 머리속에 누가 찬물을 확 끼얹은 듯했다.

납치당했다. 산 속까지 끌려와 버렸어.

솔은 열심히 팔을 뒤틀었다. 살려 달라고 소리 지를 엄두는 나지 않았다. 물 소리로 보건대 꽤나 깊은 숲까지 들어와 있는 것 같았다. 도와줄 수 있는 사람이 있을 리가 없었다. 이곳엔 오직 그녀와 그녀를 납치한 자 둘뿐임이 틀림없었다. 그자가 돌아오기 전에 도망쳐야 했다.

"이익……! 아오!"

욕설이 입안에서 맴돌았다. 줄이 너무 단단했다. 그것도 아주 제대로 묶었다. 도저히 풀릴 기미가 없었다. 가슴이 쿵쾅댔다. 손이 덜덜 떨리려는 걸 꾹 참고, 솔은 열심히 몸을 움직였다. 소리를 내지 않으려 최대한 조심했던 탓에, 한참만에야 겨우겨우 벽 끝까지가 닿을 수 있었다. 그녀는 벽 틈새에 눈과 귀를 들이댔다. 인기척은 없었다. 아니, 물소리 탓에 확신할 수는 없었다. 그래도 그녀에겐 다른 선택지가 없었다.

"저기요……! 누구 없어요……?"

솔은 모기만 한 소리로 외쳤다. 물론 사람 들으라고 하는 소리가 아니었다.

"도와주세요! 이리 좀 와 봐요! 제발요……!"

제발, 제발! 솔은 열심히 빌었다.

***

   민훈은 급히 고삐를 잡아당겼다. 말이 깜짝 놀라 멈춰 섰다. 채란을 통해 빌린 이 말은 꽤 빨랐지만 그의 마음에 차진 않았다. 어쩔 수 없었다. 아직 사람들의 왕래가 잦을 시간에 출발한지라, 그는 평상복 차림이었다. 그 차림으로 저승사자의 말로 소문이 자자한 그 검은 흑마를 타고 도성문을 통과할 수는 없었다. 성벽을 넘을 수도 없었다. 눈에 띄어도 너무 띈다. 그의 애마는 오늘만은 기루 마구간 가장 깊숙한 곳에서 그를 기다려야 할 것이었다.

   멀리 솔의 집이 보였다. 민훈의 밝은 눈은 대문 밖을 서성이는 태출의 표정까지 읽어낼 수 있었다. 근심 걱정이 가득한 얼굴이었다. 마당 어디에도 솔의 모습은 보이지 않았다. 방에 불은 켜져 있지만, 아마 그 안에도 그녀는 없을 것이었다.

   역시, 생각했던 대로였다. 분명히 그날 밤에 일을 꾸민 자들 중에 솔의 얼굴을 기억하는 자가 있었던 것이리라. 그리고 오늘 그 장소에, 그자도 동석해 있었던 것이 틀림없다.

   누가……? 짐작 가는 자가 있었다. 한심할 정도로 간단하게 그 얼굴이 떠올랐다. 멍청하게도, 그 나른하고 수선스러운 분위기에 휩쓸려 방심하고 말았던 것이다. 민훈은 자기 뺨을 있는 힘껏 때리고 싶었다. 어디로? 그게 문제였다.

   손에서 땀이 배어 나왔다.

   도대체, 어디로?

짐작했던 자가 정답이라면 의심 가는 장소가 있긴 했다. 다만, 너무 넓다. 시간 내에 찾을 수 있을까? 차가운 머리 쪽이 불가능에 한 표를 던졌다.

……시간 내에? 무슨 시간 내에?

좀 더 멍청한 머리 쪽이 한심한 질문을 던졌다.

이건 시간 낭비야. '이건'이 뭐든지 간에.

그 사이에도 민훈의 몸은 해야 할 일을 하고 있었다. 금방이라도 말을 달릴 수 있도록 긴장하고, 고삐를 모아 쥐고, 천으로 감아 놓은 검을 다시 더듬어 보고, 말에 묶어 놓은 검은 옷짐을 점검하는 사이에도 눈과 귀는 사방의 모든 것을 놓치지 않으려 한껏 날카로워졌다.

낯선 술렁임을 느낀 것도 그 덕이었다.

"……?"

길 옆의 풀숲 사이로 뭔가가 휙 스쳐 지나갔다. 긴 꼬리가 언뜻 비쳤다가 사라졌다. 저것이 무슨 동물인지 생각해 보려는 사이 반대쪽에서도 바스락거리는 소리가 났다. 큰 덩치의 들쥐가 길로 올라오더니 앞으로 달려가기 시작했다. 다른 들쥐 두 마리가 그 뒤를 따랐다. 하늘 높은 곳에서 날갯짓 소리 비슷한 것도 들리는 듯했다. 온갖 길짐승 날짐승들이 부산스럽게 움직이고 있었다.

그 모든 것들이 향하는 곳은…… 솔의 집 쪽이었다.

민훈은 뒷덜미가 서늘해짐을 느꼈다. 눈앞에 펼쳐진 광경은 사람 머리론 납득이 되질 않는 것, 머리가 납득을 거부하는 것이었다.

기이를 넘어 경이에 가까운 무엇이었다. 볼 때마다 적응이 안 되긴 하지만 그는 적어도 이 이상현상의 원인은 알 수 있었다.

이슬, 그녀의 뜻이었다.

바로 머리 위에서 풀썩 소리가 났다. 급히 고개를 드니, 나뭇가지에 막 내려앉은 멧비둘기 한 마리가 보였다.

"이 밤에?"

어이가 없어서, 저도 모르게 중얼거리고 말았다. 비둘기는 다른 데 가지 않고 민훈을 뚫어지게 쳐다보았다. 그러더니 그의 머리 위를 한 바퀴 돌고 다시 내려앉았다. 민훈이 움직이지 않자, 다시 한 번 같은 행동을 반복했다.

하나의 깨달음이 벼락처럼 내리꽂혔다.

***

끼익 하고 문이 열렸다. 이미 바깥은 빛 한 점 없이 어두운데, 입구에 들어선 사람의 그림자는 어둠보다도 더 시커멓게 보였다.

"역시, 아저씨였네요."

허세라도 부려보고 싶었는데 목소리가 떨리고 있었다.

그림자는 대답 없이 오두막 안으로 들어오더니 구석에 자리를 잡았다. 등불 빛에 중년 남자의 얼굴이 드러났다. 바짝 마른 턱과 뺨 위에 수염이 덥수룩이 자란 얼굴. 실 가게 할머니는 그를 충이 아재라고 불렀었다. 분명, 사냥꾼이었다고 했었다.

동물 뿐 아니라 저승사자도 취급하는 줄은 몰랐지만.

솔은 마른 침을 삼켰다. 남자는 낮에 본 것처럼 약한 것 같지 않았다. 마른 몸은 왜소한 게 아니라 오히려 질기고 강해 보였다. 과연 산이 어울리는 사람이었다. 그는 우울하게 웃었다.

"겁먹었나 보오, 처자."

"아닌데요."

"그럼 그렇다고 하십시다."

"여긴 어디죠?"

대답은 없었다. 어차피 기대하지도 않았다. 그저 최대한 길게 이야기를 끌어 보려는 마음뿐이었다. '친구'들이 집에 닿았을 것이다. 어쩌면, 정말로 운이 좋으면 차사님이 오늘 묵호 나리가 아니라 솔의 의견을 들으러 그녀의 집에 들를지도 모를 일이다. 그 나리가 솔보다 더 똑똑할 테고, 그래서 더 많은 이야기를 잘 해 줄 수 있을 테니 그쪽으로 가는 게 당연히 나을 테지만, 어쩌면…… 정말로 어쩌면…….

안 되면 현이 오라버니라도 할 일 없이 우리 집에 놀러 와 줬으면! 아니면 우리 둔탱이 아빠라도 눈치 좀 채서 친구들 뒤따라 와 달라구요!

"말해 줘도 처자는 결코 모를 곳이지. 오래 묵은 사냥꾼들이나 좀 알까."

"저 산 잘 알아요."

"그럼 절대 보내 주면 안 되겠구먼."

이 입이 문제다, 항상!

솔은 자기 입을 쥐어박고 싶었다.

"저한테 왜 이러시는 거예요……?"

"처자한텐 아무 감정 없소. 그냥 원래…… 큰 짐승을 잡을 땐 좋은 미끼가 필요한 법이라. 그때 그놈 놓치곤 뒷맛이 얼마나 안 좋았는지 몰라. 박 원로님은 신경 쓰지 말고 손 떼라 하셨지만, 처자가 다시 내 앞에 나타난 것도 인연 아니겠소? 오늘은 내 꼭 잡고 말거요."

"그 큰 짐승이 뭔데요? 범? 저 맛없어요. 싫어할 텐데."

"허허허, 산군은 건드리면 안 되지. 처자가 잘 아는 짐승을 잡을 거요. 왜, 두 발로 걷는 놈 있잖소. 처자가 아주 훌륭한 미끼가 되어 줄 테지."

그녀가 짐작했던 것들이 다 맞아 들어가고 있었다. 그렇다면, 그것도 맞을 것이다.

솔은 입술을 꼭 깨물고 말을 씹어 뱉었다.

"지난번 아이들처럼요?"

"뭐, 그렇지."

"역시 아저씨였군요! 정말, 금수만도 못한 사람이네요! 어떻게 그 어린 것들을, 아이들이 무슨 죄가 있다고……! 아저씨는 자식이 없어요? 아니, 없어도 사람이 그럴 수는 없잖아요!"

"자식? 있었지. 다 잃어버렸지만."

목이 턱 막혔다. 말을 잇지 못하고, 입만 뻐끔대는 솔에게 충이

다가와 앉았다.

"진정하소, 처자. 흔한 이야기야. 너무 흔해서 이야깃거리도 안 되는 이야기지."

"어떻게……."

"요 몇 년 아주 대풍년이라 살기가 참 좋아졌잖소? 근데 이게 난 이상해. 얼마 전까지만 하더라도 굶어 죽는 게 예사였단 말이야. 살 기 좋으신 한양 분들께선 어떠신지 몰라도, 우리 살던 저 시골 아 랫것들은 그랬었어. 벗겨 먹을 나무껍질도 없고 주워 먹을 흙도 없 었는데 원님 나리께선 죽어도 곳간 문을 못 여시겠다는 거야. 그건 다 나랏님 것인데 어딜 감히 넘보냐더라고. 자식 셋이 나란히 눈도 못 뜨기에 마지막으로 사정해 본다고 갔더니 멍석으로 말아서 매 질부터 하고 옥에 가두는데, 거긴 그래도 먹을 건 줍디. 생전 그 렇게 단 피죽은 처음 먹어 봤지. 뭐…… 풀어 주자마자 집에 달려 가 봤더니, 뭐, 그런 거요. 처자도 짐작하는 대로. 그런 거."

충은 어깨를 으쓱했다.

"나 혼자 살아 뭐하겠소. 가족들 따라가려고 나무에 고리 딱 걸 고 매달렸는데…… 허허, 그 더럽고 값 없는 목숨이 길 가던 우리 큰어르신을 붙잡고 말았네. 날 잡고 한참을 우시는데…… 그래, 듣 다 보니 맞는 말씀이더라고. 우리 잘못이 아니야. 이놈의 세상이 단 단히 잘못된 거지."

남자의 눈이 기이하게 번들거렸다.

"모두 싹 쓸어 버리고 바로 세워야 해. 착한 사람들만의 세상을.

처자도 그렇게 생각하지 않소?"

"……."

"박원로님 말씀이 틀릴 리 없어. 그 검은 사자가 이 더러운 세상을 지키는 개라면 나는 무슨 짓을 해서라도 그 개를 잡아 죽여야 해. 아이들…… 나쁜 짓이지. 금수만도 못한 짓 맞지, 그것. 하지만 그래야만 옳은 세상이 온다면 내가 그 더러운 짓, 다 하고 가려 하오. 이해하지?"

"이해…… 못해요."

이 사람, 제정신이 아니구나.

옛날에 다 닳아 없어진 슬픔 대신, 뜻 모를 결연한 의지가 충의 얼굴을 뒤덮고 번쩍였다. 솔은 뭔가 더 말을 만들어 보려 했다. 하지만 도무지 무슨 말을 해야 할지 알 수가 없었다.

충은 다 안다는 듯 고개를 크게 끄덕였다.

"뭐, 그렇겠지. 기대는 안 했소."

그는 허리 뒤춤에서 짧은 칼 한 자루를 꺼냈다. 솔이 놀라 몸을 뒤로 뺐다. 충은 아무렇지 않게 다가와 그녀의 발목을 묶은 줄만 끊어 냈다.

"일어나소. 시간이 됐군."

시간이라니? 되물을 틈도 없었다.

그는 거칠게 솔을 일으켜 세웠다. 먼 곳에서, 작은 방울이나 종이 울리는 듯한 희미한 쇳소리가 났다. 사냥꾼이 어떤 장치라도 설치해 둔 모양이었다. 누군가가 그걸 건드린 듯했다.

누가……? 왜? 여기로 오느라? 울컥 눈물이 솟았다. 정말 친구들이 제대로 일을 해낸 것일까?

솔은 그가 떠미는 대로 걸었다. 좁은 오두막 문을 나서자 폭포수 같은 물소리가 귓전을 때렸다. 남자가 오두막 옆에 있는 복잡하게 생긴 나무더미를 걷어찼다. 뭔가 무너지고 끌리고 날리는 소리가 나더니 두 눈이 찌르는 듯 시렸다. 질끈 감았던 눈을 겨우겨우 떠 보자, 믿을 수 없는 광경이 펼쳐져 있었다.

"아아……."

사방이 대낮처럼 환했다. 도대체 무슨 장치였던지, 대여섯 개의 화톳불이 한꺼번에 불타올라 숲의 밤을 찢어발기고 있었다. 덕분인지 그 탓인지 솔은 자기 상황을 더 잘 이해할 수 있게 되었다.

이 산에 이렇게 수량이 많은 계곡이 있었던가, 솔은 아찔해졌다. 남자는 솔을 바위 끝까지 밀고 갔다. 그리고 그녀의 팔을 단단히 붙들고 그 뒤에 버티고 섰다. 발 딛고 선 바위 저 아래에, 넓고 깊은 물웅덩이가 시커멓게 입을 벌리고 있었다. 거센 물보라에 뺨까지 섬뜩한 찬 기운이 튀어 올랐다.

솔이 급히 몸을 틀어 보았다. 소용없었다. 도망치려던 그녀의 몸은 한 걸음도 못 가고 다시 끌려와 충의 가슴팍에 부딪혔다. 사냥꾼의 손은 그렇게 호락호락하지 않았다.

다시 한 번, 첫소리가 들렸다.

그가 오고 있었다.

솔을 향해.

"거기 있소, 저승사자 나리?"

사냥꾼의 외침이 산을 쩌렁쩌렁 울렸다. 길게 꼬리 이은 메아리가 계곡 위를 떠돈다.

"대답 안 해도 좋소! 나도 입 가벼운 사내는 별로거든. 그런데!"

정말 누가 와 준 것은 맞나, 솔은 불안한 눈으로 저편의 숲 그늘을 훑었다. 화톳불이 밝히지 못하는 어둠 속. 그녀의 눈엔 아무 것도 보이지 않았다. 그 순간.

"아……!"

등을 확 떠다미는 손. 입이 비명을 채 만들어 내기도 전에 이미 허공이었다. 눈앞이 시커멓게 홱 돌았다.

"몸은 가벼워야 할 거야!"

* * *

요란한 소리와 함께 물보라가 솟구쳐 올랐다. 두 손이 묶였는지 허우적대지도 못한 채 짐짝처럼 추락한 후였다.

민훈은 눈에서 불이 튀는 것 같았다. 몸은 이미 앞으로 뛰쳐나가고 있었다.

물가에선 화톳불이 타오르고 있다. 오는 길에도 여럿 건드렸던 것처럼, 근처에도 어떠한 장치가 있을 것이 틀림없다. 상대는 그보다 높은 바위 위에 자리를 잡고 있다. 그리고 노련한 사냥꾼이다. 그러므로 이대로 저 밝은 곳에 발을 들이미는 것은 자살행위다.

그런 판단은 단번에 구겨 던져 버렸다.

"……!"

뭔가가 발목에 걸리는 느낌. 민훈은 반사적으로 몸을 굴렸다. 나무 위에서 짧은 화살들이 쏟아져 그가 밟았던 자리를 갈기갈기 찢었다. 돌아볼 것도 없었다. 민훈은 그대로 반 바퀴 몸을 틀어 벌떡 일어나 내달렸다. 한 손으로 굳게 묶었던 갓끈 끝을 잡아챘다. 밤 그림자가 뒤로 확 밀려났다. 물가의 화톳불에 그의 전신이 완전히 드러났다.

"거기 계셨구만!"

희열에 찬 목소리.

가늠한다. 그쪽이 사냥꾼의 위치일 것이다. 사람이 작정해 노리고 쏘는 화살은 장치의 것과는 비교할 수도 없이 정확했다. 한 발은 검집에 튕겨나갔고, 한 발은 소매 끝자락을 꿰뚫고 지나갔다.

그래도 민훈은 멈추지 않았다.

갓끈을 한 번에 당겨 풀어내고 갓을 벗어 던졌다. 얼굴을 가렸던 얇고 긴 사가 그에 딸려 날아갔다. 보다 밝아진 시야에, 검은 수면 위로 떠오르는 잔 포말이 들어와 박혔다. 떠오를 기미가 없었다. 그녀는 계속 가라앉고만 있었다. 마지막 망설임이 산산이 흩어졌다.

죽는다. 또 누군가가.

오직, 그저. 자신의 멍청한 실수 하나 때문에.

피식 웃으며 돌아보는 뒷모습. 색 잃은 치맛자락, 날리는 머리칼. 그 사이로 보이는 얼굴은 솔이기도 했고 너무 오래도록 사무쳤던 설아, 그 아이 같기도 했다.

잃을 수 없다.

……여기서 또, 이렇게 잃을 수는 없다.

끼이이익! 시위를 당기는 소리가 귓전을 파고들었다.

무시.

민훈은 들고 있던 검을 옆으로 내던졌다. 화살이 아슬아슬하게 발목 끝을 스쳤다. 시커먼 물이 단번에 그를 집어삼켰다.

충은 입을 굳게 다물고 다시 화살을 활에 걸었다. 한 발도 제대로 맞히지 못했다는 사실이 그의 자존심을 짓밟았다. 저 지독하게 맹목적인 돌파력, 계산 밖이었다. 옆으로 몇 걸음 옮긴 그는 불타는 눈으로 수면을 노려보기 시작했다. 아직 기회가 남아 있었다. 몰이에 성공한 사냥꾼은 그렇게 마지막 인내심을 발휘하고 있었다. 억센 두 팔이 잔뜩 긴장한 채 시위를 당겼다.

암흑이었다. 물가를 그렇게 밝혔던 화톳불도 고작 한 길을 넘는 순간 그 빛을 잃었다. 소용돌이치던 물결도 아래로, 아래로 향할수록 점점 느려지더니 어느새 죽은 듯 조용히 침잠했다. 그 어둡고 고요한 한가운데에, 그녀가 새하얗게 떠 있었다.

솔은 싸우고 있었다.

자, 눈을 뜨라고…… 이 온전한 암흑을 한번 보라고, 이곳은 참으로 빈 곳이라 오직 너와 어둠과 죽음만 가득 차 있다고 말하는 목소리가 있었다.

아니라고 도리질을 쳤다. 더 열심히 팔다리를 움직이라고 질책

하는 목소리가 있었다. 그래야 딛을 곳도, 잡을 곳도 없다는 걸 알
게 될 것이라며 말끝에 웃음을 섞었다. 그 조막만 한 하찮은 숨 얼
른 삼켜 버리라고 소근거렸다. 소근거리다, 외치며, 윽박질렀다.

이건 악몽이야.

조금씩…… 아득히 멀어져가는 의식 속에서 그녀는 생각했다.

이건 악몽이야. 깨어나야…….

하지만 몸은 천천히 굳어갈 뿐이었다. 발버둥치던 다리가 서서
히 멈추었다. 고통과 긴장에 뻣뻣이 굳었던 어깨에서도 힘이 빠져
나갔다. 솔의 고개가 천천히 위로 들렸다.

그 얼굴을, 커다란 두 손이 조심스레 감쌌다.

민훈은 싸늘하게 식은 그녀의 입술을 손가락 끝으로 쓸었다. 움
찔, 조그맣게 오물거리는 작은 입. 이 와중에도 미간을 모으고, 저
항하듯 옆으로 트는 고개……. 그녀답다고, 그런 생각에 헛웃음이
새어나올 것만 같은 것을 꾹 누르고, 그는 솔의 얼굴을 부드럽게
끌어와 그 입술에 자기 입을 포갰다.

본능으로, 물러나려 하는 그녀를 단단히 붙잡았다. 긴 한숨이 오
래도록 둘을 묶었다. 민훈은 눈을 감았다.

달콤한 살구꽃 향내가 코끝을 스쳤다. 얼어붙었던 손끝이 꿈틀,
움직였다. 봄날 밤바람을 머금은 숨결이 잠들어 가는 몸 구석구석
에 온기를 실었다.

낯익은 냄새…… 솔은 희미하게 이어지는 의식의 끈 하나를 간
신히 붙잡아 냈다.

……누구?

가느다랗게 눈을 떴다. 여전히 어두웠다. 그녀의 눈엔 아무것도 보이지 않았다. 하지만 얼굴을 감싼 온기는, 입술에 닿은 열기는 선명했다. 솔은 눈을 크게 떴다.

순간 상대가, 솔에게서 떨어지며 그녀의 입을 가려 주었다. 입 안에 물이 울컥 들어올 뻔하니 정신이 번쩍 들었다. 무슨 일이 벌어졌고 벌어진 것인지 그제야 와르르 떠올랐다.

차…… 차사님?!

보이지 않아도 알 수 있었다. 그였다. 정말로, 그가 와 준 것이다. 여기 이 곳, 이 깊은 물 밑까지…… 그리고 아마도, 방금 자신의 목숨을 구했다. 그런데.

무심결에 지른 비명에 입에서 공기가 왈칵 샜다. 커다란 손이 급히 다시 그녀의 입을 틀어막았다. 아까운 숨에 무슨 짓이냐고, 다급함 속에 분노가 묻어났다. 솔은 눈을 질끈 감고 필사적으로 빌었다. 제발 차사님 눈도 제대로 보이지 않길. 지금 자기 표정이 어떤 꼴일지 상상하기도 두려웠다. 땅 위였다면 뒤로 돌아 전력으로 도망쳤을 텐데. 손이 풀렸으면 얼굴이라도 가리고 싶은데!

한참 허둥대던 솔이 겨우 진정하자 민훈은 손을 뗐다. 그리고 발목에 묶어 뒀던 짧은 칼로 솔을 묶은 끈을 끊어 냈다. 그가 다음으로 한 일은, 솔의 앞섶에 두 손을 올린 것이었다.

네?!

당연하다는 듯, 침착히 옷고름을 풀어 내는 손에 또 소리를 지를 뻔했다. 솔은 식겁해서 민훈의 두 손목을 덥석 붙잡았다.

아니, 입술은 어쩔 수 없었다고 해도 이건 무슨 짓이죠? 도대체 왜요?

그녀의 눈동자가 정신없이 자기 앞섶과, 상대가 있으리라 짐작되는 눈앞을 오르내렸다.

민훈은 손을 털었다, 놓으라고. 솔은 결사적으로 그 손목을 붙잡고 늘어졌다. 절대 놓을 수 없었다.

혼란 속에서 허우적거리는 그녀의 뺨을 민훈이 손등으로 두드렸다. 그리고 그녀의 눈 바로 앞에 손을 들이대고 물 위를 가리켰다. 희끄무레해도 보이긴 했다. 솔은 손을 따라 수면을 올려다보았다. 붉은 빛이 저 위에서 일렁이고 있었다.

언뜻 뭔가 이해가 될 듯 말 듯 했다. 그 정도 머뭇거림이면 충분했다. 민훈은 솔의 손을 떨쳐냈다. 한순간에 백색 저고리가 미끄러져 내렸다. 그리고 둥실, 수면 뒤로 떠오르기 시작했다. 솔은 뒤늦게 소스라쳐 어깨를 감싸안았다. 민훈은 그 허리에 팔을 감고 그녀를 끌어당겼다.

충의 입가에 비린 미소가 떠올랐다. 기다렸던 순간이었다. 드디어! 검은 물 밑에서 희끄무레한 형체가 떠오르고 있었다. 제아무리 독한 자도 물속에서 살 수는 없었다. 직사로 쏘아 낸 화살이 수면을 찔러 들어갔다. 거대한 산짐승을 잡기 위한 활이었다. 물을 거친다 해도 사람의 피부와 뼈쯤은 종잇장처럼 찢고 들어갈 수 있었다.

쉼 없이 여덟 발을 쏘아 냈다. 다시 화살을 집어 들려던 그의 손이 멈칫했다. 사냥꾼의 얼굴에서 핏기가 사라졌다. 물 위에 떠서 너울거리는 저것. 화살에 뚫려 걸레짝이 됐는데도 왜 붉은 기 하나 비치지 않는가.

"이런 젠……!"

민훈은 있는 힘껏 팔을 떨쳤다. 날카로운 빛이 번개처럼 허공을 가르고 짐승같은 비명소리가 터져 나왔다. 단검은 사냥꾼의 무릎에 정확하게 꽂혀 있었다. 피를 뿜어내는 무릎을 껴안고 남자는 바위 위를 굴렀다.

민훈은 물가 끝자락에서 천천히 걸어 나왔다. 길게 자란 나뭇가지가 짙은 그늘을 드리우고 있던 쪽이었다. 철벅철벅 물이 떨어지는 한 걸음 한 걸음. 저승사자는 사냥꾼을 똑바로 노려보며 그를 향해 다가가고 있었다.

충은 어금니를 부서질 듯 사리물었다. 손으로 더듬어 떨어뜨린 활을 찾았다.

맹수는 단번에 숨을 끊어야 했다. 상처 입어 눈이 뒤집힌 맹수는 사냥꾼을 먹이 같은 것으로도 봐 주지 않았다. 그저 갈가리 찢어발길 대상일 뿐.

그는 기회를 놓쳤다.

아니, 하지만 '저것'은 맹수가 아니다. 사람이다. 그럴 것이다!

저승사자는 내던졌던 검을 주워들었다. 그리고 그 앞, 벗어 던졌던 긴 천이 달린 갓도 다시 들어올렸다. 턱 아래로 끝을 묶는 손에 핏줄이 두드러졌다. 단단히 묶어 당기는 끈이 주인의 힘에 파르르 떨렸다.

다음 순간 저승사자는 땅을 박찼다. 충의 손끝에 활이 걸렸다.

"큭!!"

한 발을 쏘아붙였다. 갓 끄트머리가 베여 나갔지만 전혀 속도가 줄지 않았다. 또 한 발! 얼굴로 날아간 화살은 코앞에서 검집에 팅겨나갔다. 무섭게 쇄도해 오는 검은 그림자. 어린 시절, 화살 맞은 맹호가 포효하며 질주해 오던, 그 앞을 가로막은 아버지를 한 입에 덮치던 환영이 번뜩였다.

마지막 화살은 시위를 떠나지 못했다. 횡으로 휘두른 검에 활과 화살이 박살 나 흩어졌다. 충은 허리춤의 단도를 꺼내 찔러 올렸다. 칼끝이 가른 건 허공뿐이었다.

"……!?"

옆에서 주먹이 날아왔다. 한 번의 일격에 충은 허수아비처럼 공중을 날았다. 그리고 부서진 이빨과 피를 뿜어내며 바위 위에 나가떨어졌다.

저승사자는 그 몸 위에 올라타 거꾸로 쥔 검을 목 위에 들이댔다. 그 서슬에 벤 상처에서 긴 핏줄기가 흘러내렸다.

두 남자의 거친 숨소리가 서로의 살기를 부추겼다. 그때.

"멈춰요!"

솔이 악을 썼다. 검을 짓누르던 민훈의 손에서 힘이 빠졌다.

"차사님! 그만해요!"

솔이 비틀거리며 달려왔다. 머리끝부터 발끝까지 물에 절은 그녀는 자기 몸을 꼭 껴안고도 와들와들 떨고 있었다. 이를 딱딱 마주치면서도 그녀는 열심히 말을 만들어 냈다.

"아, 아저씨도 그만하세요."

"처자…… 춥겠구먼……."

충이 피범벅 된 얼굴로 비식 웃었다.

"아저씨 때문이잖아요! 진짜 죽을 뻔 했다고!"

솔은 저승사자를 돌아보았다.

"죽이지 말아요."

"대답에 따라서 생각할 거야."

머리가 식었다.

저승사자는 몸을 숙여 충의 얼굴을 가까이 자신의 얼굴을 들이댔다. 사냥꾼은 고개를 돌릴 수도 없었다.

"말해. 뒤에 있는 놈이 누구야?"

"짐승 주제에 사람 말을 하네?"

당연하다는 듯, 민훈의 주먹이 충의 코를 부러뜨렸다. 충은 부들부들 떨며 고통을 삼켰다. 오히려 솔이 비명을 질렀다.

"무슨 짓이에요!"

"물러나. 네가 끼어들 자리 아니니까."

"그래…… 물러나소, 처자. 더 험한 꼴 보기 전에."

사냥꾼은 큭큭 소리 내며 웃었다.

"이봐, 저승사자 나리. 지금 머릿속에 계획이 여럿 들어 있지? 어디를 어떻게 아프게 해 주면 이게 아이고 살려만 주십쇼 하면서 술

292

술 다 불지 다 생각해 둔 게 있지? 그런데 어떡하지요? 이놈은 하도 아픈 일을 많이 겪어서, 나리가 생각할 만한 것들은 하나도 겁이 안 나는데."

"그렇군. 알겠다."

빈 왼손에 어느 순간 충이 떨어뜨린 단도가 들려 있었다. 칼은 저승사자의 손 안에서 빙글 돌더니 사냥꾼의 손을 꿰뚫었다. 충의 몸이 펄떡거렸다. 민훈은 그 칼을 바로 뽑아들더니, 다시 한 번 위로 치켜들었다.

솔이 뛰어든 건 그 순간이었다. 그녀는 온몸으로 민훈의 팔에 매달렸다. 예상 못한 방향의 방해에 민훈이 멈칫 한 사이, 충이 몸을 벌떡 일으켰다. 검이 아직 목에 걸린 채였다.

자결? 이 자식이……!

민훈은 급히 검을 거두었다. 사냥꾼의 얼굴에 의아함이 스쳤다. 급히 몸을 뺀 그는 숲 속을 향해 절뚝이며 뛰기 시작했다. 놀란 솔도 민훈의 팔을 놓쳤다. 민훈은 곧장 사냥꾼의 뒤를 따라 달렸다. 달리려 했다.

"워우우우우!!!"

등골이 쭈뼛해지는 울음소리가 바로 곁에서 울려 퍼졌다. 막 달려 나가려던 발이 멈칫하며 땅을 긁었다. 하지만 충은 그대로 숲속으로 뛰어들었다. 멀어지는 그 뒤로, 검은 그림자가 획획 날듯이 뒤따르고 있었다. 그중 하나가 멈춰 서더니 뒤를 돌아보았다.

길게 혀를 빼문 거대한 이리 한 마리. 낯익은 흰 털, 낯익은 눈.

솔은 주저앉았다. 이리는 비웃듯 둘을 향해 꼬리를 흔들고는 숲으로 뛰어들었다. 멀리서 사냥꾼의 비명소리가 들려왔다.

"윽……!"

솔은 갑작스런 통증에 머리를 감싸쥐었다. 민훈은 분노에 차서 그녀를 돌아보았다.

"너 무슨……!"

"미안해요. 하지만, 그러지 말아요……제발……."

그녀는 눈을 질끈 감고, 머리가 깨질 것 같은 통증을 참아내며 대꾸했다.

민훈은 숨을 크게 들이마셨다.

너는 도대체, 왜……! 한 발만 늦었어도 바로 저자의 손에 죽은 목숨이었을 주제에 어째서……!

하지만 그 분노는 입을 타고 나오지 못했다.

"제가 잘못했어요…… 미안해요."

가늘게 떨리는 젖은 목소리. 솔은 덜덜 떨고 있었다. 바닥에 주저앉아 웅크린 채…… 물에 젖어 휘감긴 치맛자락 위로, 하얗게 드러난 맨살이 애처로웠다.

너는…… 어째서?

……나는?

나는 지금 도대체, 여기서 무슨 짓을 하고 있는 것인가.

검을 쥔 손에서 힘이 빠져나갔다. 민훈은 그녀의 어깨 너머로 보이는 풍경을 천천히 눈에 담았다. 스산하게 기운 오두막, 화살이

잔뜩 꽂힌 바닥, 불타오르는 화톳불들, 한없이 깊고 어두운 계곡
물…….

그리고 마지막으로, 피에 물든 자신의 두 손도.

"이솔."

솔이 고개를 들었다. 눈물 맺힌 그 두 눈을 민훈은 마주 들여다
보았다. 깊이. 아주 깊이.

"너는 이제 손 떼라."

"……네?"

솔은 몸을 일으키려 했다. 하지만 실패했다. 뒷목이 욱신대더니
몸이 앞으로 고꾸라졌다. 허물어지는 상체를 받아 안는 팔이 있었
다. 의식 저 멀리서, 마지막 한 마디가 아득하게 들려왔다.

"그래. 다시는 만나지 말자."

***

충은 비명을 질렀다. 내리막길을 뒹구는 사이 다리가 부러졌다.
이리 떼는 그를 둘러싸고 점점 거리를 좁혀오고 있었다.

이제 끝이구나, 드디어.

그런 생각이 들자 오히려 홀가분해졌다.

"많이 아프겠군."

난데없는 사람 소리에 충은 소스라쳤다.

"누, 누구냐!"

이리 떼들이 좌우로 갈라섰다. 그 뒤에서 나타난 자는 충에겐 너무도 익숙한 얼굴을 하고 있었다.

"나리……?"

"좋은 밤이지?"

윤시백. 그들의 독경회에 간혹 나타나 어울리는 젊은 선비. 얌전한 얼굴로 언제나 누구에게나 존대를 하던…… 그런데 지금은 아니었다. 그가 희미하게 미소를 지었다. 충은 온몸의 털이 곤두서는 듯 했다. 그는…… 그는, 충이 알던 그 사람 좋은 서생과는 전혀 달랐다.

어째서 낮엔 몰랐을까. 이자도 저승의 개 못지않게 사람을 벗어난 자인 것을.

흰 이리가 시백의 다리에 제 몸을 붙여 왔다. 시백이 그 머리를 쓸어주자 마치 개라도 되는 양 꼬리를 흔들었다.

그때, 깨달았다. 충은 급히 머리를 조아렸다. 부러진 다리를 손으로 끌어당겨 무릎을 꿇었다. 가슴이 미친 듯 쿵쾅댔다.

"원주님!"

"쉿."

시백은 입 앞에 손가락을 세워 보였다.

"어째서…… 어째서 지금까지?"

"사소한 취미니 신경 쓸 것 없네. 그보다, 봤나?"

"네? 무엇을 말씀이십니까?"

시백이 고개를 기울였다.

"저승사자의 얼굴."

충은 가슴이 벅차올랐다. 그는 원주가 원하는 것을 알고 있었다. 그에게 도움이 될 수 있다니 당장 죽어도 여한이 없었다.

"네! 봤습니다! 분명히 그……."

"저런."

원주의 얼굴이 어두워졌다. 충은 속이 철렁했다.

"……네?"

"자네 참 운이 없군."

갑자기 이리들이 이를 드러내며 다가들기 시작했다. 충의 목소리가 떨리기 시작했다.

"왜, 왜 이러십니까, 원주님! 거짓말이 아닙니다. 지금 당장 가서, 박원로님께 말씀드려……!"

"그게 문제야. 그럼 내가 그리는 그림이 틀어져 버려."

시백은 소맷자락을 한 번 떨치고는, 뒤로 돌아섰다. 충이 다급하게 그를 불렀다.

"원주님! 원주님! 저는! 제가……!"

"수고했네."

처절한 비명소리가 골짜기를 우르르 울리다가 뚝 끊겼다. 산새도 죽은 듯 꾹 침묵하는 한때였다.

시백은 뒷짐을 지고 산길을 내려가기 시작했다. 흰 이리가 앞장서는 뒤를, 그는 나직이 콧노래를 부르며 뒤따랐다. 느리고 부드러운 곡조. ……자장가였다.

六. 말할 수 없는 이유

흔들리고 있었다. 좌우로 가볍게, 일정한 간격을 두고…… 몸은 흔들, 흔들 물결치고 있었다.

누군가가 흥얼거리는 노랫소리가 들려왔다. 아득히 먼 곳에서. 정말 들리는 것인지, 들린다고 착각하고 있는 것인지도 알 수 없는 그 노래. 산산이 흩어진 소리는 너무나 작고 희미하고 낮았다. 하지만 그…… 너무도 익숙한 곡조를 솔은 놓칠 수가 없었다.

엄마의 자장가.

아지랑이 피어 오른 푸른 언덕에, 아기는 신도 벗고 나비를 따라……

노랫말이 머릿속에서 맴돈다. 엄마가 만든 노래. 아빠가 가르쳐
준 노래.

졸리다. 아니, 이미 잠들어 있던 것일까.

의식이 깜박깜박 일렁였다.

추워.

잔뜩 모아 웅크린 팔이 파르르 떨렸다. 누군가가 모포를 코밑까
지 끌어올려 주었다. 그리고 그녀의 어깨를 감싼 팔을 추슬러, 더
가까이 당겨 안아 주었다. 마음이 놓이는 압박감. 그 단단하고 따뜻
한 품속으로 솔은 파고들었다. 매끈한 촉감의 앞섶에 코를 비볐다.

좋은 냄새…….

바람 냄새 같은 체취. 그녀가 좋아하는 이슬 섞인 밤바람이었다.
왠지 안심이 되는 냄새였다. 눈꺼풀은 천근보다 무거웠다. 몸은 한
없이 녹아 늘어졌다. 솔은 더듬더듬 그 옷자락을 매만지다 꼭 움켜
쥐었다.

갑자기 추위에 뒤섞여 열기가 밀려들었다. 둔하게 가라앉은 감
각 속에서, 사지 구석구석이 부서질 듯 욱신거리는 것이 느껴졌다.
내뱉은 숨결이 뜨거웠다.

괴로워.

다음 숨을 들이마시는 순간, 목이 콱 막혀 왔다.

물, 아직 물속이다.

눈을 번쩍 떴다. 사방은 온전히 암흑이었다. 절망이 그녀를 집어
삼켰다.

이건 아니야. 이럴 리가 없어!

거세게 고개를 가로젓는 그녀를 붙잡는 누군가가 있었다. 그녀의 턱과 뺨을 감싸고 끌어당기는 손. 그 다음은 미처 막을 새도 없이 이어지는 입맞춤. 뜨거웠다. 아니, 이런 것이 아니었다. 이렇게 집요하고 맹목적이지 않았다. 가는 신음을 흘리며 솔은 헐떡였다.

이윽고 그가 떨어졌다. 이번엔 보였다. 그녀를 감싸 안은 남자의 모습이.

얼굴을 가린 천이 반쯤 떠올라 그의 입과 턱을 드러내고 있었다. 그는 웃고 있었다. 서늘하게.

욱신, 아랫배에 뭔지 모를 충격이 왔다. 눈을 내리니 그녀의 몸을 파고든 칼과, 그 끝을 쥔 차사의 손이 보였다.

"그래. 다시는 만나지 말아야지."

목소리가 섬뜩하게 또렷했다.

***

"……!"

솔은 벌떡 몸을 일으켰다. 그러고는 곧바로 다시 이불 위로 쓰러졌다.

"으윽! 아아……."

온몸이 부서질 것 같았다. 누가 손끝에서 발끝까지 몽둥이로 꼼꼼하게 두드리기라도 한 듯한 통증이었다. 눈에 눈물이 핑 돌았다.

옆으로 뒤집힌 시야에 이마에서 떨어진 수건이 들어왔다. 익숙한 수건, 익숙한 이불, 익숙한 방이 보였다.

집이었다. 도대체 어떻게 돌아온 것인지는 모르겠지만.

열이 났다. 그 고생을 했으니 그럴 만도 했다. 이마를 짚어 보니 그럭저럭 열은 내린 듯했으나 콧물이 주룩 흘러내렸다. 솔은 훌쩍 코를 들이마시곤 벌렁 누워 버렸다. 아랫배를 더듬어 보았다. 역시 아무런 상처도 없었다.

"꿈?"

딱 그것만 꿈일 것이다.

드러누운 채 손끝 발끝을 움직여 보았다. 다행히 다친 곳은 없는 듯했다. 상황을 생각하면 기적에 가까운 일이었다.

"······하."

솔은 자기 몸을 꽉 끌어안았다. 지난밤의 일을 떠올리자마자 온몸이 사시나무 떨듯 떨려오기 시작했다. 그 오두막, 그 아저씨. 그 물 밑······. 그리고 그······ 저승사자.

나는 그를 얼마나 알고 있었던가.

생각해 보면 지금까지 그저 앞마당에서 말이나 몇 마디 나누고 이리저리 휘둘려 같이 다녀 보거나 한 것이 다였다. 그가 어떤 일을 하고, 할 셈인지 제대로 생각해 본 적은 한 번도 없었다.

그의 손에서 번뜩이던 칼날이 떠올랐다. 그 압도적인 폭력과 침착하게 행사되는 잔인함. 그가 아무렇지도 않게 사냥꾼의 손을 꿰뚫어 놓고, 그러고도 다시 칼을 내려찍으려 하던 그 순간, 솔이 느긴 것은 공포였다.

두려웠다. 다리가 떨려 서 있을 수도 없을 만큼. 하지만 눈앞에서 사람이 그렇게 상해 가는 것을 보고 있을 수만은 없었다. 그녀는 그랬다. 그의 팔을 잡고 늘어진 것은 거의 본능이었다. 그 때문에 사냥꾼을 놓쳐 버릴 것이라고는 생각지도 못했다.

그때 솔을 돌아보던 그 기세는 정말…….

죽는구나. 틀림없이 여기서 죽겠어. 도망쳐야 해.

몸이 그렇게 먼저 알려 왔었다.

그런데…… 그는 내가 도망치기도 전에 나를 먼저 잘라내 버린 것이다.

다시는 만나지 말자.

살려 주셔서 감사합니다. 그렇게 말해야 했을까?

그런데 왜…… 왜 그런 목소리였던 거야?

가슴 한구석이 쿡 쑤셨다. 솔은 인상을 쓰며 그쪽 가슴께를 문질렀다. 뭐라 설명할 수 없는 감정이 뭉글뭉글 피어올랐다.

"……뭐든, 다 자기 마음대로."

솔은 아랫입술을 꼭 깨물었다.

"그래요. 그쪽은 그쪽 뜻대로 하세요."

나는 내 마음대로 할 테니까.

그는 모를 것이다. 솔에게도 이 일에서 떨어질 수 없는 이유가 생겨 버렸다는 것을. 이제 와서 손 떼라니 말도 안 되는 소리였다.

솔은 구석에 놓인 자기 짐 쪽으로 엉금엉금 기어갔다. 잃어버린 줄 알았던 보퉁이가 용케도 집에 같이 돌아와 있었다. 묶인 부분을 풀고 열심히 그 안을 뒤적이던 솔이 허탈하게 웃었다.

"없어?"

손 떼게 만든다더니 그녀가 챙겨 뒀던 자하세경까지 싹 다 가져가 버렸다. 정말로 작심한 모양이었다. 솔은 다시 짐을 뒤졌다.

"안 돼, 안 돼! 거기에 있단 말이야. 다시 봐야 하는데."

태출이 문을 열고 들어온 것은 그때였다.

"아…… 아빠?"

그는 생전 처음 보는 무서운 표정을 짓고 있었다. 솔은 장난스럽게 튀어나오려던 인사말을 꾹 삼켰다. 태출은 들고 있던 소반을 쿵 소리 나게 내려놓았다. 미음 그릇이 요란하게 달칵였다.

"어제는 무슨 일이 있었던 거냐."

"나…… 집에 어떻게 왔어?"

"묻질 않냐! 어떻게 된 거냐고!"

"아니, 왜 소릴 지르고 그래. 무섭게."

주눅이 들어서 우물쭈물하는 딸. 식은땀에 홀딱 젖어 물에 빠진 생쥐 꼴로 그러는 걸 보면 마음이 약해질 만도 했다. 하지만 태출은 오늘만은 그럴 수가 없었다.

말발굽소리. 온 세상이 시커멓게 어두워진 시간에, 가슴이 까맣게 타들어 가서는 대문 밖을 서성이던 그때 그는 보았다. 먼발치에서 걸어 오던 높은 말 한 필과, 머리끝부터 발끝까지 어둠을 온몸에 두른 그 남자를. 높은 흑립 아래엔 얼굴이 없었다. 말 등 아래로 흘러내리는 검고 긴 도포자락은 불길했다.

소문의 저승사자.

그리고 아직도 돌아오지 않는 딸.

그것이 무엇을 뜻하겠는가.

태출은 그만 자리에 주저앉았다. 말은 태출의 코앞까지 와서 멈춰 섰다. 까맣게 높은 저 위에서 목소리가 들려왔다.

"일어나서 받게."

"예?"

딸이었다. 그녀는 비단으로 된 옷자락과 모포에 겹겹이 감싸여 저승사자의 품에 안겨 있었다. 태출은 정신없이 그의 품에서 딸을 받아 안았다. 윗옷은 어쨌는지 완전히 젖은 치마만 몸에 휘감은 딸은 불덩이가 되어 있었다.

"솔아! 이솔! 어이고, 이게 무슨……!"

"……"

저승사자는 솔이가 들고 나갔던 보퉁이도 태출의 발치에 툭 던졌다.

"감사합니다. 감사합니다!"

숨이 붙어 있는 것이 어디냐고 생각하며 태출은 연신 허리를 숙였다. 머리 위에서 저승사자의 소리가 들려왔다.

"자네 딸, 잘 지키게."

몹시 지친 듯한 목소리였다.

"운도 언젠가는 다하는 법이야."

그랬다. 태출은 그의 말이 무슨 뜻인지 단번에 이해할 수 있었다. 태출이 고개를 끄덕이자, 저승사자는 뒤도 돌아보지 않고 그의 집을 떠났다.

태출은 허둥지둥 이불을 깔고 딸을 눕혔다. 젖은 옷을 갈아입히고 몸을 닦을 물을 떠 와서 딸 옆에 웅크려 앉았다. 그는 밤새도록 딸을 간호했다. 야속하게도 딸의 이마는 짚을 때마다 무섭게도 뜨거웠다.

"아이고, 솔이 엄마. 우리 솔이 좀 도와주게. 이 아이까지 자네처럼 가 버리면 나는…… 나는 정말…….."

그의 아내. 봄날 잔설처럼 그에게 왔다가 그만큼이나 허망하게 그를 떠나 버린 여인.

어쩌면 이리 똑같은가. 그 목소리, 그 성정, 그 웃는 얼굴만 닮으면 됐을 텐데 이런 것까지 닮아 홀쩍 없어지고 불쑥 나타나고, 왜 매번 사람 애간장을 다 끊어놓는가. 이러다가 제 엄마처럼 그렇게 갑자기 영영 가 버리는 것 아닌가.

그런 생각에 그는 단 한숨도 잠들지 못했다.

동이 터 올 때쯤이 되자 열이 내리기 시작했다. 그는 바닥에 이마를 대고 누군지 모를 누군가를 향해 감사드렸다.

"아빠가 생각하는 그런 일 없었으니까."

솔은 입술을 삐죽거리며 말했다.

"너 인마! 내가 무슨 생각 하는 줄 알기나 하고……!"

"족제비 새끼가 물에 빠졌기에…… 근데 세상에, 물귀신이 있더라고. 다행히 잘 도망쳐 나왔지. 나 대단했어."

"물귀신? 웃기는 소리 한다! 잘 도망쳐 나오긴, 저승사자한테 뒷덜미 잡혀 끌려 온 주제에!"

"……그랬어?"

태출은 속이 터질 것 같았다.

"이솔! 계속 이럴 거냐? 내가 도대체 몇 번을 말했냐, 엉? 네 엄마가 너한테 남긴 말이 뭐였어! 너는 꼭! 반드시!"

"반드시."

"누가……!"

"누가, 무엇이 네게 말을 걸어도 절대 들리는 척 하지 마라. 누가, 무엇이 네게 도와 달라 청해도 절대 돌아보지 마라."

솔은 태출의 시선을 피하며 지겹게 들은 그 두 마디를 읊었다.

"그런데 넌 왜 항상 반대로 하는 거냐, 도대체! 엄마 알기를 얼마나 우습게 알면……!"

"그런 거 아니야!"

솔이 소리를 버럭 질렀다. 그 기세에 태출도 움찔했다.

"그렇게 말하지 마! 나한테도 엄마 중요해! 보지 못했다고 생각하지도 않는 것 아니라고. 내가 지금 왜……!"

솔은 자기 입을 턱 막았다.

"왜. 할 말 있으면 끝까지 해!"

"아니야. 내가 잘못했어, 아빠. 아빠 말이 맞아."

솔의 목소리가 점점 작아졌다.

"아빠가 하라는 대로 할게."

새하얗게 웅크린 딸은 바람만 불면 날아갈 것 같았다. 아니, 그의 큰 콧바람 한 번에도 날려갈 것 같았다. 태출은 부르르 떨었다.

"내가 된다고 할 때까지 집 밖에 나오지 마라. 빨래도 필요 없고 밥도 할 필요 없어! 꼼짝도 하지 마!"

"네……."

솔은 시무룩하게 대답했다. 딸이 그렇게 순순히 수긍해 버리자 태출은 오히려 할 말을 잃었다.

"분명히 말했다! 아주 이번에도 말 안 듣기만 해 봐. 머리를 밀어 버릴 테니까!"

"네에에……."

"밥이나 먹어!"

태출이 씩씩대며 밖으로 나갔다.

미음은 꺼끌꺼끌한 것이 목으로 넘어가지도 않았다. 솔은 숟가락을 내던지곤 다시 벌렁 드러누웠다. 콧물을 훌쩍 들이키며 그녀는 생각했다.

지금은 아빠의 눈치를 봐야 할 때였다. 그녀는 죽은 듯이 조용히 지낼 생각이었다. 하룻밤만에 반쪽이 된 태출의 얼굴을 보니 자기도 마음이 좋지 않았다. 하지만 그렇다고 물러날 수는 없었다.

다음 독경회까지는 시간이 남아 있었다.

그리고 그녀에게는 태출을 꺾을 무기가 있었다.

숨만 겨우 쉬며 지내는 하루하루가 지났다. 솔은 태출의 말대로 정말 몸에 먼지가 쌓이도록 꼼짝도 하지 않았다. 그저 머리만 깨지도록 굴릴 뿐이었다.

그러면서도 매일 아침 그녀는 간절히, 간절히 바랐다. 오늘은! 오늘은 꼭……!

마침내 그날이 왔다.

대문간을 기웃대는 낯익은 발걸음 소리.

드디어!

솔은 방문을 박차고 나섰다.

***

검은 지면과 평행하게 떠 있었다. 체격에 맞추어 만든 검은 흔히 보는 것들보다 더 길고 그만큼 더 무거웠다. 칼자루를 쥔 손목에 힘줄이 곤두섰다. 검을 든 것은 오른손만이었다. 단단한 근육질의 팔은 직선으로 뻗어, 틀어쥔 검의 무게를 버티고 있었다. 오랜 기간 숨 쉬듯 수련하고 담금질한 몸은 더하고 뺄 것 단 하나 없이 균형 잡혀 있었다. 정오의 햇빛이 드러난 상체에 맺힌 땀방울 위로 부서졌다.

옆으로 선 민훈은 어깨 너머로, 팔의 연장이나 된 듯 길게 뻗은 검을 노려보고 있었다. 검 끝은 곧았다. 다만 굳건하지 않았다. 미세하게 진동하던 검은 진폭이 점점 커지다 끝이 휘청이기 직전에 반대쪽 손이 낚아챘다. 허공을 반호로 가르고 내려지는 검. 그 검신에 한순간 반사된 자신의 얼굴이, 채란은 마음에 들지 않았다.

민훈은 빈 오른손을 들여다보고 있었다. 그 눈에 일렁이는 것은 분노였다.

"잘라내 버릴 기세십니다."

민훈은 눈만 돌려 채란을 노려보았다. 대청마루 끄트머리에 앉아 있던 그녀는, 장죽 끝을 딱 씹고는 말을 이었다.

"필요 없으시면 절 주시지요."

"언제부터 있었나."

"나리께서 백루루 뒷마당을 수련장으로 삼아야겠다 작정하신 그 순간에 이미 여기 앉아 있었습니다. 가끔은 주변을 둘러보시는 게 어떨지요?"

당연히 거짓말이었다. 민훈은 대꾸 없이 그녀에게 다가왔다. 채란의 눈은 점점 다가오는 그의 몸에서 떨어지지 못했다. 기적에 이름을 올린 지도 오래였다. 사내는 이골이 날 정도로 여럿 겪어 보았고 그들에 대해서라면 머리끝부터 발끝까지 모르는 것이 없다고 자신했다. 그녀에겐 모든 밤이 권태였다. 하지만 이 남자라면…….

그날, 속곳 차림에 맨발로 그 피에 젖은 품에 뛰어든 후부터 오늘 이 순간까지 여러 날을 이 남자와 함께해 왔다.

일말의 기대는 언제나 있었다. 연주 최고의 미색으로 이름을 날리던 그녀가 아니었던가. 이곳, 그 대단하다는 한양의 백화루도 그녀가 문을 두드리자마자 제일 큰 방을 바로 내놓았을 정도 아닌가.

그녀는 자신이 있었다. 그런데 그는 정말로 그녀의 손끝 하나도 건드리지 않았다.

민훈은 그녀를 지나쳐 대청 반대편에 벗어 뒀던 상의를 집어 들었다. 채란의 입에서 짧은 한숨이 샜다.

다른 기녀들은 둘 사이를 터무니없이 넘겨짚고 있었다. 그것에 토를 달지 않는 것이 그녀의 자존심이었다. 그리고 그가 원하는 이상 그가 필요로 하는 정도의 거리를 유지하는 것도 그녀의 자존심이었다.

"전보다는 많이 나아지신 것 같지요."

대답이 없었다.

"역시 여자 때문일까요?"

채란은 오늘 자존심을 꺾기로 했다.

머리끝이 쭈뼛 서게 만드는 눈빛이 채란을 꿰뚫었다. 그녀는 고개를 돌려 그 시선을 피했다.

"계신 방 창밖은 화초는커녕 풀 한 포기 없는 뒷마당 아닙니까. 무엇 볼 것 있다고 사흘을 매양 쳐다보고 계셨을까요? 다른 누구를 거기 세워 놓고 보고 계셨던 것 아니겠습니까."

"……."

"하시는 일과 관련된 사내라면 거기 앉아 계실 시간에 뛰쳐나가 족치셨을 것이고, 아니라면 제게 하명하실 일이 많으셨을 텐데 아니었지 않습니까. 쇤네 궁금해지는군요. 도대체 어떤 아씨께서 나리가 그런 눈을 하시게 만든 것인지. 나리가 그렇게 조급하게 검을 드시게 만드는 것인지 말입니다."

민훈의 입에서 짧은 웃음이 샜다. 베일 듯한 실소였다.

"그런 식으로 보이나?"

"쇤네 질투가 일 정도입니다."

민훈은 무슨 소리냐는 듯 한쪽 눈썹을 들어올렸다. 그는 정말로 이해하지 못하고 있었다. 채란은 어쩔 수 없이 웃었다. 어깨를 으쓱하며 가볍게 손사래를 쳤다.

"농이 지나쳤군요. 날이 너무 좋기에 그만."

"부탁한 일은 어떻게 되어 가는가."

"열심히 수소문하고 있으나 별로 눈에 띄는 점이 없습니다. 그저 시전에서 일하는 보통의 아낙들이고, 충이라는 사내는 작년 말에 그 집에 세 들기 시작한 것 말고는 더 아는 바들이 없더군요."

"그 집은?"

"시전 연합에서 짐꾼들 숙소로 운영하고 있는 집인데 사실상 누구나 쉽게 들고날 수 있다 합니다. 다른 이야기들이 더 들어오면 또 말씀드리지요."

"수고했네."

"말씀만 마시고……."

채란은 무릎에 올린 팔에 턱을 괴고는 미소를 지었다. 붉은 눈가와 입술은 아찔하게 매혹적이었다.

"오늘 밤엔 제가 한 잔 올리게 해 주시겠습니까?"

"달아 두게."

"매번 너무 미루십니다. 벌써 외상 장부도 두 권째인 것을."

민훈이 관심 없다는 듯 검만 갈무리했다.

"유념하지."

"나중에 어찌 한 번에 갚으시려고……."

채란은 치마를 털며 일어났다.

"오늘은 나가신다 하셨지요? 잘 다녀오십시오."

"자네도 고생하게."

둘은 짧게 인사하고 돌아섰다.

채란이 진보라색 치맛자락을 끌고 사라지자 민훈은 찬물로 몸의 식히고 옥색 도포를 찾아 둘렀다. 소맷자락을 들추어 손등과 팔뚝의 상처를 확인하는 것도 잊지 않았다. 상처는 벌써 거의 흐릿해져 있었다. 겉보기보단 얕은 상처였다.

"……."

숨길 상대도 없는데, 무엇하러 확인하는가.

딱딱하게 굳어 있던 입가가 묘하게 뒤틀렸다. 그는 버릇처럼 창밖으로 시선을 던졌다. 채란의 말처럼 그곳엔 아무 것도 없었다. 흙바닥에 듬성듬성 자란 잡초, 높은 담이 전부인 풍경.

사흘이나 보고 있었던가. 자각하지 못했다. 그저 생각을 정리하고 있었을 뿐이었다. 지금까지의 일과, 앞으로의 일들을. 그가 주워 모은 단서들과, 놓쳐 버린 단서들과, 포기한…… 포기한 단서들을.

그 검은 계곡물…….

민훈은 자기도 모르게 주먹을 틀어쥐었다. 그 섬뜩하게 고요하던 검은 물 밑에, 하얗게 떠 있던 그녀. 저고리 벗겨진 맨 어깨로 바들바들 떨면서도 빛을 잃지 않던 그 커다란 눈. 그 눈이 일그러지던 그 순간.

그리고 바닥에 웅크리고 앉아 울먹이던 그 목소리.

제가 잘못했어요…… 미안해요.

망가진다. 틀림없이. 더 이상 함께했다간 이 여자, 분명히 망가져 버릴 것이다. 내가 그렇게 만들 것이다.

무슨 상관이야?

이 여자가 얼마나 유용한지 잊어버린 거야? 너 혼자선 한 달이 걸려도 못 찾아 냈을 것을 하루 이틀만에 태연히 찾아 들고 오는 여자라고? 자기가 먼저 돕겠다고 했잖아. 그냥 그대로 풀어 놓기만 하면 된다고. 뭐가 문제야?

머릿속의 보다 똑똑한 한 부분이 끊임없이 항변했다. 옳은 말이었다.

그녀의 집으로 돌아가는 길은 유독 길었다. 젖은 옷을 그대로 입고 있어 좋을 일은 없지만, 차마 그 무명치마를 벗기는 짓은 할 수 없었다. 고민은 길었다. 그는 본래 입고 왔던 자신의 연자색 도포를 겉에 입히고, 노숙할 때 쓰려 함께 챙겨 왔던 모포를 한 번 더 감싸 둘러주는 것으로 타협하기로 했다. 의식이 전혀 없었기에 안고 말

에 오를 수밖에 없었다. 한쪽 어깨에 고개를 기대게 한 채 고삐는
한 손으로 쥐고 천천히 말을 몰았다.

먼 길과 긴 시간. 번민하기에 충분한 여유였다. 새근새근 목에 와
닿던 얕은 숨결. 그 감각만이 온전히 지배하는 시간이었다.

역시 포기할 수 없다. 조금만 더 신경을 쓰면 충분히 안전하고
만족스럽게 이 여자를 이용할 수 있을 것이다.

그런 결론이 스멀스멀 고개를 쳐들 때 즈음에 솔이 그의 품을 파
고들었다. 놀라서 등이 뻣뻣이 굳었다. 어린 강아지처럼, 목깃을 코
로 비비고 들어오며 가늘게 신음소리를 흘리던 그녀.

바로 턱 밑에 그녀가 있었다. 그는 홀린 듯 그 이마와 속눈썹을
내려다보았다. 열이 오르는 것일까. 상기된 볼로 그의 가슴을 꾹 누
른 채, 솔은 움찔 떨었다. 반사적으로 팔에 힘이 들어갔다. 두 몸이
더 밀착됐다. 찬 밤바람 한 올도 스밀 틈 없이.

숨을 들이마시고 내쉴 때마다 부풀었다 내려앉는 가슴. 그녀의
몸을 단단히 끌어안은 민훈에게도 그 움직임이 온전히 느껴졌다.
어느새 그도 같은 속도로 숨 쉬고 있었다. 그녀의 이마 위에 턱은
얹은 채 그는 생각했다.

열이 나는 게 맞았다. 그에게까지 열기가 스미고 있질 않은가. 정
말로 손이 많이 가는 여자였다.

……방해가 될 것이다. 이 여자, 또 매번 끼어들어서는 사람을 죽
이면 안 되니 다치게 하면 안 되니 훼방을 놓을 테니까. 그리고 그
런 주제에 이런 식으로 상해서 그의 시간을 빼앗을 것이다. 그러니

까, 쳐내야 한다. 쳐내는 것이 맞다.

그는 옳을 것이었다.

민훈은 검 대신 부채를 들었다. 오늘도 적진으로 들어가는 날이었다. 저승사자가 아니라 서민훈의 몸으로. 그리고 이번엔 이솔과 함께가 아니라 혼자서. 그는 잠시 눈을 감았다가, 결심한 듯 문을 열고 나섰다.

***

"고마워요, 오라버니."

"내가 잘하는 짓인지 모르겠다. 그냥 모르는 척 하고 지나칠걸."

"그렇게 대놓고 남의 집을 기웃거려 놓고 지나치기는 뭘 지나쳐요……."

현은 부채로 얼굴을 가리고 헛기침을 했다. 솔이 공연히 길바닥을 구르는 돌멩이 하나를 뺑 걷어찼다.

"오라버니 안 오셨으면 전 이 달 내도록 갇혀 있었을 거라구요."

요즘 통 솔이 눈에 띄질 않자 걱정이 되어 찾아온 현이었다. 태출도 집에 있는 때였다. 그는 밭일도 건성으로 하며 오직 딸을 감시하는 데 혈안이 되어 있었다. 때문에 이 순수하고 단순한 남자는 '무슨 문제라도 있습니까?'에 대한 대답을 미처 준비하지 못한 상태였다.

대답은 문을 박차고 나온 솔이 했다. 아무 문제없어요! 아버지의 불타는 눈길은 못 본 척 했다. 태출도, 외간 남자 앞에서 그날 밤 있었던 일을 입에 올릴 수는 없을 것이었다. 생각대로였다.

현은 잠시 말문이 막혔다. 솔이 아버지 등 뒤에서 열심히 수신호를 보내고 있었던 것이다. 어릴 적 하던 그대로. 그래서 현은 그녀의 뜻대로 '어, 솔이 좀 빌려 가야……', '꼭 도움 받을 일이 있어서……', '웬만하면 혼자 해결해 보려 했는데 안 될 것 같고……', '일찍 돌려보낼 것' 등등을 더듬더듬 주워섬겼다.

태출은 안 된다고 외쳤다. 굉장한 기세였다. 때문에 그는 자기 목소리에 자기가 당황해 버렸다. 도련님이 창백해진 얼굴로 눈을 깜박이자 더더욱 당황하고 말았다. 더 이상 수상하게 보일 수는 없었다. 그렇게 그는, 딸의 첫 외출을 허락하고 말았던 것이다. 현이 집까지 책임지고 끌고 와 준다는 조건을 달고서.

"이유 없이 그러시겠나. 네가 잘못한 게 있겠지, 분명."

"흠흠. 틀린 말씀은 아니네요."

"그나저나 도성 안엔 무슨 일로 가자는 것이냐? 병판 댁에 볼일이 있는 것 같진 않다만."

"아, 그건……."

솔은 태출과는 달랐다. 그녀는 며칠 동안 열심히 생각해 둔 이야기를 술술 풀어냈다.

"실 가게 할머니 소개로 여인네들 공부방을 알게 됐거든요. 거기서 같이 책도 읽고 이야기도 하고 하는데 사실 오늘이 그 모임 날이에요."

거짓말은 하나도 없었다.

"그렇구나. 책은 좋은 것이지. 혼자 읽는 것도 좋지만 좋은 경구를 함께 나누고 같이 생각하다보면 더 깊은 이치를 깨칠 수 있는 법이다. 잘된 일이구나."

그 책이 사교의 경전입니다…….

양심에 찔렸지만 어쩔 수 없는 일이었다.

"오라버니는 안 읽으신 책이 없지요?"

현은 슬쩍 웃으며 그녀의 시선을 피했다.

"그럴 리가. 노력은 한다만 천성이 게을러 그리 많이 읽어 보지는 못했다. 내 또래의 남들보다는 아주 조금 더 많이 읽은 편이긴 하다만."

"그럼 공맹의 도가 아닌 책들도 읽어 보셨어요?"

"다른 방법으로 만물의 이치를 다룬 책들도 많지. 나는 수를 다루는 것이 재미있더구나."

"음……."

"도리와 이치에서 벗어난 것만 아니라면 한 번쯤은 읽어 봄 직하다. 그것을 벗어나 버리면…… 모르겠구나. 나는 내키질 않는다."

도리와 이치.

지금 그녀가 보려는 책이 바로 그 도리와 이치를 바닥부터 뒤틀고 있는 책 아닌가. 솔이 생각하는 것을 현이 알게 된다면…… 솔이 지금부터 확인하려는 것이 현의 귀에 들어가게 된다면, 현은 그녀를 어떤 눈으로 보게 될까.

솔은 고개를 저었다. 생각하고 싶지도 않았다.

"괜찮으냐?"

"네, 네! 아, 저기예요!"

어느새 시전 골목의 초입이었다.

"한 시진 정도 걸릴 텐데 도련님은……음…….

"내 볼일 보면서 기다리마. 신경 쓰지 마라. 이따 이곳에서 다시 만나면 되겠지?"

"네."

"그래. 그리고…….

"네?"

"사고치지 마라. 믿는다."

"……네."

멀어져 가는 현을 열렬히 배웅한 후, 솔은 팔을 내렸다. 옷깃을 죽죽 당겨 정리하고, 어깨도 들었다 내렸다 하고는, 심호흡을 했다. 마지막으로 손바닥으로 양쪽 볼을 짝 소리 나게 쳤다.

"좋았어."

그녀는 태연하게 대문을 밀었다. 마당에는 아무도 없었다. 이미 시작해 버린 모양이었다. 방 안에서 사람들의 말소리가 새어나오고 있었다.

"안녕하세요…… 헤헷."

조심스럽게 문을 열었더니 호들갑스러운 환영이 쏟아졌다.

"아이고, 이제 왔니? 안 오는 줄 알았는데."

"어서 들어와. 여기 떡 좀 먹어!"

반겨 주는 목소리는 언제나 감사했다. 솔은 냉큼 들어와 앉았다. 그리고 가운데 놓인 떡 바구니에 손을 뻗으며 주변을 쓱 훑었다.

낯익은 얼굴들. 낯익은 얼굴 하나, 둘, 셋…….

뒤통수가 따가웠다. 솔은 콩고물 묻은 떡을 입 안에 밀어 넣고 그쪽을 돌아보았다. 스치면 베여 피가 날 듯한 시선을 온몸으로 받으며 솔은 히죽 웃었다. 이미 각오하고 왔던 바였다.

서민훈.

깨진 가면 같은 얼굴을 하고 그가 그곳에 있었다.

"안녀하세여?"

솔은 우물거리며 인사했다.

"안……!"

민훈은 차마 말을 못 잇더니 자리에서 벌떡 일어났다. 사람들 시선이 그쪽으로 쏠렸다.

"나와라."

"네? 왜요?"

솔은 눈을 동그랗게 뜨고 대꾸했다. 쉽게 움직여 줄 생각은 전혀 없었다. 그녀의 고집이 어느 수준인지는 민훈도 아주 잘 알고 있었다. 그래서 그는 말없이 그녀의 소맷자락을 낚아채고 방 밖으로 나섰다.

"아니, 어……! 먼저들 시작하세요. 저흰 잠깐만……!"

솔은 해맑게 웃으며 끌려 나갔다. 의아해하던 사람들은 나름대로 결론을 내린 듯했다. 그들은 점잖게 둘에게서 눈을 돌렸다.

　마당은 텅 비어 있었다. 민훈은 제일 구석의 죽은 나무 뒤쪽까지 단번에 가로질렀다. 보폭의 차원이 다른 둘이었다. 솔은 달리다시 피해 끌려가선, 그가 손을 놓자 돌담에 등을 부딪쳤다.

　"윽!"

　이 나리님 진짜!

　그보다, 어디로 내빼지?

　그리 생각하고 옆을 곁눈질하는 순간, 민훈의 손이 콱 소리 나게 솔의 머리 바로 옆 벽을 찍었다.

　……갇혔다.

　민훈은 그렇게 그녀를 벽과 나무와 자기 몸 사이에 가둬 놓고 으르렁거렸다.

　"제정신이냐? 여기가 어디라고 다시 돌아와?"

　"어, 자주 받는 질문인데 매번 말씀드리지만 전 제정신이구요."

　식은땀을 흘리면서도 솔은 헤실 웃었다. 소름이 끼칠 정도의 위압감이었다. 하지만 어째서인지 그렇게 두렵진 않았다. 한 번 죽을 뻔해 봐서 담이 커진 덕일까 생각하며 솔은 어깨를 으쓱 했다.

　"오늘은 제 볼일로 온 것이라 차사님께 전할 이야기는 없네요. 그런데 무슨 일 있으세요, 나리? 왜 이렇게 화가 나셨지."

　정말 궁금하다는 투로 묻고 있었다. 민훈은 머리가 핑 돌았다.

　"겁이 없는 것도 정도가 있지! 그런 일을 겪고도 다시 올 마음이 든다고?"

"그, 그런 일이라니…… 차사님이 나리께 벌써 미주알고주알 다 일러바치시던가요? 어디까지 들으신 거예요?"

"어디까지라니, 전부 다다."

"아, 다 들으셨구나."

솔은 고개를 끄덕였다. 끄덕이다가, 하얗게 질렸다.

"다, 다요……?"

솔의 얼굴이 이번엔 새빨갛게 변했다. 부들부들 떨기 시작하는 그녀를 보며 민훈은 고개를 갸우뚱했다.

"그 사람, 자기 입으로 외간 처자 입술 빼앗고 옷 벗긴 것까지 남한테 다 말했다구요?!"

"그런 것 아니었잖냐!"

내가 뭘 어떻……! 그런 것 아니었잖아! 숨 넘어 갈 뻔한 걸 살려줬더니 무슨 소리야, 이 여자. 그리고 그걸 왜 자기 입으로 말해?

"아니긴요! 나리께서 어떻게 그렇게 잘 아신다고!"

나니까……! 내가 너보다 더 잘 알고 있는 것 같은데 말이다!

목 끝까지 올라온 말마디를 이를 악물고 삼켰다.

안 돼. 또 휘말리고 있다.

민훈은 침착해지려고 노력했다. 파르르 떨고 있는 솔을 무시하고 그는 마음을 가라앉혔다. 한참 침묵한 후에야 겨우 평상시의 목소리로 말할 자신이 생겼다.

"아니라면 아닌 것이다. 착각하나 본데, 네가 저승사자 눈에 들만큼 대단한 줄 아느냐. 정신 차려라."

"그……!"

솔은 어금니를 뿌득 갈았다.

"제가 생각보단 볼거리가 좀 있습니다?!"

"더 크게 소리 질러야지. 그 정도로 외쳐서야 시전 바닥에 소문이 나겠느냐!"

"으윽."

그 말에 솔이 겨우 입을 다물었다.

왜 이야기가 이런 쪽으로 흘러가는가. 그날 일이 얼마나 많았는데 제일 먼저 떠오른다는 게 고작……!

민훈은 고개를 저어 잡생각을 떨쳤다.

"여튼, 너는…….'

"네에에…….'

"말을 끝까지 듣…….'

"저, 나리."

솔이 갑자기 어깨를 떨어뜨리고 목소리도 죽이며 입을 열었다.

"정말 제가 하는 이야기, 차사님께 그대로 전해 주실 수 있는 건가요?"

풀죽은 목소리와 안 어울리게 솔의 눈은 민훈을 똑바로 올려다보고 있었다. 민훈의 눈썹이 꿈틀 했다.

"제가요, 방에 갇혀서 오랫동안 생각해 봤거든요. 놀라서 잘 기억은 안 나지만 생각나는 그날 일들, 열심히 짜맞추고…… 괜히 울렁거리는 속도 열심히 해석해 봤거든요. 그리고 어젯밤에 결론을 내렸어요."

솔은 검지 끝으로 옆머리를 긁었다.

"감사했다고 전해 주세요. 어차피 그날도 절 구하러 오신 게 아니라 그 아저씨를 잡으러 오신 것이겠지만 덤으로 목숨은 건졌으니까."

"……."

그게 아니었다. 그때 나는…….

민훈은 입을 꾹 다물었다.

"되게 무서웠는데. 꼼짝없이 이대로 죽는구나 했었는데 누가 온다는 소릴 들으니 눈물이 나더라구요. 물 밑에서 뵈었을 땐 정말…… 뭐, 이게 중요한 건 아니겠죠. 사실 감사하다는 말씀보단 죄송하다는 말씀이 듣고 싶으실 것 같아요. 그렇겠죠? 저 때문에 그 아저씨, 뻔히 다 잡아 놓고도 놓쳤으니까. 고의는 아니었어요. 그때는…… 참고 볼 수가 없었어요. 그러면, 그러시면 안 될 것 같은…… 말로 설명이 안 되네요."

솔이 길게 한숨을 내쉬었다. 다음 순간, 그녀의 눈빛이 변했다.

"그런데."

민훈은 자기도 모르게 고개를 뒤로 뺐다. 솔이 불쑥 한 걸음 내딛으며 얼굴을 들이댔던 것이다.

"그렇다고 이런 식으로 나와요? 제가 지금까지 차사님을 도와드린 게 얼만데! 그 시문도 제가 동이한테서 받아온 것이고, 말씀대로 무명암 감시도 해 드렸고, 멋없이 갇히신 것도 제가 도와 드렸고……! 이 집도 제가 찾았고! 열심히 미끼가 되어서 그 아저씨도 낚아 드렸고!"

……갇혔을 때 빠져나오게 도와준 건 아니잖아. 그건 빼야지.

민훈은 무심결에 입을 벌렸다. 솔이 더 빨랐다.

"그런데 이번에 한 번 방해했다고 절 그렇게 내쳐요? 필요할 땐 실컷 이용해 먹다가, 실수 한 번 하니까 헌신짝처럼 버리네? 못해도 세 번의 기회는 줘야지, 사람이 덕이 없어! 어쩌면 그렇게 매몰차데요?"

"뭐?"

"어떻게 사람이 실수를 안 할 수가 있냐구요! 그런 걸로 사람 버리면 안 되지!"

그녀는 진심으로 화를 내고 있었다.

아니, 그런 이유가 아니었다. 왜 그런 식으로 해석되는 거냐. 어째서 네가 화를 내지? 걱정되어서 그런 것이라는 생각은 왜 못 하는 거야?

……걱정?

민훈이 자기 생각에 놀라 얼어붙어 있을 때, 솔이 손가락으로 그의 가슴을 쿡 찔렀다.

"똑바로 전해요. 그렇게 날 내치고 싶으면, 좋아요. 떨어져 드릴 수 있어요. 하지만 적어도 내가 그동안 도운 만큼은 날 도울 생각하라고 해요. 그게 도리니까."

"도리?"

"네. 도리요. 그리고 착각하지 말라고 하세요. 제가 여기 온 건 차사님 도우려고 온 게 아니니까. 저도 제 일이 있어서 이곳, 파 봐야겠으니까 도울 테면 돕고 싫으면 방해는 말라고 전하세요. ……정말! 제가 그쪽 종이라도 됩니까! 시키는 대로 도와줬더니 끝까지 자기 마음대로 네, 네 할 줄 알아? 웃기시네, 하하하하!"

배를 잡고 호탕하게 웃는 솔이었다. 온 마당을 울리던 웃음소리는 한참만에 점점 줄어들더니 소심하게 사그라졌다.

제정신이 돌아오는데 딱 그만큼의 시간이 걸린 것이다.

눈앞의 남자는 새하얗게 질린 얼굴로 굳어 있었다. 천년 이무기라도 눈앞에서 본 듯한 표정이었다.

"……라고, 전해 주시면 됩니다. 나리……."

솔의 얼굴도 창백해졌다. 어마어마한 짓을 저질러 버렸다는 확신이 들었다. 그녀는 뒤늦게 식은땀을 뻘뻘 흘리며 공손히 손을 모았다.

"나리께 드린 말씀은 아니구요……."

대답이 없었다. 상대는 돌덩이라도 된 것처럼 꼼짝도 않았다.

솔은 눈을 질끈 감았다. 슬금슬금 허리를 숙여 그 팔 밑을 빠져나왔다.

"그럼 이만."

그리고 있는 힘껏 집 쪽으로 내뺐다. 뒤를 돌아 볼 엄두는 나지 않았다. 다행히 고관대작 자제분의 호통소리가 이어지진 않았다.

솔은 신발을 내던지듯 벗고 방 안으로 뛰어들었다.

"이제 와? 무슨 일 있어?"

"아니에요."

솔은 벌렁대는 가슴을 누르며 자리에 앉았다. 실 가게 노인이 묘한 미소를 지었다.

"조심하거라. 아무래도 신분 차가 있으니까 좀……."

"히이익! 그런 거 아니에요!"

미쳤다. 어느 안전이라고…… 평소엔 그렇게 쩔쩔맸던 주제에 저승사자 이야기가 나오자 눈이 돌아가 버리다니. 도대체 무슨 짓을 한 거야?

솔은 자기 머리를 마구 쥐어박고 싶었다. 보는 눈이 너무 많아 참아야 했지만.

"아, 솔이 낭자."

오늘도 한 손으로 책을 말아 들고 있던 시백이었다.

"혹시 충이 아저씨 소식 모르십니까. 며칠째 보이질 않아 모두 걱정하던 중이라."

"예? 모르겠는데요?"

목소리가 갈라졌다. 그때 다시 문 열리는 소리가 들렸다. 솔은 열심히 딴 생각을 하며 뒤돌아보지 않으려 노력했다. 불안한 걸음소리가 이어진 후에, 등 뒤 저편에서 털썩 주저앉는 소리가 들렸다.

"나리께서는 충이 아저씨 이야기 들은 바 없으십니까."

"없다."

비밀은 그들만의 것이었다.

이제 그만 정신 차리자. 이럴 여유가 없어. 솔은 옷 아래로 숨긴 주먹을 꼭 움켜쥐었다.

솔은 열심히 사람들을 곁눈질했다. 모두들 정말 그를 진심으로 걱정하고 있었다.

다들 선하고 약한 사람들로 보이지만…… 또 이중에 나를, 저승사자를 노리는 사람이 있지 않을까? 나는 또 호랑이굴로 기어들어 온 것이 아닐까. ……어쩔 수 없다. 호랑이를 잡으려면 호랑이굴로 들어가는 게 당연하니까.

"그런데 혹시 책…… 한 권 더 얻을 수 있을까요? 지난번에 주신 것, 잃어버려서요. 죄송해요."

오늘 이곳에 온 목적 하나. 자하세경을 다시 손에 넣는다.

시백이 고개를 기울이더니 들고 있던 책을 내려놓았다.

"여분은 많으니 상관없지만…… 어쩌다가 잃어버렸습니까? 무슨 일이라도 있었던 거예요?"

"아아니요! 그냥 제가 좀 건망증이 심해서. 집에 가는 길에 어디 들렀다가 놓고 와 버렸지 뭐예요. 앞으론 주의할게요."

별 탈 없이 새 책이 손에 들어왔다. 솔은 만면에 웃음을 띠고 두 손을 책을 받았다.

여기서부터 시작이었다. 저승차사 나리께서 어떻게 방해를 하시든 간에 그녀의 일은 오늘부터 시작될 것이었다.

독경회가 다시 이어졌다. 여전히 원론적인 좋은 이야기들이었다. 솔은 고개를 주억거리며 그 모든 이야기들을 한 귀로 듣고 한 귀로 흘렸다. 그녀가 원하는 것은 이런 이야기들이 아니었다.

더 앞쪽.

한참 더 앞쪽.

다른 사람들은 당연하게 가장 먼저 머리에 새기고 그저 지나갔을 부분.

이 자하원의, 그들 세상의 시작에 대한 이야기가…….

"다음은 누가 먼저 공부해 올 차롄가?"

"갑희네가 하지, 그래."

"또요? 그러죠 뭐."

사람들은 어느새 다음 모임의 계획을 잡고 있었다.

오늘 이곳에 온 목적 둘. 찾는다.

"저도 언젠간 해 보고 싶어요. 재미있어 보여요."

"오, 솔이가?"

"그런데 워낙 아는 게 없어서. 헤헤……."

솔은 뒷머리를 긁으며 혀를 내밀었다.

"어느 분께서 제일 많이 아세요? 실례 무릅쓰고 스승님으로 모시고 싶은데."

사람들이 왁자하게 웃었다. 신입의 열정이 대견한 모양이었다. 그러면서도 그들의 시선은 한 곳으로 모이고 있었다. 그 끝에서 시백이 난감한 듯 웃었다.

"왜 다들 저를 보십니까?"

찾았다.

"나리. 부탁 좀 드려도 될까요? 전 이 앞부분은 전혀 배우질 못해서요. 혼자서 공부하긴 너무 어려울 것 같은데 괜찮으시면 도움을 좀……."

"저야 어려울 것 없지만……."

시백은 또 버릇처럼 갓 끄트머리를 만지작거렸다.

"에에이, 나리! 뭘 그리 빼십니까. 그냥 그러겠다고 하세요."

"그려! 할 일도 없으면서 매양 바쁜 척을 해."

연배 있는 쪽에선 이런 반응들이었다. 시백은 당황한 듯 고개를 저었다.

"그게 아니잖습니까. 다 큰 남녀가 함부로 어울렸다가 안 좋은 소문이라도 나면 어떡하려고들 그러세요. 솔이 씨가 곤란해지십니다. 아닌 말로 혼삿길이라도 막히면……."

"괜찮아요!"

"네? 막혀도 괜찮아요?"

"아니, 안 돼요! 그게 아니라!"

솔이 허둥지둥하는 사이 또 한바탕 웃음이 휩쓸고 지나갔다. 시백은 결국 긴 한숨을 내쉬며 눈을 감았다.

"어쩔 수 없지요. 꼭 필요하시다면 찾아오셔도 괜찮습니다. 이 옆방에 세 들어 있으니 언제든 찾아주세요. 여기저기 돌아다니는 곳이 많아서 자리를 비울 때도 있긴 하지만…… 연이 맞으면 만나겠지요."

"그 연, 꼭 맞을 거예요."

솔이 눈을 반짝이며 말했다.

***

다음 모임 날짜가 정해졌다. 이번엔 꽤 넉넉한 여유기간이 있었다. 솔은 그 일정이 아주 마음에 들었다. 그 사이에 이곳에 다시 들러 윤시백이라는 저 남자에게서 원하는 것을 얻고, 이 모임을 지속할 것인지 빠져나올 것인지를 천천히 결정하면 될 듯했다.

하지만 그 전에, 이곳을 잘 빠져나가는 일이 우선이었다.

"할머니, 같이 가요."

솔은 공연히 실 가게 노인의 팔짱을 꼈다. 부축을 겸한 친근한 치댐에 노인은 미소를 지었다.

"그래, 그래. 이제 가자."

뒤쪽의 민훈은 움직일 기색이 없었다. 저쪽이 먼저 나가면 여기서 아주 천천히 뭉그적거리다 갈 셈이었는데 이래서는 틀렸다. 차라리 얼른 먼저 자리를 뜨는 것이 낫겠다 싶었다. 솔은 노인의 반대편에 서서 문 쪽으로 향했다.

다행히 그는 솔을 붙잡지 않았다. 하다못해 쳐다보지도 않았다. 마당으로 내려온 솔은 참았던 숨을 내쉬고 겨우 긴장을 풀었다.

"왜 따로 가?"

"왜 같이 다녀야 되는데요?"

솔이 기함하자 노인은 의미심장하게 웃었다.

"아니면 말고, 뭐."

"아닙니다. 절대. 그런 거."

온몸에 소름이 끼칠 지경인데 왜 남들 눈엔 이게 웃기게 보이는 걸까. 사람 속도 모르고.

솔은 속으로 투덜거렸다.

대문 밖에 낯익은 그림자가 늘어져 있었다. 솔의 얼굴이 환해졌다. 현도 조용히 입꼬리를 올렸다.

"오라버니! 오래 기다리셨어요?"

"아니다. 나도 금방 왔다."

현은 솔의 팔짱을 보고는 노인에게 가볍게 목례했다. 노인은 어리둥절한 표정으로 그 인사를 받았다. 누가 봐도 양반인 이 청년과 솔의 '오라버니'라는 호칭을 도무지 연결시킬 수 없었던 것이다.

"이제 가도 되겠느냐?"

"네! 얼른……."

끼이익 하고, 다시 문이 열리는 소리가 났다. 순간 솔은 뒤도 돌아보지 못하고 바짝 얼어붙었다. 안 봐도 그게 누구인지 본능으로 알 수 있었다.

솔의 변화에 놀란 현이 고개를 갸웃했다. 그의 시선이 솔의 등 너머로 향했다. 거의 동시에, 그는 펼친 부채로 얼굴을 가렸다.

툇마루에 젊은 남자 하나가 서 있었다. 현과 비슷한 연배로 보이는 그는 값비싸 보이는 좋은 옷을 입고 있었다. 구겨진 곳 하나 없는 흑립도 꽤나 고급이었다. 남들보다 한참 더 큰 키와 중량 있는 곧은 자세가 무척 눈에 띄었다. 전혀 다른 체형이지만, 어째서인지 석도가 떠올랐다.

무엇보다도 저 공허한 듯 날카로운 눈빛이 인상적이었다. 인상적이다 뿐이랴, 현은 그 눈빛이 아주 신경 쓰였다.

그가 그들 쪽을 뚫어지게 노려보고 있었던 것이다.

"가, 가지요. 오라버니, 할머니."

솔은 허둥지둥 앞장을 섰다. 현은 가볍게 손을 들어 그녀의 행동을 막았다.

"으아, 왜……?"

"괜찮다."

남자는 마당을 가로질러 이쪽으로 다가오고 있었다. 현의 눈도 흔들림 없이 그의 얼굴에 고정되었다. 솔이만 안절부절 이러지도 저러지도 못하고 발을 굴렀다. 하지만 현은 말없이 그녀를 그 자리에 못 박아 둘 뿐이었다. 좁혀지는 거리만큼, 공기도 팽팽히 날이 섰다.

남자의 발이 대문간에 닿았다.

현은 눈을 가늘게 떴다. 손을 옆으로 뻗었다. 남자의 걸음을 방해 말라는 듯, 팔로 솔을 거두어 자신의 등 뒤로 몰았다.

시선이 빗나갔다. 그의 눈길은 현의 눈에서 현의 팔로, 다시 현의 눈을 거치더니 앞쪽 길로 슥 날아갔다. 남자가 그들을 지나쳤다. 옥색 도포자락이 시야에 휙 하니 떠올랐다가 미끄러지듯 사라졌다. 그는 큰 걸음으로 멀어져 갔다.

"......."

현은 부채를 접었다. 그의 눈은 남자의 뒷모습이 완전히 사라질 때까지 그 등에서 떨어지지 않았다.

솔이 조심스럽게 입을 열었다.

"오라버니?"

"이만 갈까, 솔아?"

그의 얼굴에 다시 미소가 떠올랐다.

"제가 여기서 데려가도 되겠습니까, 어르신?"

"어어, 물론입지요, 나리."

노인이 눈을 껌벅이며 대답했다.

"가자."

현은 대답도 듣지 않고 앞서 걸어갔다. 솔도 급히 노인에게 인사하고 그 뒤를 따라 달렸다. 곁에 따라붙은 솔이 열심히 현의 눈치를 보기 시작했다.

"오해하지 마세요. 그게, 원래 여인네들만 모이는 날인데 어디서 소문을 듣고 한번 들르셨다 더라구요. 높으신 분인데 어떻게 안 된다고 그냥 나가라고 해요. 절대로······."

"먹을 테냐?"

불쑥 내민 현의 손에 기름종이에 싼 쌀엿이 들려 있었다. 솔은 냉큼 그걸 주워 먹고 몸을 꼬기 시작했다.

"저 주려고 사신 거예요?"

"······내 것이다. 그 이상 탐내지 마라."

현은 다시 포장을 덮은 엿을 소매 속에 숨겼다. 어린 시절부터 미랑 아주머니는 단 음식이라면 질색을 했다. 호박엿이건 쌀엿이건, 하다못해 조청 한 숟갈조차도 눈치 보며 먹어야 했던 그때를 보상이라도 받겠다는 듯이 현은 눈에 띄는 족족 단 군것질거리들을 숨겨오곤 했다. 여전히 미랑 앞에서 당당히 먹진 못하지만.

"칫."

"너, 방금 그자가 누군지는 아느냐?"

성격 더럽고 팔자 좋은 저승사자님 수족요, 그렇게 대답할 수야 없었다.

"알다마다요. 병조판서 어르신 댁 작은 나리시잖아요. 제가 거길 얼마나 다녔는데."

"성명도 아니?"

안다고 하는 편이 나을까 모른다고 하는 편이 나을까.

고민하는 사이에 현이 말을 이었다.

"묵호 서민훈이라 한다."

"그거 혹시 검을 묵자에 범 호자……."

"본인 앞에서는 절대로 그런 거 묻지 말거라. 뒷일 감당 못할 것이다."

……그때 안 묻길 잘했구나.

"여튼, 아니다. 북쪽 국경에 있는 큰 호의 이름이라 들었는데 개인적으로는 참 잘 지은 이름이라 생각한다. 무인이 지향해야 할 마음의 도로 그보다 적합한 것도 드물지."

"역시 무인이셨군요."

"무인도 보통 무인이 아니었다. 선왕께서 고작 열 살 겨우 넘은 그자의 검무를 보고 앉은 자리에서 일어나셨다는 이야기도 있으니까. 이후로 무과 최연소 급제에, 소문 듣고 몰려든 전국의 내로라하는 군관들을 모조리 바닥에 눕혀 버려서…… 재미있는 친구지. 병판도 독한 사람이라, 어릴 때부터 아들을 국경과 외지로 굴렸다더니 손속에 자비가 없다는 게 흠이라면 흠이라 하였다. 주상 전하께서 일찍부터 내금위 수장으로 점찍어두고 시일을 기다리고 계셨다더구나."

"그, 그래요?"

솔은 창백해진 얼굴로 손톱을 씹기 시작했다.

"'그 일'만 아니었으면 아마 지금쯤 그 자리에 있었겠지."

"그 일……? 아. 연주."

"누이가 바로 눈 앞에서 죽었거든."

"네에? 그럼 그 나리도 거기에 계셨던 거예요?"

병판 댁의 비극에 대해선 참봉 마님께 듣긴 했지만, 그렇게 연결시킬 생각은 못 했었다. 현은 한숨을 내쉬었다.

"그럼 누이 혼자 그 먼 연주까지 보냈었겠느냐. 자세한 이야기는 모르지만 바로 코앞에서 잃었다 하더라. 그때 본인도 팔을 크게 다쳐 오른팔로 검을 들지 못하게 되었다더군. 도대체 누가 그 정도 되는 자의 팔을 상하게 한 것인지 소문만 무성하다. 주상전하부터 전국의 의원들을 총동원시켰지만 고칠 수 없었다지."

"아……."

솔은 자기도 모르게 걸음을 멈췄다.

"그럼 그때 날 떨어뜨린 게 고의가 아니라……?"

"응?"

"아, 아니에요. 혼잣말이에요."

"그래, 뭐."

현은 미간을 모으며 턱 끝을 매만졌다.

"그 뒤로는 완전히 칼도 놓고 정신도 놓고 기루에 처박혀 여자와 술에 절어 산다고 들었다. 도성 내에선 아주 유명한 한량이지. 그런데…… 별일이구나. 이런 곳에 나타나다니."

"벼, 변덕이겠지요. 좀 이상한 분이라 하니."

"그래, 그럴 수도 있겠다."

그런데 왜 술 냄새는커녕, 기생들의 향내 하나 안 묻어 있는 것이냐. 분 한 톨, 연지 한 점 튄 곳이 없어. 그리고…….

왜 아직도 그런 눈을 하고 있는 것이야? 그 눈빛, 분명히…….

현은 입을 한일자로 꾹 다물었다.

"오라버니?"

"솔아."

"네."

솔의 어깨에 얹으려던 손은 허공에서 멈췄다. 이렇게, 무심결에 어린 시절 버릇이 나오곤 한다며 현은 쓴웃음을 지었다. 솔이는 더이상 흙투성이 더벅머리로 나뭇가지를 휘두르던 꼬마아이가 아니었다. 말갛게 빛나는 눈이 그의 가슴께에서 그를 올려다보고 있었다. 그는 갈 곳 잃은 손을 주먹 쥐고 다시 거둬들였다.

"내가 부탁 하나 하마."

"뭔데요?"

"걱정 끼칠 일은…… 좀, 하지 말거라. 제발."

솔의 눈동자가 크게 흔들렸다.

"그, 그럼요. 제가 언제 그렇게 사고를 많이 쳤다고……! 누가 들으면 오해하겠다고요. 하하…… 저 진짜 얌전하게 있을 거예요. 오늘도 제가 얼마나 얌…… 으아, 나쁜 짓 안 했다구요! 앞으로도 안 해요!"

고함에 가까운 변명에 길 가던 사람들이 모두 그녀를 돌아보기 시작했다. 현은 식은땀을 흘리며 그녀를 다독여야 했다.

"그래, 그래. 내가 안다. 그, 그만해라……."

시덥잖은 수다를 떠는 사이에 어느새 마을에 다다라 있었다. 현은 정중하게 솔을 마당까지 데려다 놓았고 태출은 그제야 가슴을 쓸어내렸다. 현은 솔이 매우 얌전하고 순하게 그를 따라다녔음을 강변해 주었고, 그래서 태출도 솔도 행복해졌다.

"그럼 난 다시 들어간다?"

"오냐."

솔은 곧바로 다시 방 안에 틀어박힘으로써 아버지의 마지막 불만까지 날려 버렸다. 완벽한 마무리였다.

문 밖에서 태출이 물어왔다.

"밥 먹을 거냐?"

"아니, 이따가 먹을게. 아빠 먼저 먹을래?"

"아니다. 그럼 난 저기 막동이네 좀 다녀오마. 다녀와서 먹자."

"응."

마당에서 신발 끄는 소리가 나더니 멀어져 갔다.

드디어 혼자 남게 된 것이다. 요 근래 내도록, 바로 이 순간만을 기다려 온 그녀였다. 심장이 미친 듯 쿵쾅거리기 시작했다.

솔은 두 손으로 얼굴을 가렸다. 깊이 숨을 들이마시고, 길게 내쉬기를 다섯 번. 진정하려고 한 짓인데 별로 소용이 없었다.

그녀는 보퉁이를 뒤적거려 새로 받아 온 자하세경을 꺼냈다. 표지가 거칠고 빳빳했다. 어제 금방 만들기라도 한 것처럼. 하지만 그 안에 담긴 이야기는 수십 년을 거슬러 올라가고 있는 것이었다.

수백, 수천 년이 아니었다. 고작 수십 년. 자하원의 역사는 그 손 닿을 법한 거리의 과거에서부터 시작되었다.

그것이 문제였다.

솔은 책장을 한 장 한 장 넘겼다. 드디어 찾던 면이 나오자, 그녀는 손으로 책면을 눌러 판판히 펼쳐놓고는 멀찍이 웅크려 앉았다.

그 사람, 그런 짓을 당하고도 다시 돌아올 생각이 들더냐고 물었더랬지.

"당연하지."

그녀는 돌아갈 수밖에 없었다. 이것을 본 이상, 그녀는 그곳이 호랑이굴이든 뱀굴이든 천길 물속이든 불구덩이 속이든 뛰어들어야만 했다.

무릎 위에 코를 얹은 채, 솔은 그 글줄을 노려보았다.

계축년…….

"계축년 자시. 상제께서 마침내 인세의 희와 노, 애와 락을 진험
하시고저 두 여선(女仙)의 날개를 거두어 땅으로 내치시다. 해와 달
과 불과 물과 산천초목에 모든 짐승들이 모여 그 앞에 꿇고 노래
를 부르며, 하늘에서 목소리가 들리기를 너희는 오늘로 선인이되
사람이라. 사람이 입는 옷을 입고 사람이 먹는 것을 먹으며 인세의
형을 입으라. 내 너희의 눈으로 세상을 보리니."

억양 없는 목소리가 빈 방을 울렸다.

"……그 이름을 하나는 자혜(滋慧)이고 하나는 사율(辭律)이라 하
였다."

긴 침묵이 이어졌다.

솔은 책장을 뚫어지게 바라보았다. 그 속에서 누가 솟아나기라
도 할 것처럼.

"아빠."

솔은 입을 가린 치맛자락 뒤에서 웅얼거렸다.

"왜……."

아빠는 없다. 그러므로 돌아봐 주는 사람은 아무도 없었다. 그녀
는 혼자였다. 언제나처럼. 솔의 입에서 피식 웃음이 샜다. 허탈한
웃음소리는 짧게 이어지다 꺼지듯이 사그라졌다.

기운 해에 늘어진 그림자가 솔의 얼굴 위로 떨어졌다. 문 밖에서

여치 우는 소리만 찌르르 했다. 솔은 무릎 깊이 머리를 파묻었다.

"왜 엄마 이름이 여기에 있는 걸까……?"

七. 세상을 움직이는 자들

발밑으로 쪽색 강물이 도도히 흘렀다. 해 좋은 날엔 수면마다 물고기 비늘처럼 빛 무리가 부서졌겠으나 오늘은 아니었다. 쇠락한 검은 빛을 띤 저 먼 물 위에, 나룻배 한 척이 떠 있었다. 배 삯이 마음에 차지 않아서인지 사공의 장대는 힘없이 허우적거렸다.

물기 잔뜩 밴 바람이 불어왔다. 습습하고 끈적한 공기는 늦봄의 그것답게 후텁지근했다. 흙내와 풀 내와 물비린내가 가득한 날이다. 회색 하늘 저 끄트머리에서 우르릉 천둥치는 소리가 들려왔다.

절경으로 유명한 송악정이건만, 오늘의 풍광은 그러했다.

"즐거워 보이시는군요."

시호가 말했다. 쓰개치마를 벗어 어깨에 걸치며, 그녀는 그 고운 얼굴에 화사한 미소를 한 장 얹었다.

"오늘은 유달리 더."

정자 난간에 걸터앉아 있던 남자가 천천히 고개를 돌렸다. 회색 하늘과 회색 강물만 무심히 바라보던 눈이 시호를 향했다. 놀라울 정도로 표정 없는 얼굴이었다. 이럴 때, '평범함'을 연기하지 않을 때에야 비로소 드러나는 이 남자의 그린 듯한 진짜 얼굴에서, 시호는 눈을 뗄 수가 없었다.

남자의 입꼬리가 올라갔다.

"어떻게 알았지?"

"무슨 좋은 일이 있으신지요?"

"글쎄. 이렇게 자네 얼굴을 볼 수 있게 된 것?"

시호가 짧게 웃었다.

"듣기 좋은 농이십니다."

"굳이 농으로 생각할 것 없네. 그것도 이유 중 하나니까."

시백이 끼고 있던 팔짱을 풀자 시호가 그 곁으로 다가갔다. 무릎이 스칠 만한 거리였다. 시백의 손이 그녀의 볼에 닿았다.

"다들 갈수록 고와진다고 한 마디씩들 하겠군."

"나리께서도 한 마디 해 주시면 더 기쁠 텐데요."

"입 밖에 내기 아까운 말도 있지 않은가."

"그래서, 무슨 일로 그리 좋은 얼굴이신지도 결국 말씀 안 해 주실 셈이세요?"

시백은 손을 거두고 피식 웃었다.

"아주 오랫동안 찾아 헤매던 걸 겨우 찾았어."

"잘됐네요. 얼마나 기다리시던 것이기에."

"그럭저럭 20년?"

그의 눈에 번쩍 스친 빛을 시호는 놓치지 않았다. 그녀는 미간을 모았다.

"축하드립니다. 그렇게 간절한 게 있으실 줄은 몰랐네요."

시백은 시호의 찡그린 얼굴을 신기하다는 듯이 올려다보았다.

"간절한 것?"

"아닌가요?"

"아니야. 전혀."

"……어렵네요. 그럼 이제 어떻게 하실 셈이신가요?"

"글쎄. 생각해 둔 것들이야 많지. 20년이라고 했잖아. 이것저 것…… 이것을 이렇게 하고, 저것을 저렇게 하면 무슨 일이 벌어질까. 그럼 그것들은 어떻게 될까. 어디까지 망가지고 어디까지 버틸 수 있을까. 그런 것들. 궁금하거든."

부드럽고 나른한 목소리가 주문처럼 귓전에 일렁였다.

"……그렇군요."

"그렇지. 그래서."

시백의 입가에서 미소가 사라졌다.

"다 해 보려고 하네. 모조리."

등골이 싸하게 얼어붙는 느낌. 시호는 그 오싹한 질감에 몸을 떨었다.

이 남자는 불길한 수해(樹海). 한 발 한 발 들일 때마다 길을 잃는다. 그 끝에 무엇이 있는지 알고 있으면서도 돌아나올 수가 없다. 그녀를 둘러싼 숲은 너무도 위험지만, 또한 너무도 아름다워서……

시백이 그녀의 손을 토닥였다. 시호는 잠시 잊었던 숨을 다시 내쉬었다.

"안익태는 요새 뭘 하고 지내나?"

"아버님이야 여전하세요. 언제나 양손에 든 부의 무게를 가늠하고 계시죠."

"앞으로도 잘 살펴 주게. 내가 자네 말고 달리 누구를 믿을 수 있겠나."

"염려 마세요. 나리를 돕는 것이 제 기쁨이기도 한 걸요."

"항상 고맙네."

시백이 몸을 일으키자 시호도 급히 따라 일어났다.

"밑에서 기다리는 사람들이 오해하겠군. 그만 내려가야지?"

"네…… 그럼, 또 언제쯤……."

시백은 고개를 기울였다. 시호의 눈동자를 가만히 들여다보던 그는 천천히, 그녀를 향해 몸을 숙였다. 부드러운 귓불에 입술이 닿을 듯 말 듯한, 그런 거리. 숨결인지 목소리인지 그저 아득해지는 순간에, 한 손으론 강바람에 날린 귀밑머리를 쓸어 넘겨 주며 그는 속삭였다.

시호의 얼굴에 짙은 노을이 떠올랐다. 한 발자국 물러난 시백은

344

잔잔히 웃었다.

"잘 가게."

시호가 고개를 끄덕였을 때는 이미 그가 몸을 돌린 후였다. 시백은 나무가 우거진 반대편 길로 사라졌다. 시호는 한참 동안 움직이지 못했다.

"아씨……?"

수행해 왔던 자들이 올라온 모양이었다. 혼자 계단을 올라온 지도 한참이니 아래쪽에서 걱정이 되기도 했을 것이다.

"기다려라."

그녀는 안색이 돌아올 때까지 돌아서지 않았다. 그녀답게, 긴 시간이 걸리지는 않았다.

"가자."

쓰개치마를 곱게 쓰고 다시 가마로 향했다. 다시 한 번 천둥소리가 울려 퍼졌다. 아까보다 훨씬 더 가까운 거리. 곧 비라도 쏟아질 모양이었다.

가마는 본래의 예정대로 병판 서충헌의 집 앞에서 멈춰 섰다.

"오셨습니까요, 아씨."

반기는 여종에게 반듯한 미소를 지어 보였다. 언제나처럼 목적지는 신 씨가 기거하는 안채였다. 마당을 가로지르는 중, 귀에 걸리는 소리가 있었다.

"또 오시자마자 나가셨다고?"

"그래. 근데 오늘은 보통 때보다 더 서두르시더라니까. 오시자마자 안채부터 찾더니 마님이랑 몇 마디 나누시지도 않고 바로 나가시더라고."

여종 둘이 머리를 맞대고 수다 중이었다. 이야기의 주인공이 누구인지는 물을 것도 없었다. 앞장섰던 여종이 당황해서 그쪽으로 뛰려 했다. 시호는 조용히 그녀를 제지했다.

"근데 말야, 마님께 이상한 것만 물으시더라니까?"

"뭘? 뭘?"

"왜, 그 있잖아. 마님이랑 아씨 자수 가르치러 오는 애."

"아…… 알지, 걔."

"그 아이, 또 언제 불러 오냐고 물으시는 거 있지?"

"뭐어……?"

"별 일이지, 그치? 세상에, 다른 누구도 아닌 우리 작은 나리께서 말이야."

머리 바로 위에서 천둥 번개가 터졌다. 사방이 새하얗게 탈색되더니 고막을 찢는 굉음이 쏟아졌다.

"아이구머니나!"

굵은 빗방울이 투둑투둑 떨어지기 시작했다. 옆에서 허둥지둥 우산을 펼쳐 시호의 머리 위에 드리웠다.

"……하."

실소가 흘러나왔다. 시호는 가볍게 손을 들어 입을 가렸다.

"아, 아씨. 전혀 그런 일이 아닙니다. 저것들이 어디서 요망한 헛소리를……."

"아니에요. 신경 쓰지 마세요."

그녀는 다시 안채 쪽을 향해 걸음을 옮겼다. 여종은 가슴을 쓸어
내리며 얼른 그녀를 따랐다. 온 정신이 아씨의 얼굴을 살피는 데
가 있었던 탓에, 그녀는 시호의 주먹 쥔 손이 파르르 떨리는 것을
보지 못했다.

감히……! 감히 천한 것이 어디에 끼어드는 거야? 네년이 감히
내 것을 넘봐……? 이 안시호의 것을?

건국 공신에 대대로 신임 받는 무관을 배출한 명문가. 조정에서
의 위세만큼이나 아랫것들의 존경도 두터워, 천지가 무너져도 이
곳만은 건재하리라 이르는 서 씨 가문의 고택이 그녀의 눈앞에 펼
쳐져 있었다. 이것은 그녀의 것이었다. 앞으로도 수백 년을 이어질
이 가문의 안주인은 자신이라고 어릴 적부터 마음을 정했다.

저 길들일 수 없이 고고하고 냉엄한 남자도 그러므로 그녀만의
것이어야 했다. 아아, 처음 보는 순간 깨달았던 것이다.

이 남자야말로 나의 것이다. 저 차가운 눈, 언젠가 내 앞에서 거
짓말처럼 부스러지고 녹아 내리게 해 주리라. 나를 애달파하고, 가
엾어 하고, 숭앙하며, 그렇게 목마른 얼굴로 나를 원하게 할 것이다.

내 비록 '그'는 가질 수 없다 하더라도…….

손톱이 살을 파고들며 피가 맺혔다.

"날도 궂은데 어찌 또 왔느냐."

신 씨가 반가운 얼굴로 그녀를 맞았다.

"마땅히 와야지요. 마님."

시호는 환하게 웃었다.

***

짚으로 엮은 막은 군데군데에서 비가 샜다. 평상에 앉은 자들 중
몇몇이 투덜거리며 상을 들고 일어났다. 주모는 수선스럽게 사과
했다. 동시에 노련하게 그런 손님들을 빈 방과 처마 밑으로 몰아넣
기 시작했다. 시장통 주막다운 소란이었다.

박 원로는 주막 입구에서 잠시 머뭇거렸다.

"들어오세요! 자리 만들어 드릴 테니까!"

주모가 날카롭게 외쳤다. 박 원로는 뭐라 대답하려다, 말았다. 그
의 눈은 바쁘게 주막 안을 훑었다. 다행히 찾던 사람은 쉽게 눈에
띄었다. 박 원로는 빠른 걸음으로 그쪽을 향했다.

운 좋게 비 안 새는 평상을 골라 앉은 젊은 선비. 새하얀 도포 자
락이 눈이 시릴 정도였다. 뒷모습이지만 그는 알아볼 수 있었다.

박 원로는 젊은 선비를 등지고 그 뒤에 앉았다. 원로들은 '그'의
얼굴을 볼 수 없었다.

"찾으셨습니까, 원주님."

"그동안 잘 지냈나?"

"저는 덕분에 매일이 강녕합니다."

시백은 잔속의 술을 물끄러미 내려다보았다.

"자네 수하는 그렇지 않은 것 같던데."

"……네?"

"충이라는 자. 쥐도 새도 모르게 사라졌지?"

박 원로의 어깨가 크게 흔들렸다. 그때 주모가 그들 쪽으로 다가왔다. 그는 허둥지둥 간단한 주안상을 알아서 차려 달라고 주문했다. 박 원로가 내민 돈에 주모의 얼굴이 환해졌다. 주막엔 어울리지 않는 금액이었다.

"저, 저희…… 제 밑의 독경회를 암행 중이셨습니까……?"

"아아. 아주 잘 조직된 독경회더군. 다들 참 좋은 사람들이었어. 본 중에 가장 순수하게 우리를 믿고 있는 열혈 신자들이더라고."

"감사……합니다."

"뭐가 감사한가? 자네 칭찬이 아닌데."

박 원로의 얼굴이 벌겋게 달아올랐다.

"그……."

시백의 술잔이 비었다. 그는 낮은 소리로 잠시간 웃더니 술병을 잔 위로 기울였다. 이어지는 목소리는 선득하게 차가웠다.

"박 원로. 아니, 경기 대지주 박우창. 내 말 잘 듣게."

시백은 어깨 너머로 박 원로의 굳은 등을 노려보았다.

"안 원로는 그 뱀 같은 혓바닥으로 주상을 잘 가지고 놀고 있고, 주 원로는 상단이 순조로이 북상 중이니 연주에 다다라 국경 거래를 시작하면 꽤 여러 주머니를 찰 수 있을 거야. 나는 그 둘의 잔머리가 마음에 들어."

"……."

이 남자, 무슨 말을 하고 있는 거야.

등에 식은땀이 흐르기 시작했다. 박 원로, 아니 경기 농토의 사분지 일은 그의 소유라고들 하는 대지주 박우창은 불안하게 눈을 굴렸다.

"독경회의 순진한 노인네들과 자네들이 같은 부류일 것이라는 착각 같은 것, 나는 안 해. 자네들이 이곳에 있는 것은 그만큼 취할 것이 있기 때문이야. 그렇지 않나?"

"워, 원주님."

"그렇다면 정신을 똑바로 차리란 말일세. 이 이상 명청해져서는 내가 곤란해. 부리는 자 관리는 확실히 하면서, 자네가 원하는 것도 확실하게, 착실하게 긁어 가란 말이야. 안익태와 주명희만큼의 몫을 하라고. 나는 아직 당신들 세 명이 모두 필요하니까."

명심하겠습니다……라고 해야 하는 것인가? 무슨 소리냐고 잡아떼야 하는 것일까?

박 원로는 입이 떨어지지 않았다.

뒤에서 그를 노려보는 시선이 느껴졌다. 의식하자마자 뒷덜미에 우수수 소름이 돋았다. 어째서인지, 전에 본 적 있는 원주의 이리가 생각났다. 거짓말처럼 새하얗고 거대하던 그 이리. 지금 그의 등 뒤에 앉아 있는 것은 그 이리였다. 지금 그를 노려보고 있는 것은 그 샛노랗게 번들거리는 짐승의 눈이었다.

"알겠나?"

"잘 알겠습니다."

그 외에 무슨 말을 할 수 있을까. 박 원로는 겨우 한 마디를 입 밖으로 꺼내놓았다. 그 순간 거짓말처럼 공기가 누그러졌다.

"그래. 부탁하네."

원주의 목소리는 심약한 서생의 것으로 변해 있었다.

"여기, 상 나왔습니다요. 뭐 더 필요하신 건 없으십니까?"

주모가 다른 것들보다 곱절은 큰 상을 쿵 내려놓았다. 삶은 닭과 기름 넉넉히 두르고 지진 각종 전들이 산더미처럼 쌓여 있었다.

"없네. 자리 좀 비켜주게."

"네네. 그러믄요."

주모는 굽실대며 뒷걸음질쳤다. 그러다, 안주도 없이 제일 싼 술 한 병만 놓고 먹는 젊은 선비에게 눈을 흘기는 것도 잊지 않았다.

시백이 죄송하다는 듯 웃어 보였다. 주모는 코웃음을 치며 저쪽으로 사라졌다.

"좀 드시겠습니까……?"

"됐네. 그보다 잡설이 길었군. 오늘 자네를 부른 용건은 따로 있었는데."

그것이 본론이 아니었단 말인가.

박 원로는 다시 한 번 긴장했다.

"말씀하십시오."

"그래……."

시백은 약지의 반지를 내려다보았다. 문양이 다 닳아 없어지려는 그 표면을, 그는 다시 버릇처럼 쓸었다.

머릿속에 얼굴 하나가 떠올랐다. 녹슨 거울에 비친 듯 희멀겋게 이지러진 얼굴. 반지를 쓸 때마다 뿌연 녹이 한 겹씩 벗겨져 나간다. 조금씩…… 조금씩 드러나는 이목구비. 그 위로 또 다른 '그녀'의 얼굴이 겹쳤다. 거울의 주인은 절대 짓지 않았던 미소를 만면에 걸고. 시백의 손이 멈칫 했다.

"자네가 나를 좀 도와줘야겠어."

***

채란은 손을 들었다. 그리고 다섯 손가락을 신중하게 쫙 편 후, 민훈의 눈 앞에서 흔들었다.

"……."

민훈이 눈만 돌려 채란을 노려보았다.

"주무시나 해서."

"아닐세."

"그럼 식사마저 하시지요."

이미 퍼 놓은 지 한참 된 밥이 딱딱하게 굳어가고 있었다. 상에 놓인 것은 고작 장과 나물 두 가지가 끝이었다. 이곳에 온 이후로 거의 항상 이런 식사만 고집하고 있는 그였다. 그나마 밥이 금방 한 것이라 겨우 궁색하진 않다 싶었는데, 이젠 그 밥까지 차게 식었을 지경이니 채란도 신경이 쓰였던 것이다.

하지만 이번에도, 그는 손에 든 젓가락을 접시 가에 걸쳐 놓고는 다른 생각 중이었다.

"상 위에서 뭐 심오한 무도(武道)라도 찾으셨습니까?"

"⋯⋯."

"그 찬들, 죄 지은 것 없습니다. 그만 노려보세요."

아, 역시 또 안 듣고 있었다. 며칠째 이런 식이었다. 바깥에 나갔던 그는 채란이 놀랄 정도로 창백한 얼굴로 돌아왔다. 그리고 바람소리가 날 정도의 걸음으로 방에 틀어박히더니, 그날부로 반쯤은 넋이 나가 버렸다. 이전의 뒤뜰만 하염없이 바라보던 때랑은 또 다른 느낌이었다. 채란은 그런 기색은 귀신같이 잘 읽어 냈다. 그래서 며칠째 그에게서 거리를 두었던 터였다.

하지만 그것도 오늘로 한계였다. 며칠째 밥상 돌아 나오는 꼴을 보던 그녀는 결국 안으로 쳐들어오고 말았다.

"아무래도⋯⋯."

채란은 슬픈 눈을 하곤 입을 가렸다.

"제 생각이 맞나 봅니다."

"⋯⋯."

"역시 그 여인한테 대차게 차이신 거군요."

"뭐⋯⋯?"

젓가락이 손에서 미끄러져 상을 굴렀다. 풀렸던 눈동자에 단박에 빛이 돌아왔다.

"뭐라고?"

"어머나, 나리. 소녀 무섭사옵니다. 그런 눈은 저어기 흉악한 것

353

들한테나 하셔야…….”

“자네나 흉악한 소리 그만하게.”

민훈이 채란의 말꼬리를 칼같이 내려쳤다.

채란은 가늘게 웃었다.

“나리께서 쉬운 걸음이 아니셨을 텐데 마음 많이 쓰이셨겠습니다. 과연 나리의 관심을 끌 만한 분. 그 절개가 저 송암절벽보다 더고고하고 푸르신 듯합니다. 저희 나리, 겉보기는 꽤나 훌륭하신 분인데 어찌 그리 단박에 거절을.”

“그런 게 아닐세!”

비명에 가까운 부정이었다.

“그리고 절개, 송암절……? 말도 안 되는 소리!”

뭔가 굉장히 무서운 말을 들은 듯한 표정이었다. 채란은 고개를 끄덕였다.

“본래 거절당하고 나면, 심중에 화기가 일어 상대를 낮추어 보게되긴 하지요.”

“자네, 계속 쓸데없는 소리 할 거면 나가 주게.”

“그래요. 혼자 있고 싶으시겠죠. 제가 눈치가 없었습니다.”

사람 혼을 쏙 빼놓는 미소를 머금고 채란이 홀쩍 일어섰다. 그녀가 문 밖으로 나가자마자 민훈은 이마를 짚었다. 지끈거리는 두통에 눈을 감았다.

“말도 안 되는…….”

채란이 거는 농의 수위가 점점 아슬아슬해지고 있었다. 처음 봤을 때의 그녀와 지금의 그녀가 같은 사람이라고는 믿기지 않을 정도였다. 여자들이란 아무래도 이해할 수가 없었다.

그래. 참으로 그러했다.

무릎 위의 주먹에 힘이 꾹 들어갔다. 안 그러려고 했는데도, 다문 입 사이로 잇소리가 샜다.

이솔……!

마당이 떠나가라 크게 웃던 그녀의 그 웃음소리가 귓전을 계속 맴돌았다.

……역시 미친 여자인가?

그 여자, 진심이었다. 무서워하면서 쭈뼛쭈뼛 그의 눈치를 보러 돌아온 것이 아니었다. 이솔은 정말로 제 발로 당당히 돌아온 것이었다. 그의 존재 따위는 하찮다는 듯 뒤로 치워 두고. 두렵다는 감정을 아예 모르는 걸까?

좋지 않은 삶의 방식이었다. 그의 어린 누이였다면 앞에 마주 앉혀 놓고 석 달 열흘을 캐묻고 설득했을 것이다. 비록 누이가 네 살 때 그렇게 하려 했을 땐 마냥 '업어 줘'에 당하고 머리칼만 쥐어 뜯겼었지만.

저쪽 보호자도 문제였다. '그'는 왜 그 여자를, 집 안에 묶어 놓으랬더니 어쩌다 자기가 먼저 그런 델 데려와 버렸느냔 말이다. 어떤 곳인지 본인은 전혀 눈치를 못 챈 것일까? 이솔이 그렇게 상대를 잘 속여 넘길 정도로 똑똑하진 않은 것 같았는데. ……'그'가 생각보다 멍청한 것인가, 이솔이 예상보다 능청스러운 것인가.

355

민훈은 흠칫하며 가슴을 짚었다. 솔의 손가락이 쿡 찔렀던 곳.

자신만의 이유가 생겼다고 했다. 자하원을 파야 하는. 그러니 이젠 사람 된 도리로 자기를 돕든가, 아니면 적어도 방해는 하지 말라고 했다.

"도와……? 방해해?"

네가 내 말과 상관없이 네 뜻대로 한다고 했으니, 나도 네 말대로 해 줄 필요 없는 것 아닌가?

"나리."

문 밖에서 부르는 소리가 있었다.

"무슨 일이냐."

"댁에서 사람을 보냈습니다."

작은 소년이 장정의 안내를 받고 들어왔다. 본가에서 그의 일을 돕던 만복이었다. 소년은 잔뜩 주눅이 들어서 두 손으로 서찰을 내밀었다.

"나리께만 전하라 하셨습니다."

"이리 내라."

봉투는 단단히 봉해져 있었다. 굳이 찢는 수고를 하고 열었으나 안에 적힌 글을 짧디짧았다. 하지만 그 짧은 몇 줄의 글에 민훈의 눈은 크게 흔들렸다.

***

"오늘이야."

솔은 나무 숟가락을 잘근잘근 씹었다.

"모자라냐? 좀 덜 먹어도 된다. 요새 일도 안하고 드러누워 먹기만 하더니 너 얼굴 아주 달덩이다, 야."

"하하하, 그러는 아빠는 내 몫까지 일하느라 아주 반쪽이 됐네! 이제 그만 나 풀어주는 게 어때? 말하잖아. 오늘이라고."

"오늘이 뭔데?"

태출은 하나 남은 무김치를 베어 물며 느긋하게 물었다.

"정말 기억 안 나?"

"뜸들이지 마라."

"아이고, 할배요…… 벌써 기억력이 그 모양이어서야……."

"시끄러워, 이것아! 네가 자식새끼 낳아 줘야 내가 할배지! 도대체 언제 시집갈 건데? 엉?"

"왜 또 이야기가 그렇게……! 아 집 밖에 내보내 줘야 시집을 가건 장가를 가건 사람을 찾지!"

크게 헛기침을 하는 태출이었다.

"막동이 엄마가 며칠 전에 와서 알려 주셨었잖아. 병판댁 다시 오라고 하셨던 날짜."

"그게 벌써 오늘이냐?"

"네. 바로 그러합니다."

"흐음."

태출은 그다지 내키지가 않았다. 마음 같아서는 한 열흘 더 방안에 가둬두고 싶었다.

"안 돼. 너 혼자선 못 보낸다. 내가 널 어떻게 믿고."

"아, 네."

솔은 고양이같은 미소를 지었다.

"그럼 누구랑 같이 가면 된다는 것이로군요."

"그렇지. 그리고 넌 친구가 없지."

"아하하하하, 누가!"

이를 으득 가는 솔. 그녀는 벌떡 일어나 태출의 소맷자락을 잡아 끌었다.

"가자, 아빠. 내 보호자께."

"뭐, 인마. 네 보호자는 나지. 아니…… 너, 또 설마?"

"아빠가 믿을 만한 사람이 하나밖에 더 있어? 어서 가."

"야, 이놈아! 넌 염치가 있냐, 없냐! 도련님이 니 친구야? 뭐 별오만 걸 다 시켜먹으려고……!"

"그럼 어떡해. 아빠 내가 거기 가서 벌어오는 돈 무시할 만한 액수 아니다? 제대로 해 두면 내년까지도 거뜬히 쓸 만한 돈인데 그거 이렇게 그냥 버릴 거야?"

"그, 그건……."

틀린 말이 아니었다. 태출이 망설이는 기색을 보이자 솔은 온화하게 웃었다. 그리고 고개를 하늘로 쳐들곤 허리에 손을 올렸다.

"딸이 재주가 많아서 참 좋겠어."

"그래, 그래. 아비 속 홀랑 다 뒤집는 재주도 굉장하지."

태출은 결국 고개를 가로젓고 말았다. 아무리 그래도, 이런 일로 또 도련님을 귀찮게 할 수는 없었다. 솔도 그것을 알고 이리 나온 것이겠지만 우직한 그의 머리에선 다른 방도가 떠오르지 않았다. 다른 일이 없었으면 그라도 따라가면 좋았을 텐데, 그는 오늘 참봉 어르신 댁의 일을 봐 드리기로 약조가 되어 있었다.

"약속이다, 이솔. 엉뚱한 짓 안 하고 바로 오는 거야."

"알았어."

"엄마 걸고."

"……."

솔은 한동안 말없이 눈만 깜박였다. 태출이 의아해할 때쯤에야 그녀는 씩 웃으며 대답했다.

"응. 엄마 걸고."

***

"뭐 별일이라고 이렇게들 다 불러모았는지……."

신 씨는 한숨을 내쉬었다.

"그런 말씀 마셔요."

시호가 수심 가득한 목소리로 말했다. 신 씨가 쓰러졌다는 소식을 전해 듣고 바로 달려 온 참이었다. 본래 강골로 유명한 신 씨였건만, '그 일' 이후로 이렇게 수시로 혼절하는 때가 많았다. 요사이 별일 없기에 새로 구한 약재가 잘 통하는 것이려니 기대했으나 이번에도 어김없었다.

"아니다. 다들 바쁜 일 있을 텐데 어서 가 보거라. 얼굴 봤으니 됐다."

"누워 계십시오."

몸을 일으키려는 신 씨를 민훈이 만류했다. 휘청대는 상체를 천천히 가누어 눕히고, 그는 새 수건의 물기를 짜내어 모친의 이마에 올렸다.

"너는 이럴 때만 효자로구나."

"네. 그렇지요."

민훈이 한산한 목소리로 답하며 뒤로 물러나 앉았다.

"앞으로는 반드시 사람을 대동하고 다니십시오. 위험했다 들었습니다."

"그래. 나도 계단에서 이리 힘이 풀릴 줄은 몰랐구나. 그렇게 해야겠다. 그래도……."

신 씨는 빙긋 웃었다.

"그 덕에 너희들 얼굴을 볼 수 있으니 얼마나 좋으냐."

민훈과 시호를 나란히 놓고 보며 신 씨는 생각했다. 저 둘, 이렇게 한 방 안에서 보는 것이 도대체 얼마 만이냐고.

시호가 가만히 고개를 숙이며 얼굴을 붉혔다. 반면 민훈은 처음 들어왔던 때의 냉엄한 표정 그대로 신 씨만을 바라볼 뿐이었다.

"너도 그만 얼굴 풀거라. 전엔 굳이 와서 우리 자수 모임 언제 하냐고 찾아 묻고 가더니…… 다 시호 얼굴 보려고 했던 것 아니겠니. 내가 네 속을 이제야 알고 얼마나 마음이 놓였나 모른다."

"……그러셨습니까."

시호가 민훈 쪽을 슬쩍 곁눈질했다. 그는 무거운 표정으로 말을 이었다.

"그럼 전 이제 그만 나가 보겠습니다."

"무엇이 그리 급하냐. 여봐라."

밖에서 대답소리가 들렸다.

"옆 칸에 다과 좀 준비해 주게."

"네, 마님."

"오랜만에 본 사이 아니냐. 내 빠질 테니 둘이서 그간 쌓인 이야기 좀 나누거라."

도무지 거절할 수 없는 상황을 만들어 놓고 아들의 등을 떠민다. 신 씨는 아들의 성격을 잘 알았다. 이렇게 하지 않으면 또 바람처럼 일어나 뒤도 돌아보지 않고 사라져 버릴 것이다.

"……어머님."

"어서."

민훈은 결국 고개를 끄덕이고 일어나 나섰다. 뒤에서 시호도 사뿐히 일어나 목례했다. 뒷걸음으로 물러나와, 조용히 문을 닫은 그녀는 민훈이 기다리고 선 마당으로 내려왔다.

신 씨의 방과 좀 떨어진 안채 한쪽 방에, 차와 다식이 놓인 다과상이 차려졌다. 활짝 연 문 밖의 모든 인기척이 사라진 후에야 민훈은 입을 열었다.

"매번 이리 찾아오실 필요 없습니다."

뼈 있는 말이었다. 시호는 작게 고개를 가로저었다.

"어떻게 그러나요…… 마님 일인데, 당연히 와야지요."

그녀는 치마 위로 두 손을 꼭 마주잡고, 근심 어린 얼굴을 들었다.

"저……."

민훈은 손에 든 찻잔 너머로 시호를 바라보았다.

"얼굴이 많이 상하셨습니다. 드시는 것들은 괜찮으십니까."

"제가 어디서 지내고 있는데 끼니가 문제겠습니까."

한쪽 입꼬리만 비죽 올라가는 미소. 그가 지내는 곳이라 하면 한성 바닥에 소문이 자자한 대로 백화루를 뜻했다. 정혼자 앞에서 기루에 처박혀 있음을 공언해 버린 그는 새빨개진 시호의 얼굴을 보고 눈을 감았다.

"제 할 말은 끝입니다. 말씀하실 것 있으시면 하십시오."

더 이상 무슨 할 말이 있을 수 있을까. 역시 혼사는 없었던 일로 하자. 나는 아무래도 그런 걸 할 만한 상태가 안 된다, 그렇게 말할 수도 있긴 하다.

하지만 그것이 이 여인에겐 어떻게 받아들여질까. 분명 문제는 자신에게 있는 것인데, 듣는 입장에선 이유야 무엇이든 그것은 내침당하는 것일 뿐이다.

조선 땅에서 가장 아름답고 현명한, 모든 사대부들이 서로 맞아들이고 싶어 체통도 잊고 애태웠다는 그녀. 비 맞은 난꽃 같은 자태가 참으로 지상의 것이 아니라고, 그렇다고들 칭송하는 그녀.

그의 망가진 눈에는 어울리지 않는다. 합당히 아껴 줄 누군가가 분명히 있을 것이었다.

파혼의 흠결은 피할 수 없더라도, 최대한 그녀에겐 생채기가 없게, 내쳐지는 쪽이 그녀가 아니라 명백히 서민훈 자신이도록…….

그렇게 해야 했다.

"나리……."

시호가 찻잔 끝을 매만졌다.

"저도 드릴 말씀이 없습니다. 다만."

긴 속눈썹이 파르르 떨렸다. 그녀는 크고 깊은 눈으로 민훈을 올려다보며, 미소를 지었다.

"기다릴 것입니다. 언젠가…… 한 번쯤 돌아봐 주실 때를."

긴 침묵이 이어졌다. 민훈은 찻잔을 내려놓고 시선을 마당으로 던졌다. 시호의 눈은 상 한가운데에 고정되었다. 마시지 않은 차가 다 식어갈 무렵 즈음에 시호는 일어났다.

"나오지 않으셔도 됩니다. 조용히 가려 합니다."

"그러십시오."

안채를 나선 그녀 곁에 시종이 따라붙었다. 둘러주는 쓰개치마를 여미며, 시호는 걸음을 옮겼다.

"가마가 준비되었습니다."

"……그래."

아랫입술을 씹고 있던 터라, 대답이 늦었다. 시호는 잠시 멈춰 서더니, 뒤를 돌아보았다.

"아씨?"

"……."

다시 획 하니 몸을 돌려 대문 쪽을 향했다. 대문간에서 소란스러운 소리가 들려오고 있었다. 부인의 일로 온 집안이 고요한데, 별일이었다.

"예에? 정말요?"

"그렇다니까. 오늘 집안에 일이 있으니 그만 돌아가거라."

"오늘…… 오라고 하셨는데?"

"그땐 일이 없었지. 예정에 없던 일이 생긴 것이니 어쩌겠느냐."

"아아. 혹시 무슨……."

낯익은 목소리.

걸음을 옮겨 그쪽으로 다가갈수록, 머슴의 몸에 가려 있던 그 새하얀 얼굴과 가느다란 몸이 점점 드러났다.

꿈에선들 잊을까, 이 아이를.

이솔.

커다랗고 까만 눈동자가 이쪽을 향했다.

"아씨?"

"……솔."

시호는 눈을 가늘게 떴다. 그녀의 걸음이 방향을 바꾸었다. 따르던 시종이 놀라 그 뒤를 따랐다. 시호는 솔의 정면에 똑바로 섰다.

"내가 이야기하겠네."

"아이고, 네. 아씨."

차가운 목소리와 심상치 않은 분위기에 문지기 머슴이 얼른 자리를 떴다.

"가, 강녕하셨습니까, 아씨."

"아니. 별로 그러하지 못했구나."

솔이 우물쭈물 난감해하기 시작했다. 시호는 한 걸음 더 다가섰다. 가깝다.

"마님께서도 그러시다. 병중이시니 소란을 피워선 안 될 것이다."

"아, 그런 일이…… 많이 편찮으신가요?"

"……."

시호가 한 걸음 더 내딛었다. 놀란 솔이 뒷걸음질하자 시호가 곧바로 따라붙으며 손을 내밀었다. 그녀는 솔의 손목을 낚아챘다.

"너."

"윽……!"

시호의 손톱이 손목을 파고들었다.

"네가 이집 사람이라도 되느냐? 어디까지 참견하려고 들 셈인지 당치도 않구나."

"저, 저는……."

"네 주제를……."

"그만하시죠."

날아드는 낯선 목소리. 시호는 얼른 그녀의 손을 놓고 고개를 들었다. 솔의 등 뒤에, 어느새 큰 키의 젊은 선비가 서 있었다.

모르는 얼굴이었다. 시호의 얼굴이 딱딱하게 굳었다.

"오, 오라버니?"

솔이 황망하게 입을 열었다.

도성 안에서도 보기 힘든 미남자였다. 차림새는 소박하지만 자세나 목소리가 범상치 않았다. 시호마저도 한순간 움찔할 정도였다.

그런데 '오라버니'라니.

"누구십니까."

차분히 가라앉은 목소리로 시호가 물었다. 선비, 아니 현은 그 속에 숨은 은은한 노기를 놓치지 않았다.

보통의 여인은 당황해서 물러나거나 모르는 척 상황을 무마하려 할 터였다. 그런데 그녀는 오히려 그를 똑바로 마주하고 있었다. 그녀 자신 또한 이 집의 객임에도 불구하고.

저 오만하도록 고고한 기상이라니, 현조차 감탄했다.

"지나던 과객입니다."

"그럼 마저 지나가시면 되겠습니다."

현이 부드럽게 웃었다.

"그럴 수가 있나요. 제 사람이 곤란해 하고 있는데."

그는 솔의 손목을 잡고 휙 끌어당겼다.

"아얏?"

넋 나가 있던 솔의 몸엔 힘이 하나도 없었다. 그녀는 휘청대다 현의 등 뒤로 밀려났다. 그는 그렇게 솔을 온몸으로 가리고 그 앞에 버티고 섰다.

시호의 눈썹이 꿈틀 했다.

"나리의 사람요……?"

"이 아이가 보시는 것처럼 몸이 둔하고 성정이 맑지 못해 망령된 짓을 자주 저지르곤 합니다."

"……."

"귀하신 분께서 몸소 꾸짖으실 가치가 없습니다. 흙 밭에 뒹굴던 자와 어울리면 제 몸에도 흙이 묻는 법 아니겠습니까."

솔은 뭐라 말을 하려고 입을 열었다 닫았다 안절부절못했다. 하지만 현은 비킬 기세가 아니었다. 시호는 날카로운 눈으로 그를 올려다보았다. 몇 가지 생각들이 머릿속을 맴돌았다. 그녀가 다시 입을 열려 하는 바로 그때였다.

"무슨 일입니까."

민훈의 목소리. 시호는 크게 흠칫했다. 그녀는 안색을 바꾸고 몸가짐을 바로했다. 눈 속의 불꽃이 순식간에 사그라지며 시선이 땅을 향했다.

솔이 벼락을 처음 본 강아지처럼 펄쩍 뛰었다. 현은 그 앞을 단단히 가로막고 목소리의 주인을 찾았다.

안채 쪽에서 나오던 민훈이 큰 걸음으로 다가왔다. 그리고 시호의 곁에, 아니 앞에 섰다. 그는 긴 팔을 비스듬히 뻗어 시호를 자신의 등 뒤로 거두었다. 시호가 조금 놀라 눈을 크게 떴다.

두 남자의 눈빛이 허공에서 부딪혔다.

첫마디는 마땅히 집주인의 것이었다.

"죄송하지만 오늘은 손님을 맞을 형편이 못 됩니다."

현은 예의바르게 웃었다. 그러나 말은 행동을 따라갈 생각이 없었다.

"손님으로 온 것이 아니니 쓸데없는 걱정이십니다. 두고 보기 안타까운 장면이 있어서, 주제넘게 참견하느라 잠시 멈춰선 것뿐입니다."

"……"

민훈은 현의 등 뒤에서 삐죽 고개를 내민 솔과, 자기 등 뒤의 시호에게 번갈아 눈길을 주었다. 한쪽 입가가 희미하게 비틀려 올라갔다. 그는 천천히 팔짱을 꼈다.

"과연 주제넘은 참견이십니다. 여인들끼리의 이야기에 사내가 끼어들었습니까."

"그렇지요. 허나 워낙 보기 귀한 장면이라."

"그것은."

민훈이 소리 없이 웃었다.

"내 손님에 대한 모욕인가?"

고작 시전 숙소의 앞마당에서 한 번 스친 것이 전부인 사이인데, 두 남자의 말 속에는 명백한 적의가 서려 있었다.

한성 최고의 한량이라는 별명이 가당찮게 만사에 무관심하고 무감정한 민훈이었다. 그런 그가 이렇게 대놓고 시비라니. 그리고 그런 그를 아무렇지 않게 맞상대하고 있는 저 이름 없는 선비는 또 무엇이란 말인가. 시호는 혼란스러워졌다. 아니, 그게 중요한 게 아니었다. 이것은 기회였다. 시호는 이때 해야 할 일을 잘 알았다.

"죄송합니다, 나리. 제가……."

작은 목소리가 떨려 나왔다.

"제가 과하여……."

"아니에요!"

솔이 소리를 버럭 지르며 앞으로 나섰다. 거의 버릇처럼 현의 등판을 철썩 때리면서였다. 현이 눈을 휘둥그렇게 뜨더니 뒤로 밀려났다. 사실 솔을 제외한 모두가 현과 비슷한 상태가 되었다.

"제가 실수를 해서 아씨께서 차근차근 알려 주시던 참인데 왜들 이러세요! 정말 오, 아니 도련님도 왜 그렇게!"

"응?"

현은 억울하기 짝이 없다는 얼굴이 되었다. 솔은 허둥지둥 시호를 찾았다. 절대로 민훈과는 눈이 마주치지 않으려고 필사적으로 노력하면서.

"아씨, 죄송합니다. 제가 멍청해서…… 앞으론 절대 그런 일 없도록 하겠습니다."

시호는 몇 번 눈을 깜박이더니 고개를 끄덕였다.

"아니다. 내가 미안하구나, 솔아. 어머님 일로 마음이 안 좋아서 그만."

"아씨 잘못은 없으세요! 그, 그럼 이만 물러가도 되겠……?"

"그래. 다음에 다시 만나자꾸나."

시호가 설핏 웃으며 손을 들어 보였다. 솔도 침을 꿀꺽 삼키곤 머리를 꾸벅 숙였다.

"가요! 어서!"

현의 팔을 마구 잡아끄는 그녀였다.

"아니, 솔아. 잠깐!"

작은 몸집 어디에서 그런 힘이 나왔는지 솔은 저보다 훨씬 큰 현을 질질 끌고 갔다. 현도 결국은 포기했는지 그녀를 따라 저편으로 사라졌다. 꽤 시간이 오래 걸리는 퇴장이었다.

시호는 멀거니 그쪽을 바라보았다. 그녀마저도 넋을 놓을 정도의 소란이었다.

"저 아이…… 조심하십시오."

"네?"

민훈은 눈가를 찌푸린 채 말을 이었다.

"사람이 아닌 것 같으니."

"……네?"

누구? 이솔?

시호는 다시 혼란에 빠졌다.

***

"왜 거기서 나서요, 나서길! 누구 밥 줄 끊으려고!"

"아니, 나는 그저……."

"이유가 뭐가 중요해요! 결과가 중요하지!"

현은 깊은 신음소리를 흘렸다.

"그래, 미안하다."

"그 아씨가 얼마나 대단하신 집안 분이신데. 그러다 오라버니께
도 불똥 튄다구요. 오라버니가 돈이 있어요, 권력이 있어요, 뭐가
있어요? 훅 불면 날아갈 초가집 한 채 겨우 챙긴 이름만 양반인 양
반이!"

"아, 내 걱정 해 준 거니?"

현의 얼굴이 환해졌다. 솔이 한쪽 눈썹을 추켜세웠다.

"아아뇨. 비웃은 겁니다!"

"……그렇구나."

금방 다시 어두워진 안색이었다.

"동네 사람들은 오라버니가 이런 사람인 줄 아나 몰라."

이대로 두면 저 잔소리도 끝이 없을 것이 뻔했다. 현은 소매를
뒤적였다.

"역시 제……!"

솔은 입에 불쑥 들어온 뭔가에 놀라 눈을 동그랗게 떴다. 현은
그렇게 쌀엿 한 조각을 물려놓고 앞장서서 걸어갔다. 겨우 입을 다
문 솔이 그 뒤를 종종걸음으로 따라갔다.

"그데 여긔은 웬 이리세여?"

"석도가 뭐 좀 사러 간다기에 따라왔다. 나도 서책 좀 찾아볼 것
이 있고."

"오응."

그런데 왜 하필 그 집 앞에 계셨던 거예요.

솔은 말을 꿀꺽 삼켰다. 우연에는 익숙해져 있었다.

"저쪽 주막에서 다시 만나기로 했다. 너도 같이 가자. 배고프지 않니?"

"그렇긴 한데……."

솔은 고개를 가로저었다.

"어디 마저 들를 데가 있어서요. 먼저들 드시고 가세요."

여기서 저 일행에 섞여 버리면 그대로 마을까지 함께 돌아가야 할 판이었다. 그럴 수는 없었다. 어차피 자수 모임은 핑계였을 뿐, 오늘 그녀가 집을 나선 이유는 따로 있었다.

마침 병판 댁 일이 파투난 오늘이 더할 나위 없이 좋은 기회였다. 그러니까, '그 집'을 찾기에.

"어디를 또 들르려고?"

"어허! 나, 남자들은 몰라도 됩니다!"

얼굴을 붉히고 정색했다. 현은 미심쩍다는 표정이었으나 이내 수긍했다. 아무래도 그는 여자를 모르니까. 알면 실례되는 뭔가가 있을 것이라는 가정도 금방 받아들인 모양이었다.

"그럼 다녀오너라. 돌아가는 길은 함께해도 되겠지."

"네?"

"왜? 무슨 문제라도 있느냐?"

"아……뇨. 하하하하."

여기서 또 의심을 살 수는 없었다. 솔은 길게 웃고는 손을 척 들었다.

"그럼 이만!"

"그래. 저쪽 주막이다."

"네네."

얼른 달음질쳐 모퉁이를 돌아 나왔다. 다행히 따라오는 기척은 없었다. 하긴, 이 이상 쫓아온다면 저쪽도 좀 이상한 사람으로 의심해 봐야 마땅할 것이다.

솔은 가슴을 쓸어내리곤 시전 골목으로 향했다.

운이 좋은 것인지 운이 나쁜 것인지. 그녀를 가로막는 것은 그 이상 없었다.

"……."

문은 굳게 닫혀 있었다. 어째선지 칠 벗겨진 그 나무문이 몹시도 높고 무겁게 느껴졌다. 솔은 가만히 문에 손을 짚고 귀를 대 보았다. 모임이 없는 날의 이 집은 무척이나 조용했다.

끼이이익.

잠겨 있지 않았나?

체중이 실리자 문이 저절로 안쪽으로 밀려났다. 솔은 조심조심 마당으로 걸음을 옮겼다.

"계세요?"

충이 쓰던 방도, 시백이 머무는 것으로 추측되는 방도 문이 닫혀 있었다.

"계세요?"

한 번 더 불러 보았지만 대답이 없었다. 솔은 잠시 고민했다. 아무래도 날을 잘못 잡은 것 같았다. 집에 없을 때가 많다더니 오늘이 그날인 듯했다.

하지만 이대로 돌아가기엔 너무 아깝지 않은가. 그렇다면……

"잠입?"

말한 순간 자기 입을 주먹으로 톡 쳤다. 항상 이 입이 방정이었다. 솔은 눈을 감고 자기 입 앞에 손가락을 세웠다. 그리고 다짐하듯 고개를 두어 번 끄덕였다.

그녀는 조용히 충의 방 앞에 앉아 안의 동정을 살폈다. 역시나 인기척은 하나도 없었다. 어쩌면 미처 정리 하지 못한 밀서라든가, 뭔가가 남아 있을지도 모를 일이다. 그녀를 미끼로 차사님을 낚으라고 명령한 자가 분명히 있었을 것이다. 한 번쯤 뒤져 볼 가치는 충분했다.

문고리에 손을 갖다 대고, 솔은 그대로 멈췄다.

적막한 마당이 을씨년스러웠다. 어째선지 텅 빈 마당엔 개미 새끼 한 마리 보이지 않았다.

이럴 때…… 차사님이 계셨으면.

괜한 생각이 들었다. 아주 오랫동안 못 만난 기분이었다. 그렇게, 산 속에서 그렇게 헤어진 뒤로 그는 정말 한 번도 그녀를 찾아오지 않았다.

……무엇을 하고 계신 것일까? 여전히 그들의 뒤를 쫓고 있을

까? 분명히 그 성질에 고전하고 계실 텐데. 내 도움이 몹시도 아쉬울 텐데. 아니라고 생각하고 싶겠지만 사실일걸.

솔은 킥킥 웃었다.

그러고 보니 그 재수 없는 나리께선, 내 말을 제대로 전해 주셨으려나?

……그래서 더 안 나타나기로 한 건가, 설마?

잠시 망연자실해졌다가, 고개를 마구 저었다.

"하하, 아니야. 아닐 거야. 내가 무슨 말을 했다고. 그냥, 어, 해야 할 말을 했을 뿐이잖아. 고맙다고도 했고. 음. 사과도 했고."

정확히 무슨 말을 했는지는 기억나지 않지만 아주 속 시원하게 할 말을 다 했다는 느낌만은 뚜렷했다. 그러다보니, 공연히 스멀스멀 화가 나기 시작했다.

"아니, 내가 틀린 말 했나? 누구한테 물어봐도 전부 다 내가 맞다고 할걸! 본인만 인정 안 하는 것뿐이지. 하여간 성질이……! 자기도……!"

솔은 어깨를 떨어뜨렸다. 무심결에, 그녀는 자기 입술에 손가락을 갖다 댔다.

"자기도…… 나한테 사과할 일 있으면서."

갑자기 피로가 몰려왔다. 몇 날 며칠, 계속해서 그녀를 괴롭히던 고민과 번뇌가 다시 등허리에 묵직하게 얹히는 느낌이었다. 아빠한텐 말할 수 없었다. 아빠가 엄마를 잃고 얼마나 괴로워했는지 온 동네가 다 알았다. 저러다 마누라 따라 바로 가겠다. 그럼 저 핏덩이는 어쩌누. 마을 사람들 전부가 안타까워하고 걱정했다고 철들기 전부터 들어왔다.

솔은 혼자서 이 문제를 해결할 셈이었다.

혼자서.

하지만…… 그래도.

"아니야. 괜찮아."

생각의 꼬리를 단호히 잘라냈다. 문고리를 잡은 손에 힘을 꾹 주었다. 솔은 중얼거렸다. 주문처럼. 결연한 목소리로.

"난 할 수 있어!"

"무엇을요?"

"으아악!"

솔은 비명을 지르고 말았다.

상대도 마주 비명을 질렀다.

"누, 누구……?!"

가당치 않은 질문을 던지고 마는 솔이었다. 상대가 놀란 숨을 몰아쉬며 스스로를 가리켰다.

"저, 저요? 저……는 여기 사는 사람이죠?"

"으윽."

윤시백이었다. 외출했다가 방금 들어온 듯한 모양새였다. 선비는 또 한 손을 갓 끄트머리에 대고 놀란 가슴을 누르고 있었다. 보기보다 심약한 남자였다.

솔은 어색하게 웃었다. 잡생각 하다가 좋은 기회를 놓치고 말았다. 아니, 다행이라 해야 할지도 몰랐다. 방을 뒤지다가 마주친 것보다는 나으니까.

태연하게 대처하기로 했다. 일단 그렇게 하려고 노력해 보았다.

"안녕하세요? 오랜만이에요."

시백은 잠시 침묵했다. 툇마루에 네 발로 기어올라, 남의 방 문고리를 꼭 쥐고 생긋 웃고 있는 이 여자를 어떻게 해석해야 할지 알 수 없었다.

솔은 뒤늦게 자기 손 위치를 자각하고 후닥닥 문에서 떨어졌다.

"죄송해요! 답이 없으시기에 안에 계신가 해서."

"제 방은 저쪽입니다."

시백은 난처하게 웃으며 옆방을 손가락질했다. 솔이 큰 깨달음을 얻은 듯 고개를 끄덕였다.

"……가실까요?"

시백이 앞장서자 솔도 슬그머니 미끄러져 내려와 그의 뒤를 따랐다.

이쪽 방문도 잠겨 있지 않았다. 시백은 아무렇지 않게 문을 활짝 열고 방으로 들어갔다. 솔이 밖에서 머뭇거리는 사이, 그는 급하게 방을 이리저리 정리하기 시작했다.

"죄송합니다. 정말로 오실 줄은 몰라서."

"헤…… 저는 허튼 소리는 하지 않아요. 정리하실 것 없어요! 괜히 폐만 끼치네요."

"괜찮습니다. 어차피 일도 없이 놀고먹는 게 일상이라……."

그는 마지막으로 벽 양쪽의 문을 모두 있는 대로 열어 젖히고서야 솔을 돌아보았다.

"이러면 좀 오해를 덜 받을까요?"

"이 경우에 대해서는 제가 경험이 많은데요."

솔은 눈을 반짝였다.

"다 보여 주면서 결백을 주장하느냐, 아예 다 숨겨서 범행을 은폐하느냐의 문제가 아닐까요?"

"······."

시백은 엉거주춤하게 서선 솔과 문을 번갈아 바라보았다. 솔 역시 고민이 되었다.

지금부터 나누려는 이야기를 생각하면······ 문은 닫는 것이 좋았다. 누구 귀에도 들어가지 않았으면 하는 이야기이니까. 독경회의 누군가가 불시에 들이닥쳐 대화를 엿들을 가능성을 배제할 수 없었다. 그리고 이 집은 현이 오라버니도 알고 있고, 재수 없는 나리도 알고 있고, 차사님도 알고 있다. ······특히 이 셋에게는 절대 들려주고 싶지 않은 이야기였다.

하지만 이 남자를 믿어도 되는 것일까?

윤시백. 현이 오라버니나 병판댁 나리랑 큰 차이 없이 비슷한 연배인 듯하나 그 둘과는 확연히 다른 남자였다. 부드럽고, 어딘지 허술하게 풀려 먼 곳을 보는 듯한 눈빛. 언제나 웃을 준비가 되어 있는 입매. 해사하고 단정한 얼굴은 언제 어디서든 누구에게든 열려 있다는 듯 경계가 전혀 없고 빈틈투성이라, 어떤 말이든 거리낌 없이 하게 되고 그의 말도 그렇게 듣게 되는…… 그런 남자.

독경회 모든 사람들이 그를 애정하고 존경했다.

그리고 어째서인지…… 어느 순간부터, 어딘지 모르게 아주 낯익은 느낌이었다.

이 사람이 짐승으로 돌변할 가능성은? 상상이 안 되는데.

그러면서도 옷매무세를 다듬는 척, 가슴께에 숨겨 놓은 단검을 더듬어 보았다. 저승사자가 남기고 갔던 바로 그 칼이었다.

"그럼 어떻게 해야……?"

"열어 두죠."

솔은 결론은 내렸다. 아빠와 현의 얼굴이 머릿속을 스치고 지나갔다. 이 이상 그 둘에게 걱정을 끼치고 싶지는 않았다.

시백은 안도한 듯 한숨을 내쉬었다. 그래서 솔은 기분이 이상해졌다.

서안을 마주하고 둘은 자리에 앉았다. 활짝 연 양쪽 문으로 선선한 바람이 오가며 책장을 날렸다. 저 먼 곳에서 매미 우는 소리가 진득하게 꼬리를 끌었다.

솔은 눈을 감았다.

"그럼…… 어디서부터 시작하면 좋을까요."

시백의 목소리가 아득하게 들려왔다. 솔은 가슴 깊이 숨을 들이마셨다. 천천히, 깊게. 그리고 눈을 번쩍 뜨고 한 번에 숨을 뱉어냈다. 마음의 준비는 이미 충분했다. 필요한 것은 마주할 용기뿐. 솔은 천진하게 웃었다.

"나리. 저는 이 책, 어디까지가 사실이고 어디까지가 이야기인지 그것부터 알고 싶어요. 지어 낸 이야기를 철썩같이 믿고 외우고 싶진 않거든요. 헤헤."

당돌하고 무례한 질문이었지만 시백은 그저 가볍게 웃으며 말을 받았다.

"글쎄요. 다 꾸며낸 이야기 아닐까요?"

"네?"

"저는 학자입니다. 이런 허무맹랑한 일들이 진짜 있었던 일이라곤 생각하지 않아요."

……당신 자하원 맞아? 아니, 이보시오. 여러분. 당신들 이 사람 이런 줄 알고 같이 독경회 같은 거 하고 있는 거예요?

솔은 눈만 껌벅였다.

"다만, 실제 일을 뿌리로 삼고 살을 붙인 것이겠지요. 사람이란 온전히 새로운 것을 스스로 만들어낼 수 있을 만큼 똑똑하지 않으니까. 예를 들어……."

시백은 긴 손가락을 뻗어 책장을 넘겼다. 한 장 한 장 넘어가는 책장을 따라가던 솔의 얼굴이 조금씩 굳어갔다.

"이 자혜와 사율의 이야기 말입니다."

어…… 왜? 어떻게 곧바로?

얼굴에서 핏기가 몽땅 빠져나가는 기분이었다. 솔은 주먹을 꼭 쥐었다. 시백의 눈은 책장을 짚은 자기 손 끝에 고정된 채였다.

"상제이든 천선이든, 알 게 뭡니까. 하지만 우리의 시조로 이 두 여인이 있었음은 분명하죠."

"그……럴까요?"

"날개를 잃은 천선이라니 웃기지도 않습니다. 그래도 해와 달, 불과 물, 산천초목과 온갖 짐승들이 그 앞에 무릎을 꿇고 노래를 불렀다는 대목은 눈길이 가죠. 시조들의 비범함을 강조하기 위해 꾸며낸 이야기라 볼 수도 있겠지만 저희 자하원은 지금까지도 '천선'의 힘을 굉장히 중요하게 생각하고 있으니까……."

솔은 조심스럽게 고개를 들어 시백의 얼굴을 바라보았다. 시백은 여전히 자기 손 끝만 쳐다보고 있었다. 권태로운 표정이었다.

"뭔가 남들과는 다른 점이 있었을지도 모르겠네요. 여기 나오는 대로 짐승들과 말이 통했을 수도 있고."

시백의 시선이 솔의 얼굴을 향했다.

"요즘도 흔하지 않습니까. 작두를 타고 방울을 흔드는 자들과 같은 부류였을지도요."

"그런…… 거예요?"

"아닐 수도 있고."

시백이 피식 웃었다. 솔은 그 웃음이 낯설었다. 그녀는 마른 침을 삼키고 입을 열었다.

"그런데 뒤에는 자혜의 이름이 나오지 않아요. 계속 사율의 이야기만 나오던 걸요?"

그랬다. 분명히 처음엔 인세에 떨어진 것이 천선 둘이라 했는데, 이후로는 사율이라는 여선이 어떤 이적을 행하고 어디를 여행하며 어디서 숨이 다하였는가에 관한 이야기, 그녀가 인간의 죽음을 맞이한 자리에 벼락이 치고 불기둥이 일어 그 시신을 하늘로 돌려보냈다는 이야기들만 이어졌다. 그렇게 '마지막' 여선이 떠나자 상제가 또 다른 천선을 내려보냈다는 것으로 이 땅을 떠도는 천선은 대물림을 끝냈다고 하고.

도대체 자혜에게…….

'어쩌면' 솔의 어머니일지도 모르는 그녀에겐 무슨 일이 일어났던 것일까?

"배신의 역사를 알릴 필요가 있겠습니까?"

"네?"

시백은 고개를 비스듬하게 기울였다.

"자하세경은 일반 신자들에게 보급하기 위해 간략히 간추려진 이야기입니다. 그래서 쉽고 좋은 이야기들만 담아 뒀죠. 교조 어르신의 뜻이 그러했으니까."

"나리께선 나머지 이야기를 알고 계세요?"

"학자라 말씀드리지 않았습니까. 관련 기록들은 모두 읽어 보았죠. 자혜는…….."

한순간, 그의 눈에 알 수 없는 빛이 스쳤다.

"도망쳤습니다."

"도망?"

"사람의 몸으로 세상의 고난을 견뎌야 하는 그 의무에서. 혈육이라 추측되는 사율에게 모든 짐을 넘기고, 그녀를 내팽개치고 혼자 사라져 버렸죠. 기록자의 눈이 닿지 않는 곳으로."

솔의 목 뒤에서 식은땀이 흘러내렸다.

"산 넘고 물 건너, 어쩌면 저 바다도 건너 우리는 알지 못할 어딘
가에서, 유일한 혈육이 홀로 자기 몫의 고통까지 감내하다 죽는 순
간까지도 그 어느 기록에도 남지 않는, 조용하고 평범한 생을 살고
있을 테죠."

아니야.

"그래서 우리에게 그녀는 패배자, 라거나……."

그런 게 아니야.

"배신자라거나……."

말마디 하나하나를 꾹 찍어 누르는 듯한 목소리로, 시백은 말을
이었다.

"도망자로 불립니다."

그런 게 아니야. 그렇지 않아. 그건 당신들이……!

엄마는……!

"전 요즘 그 부분을 연구하고 있어요."

"……네?"

"지금 자하원이 모시고 있는 새로운 천선…… 또는, 그렇게 불리
는 자."

시백은 천천히 한 손을 들어올렸다. 그는 자기 손끝을 물끄러미
내려다보았다. 솔도 홀린 듯 그쪽을 바라보았다. 퇴색한 반지가 흐
릿하게 빛났다. 손끝에 먼지라도 묻은 듯, 그는 엄지와 검지를 가볍

게 맞댔다.

"그는 자혜를 어떻게 생각하고 있을까?"

"……"

사율의 뒤를 이은 유일한 자. 배신의 기억을 물려받은.

"그 여자와 그 여자가 남긴 흔적들에 대해, 어떤 감정을 가지고 있을까?"

흔적……?

솔은 눈을 크게 떴다. 길 잃은 시선이 시백의 눈과 마주쳤다. 그는 웃고 있었다.

따악 하는 소리가…….

"솔……? 이봐요."

어지럽다.

"정신 차려요! 괜찮아요?"

"어…… 어?"

천장이 보였다. 빙글빙글 돌면서. 시야 한구석으로 셋으로 갈라진 얼굴이 보였다.

"나……리?"

"아아, 다행이다. 정신이 좀 듭니까?"

혼비백산한 시백이었다. 눈을 질끈 감았다 뜨자, 겨우 눈에 초점이 맞았다.

"제가 왜?"

"갑자기 쓰러지셨습니다. 사람을 좀 불러올게요."

"아, 아니에요."

솔은 억지로 몸을 일으켰다. 머리가 깨질 듯이 아팠다. 그녀는 양
손으로 머리를 감싸 쥐고 신음했다.

"사람…… 부르지 마세요. 저 집에 가면 되어요."

"이대로 어떻게 갑니까?"

시백이 나무라듯 만류했다. 하지만 솔은 열심히 손을 내젓고는
일어났다.

"기다려 주시는 분 계시니까 괜찮아요."

빨리 돌아가야 한다, 그 생각만이 머릿속에 가득했다. 부축하려
는 손도 한사코 거절하고 솔은 대문까지 걸어갔다.

"오늘…… 감사했어요."

메슥거리는 속을 꾹 누르고 솔은 말했다.

"궁금한 게 생기면…… 또 와도 되어요?"

"언제든지요."

시백이 어쩔 줄 몰라 하며 대답했다. 인사도 하는 둥 마는 둥 하
고 솔은 거리로 나섰다.

왜 이러지? 뭘 잘못 먹었나? 무례도 이런 무례가 없다. 저 나리께
는 나중에 제대로 사과해야겠다. 아직 보고 있으려나?

등 뒤를 향해 열심히 팔을 흔들어 줘 보았다.

한 걸음 한 걸음 딛을 때마다 금방이라도 땅이 솟구쳐 올라 이마
를 때릴 것만 같았다. 주막까지는 어떻게든 가야 했다.

……아무래도 안 될 것 같았다.

솔은 바닥에 털썩 주저앉았다. 가까운 곳에서 천둥소리가 우르 릉 울려 퍼졌다. 어느새 하늘은 시커먼 먹구름으로 덮여 있었다. 빗 방울이 툭툭 떨어지더니 순식간에 빗줄기로 변했다. 소나기였다. 사람들이 소란스럽게 이리저리 뛰기 시작했다.

"이봐요, 괜찮아?"

"아, 네."

어린 아이 손을 잡고 뛰던 아낙이었다. 그녀가 내민 거친 손을 솔은 멀거니 바라보았다.

"이러고 있으면 감기 걸려. 어서 잡아요."

솔은 그 손을 잡았다. 그녀는 단번에 솔을 일으켰다. 머리에 빈 광주리를 쓰고 있던 아이가 엄마의 옷을 잡아끌었다. 빗줄기가 더 강해졌다. 아낙은 아이한테 이끌려 도망치듯 사라졌다.

"……아."

머리가 식었다. 온몸이 비에 홀딱 젖을 지경이 되자 머릿속이 맑 아졌다. 아낙과 아이의 뒷모습을 오래도록 바라보았다. 몇 번 숨을 가다듬고, 그녀는 걸음을 옮겼다. 이제 주막 앞이었다.

아직 어지럽기 했지만, 견딜 만했다.

"솔아?"

주막 처마 밑에 있던 현이 기겁했다. 흙탕물에 젖어 엉망이 된 차림새에 놀란 것이다. 솔은 씩 웃으며 오히려 옷을 펼쳐 보였다.

"넘어졌어요!"

현은 말을 더 잇지 못하더니 앞으로 걸어 나왔다. 솔도 그를 향해 한 걸음씩 다가갔다. 현의 넓은 소매가 솔의 머리 위로 드리워졌다.

"잘하는 짓이다."

"전 못하는 게 없지요."

다시 처마 밑에 다다랐다. 같이 비를 피하던 자들이 의아한 눈으로 둘을 훔쳐보고 있었다. 몸을 돌리자, 이제야 주막 입구에 새로 들어서는 석도의 모습이 보였다. 넓은 어깨 위로 튀는 빗방울이 웅장하기까지 했다. 솔은 그를 향해 급히 손짓했다.

"어서 와요, 아저씨!"

석도가 환한 얼굴이 되어서 달려왔다.

"하고자 했던 일은, 잘 해결했니?"

머리 위에서 현의 목소리가 들려왔다.

"네."

솔은 대답했다. 버릇처럼 끌어올린 입가가 떨려왔다.

"……아주 잘요."

***

작은 체구가 위태롭게 비틀거렸다. 좌로 우로 휘청이던 그녀가 팔을 번쩍 들었다. 인사하듯 붕붕 휘두르고, 그 서슬에 본인이 넘어질 뻔하다가 겨우 균형을 잡았다. 솔의 뒷모습이 멀리 사라질 때까지 시백은 자리를 뜨지 않았다.

걱정으로 일그러졌던 얼굴에 먹물 번지듯, 서서히 허무가 번졌다. 언제 그렇게 당황하고 혼비백산했던가. 아득하게 텅 빈 표정으로 그는 돌아섰다. 풀벌레 한 마리 감히 들지 않는 마당을 가로질러, 그는 자신의 방에 조용히 들어가 앉았다.

메마른 눈이 낡은 책장의 한구석에 고정되었다. 열어 둔 양쪽 창으로 바람과 시간만 드나들었다. 소나기가 또 한참 퍼붓다 그치고, 처마 밑으로 빗물 뚝뚝 떨어지는 소리만 가득한 오후였다.

끼이익.

대문을 밀고 들어오는 손이 있었다.

"계시오?"

넉넉하게 울리는 목소리. 거지꼴을 겨우 면한 노인이었다. 흙먼지에 절고 여기저기 헤어져 누더기나 다름없는 옷을 걸치고, 봇짐 하나에 긴 지팡이 하나. 구멍 난 삿갓 아래의 얼굴은 시커멓게 타 있었다. 삿갓 그늘 아래에서도 두 눈만은 화등잔처럼 번쩍였다.

방 안의 시백을 발견한 노인은 껄껄 웃었다.

"사람이 왔는데 대꾸를 안 하시오!"

"미친 노인네가 기어이 안 죽고 살아왔군."

혼잣말 같은 폭언이었다. 시백은 노인 쪽을 돌아보며 차갑게 웃었다. 노인은 만면에 희색을 띠고 마루 위에 걸터앉았다.

"어이구, 좋다! 그 좋은 집은 놔 두시고 왜 이런 시장통에 처박혀 계시오? 찾는데 한참 걸렸잖소."

뜯어지기 직전인 짚신을 벗어 멀찍이 집어던졌다.

"하긴 우리 원주님 속을 누가 알겠나. 나도 10년 넘게 봐도 모르겠는걸. 여튼 나 돌아왔소. 보다시피 죽지도 않고 좋은 구경 많이 하고, 좋은 사람들 많이 만나고 왔지. 껄껄껄. 그래!"

자하원의 1대 교조, 수천 교도의 큰어르신 자성(自醒) 정해준이 하늘이 울리도록 크게 웃었다.

"반갑구나, 한성아! 내가 돌아왔다!"

가슴이 터질 듯이 커다란 웃음소리가 온 마당을 가득 채웠다.

"북방은?"

그 뜨거운 용광로 속에 만년설 하나가 떨어졌다. 서늘하게 날 선 질문에 노인은 거짓말처럼 웃음을 멈추었다.

"목불인견이지. 아직도 피 냄새가 진동을 하는데 그것이 땅에서도 올라오고, 하늘에서도 내려오고, 사람들 몸에도 배어서 풀풀 날리는 것이라. 얼마나 처참한 광경인지 세 걸음 걸을 때마다 눈물이 솟아 눈이 짓무를 지경이었네."

그의 눈가가 붉그죽죽하게 변했다.

"역시 이대로 두고 볼 수는 없는 일이네. 내 무슨 수를 써서라도, 그이들을 돕고 그이들을 새로운 세상에 데려가 주고야 말 것이야."

"……미친 자."

시백은 천장을 올려다보며 소리 없이 웃었다.

미친 자야. 애초에 북방을 그 꼴로 쓸어 버린 것은 당신의 뜻이었잖나.

"원주께선 별 일 없으셨소? 새봄엔 새 소식이 있게 마련이지. 죽어 있던 개구리도 뱀도 이제 다 다시 살아 나왔을 때가 아닌가. 어디 '좋은 소식'이 없던가?"

시백은 대꾸할 가치도 없다는 듯 가는 눈으로 웃기만 했다. 노인은 입맛을 다시더니 고개를 저었다. 그리고 기지개를 쭉 켜더니 자리에서 일어섰다. 긴 그림자가 서안과 시백 위로 드리워졌다.

그는 높은 눈으로 젊은 원주를 내려다보았다.

"그동안 나 없는 자리 지키시느라 고생 많으셨소, 원주님. 이제 슬슬……."

노인은 탕 소리 나게 지팡이로 바닥을 찍었다.

"세상을 움직일 때요."

八. 좀 더 가까이에

"사특한 무리?"

왕의 한쪽 눈썹이 파르르 떨렸다.

"아뢰옵기 황송하오나, 전하. 사실이옵니다."

예판은 깊이 허리를 조아리고 말을 이었다.

"그들끼리 이름붙이길 자하원이라 하여, 스스로 무리 짓고 다니며 공맹의 도를 뒷전으로 하고, 상제라는 망령된 신을 모시며 제사를 올리고 불온한 서적을 돌려 읽는다 합니다. 무리가 이미 전국 팔도에 걸쳐 있으며 그 수가 수천을……."

왕의 얼굴이 붉으락푸르락해졌다. 그는 예민하고 신경질적인 성정의 남자였다. 손끝이 팔걸이를 반복해 두드리고 긁기 시작했다.

젊은 왕은 이런 이야기를 싫어했다.

"또한……."

"예판."

말을 끊고 들어오는 목소리가 있었다. 감히 주상께 올리는 말을 끊을 수 있는 자, 어전에 많지 않았다. 예판은 아랫입술을 짓씹고는 고개를 들었다.

좌의정 안익태.

"굳이 소문을 부풀려 전하의 심기를 어지럽히는 이유가 뭐요."

"소문이 아닙니다."

"예판이 말씀하시는 정도의 일은 아닌 것으로 알고 있소."

안익태는 왕을 향해 앞으로 나섰다.

"전하, 저 또한 국록을 먹는 자로서 나라의 기강을 해치는 자들을 경계하며 스스로 알아본 바가 있습니다."

"말하시오."

"그들은 무지몽매한 백성들이 세간에 떠도는 서책 한 권을 함께 돌려 읽고 공부하기 위해 만들어진 무리일 뿐입니다. 신이 구해 읽어 본 바, 앞부분은 그저 재미를 돋우기 위해 삿된 옛이야기들을 총합하여 요약한 것이 전부요, 뒷부분은 삼강오륜을 쉽게 풀이한 가르침들과 작물들을 잘 키우기 위해 알아두면 좋을 지식들이 망라되어 있었사옵니다. 잡스러운 서적이긴 하나 도리에 크게 벗어나지 않는 것으로 보입니다. 또한……."

안익태가 헛기침을 하곤 말을 이었다.

"무릇 지나치게 강하면 부러지는 법. 조선이 성현들의 가르침을 받드는 나라라 하나, 어리석은 백성들이 정화수를 떠놓고 잡신에게 기원을 올리는 것까지 국법으로 다스릴 수는 없는 것 아니겠습니까. 내용에 크게 어긋남이 없으니 밝고 넓으신 혜안으로 두루 살피며 지켜보셔도 좋지 않을까 합니다."

"그렇게 생각하시오?"

왕이 초조한 목소리로 물어왔다.

"그러하옵니다, 전하. 염려하실 일이 아닙니다."

병판 서충헌의 인내심은 거기까지였다.

"전하. 신이 들은 것은 다릅니다."

어전의 모두가 숨을 멈추었다. 그러나 서충헌만은 망설임이 없었다.

"그 책이라는 것에 보다 불온한 내용이 많이 담겨 있어, 헛된 믿음을 퍼뜨리고 있다 들었습니다.

푸른 큰 물이 조선땅을 휩쓸 것이다…… 그 위에 새로운 조선이 다시 일어설 것이다. 어떻게 그 말을 쉽게 넘길 수 있는지, 서충헌은 이해할 수가 없었다.

"대감께선 그 책, 직접 읽어 보시었소?"

안익태가 뱀 같은 눈꼬리를 둥글게 휘어놓고 물었다. 서충헌은 그 눈을 똑바로 마주보았다.

"흔히 도는 책이 아니라 아직 제 손에 들어오지 않았습니다."

"나라를 걱정하는 병판의 마음이 저자의 소문에까지 두루 미쳐 있구려. 병조의 일이 요사이 하루가 모자라게 늘어 내내 퇴청을 못 하신다 들었는데."

"……."

"그럼 이렇게 하십시다. 마침 제 손에 그 책이 한 권 들어왔으니, 전하께서 직접 밝은 눈으로 살펴주시는 것이 어떠하겠습니까?"

의외의 제안이었다. 왕은 미간을 잔뜩 모았다가 폈다.

"그게 좋겠소."

영의정과 우의정은 언제나처럼 옳으신 선택이라며 머리만 조아렸다. 선왕 때부터 자리를 지켜온 그들은 당장 내일 쓰러져도 놀랍지 않은 고령이었다. 폭압적이었던 선왕의 긴 치세를 거치며, 폐비 송 씨가 궐에서 쫓겨나고 동궁의 주인이 죽어나가고, 선왕의 뒤를 젊다 못해 어린 주상이 잇는 것을 보며, 그리고 그 금간 살얼음판 같은 성정을 제대로 파악하고 나서 그들은 나름대로 보신의 길을 찾았던 것이다.

무슨 생각입니까, 좌상 대감…….

서충헌은 안익태의 뒷모습을 가만히 노려보았다. 그는 정말로 이해할 수가 없었다.

***

날씨가 부쩍 더워지기 시작하는 것이, 과연 여름이었다. 땡볕은 눈부시고 뜨거웠다. 아이들은 가능할 때마다 처마 밑으로 숨어들었다. 마당 쓸기, 장독대 닦기, 그 외에 그날 그날 주어지는 다른 일들 사이사이마다 열심히 쉬고 놀고 해야 했다. 항상 비어 있는 작은 나리 방 처마 밑이 계집아이들에겐 최적의 놀이터였다.

"내 차례!"

공깃돌 다섯 개가 허공을 날았다. 동글동글한 자갈이 바닥과 작은 손바닥, 손등을 부지런히 오갔다. 한 알이 손끝에 튕겨 톡 떨어졌다.

"아이 참."

"내놔. 내 차례야!"

손이 야무진 아이였다. 손이 컸으니 더 유리하기도 했을 것이다. 공깃돌은 그 손 안에서만 열 번을 돌았다. 동생의 차례는 도무지 돌아올 기미가 없었다.

"언니, 이젠 나."

"안 돼. 나 안 떨어뜨렸잖아."

"그래도! 언니만 계속 하잖아!"

"싫어. 내 꺼야."

아웅다웅은 금방 실랑이가 됐다. 동생은 으앙 울더니 막무가내로 손을 휘둘렀다. 작은 손바닥에 철썩 맞은 손이 공깃돌을 놓쳤다.

"야!"

"으앙!"

따그르르르, 공깃돌 세 개가 툇마루 위를 굴렀다. 아이는 투덜대며 마루 위로 기어 올라갔다. 하나 집고, 저 문 앞까지 굴러간 또 하나를 막 잡으려는데, 방문이 열렸다.

"으어아!"

"……."

까마득히 높은 곳에서 날카로운 눈이 아이를 내려다보고 있었다. 눈이 딱 마주쳤다.

"나, 나으리. 안 계신 줄 알고……! 죽을죄를 졌습니다."

아이가 납죽 엎드렸다. 저 앞쪽에서 동생도 바짝 엎드려 떠는 게 보였다. 이 집에 딸린 아이들이 가장 무서워하는 것은 댁에 거의 계시지도 않는 큰 나리도 아니고, 아이들 볼 때마다 엿 하나씩 물려 주는 마님도 아니고, 초승달 뜬 한밤마다 별채를 거닌다는 작은 아씨 귀신도 아니었다. 어른들이 입을 모아 피해 다니라고 말하는 정신 나간 작은 나리였다. 그러니까 바로 이 사람.

집에 붙어 있는 날이 거의 없는 분이었다. 어젯밤이나 새벽에 또 소리 소문 없이 돌아온 모양이었다. 술을 들었나, 칼을 들었나? 그저 아찔할 뿐이었다.

비단 스치는 소리. 마루가 삐걱 하더니 눈앞에 그림자가 드리워졌다. 아이는 조심스럽게 고개를 들었다. 남은 공깃돌 두 개가 놓인 큰 손이 눈앞에 있었다.

"어……."

아이는 조심스럽게 그 손에서 공깃돌을 받아들었다. 나리는 말없이 사랑채로 향하는 문을 손가락질했다.

나가라.

"네. 가, 가겠습니다!"

아이는 동생 뒷덜미를 잡고 쏜살같이 도망쳤다. 성공적인 도주였다.

"……."

민훈은 신을 신고 마당으로 내려섰다. 바닥에 반사된 햇빛이 눈부실 지경이었다. 눈을 반쯤 감고 안채 앞을 지나칠 때였다. 신 씨가 사람을 앞에 두고 이야기를 하고 있는 것이 보였다.

"……미안하게 됐다 잘 전해 주고. 박참봉 어르신께 드릴 것은 이것이네."

"염려 마십시오, 마님."

나귀에 이것저것 잔뜩 싣고, 김 서방은 곧 대문을 나섰다. 민훈은 그 뒤를 따랐다. 나귀는 느리지만 확실하게 동문 방향으로 가고 있었다. 생각대로였다. 신 씨 성격에 그 일을 그냥 넘어갈 리가 없었다. 자기가 부른 사람을 집 앞에서 돌려보냈다는데 어찌 신경이 쓰이지 않겠는가.

나귀가 한적한 들길로 접어들었다. 무료한지 여기 저기 돌아보던 김 서방은 결국 뒤도 돌아보고야 말았다.

"나, 나리? 여긴 어쩐 일로? 저 따라오신……."

"아닐세."

그냥 발길 가는대로 걷다 보니 동쪽이었을 뿐이었다. 귀찮은 소문은 사양이었다.

그는 김 서방을 지나쳐 앞서나갔다. 한참 걷고 걸어, 마을 입구에서 방향을 틀었다. 그는 마을로 들어가지 않고 반대편 언덕 위로 향했다. 꼭대기의 나무에 등을 기대고, 그는 털썩 앉았다. 나무 그늘 아래 앉으니 부채 바람도 좀 선선히 느껴졌다. 눈 아래로 마을이 한눈에 내려다보였다. 김 서방의 나귀가 어느 한 집에 멈춰 서는 게 보였다.

그녀가 나왔다. 급히 신을 꿰차려다 하나는 마당 저편으로 날려 버리고, 한 발로 뛰어서 나왔다. 작은 꾸러미 하나를 건네받더니 어쩔 줄 몰라 하며 마구 허리를 숙여 댔다. 김 서방이 오히려 민망해하며 돌아나오는 듯했다.

"요란해……."

저럴 힘이 어디서 나오는 걸까, 도대체.

짙은 피로가 물밀듯이 밀려 왔다. 밤이면 밤, 낮이면 낮, 쉬지 않고 뛰고 있는데도 소득이 없었다. 초조함이 몸과 마음을 슬금슬금 깎아먹기 시작하고 있었다. 마음이 흔들리니 몸이 흔들렸다. 어쩌면 반대일지도 모를 일이었다.

그냥 고관대작들의 집들을 하나씩 모조리 털어 볼까. 그 집 경호는 어느 정도지?

이젠 그런 계산마저 뽑아 보기 시작하고 있었다.

머리 위에서 매미가 긴 울음소리를 뿌리기 시작했다. 나무 사이로 드는 바람은 생생하고 선선했다. 흙냄새, 풀냄새가 은은히 올라오는 맨바닥은 어린 시절을 떠올리게 했다. 그때는…… 참…….

부채 쥔 손을 무릎에 내려놓았다. 그는 눈을 감았다.

잠깐이라고 생각했다.

"……진짜잖아?"

아득한 목소리.

"……보세요. 여보세요."

하. 미친 건가. 저 목소리가 지금 왜 들리지.

그렇게 생각한 찰나 쩽 하고 매미가 큰 울음을 터뜨렸다. 눈이
번쩍 떠졌다.

이솔의 심각한 얼굴이 바로 앞에 있었다.

"살아 있네?"

대뜸 폭언이었다.

민훈은 순간 떨어지려는 턱을 단속했다.

잠들었다고? 내가?

무심결에 입가를 가렸다. 자신의 허술함을 믿을 수가 없었다.

아니, 그것보다도, 하필 이 여자 앞에서!

"아이고…… 정말 돌아가신 줄 알았습니다. 숨도 안 쉬시는 것
같더라니까요."

솔은 민훈 앞에 쪼그려 앉아 있었다. 둘 다 앉았는데도 눈높이가
달랐다. 그녀는 민훈을 근심스럽게 올려다보며 고개를 끄덕였다.
첫 말은 참 호쾌하더니, 그가 정신을 차리자 열심히 눈치를 보고
있었다.

"다행이에요. 아무래도 사람을 부르는 게 좋겠다 싶어서 막 일어
나려던 참이었……."

"절대 안……."

"안 되겠지요? 그, 그럼 저 혼자 어떻게 나리만 한 분을 송장 치지요?"

송장 뭐……?

화낼 기운도 없었다. 그러고 보니 화가 난다는 느낌도 참 오랜만인 것 같았다. 자포자기한 심정으로, 민훈은 힘없이 물었다.

"여기는 어떻게 온 거냐?"

"아. 저 매미가 하도!"

솔은 말을 맺지 못했다. 그녀는 눈을 굴리더니 어색하게 웃었다.

"시끄럽기에 얼마나 큰 놈인가 하고 구경 왔다가……?"

매미냐? 매미가 불러 올린 거야?

정작 솔 본인은 저승사자가 그일 것이라고는 상상도 못하고 있건만, 이 동네 산 것들은 그의 정체를 모조리 알고 있는 듯한 기세였다. 다행히 솔에게 그것까지 전한 눈치는 아니지만.

"……매미만도 못한 거냐?"

"네?"

"아니다."

민훈은 자리를 털고 일어섰다. 이제 슬슬 돌아가 볼 참이었다. 어째선지 들켜선 안 될 것을 들킨 듯 속이 껄끄럽고 찝찝했다. 애초에 자신이 여기에 왜 온 것인지도 알 수가 없었다.

"벌써 가십니까?"

솔이 초조하게 물어왔다. 민훈은 한쪽 눈썹을 들어올렸다.

"왜?"

"볼일 있으셔서 들르신 것 아니셨나요? 이 마을, 볼 것도 없고 먹을 것도 없는 곳인데 굳이 찾으셨기에."

"박참봉댁에 가는 선물을 함께 살피러 왔던 것뿐이다."

"아, 저는…… 혹시……."

솔은 우물쭈물하다가 겨우 말을 이었다. 기어들어갈 듯한 목소리였다.

"차사님께서 전하실 말씀이 있으셨나 해서……."

민훈은 잠시 멍한 눈으로 솔을 바라보았다. 그녀는 공연히 발끝으로 땅을 차며 눈을 못 마주치고 있었다. 민훈은 허, 짧게 숨을 뱉었다.

"그래. 있었지."

"정말요?"

"허튼 짓일랑 그만하고 집에 잘 처박혀 있으라고 하더라. 그리고 어차피 너도 자기 말 안 들을 테니, 자기도 네 말 안 들을 것이라더군."

뿌득 하고 이 가는 소리가 들렸다. 참으로 정직한 반응이었다. 어쩌면 그를 대할 때와 차사를 대할 때가 저렇게 다를 수가 있는지.

민훈은 고개를 기울이며 팔짱을 꼈다.

"밥은 잘 챙겨먹고 다니느냐?"

"그런 것은 또 왜 궁금하대요?"

"방금은 내 말이다. 안색이 나쁘구나."

그랬다. 지난번에 집에서 봤던 때보다 낯빛이 좋지 않았다. 본래도 뽀얗게 밝은 피부색이 특색인 아이였지만, 오늘은 흰 정도가 아니라 창백한 지경이었다. 며칠간 제대로 못 잔 듯이. 이상하게도 신경이 쓰였다.

솔은 화들짝 놀랐다. 크게 뜬 눈을 몇 번 깜박이곤 곧장 허둥대기 시작했다.

"괘, 괜찮습니다. 고민할 일이 있어 요사이 잠을 좀 설쳤을 뿐입니다!"

이 여자가 고민이라는 걸 할 때가 있다니, 민훈은 순수하게 놀랐다. 그 사이 솔은 바닥에 놓아 뒀던 꾸러미를 들어올렸다. 그리고 곧바로 허리를 꾸벅 숙였다.

"그럼 나리. 저는 이만 가 보겠습니다."

"……."

"혹시라도 차사님 뵐 일이 있으시면 이 말만 좀 전해 주실 수 있으실까요?"

"말해라."

솔은 조심스럽게 말했다.

"가만히 생각해 보니 그날, 사냥꾼 아저씨한테서 중요한 이야기를 들은 게 있거든요. 직접 찾아오면, 들려주겠다고요."

민훈의 입이 자기도 모르게 벌어졌다.

"뭐?"

"'직접'입니다. 반드시."

다시 한 번 강조하는 솔이었다. 민훈은 돌아서려는 그녀를 다급히 붙잡았다.

"잠깐만!"

"아이고 네, 나리."

"무엇하러 굳이 번거로운 짓을 하느냐. 그냥 내게 말해라."

"감사합니다만, 제가 차사님을 꼭 뵐 일이 있어서 그럽니다. 할 말도 많구요. 아주아주!"

그 말 별로 듣고 싶지 않은데! 그 나무 밑에서 그만큼 쏟아 내고도 또 할 말이 남았단 말인가? 아니, 일단 전해 줄 정보가 있다는 건 사실일까? 애초에 독경회에선 아무 말 없다가 이제 와서?

막 물으려는 찰나.

"부탁드립니다. 그럼 이만! 전 급히 갈 곳이 있어서!"

솔은 대답도 기다리지 않고 성큼성큼 길을 내려가기 시작했다. 민훈은 어이가 없었다. 큰 걸음으로 솔을 뒤따르기 시작했다. 그걸 본 솔이 기겁해서 우다다 내달리기 시작했다. 민훈은 아랫입술을 씹었다.

"거기 서라! 누가 잡아먹느냐?"

"이익……! 불편해 죽겠네, 진짜. 그 매미 자식 때문에!"

개미 소리만 하게 중얼거렸지만 민훈에겐 다 들렸다. 민훈은 잠깐 하늘을 바라보며 마음을 다스렸다. 덕분에 평온한 목소리로 말하는 것에 성공했다.

"앞장서라. 같이 가자."

"어, 어디를요?"

"어디든 지금 가야 한다는 그곳. 가면서 이야기하면 될 테지."

"나리껜 더 드릴 말씀이 없…… 아."

솔은 눈을 동그랗게 떴다.

"그러고 보니 차사님과도 인연이 있는 곳이군요. 같이 가 보시겠어요?"

"……?"

"아, 아니다. 꽤 멀어요. 역시 그냥, 안녕히 계세요."

왜 말을 바꾸는 거냐.

민훈은 손을 들어 또 도망가려는 솔을 제지했다. 솔은 크흑 소릴 내며 멈춰 섰다.

"가자."

"……네."

솔이 마지못해 앞장섰다.

그와 인연이 있는 곳이라니, 떠오르는 바가 없었다.

***

왜 기억을 못 해냈던 것일까.

"우애애애애아아앙!"

민훈은 사립문 밖에서 얼어붙어 버렸다.

"동이야아!"

"솔아!"

우는 아기를 달래며 마당을 돌던 이가 환하게 웃었다. 솔은 옆에 선 민훈의 존재를 잊은 듯 (여기까지 걸어오는 길에서도 마찬가지긴 했지만) 그 앞으로 달려 나갔다.

"얘야? 얘지? 어떡하지, 진짜 작아!"

"목소리는 엄청 커."

솔이 얼굴을 들이밀자 아기가 울음을 뚝 그쳤다.

"오, 그쳤어."

솔의 말에 동이는 그저 쓴웃음만 지을 뿐이었다. 아기 엄마의 직감은 정확했다. 아기는 솔을 빤히 보는 듯하더니, 입을 씰룩이기 시작했다. 솔이 놀라 뒤로 물러났지만 두 배로 커진 울음보가 제대로 터지고야 말았다.

"미안……."

"뭐가 미안해? 근데 솔아. 저분, 누구……?"

"아."

솔은 그제야 민훈 쪽을 돌아보았다.

"……왜 안 들어오세요? 동이야. 내가 일하러 다니는 댁 나리셔. 오다가 우연히 만났는데, 음. 그래. 저승사자님이랑도 친하시지."

"아아! 저승사자님도 아시는 분이시구나?"

저승사자 이름 너무 쉽게 부르는 거 아니냐?

도성 안 사람들은 아직도 저승사자라면 어깨를 움츠리는데 이 집의 두 여자는 그 이름을 친인척 부르듯이 하고 있었다. 민훈은 입맛이 썼다.

"어, 어떡하지. 집이 누추해서……."

"같이 들어가실래요, 나리? 이것 함께 드셔도 좋을 텐데."

솔이 들고 온 꾸러미를 흔들어 보였다. 신 씨가 싸 보낸 먹을거리들을 나눠 온 모양이었다. 어찌어찌 분위기에 휩쓸려, 민훈은 방 안까지 끝내 밀려들어 가고 말았다.

솔이 부지런히 가져 온 떡이니 약과니 하는 것들을 바닥에 차렸다. 한번 가까이서 본 적도 없는 양반을 집 안에 모셔놓고 어쩔 줄 몰라 하던 동이도, 그 음식들에 그만 긴장이 풀려 버렸다.

"이게 다 뭐야?"

"좋은 건 나눠야지. 요즘 힘들지? 어서 좀 먹어. 나리께서도 드시고요."

아기 안고 있는 친구 입에 약과 하나를 먼저 넣어 주고, 솔은 꾸러미 아래쪽을 뒤적이더니 뭔가를 더 꺼냈다.

"흐흐흐, 아기야! 이모가 선물 가져왔다?"

노란 병아리가 수놓아진 옷가지였다.

"어머, 솔아. 뭘 또 이렇게…… 고마워."

"너 주는 거 아니거든? 조카 주는 거야. 우리 조카님, 나중에 이모한테 고맙습니다 해야 해요?"

솔이 병아리를 눈앞에 들어 보여 주자 아기가 뭐라 옹알거리기 시작했다. 민훈은 반쯤 넋이 나간 채 그들 모습을 보고만 있을 뿐이었다. 솔이 뒤늦게 설명을 시작했다.

"이 아기, 저승사자님께서 살려 주셨거든요. 아기 나오는 날 큰일이 날 뻔 했는데, 마침 지나가던 차사님께서 도와주셔서 엄마랑 아기랑 무사했어요."

"……그랬나?"

협박했던 것 같은데. 협조 안 하면 암호문 찢어 버리겠다고.

그때 그 핏덩이가 이 아기라니 실감이 나지 않았다. 안 웃긴 놀이판 한가운데 던져진 기분이었다. 엄마 품에 있던 아기가 고개를 요리조리 돌리더니 민훈 쪽으로 얼굴을 맞췄다. 까맣고 반짝이는 눈동자가 민훈을 향했다. 민훈은 홀린 듯 그 눈을 마주 들여다보았다. 눈도 안 깜박였다. 그를 빤히 한참 바라보던 아기가, 한순간 입을 반달 모양으로 만들며 함박 웃었다.

"……."

뭐라, 말로 표현이 안 되는 기분이 되어 버렸다.

솔와 동이는 그동안 못 다한 이야기를 하느라 정신이 없었다. 그 사이 민훈 쪽을 보며 방긋방긋 웃던 아이가 갑자기 칭얼대기 시작했다. 솔은 당황했다.

"응? 갑자기 왜 이러지?"

"졸린 것 같군."

대답은 동이가 아니라 민훈에게서 나왔다.

"맞습니다, 나리."

동이가 아기를 안고 일어서다가 휘청했다. 솔이 깜짝 놀라서 친구를 부축했다. 갓난아기 기르느라 제대로 먹지도 자지도 못한 동이 몸은 영 보기 안 됐을 정도였다. 솔이 두 팔을 내밀었다.

"내가 재워 볼까?"

"어려울 텐데. 괜찮겠어?"

"미리 연습하는 셈 쳐야지. 헤헤."

"시집부터 가야……?"

"조용히 해."

솔이 으르렁거리자 동이가 피식피식 웃었다. 솔은 조심스럽게 아기를 받아 안았다. 엄마 팔에서 떨어지자마자 아기는 울음을 팡 터뜨렸다. 솔이 어설프게 아기를 안고 흔들기 시작했다.

"아, 아니. 솔아. 그렇게 말고……."

"재우는 게 아니라 기절시킬 셈이로군."

예상치 못한 곳에서 지적이 들어왔다.

저 말투 정말!

솔은 입을 비죽이며 민훈을 돌아보았다. 민훈은 피로에 푹 절은 목소리로 다시 말했다.

"세워 안아 봐라. 어깨에 머리 기대게 하고."

"……?"

솔의 의심에 찬 눈초리로 동이를 바라보자, 동이가 놀란 얼굴로 고개를 끄덕였다.

"이……렇게요?"

"상체 더 뒤로 젖히고. 편안히 기대게."

"이렇게요?"

"등도 토닥여 줘야지."

어떻게 그런 것도 모를 수 있냐는 듯이 조금은 힐난조였다. 생전 남자한테, 그것도 젊은 남자, 그것도 양반한테서 이런 가르침을 받을 것이라곤 상상해 본 적도 없던 솔은 억울하기까지 했다.

"……이렇게요?"

"그 아이 성격도 너만큼 급할 줄 아느냐? 더 천천히."

솔은 울상이 되었다.

"이렇게 하면 되나요?"

"그래. 그럼 이제 걸어 봐라."

동이가 눈이 휘둥그레져서 물었다.

"어찌 그리 잘 아십니까, 나리?"

"그래요! 어떻게!"

민훈은 두 여자를 번갈아 올려다보더니, 담담하게 대답했다.

"누이동생을 내가 키웠으니까?"

***

솔은 결국 아기를 재우는 데 실패했다. 한참 울던 아기는 엄마 품에 돌아가자마자 뚝 그쳐서 솔을 좌절시켰고, 바닥에 내려놓자마자 다시 깨서 세상 서럽게 오열하는 것으로 동이도 절망시켰다. 요새 특히 자주 깨고 쉽게 안 자서 힘들다고 했다. 솔과 민훈은 도망치듯 집 밖으로 나왔다.

"동이 대단해……."

솔이 멍하니 중얼거렸다. 그러다, 다시 아기를 안고 토닥이는 시늉을 해 보기 시작했다.

"더 느리게."

"……."

옆에 선 민훈이 보지도 않고 지적했다. 솔은 입술을 앙 다물었다. 잠자리 한 마리가 둘 앞을 스쳐 날아갔다.

"오누이간에…… 사이가 좋으셨을 것 같아요."

"그랬던 것 같기도 하고."

대체로, 어린 시절 기억이라면 업어 줄 때마다 머리카락을 쥐어뜯으며 까르륵거리던 것이 제일 먼저 떠오르지만.

신 씨는 그를 낳으며 허리가 크게 상했다 들었다. 터울 많은 누이동생을 낳고도 한동안 자리에서 일어나지 못했다. 아이를 안고 업어 줄 이는 집에 얼마든지 있었으나…….

민훈은 그 일이 자기 몫인 것만 같았다.

처음엔 재미였던 것 같기도 하다. 결과적으로 누이는 오빠 등을 세상에서 제일 편한 곳으로 여기고 그가 눈에 띌 때마다 업어 달라고 덤벼들게 되어 버렸다.

작고 따뜻하고 부드러운. 내내 손에서 놓을 수 없었던 목검과는 정 반대였던 그…….

침묵이 길어졌다. 솔은 말을 더 잇지 못하고 가만히 앞만 바라보고 서 있었다. 괜한 소리를 했다 싶은 모양이었다. 그가 안고 업고 키웠다는 그의 누이가 지금 어디에 있는지는 그녀도 잘 알고 있을 터였다.

"저승사자에게 전해야 한다는 그 정보, 확실한 것이냐?"

"네? 네. 확실합니다."

"독경회 때는 그런 말 없었잖느냐."

"그때는…… 정신이 없어서, 생각이 나질 않았어요."

"그래."

민훈은 앞장서서 걷기 시작했다.

"머리가 나쁜 게 네 잘못은 아니지."

뒤에서 비명 비슷한 감탄사가 들려왔다.

***

솔은 터덜터덜 집을 향해 걸었다. 나리는 동이네 집 대문을 나서자마자 어디론가 홀쩍 사라져 버렸다. 안 그래도 부담스러운 동행이었는데, 참으로 다행이었다.

"의외야……."

저 싸늘하고 성격 더러운 양반한테 그런 면이 있었을 줄이야. 아이라면 질색하고 손사래를 칠 줄 알았는데 놀랄 노자다.

"직접 업고 밤새 마당 걸어 다니면서 재웠다셨지?"

솔은 열심히 그 광경을 상상해 보려다가…… 실패했다.

포대기로 아기 업고 다니는 조그만 양반 도련님이라니. 귀엽긴

하다만 그 주인공이 저 나리여서야?

막 웃어 보려던 솔은 다음 순간 머리를 감싸 쥐었다.

"아윽……! 아, 정말 왜 이러지?"

얼마 전부터 지독한 두통이 덮치듯 밀려오곤 했다. 정확하게는 시백과 만난 자리에서 쓰러진 날 다음부터였다. 하루에도 서너 번 씩 머리 안쪽에서 번개가 치는 듯한 통증이 솔을 괴롭혔다. 솔은 눈물이 맺힌 눈가를 손바닥 아랫부분으로 꾹꾹 눌렀다.

아무래도 머리라는 곳이 반항을 시작하는가 싶었다. 답지 않게 생각도 많이 하고 신경도 많이 썼기 때문일 것이다. 들을 때는 울컥했지만, 정말로 나리의 말이 사실인가 싶어져 솔은 의기소침해졌다.

"머리…… 나쁜 게 아니라 생각할 게 너무 많은 거라구요."

조금 변명은 해 보았다.

처음엔 그저 약속이니까, 다음에는 아이들을 해치려 한 사람을 잡겠다는 오지랖으로, 그 다음엔 그저 오기로 발을 들인 곳이었는데 이젠 헤어나올 수 없게 되어 버렸다.

그게, 엄마 일이었으니까.

솔은 엄마 얼굴을 기억하지 못했다. 솔을 낳고 한 달도 채 안 되어 세상을 떴다고 했으니까. 그래서 사실…… '엄마'라고 하면 떠오르는 것도 별로 없었다. 어쩌면 그래서 더 집착하게 된 것일지도 몰랐다.

희미하기만 한 '엄마'의 밑그림에, 어떻게든 색을 칠해 보려고.

어렸을 때는 나는 왜 엄마가 없냐고 많이도 울면서 매달렸다. 그
럴 때마다 태출은 곤혹스러운 얼굴로 이렇게 말하며 딸을 달래곤
했다.

솔아, 엄마는 선녀님이었거든. 아빠도 나무하러 갔다가 짠! 하고 만났단
말이야. 솔이도 밥 잘 먹고 열심히 자라다 보면 엄마가 다시 짠! 하고 나타
날 거야.

말재간 없는 사내로서는 최선을 다한 것이었다. 어릴 때는 마냥
믿었고, 좀 커서는 거짓말이라고 생각했는데…… 이젠 그 말이 마
냥 거짓은 아니었다는 것을 알아 버렸다.

아빠는 아무것도 몰랐을 것이다. 그리고 아마 지금도 아무것도
모를 가능성이 컸다. 엄마는 정말로 산 속을 헤매다 아빠를 처음
만났을 것이다. 마을 사람들 소문도 그랬으니까. 노모 모시느라 장
가도 안 가고 내내 소처럼 일만 하던 태출이었는데, 어느 날 선녀
같이 고운 여인 하나가 그 뒤를 졸졸 따라 다니더라고.

그녀의 무덤은 뒷산의 소나무 아래에 자그마하게 만들어졌다.
생전의 뜻이라 했다.

이곳이 엄마의 도피처였을 것이다. 같은 운명을 진 자매마저 버
리고 도망쳐서, 겨우 도착한. 그리고 그녀의 운명을 그렇게 만든 능
력은 딸에게 고스란히 이어졌다.

머리가 깨질 것 같았다. 아무래도 솔 혼자서는 해결할 수 없는

문제였다. 보통이라면 그녀가 알고 있는 가장 똑똑한 사람, 그러니까 도련님한테 이야기를 털어놓고 조언을 구했을 것이었다. 하지만 아무래도 이 문제는 무리였다. 도대체 뭐라고 말을 해야 한단 말인가.

우리 엄마가 사실 사교 집단 시조였던 것 같은데, 지난 번 난도 그 사교가 연관되었던 것 같고 지금은 역모도 꿈꾸고 있는 것 같다고? 근데 내가 가 봤더니 그냥 시장통 노인들과 아낙들이 대부분이더라고? 그리고 지금 그 사교 우두머리라는 인간은 우리 엄마한테 유감이 되게 많은 것 같은데, 내가 좀 더 조사해 보고 싶다고?

"어떻게 말하냐고!?"

그럼 역시 상대는 차사님뿐인가?

······아니지.

"당신이 원수처럼 생각하는 그 자하원이라는 거, 우리 엄마가 만든 것 같아요. 하하하······?"

안 돼. 이쪽은 더 위험하다.

"아이고, 이게 다 엄마 때문이거든?"

울컥, 속에서 말로 설명이 안 되는 어떤 감정이 치받아 올랐다.

"엄마 때문이라고."

어느새 집까지 다다라 있었다. 얼른 들어가서 드러눕고 싶었는데 그럴 수가 없었다. 대문을 들어서자마자 태출에게 뒷덜미를 낚아 채였던 것이다.

"나, 나 엉뚱한 데 안 갔어! 동이네 집 갔다 온 거라고?!"

"누가 뭐래냐? 마침 잘 왔다. 이거. 이거 좀 빨리 읽어 봐."

태출의 손에는 귀퉁이가 이지러진 서찰 하나가 들려 있었다.

"이게 뭔데?"

"니 고모 댁에서 사람 편에 보내오셨다. 뭐라고 써 있냐? 응? 빨리빨리!"

"잠깐만. 으아, 잠깐만! 그렇게 흔들면 못 읽잖아."

태출은 초조하게 솔 앞을 빙빙 돌았다. 고모라면 먼 남쪽으로 시집 간 아빠의 손윗누이였다. 딸이 글 아는 덕에 가끔 기회가 닿을 때마다 안부를 전하긴 했지만, 이렇게 먼저 소식이 오기는 처음이었다. 태출은 괜시리 불안해하고 있었다. 예감은 적중했다.

서찰을 읽어내려 가던 솔의 미간이 좁아졌다.

"어…… 어?"

"뭐라시냐? 무슨 일 있으시대?"

"고모님 편찮으시다는데……? 많이 안 좋으신 것 같아."

솔은 서찰을 처음부터 소리 내어 읽기 시작했다. 태출의 얼굴이 점점 일그러졌다. 남편도 일찍 잃고 홀몸으로 자식 넷을 키운 누이였다. 자식들도 장성하고 이제야 좀 편히 살려나 했더니만 심상찮은 병마가 덮친 모양이었다. 그리운 동생, 얼굴 좀 보러 와 줄 수 없겠느냐는 물음으로 짧은 서찰은 끝을 맺고 있었다.

솔은 얼굴을 굳혔다.

"채비해, 아빠."

"……생각을 좀 해 보자."

"생각은 무슨 생각. 하루가 급한데!"

"이게 그리 쉽게 정할 일이 아니잖냐. 다녀오려면 달포는 더 잡아야 하는데 올해 농사는 어쩌고!"

"왜 그런 쓸 데 없는 걱정을……?"

솔은 큰 눈을 휘둥그렇게 뜨더니 고개를 기울였다. 태출도 덩달아 고개를 갸웃 했다.

"방책이 있냐, 딸?"

"물론이지."

솔 가슴을 쭉 펴고 스스로를 손가락질했다.

"내가 남아서 집 지키고 있으면 되잖아!"

마당 위로 한참 동안 정적이 흘렀다.

***

두 남자는 이마가 땅에 닿도록 깊은 큰 절을 올렸다. 교조 정해준이 너털웃음을 터뜨렸다.

"이거 오랜만에 이런 인사 받으니 몸 둘 바를 모르겠구먼! 다들 일어나시게."

안익태와 박우창은 그제야 허리를 폈다. 안익태는 교조 뒤에 쳐진 발을 흘깃 곁눈질했다. 오늘 밤, 그 안은 비어 있었다.

"그동안 고생 많으셨소, 안 원로, 박 원로."

"큰어르신 뵈오니 얼마나 감격스러운지 모르겠습니다. 무사히 돌아오셔서 다행입니다."

박우창이 너스레를 떨었다. 안익태는 찌푸려지려는 눈살을 단속하며 미소를 지었다. 교조 자성 정해준은 떠날 때 그대로였다. 성인(聖人)과 광인(狂人) 사이에 한 발씩 걸친 눈빛도 전혀 달라지지 않았다. 안익태는 그것이 마음에 들었다. 아직, 손에 쥐고 셈해 볼 가치가 있는 인간이었다.

교조는 그동안 원 안에서 있었던 일들을 보고받기 시작했다. 그들은 원주에게 올렸던 보고를 다시 정리해 올렸다. 안익태에게는 추가로 전할 소식도 있었다.

"왕의 귀에 저희들에 대한 이야기가 흘러들기 시작했습니다."

"잘된 일 아니오? 난 언제든 그자 앞에 나서서 세상의 이치를 새로이 가르칠 각오가 되어 있는 바요."

농인지 진담인지 알 수 없는 소리를 했다. 치아가 모두 드러나도록 웃으면서. 안익태는 그의 눈을 피했다.

"워낙 어리석어 별 것 아닌 일에도 역모라며 미쳐 날뛸 자입니다. 세경의 내용을 적당히 다듬은 후 직접 보여 주려 합니다."

"안 원로 판단을 믿겠소. 박 원로 생각은 어떠하오?"

"안 원로님께서 허튼 일을 하실 리가 없지요. 저는 그저 따를 뿐입니다."

박우창은 눈을 굴렸다. 큰어르신은 안 원로의 결정이 매우 흡족한 눈치였다. 자신도 뭔가 내세워야 한다는 조급증이 일었다. 그러고 보니 이야기를 올리지 않은 일이 하나 있다.

원주님의 지시…….

주막에서 사적으로 받은 명이었다. 원주가 하라는 대로, '그들'에게 '그' 일을 '그때' 잘 처리하도록, 잘 이야기해 두었다. 넉넉한 사례금을 제시하자 매우 만족해하는 눈치였다. 그것조차 원주의 말그대로였다.

잘 해냈다고…… 보고할까? 아니, 아니다. 원주님께서 내게 친히부탁하신 일이 아닌가. 오직 나를 신뢰하여 나에게만 맡기신. 비밀은 둘만의 것으로 충분하다.

묘한 우월감이 차올랐다. 옆에 앉은 안 원로가 오늘따라 더 작고늙고 초라하게 보였다.

자신이 할 일은 충분히 했다. 자기 소유의 경기 농토에서 난 양곡들을 비밀리에 비축하는 일, 아주 순조롭게 진행 중이었다. 어마어마한 양이었다. 대지주인 자기 눈으로 봐도 기가 질릴 정도로. 그는 그 사용처를 감히 짐작조차 할 수가 없었다.

그런데, 원주는 왜 보이지 않는가. 빈 발 너머가 계속 신경이 쓰였다. 박우창은 초조하게 눈을 굴렸다.

"원주님께서는 함께 계셨으면 좋았을 텐데요. 큰어르신께서도돌아오셨으니 오랜만에 모두 만나 회포나 풀려나 하였습니다."

안 원로였다. 박우창이 반가워 얼른 말을 이었다.

"그러게나 말입니다. 저도 그럴 줄 알았습니다."

"아아."

정해준이 턱수염을 쓿며 히죽 웃었다.

"두 원로분들께서, 그동안 원주님과 많이 친해지셨나 보오?"

한순간에, 공기에 살얼음이 끼었다. 무거운 적막이었다.

"하하하하! 그렇잖소. 한 해에 두어 번이나 이런 자리에 겨우 얼굴 비추던 분인데, 아무래도 자주 보면 좀 정도 들고 편해지고 그렇지요?"

"……설마 그렇겠습니까?"

"아니, 뭘 또 그렇게 정색하시오."

정해준은 너털웃음을 터뜨리며 발쪽을 돌아보았다.

"그러게 나도 모르겠군. 오늘은 또 어디를 가셨는지."

***

민훈은 급히 팔을 휘둘렀다. 금속이 찢어지는 날카로운 소리 끝에 불꽃이 튀었다. 검집에 빗맞은 화살이 허공으로 튀어 올랐다.

"……!"

발 밑에서 기와가 와르르 미끄러졌다. 민훈은 몸을 낮추며 검을 뽑았다. 시커먼 어둠에 파묻힌 채 그는 꼼짝도 하지 않았다.

누구냐. 감히 누가 이런 때 저승사자에게 활을 겨눌 수가 있는 거지?

아직 도성 내에선 저승사자에 대한 소문이 유효했다. 결국 상대는 한정될 수밖에 없었다. 그의 머릿속에서 돌아갈 온갖 생각들이, 시백은 귀에 들려오는 것만 같았다.

"그래. 이 정도라고……."

지붕 뒤편의 어둠에 몸을 숨긴 채, 그는 손에 든 활과 화살을 내려다보았다. 한쪽 입가가 스르륵 올라갔다.

저승사자는 움직이지 않았다.

그도 움직이지 않았다.

저 능력으로 보건대, 지금 움직였다간 오히려 눈길을 끌 것이 뻔했다. 그는 그것을 기다리고 있었고 시백은 그 뜻에 따라 줄 생각이 없었다.

필요한 것은 모두 얻었다.

"오늘밤은 아니야. 돌아가라, 서민훈."

시백은 기울기 시작하는 달을 가만히 올려다보았다.

"내일이 훨씬 재미있을 테니까."

***

"솔이 처자는 정말 부지런하단 말이야. 한 번도 안 빠지네."

"아, 네. 제가 뭐든 좀 열심히 하는 성격이지요. 하하하!"

솔은 부러 크게 웃었다. 속으로는 식은땀이 삘삘 흘렸지만 겉으로는 그렇게 호탕할 수가 없었다.

사실 안 나올 이유를 못 찾은 것뿐이었다. 어차피 오늘 바빠 해야 할 일들도 없고, 이젠 이 독경회에 대한 긴장도 조금은 풀려 버린 상태였다. 어쩌면 엄마 이야기를 더 주워 들을 수 있을지도 모르고. 반쯤은 될대로 되라는 심정으로 솔은 이 자리에 앉아 있었다. 그런데 어째서일까? 오늘은 유독 빈자리가 많았다. 특히나.

"나리 찾니?"

"네……니요? 딱히 그런 건 아니었거든요!"

"그러냐? 이젠 흥미가 떨어지셨나 보다. 하긴 그런 분들께 이런 자리가 가당키나 하니. 앞으론 안 오시겠어."

"그럴 수도 있겠네요."

그렇지 않을 수도 있고.

생각해 보면 그는 차사님 명으로 자하원의 모임에 참석하게 된 솔의 호위를 맡은 것뿐이었다. 하지만 차사님이 솔과 척을 지기로 작정한 이상, 여기가 아니면 어디서 또 자하원의 소식들을 건져갈 수 있겠는가? 쉽게 이 모임을 포기할 수는 없을 것이다.

그나저나 차사님께 내 이야기 제대로 전하셨겠지?

충에게 잡혔을때 스치듯 들렸던 '박 원로'의 존재. 새카맣게 잊고 못 전했던 것이다. 분명히, 박 원로님은 신경 쓰지 말라고 했지만 충 자신은 저승사자를 꼭 잡아야 하겠다고…… 그런 식으로 말했었다.

중요한 이야기였는데. 지금 생각하면 정말로 중요한 이야기였는데…….

그렇게 헤어지고 자기 머릿속은 엄마 생각으로 꽉 찬 나머지 전하는 것을 완전히 잊고 있었던 것이다.

흠흠. 내 잘못만은 아니야. 저쪽 책임도 반이지.

또 머리가 아파 올 기색이었다. 솔은 옆머리를 꾹꾹 눌렀다. 그러고 보니 시백의 얼굴도 보이지 않았다.

"이제 솔이도 슬슬 '그거' 해야 할 때 되지 않았어요?"

"그래 맞다! 딱 좋을 시기네. 아니, 더 늦으면 곤란하겠어. 솔이 처자는 참 운이 좋단 말이야."

"네? 네?"

갑자기 분위기가 수선스럽게 돌아가기 시작했다.

"어…… 그런데 시기로 보면 그 나리께서도 원래 같이 하셔야 하는데?"

"어쩌나? 다시 오실지 안 오실지도 모르는 분인데. 그런데 이 시기를 놓치면 또 한동안 못 하니까 알려라도 드려야 하나?"

"하이고, 곤란하네. 이 좋은 일에 하필 짝이 그렇게 맞아 버려?"

아낙들이 분주히 쑥덕거리더니 묘한 눈으로 솔을 곁눈질했다. 다들 얼굴에 애매한 웃음을 띠고 있었다. 솔은 이 상황이 마음에 들지 않았다.

"뭐…… 뭔데요? 뭔가요, 대체?"

"솔이야. 전에 이 염주, 궁금하다 그랬지?"

노인이 손목을 들어 보였다.

"이건 입문식을 잘 치른 사람들에게만 나눠 주는 기념 같은 거야. 해가 아주 길게 뜨는 날에만 치르는 의식인데 마침 요즘이 딱 좋지. 솔이는 열심히 하고 있으니까 이제 입문식 할 수 있겠어."

"……그런데 왜 그런 표정들을 짓고 계신 건데요?"

422

"아니, 뭐⋯⋯."

노인은 의미심장하게 웃었다.

"그 시기 새로 들어온 사람이 하나인 경우엔 어쩔 수 없지만, 둘 이상인 경우엔 둘씩 짝을 지어 서로 다른 날 진행하거든."

"뭘요?"

"뭐 별 거 아니야. 일 자체는 간단해. 둘이라는 게 중요하지. 그리고 마침 지금 새로 온 사람이 둘이잖아?"

"그, 그런데요?"

"이게 사실 원래 목적이⋯⋯."

솔은 마른침을 꿀꺽 삼켰다.

"선남선녀 원우끼리 짝지어 주기 위한⋯⋯."

"안 해요!"

솔이 벌떡 일어났다. 완전히 기겁해서는 두 주먹을 꽉 움켜쥐고 외치기 시작했다.

"안 해요! 절대 안 해요! 무슨 말이야, 그게!"

서, 선남 선⋯⋯ 뭐?

얼굴이 덴 듯이 화끈거리기 시작했다.

저 묵호 나리랑, 나랑?

"말이 되는 소릴 해야지!"

"그럴 거라고 생각했지. 흐흐, 진정해라, 솔아. 우리끼리 장난 친 것이다. 짝이 같은 마을 사는 건실한 총각 정도면 이야기가 됐을 법도 하지만 그분은 신분부터가 다르시잖니."

"그, 그러니까?"

"따로 해야지, 뭐."

솔은 그제야 털썩 주저앉았다.

"그래도 그분께도 말씀은 전해 드려야겠는데 그건 네가 좀 전해 주렴."

"……제가 왜요?"

"네가 그나마 말이라도 걸 수 있을 것 같으니까."

노인이 한숨을 푹 내쉬었다.

"사실 우린 좀 무서워서, 그분."

과연 묵호의 악명은 신분도 초월하는 모양이었다. 그의 얼굴이 스치듯 떠올랐다. 그 특유의, 삐딱함을 한껏 숨긴 무표정이. 그러고 보면 참 차사님이나 묵호 나리나 비슷한 데가 있어…….

"할 수 있겠냐?"

"저도 몰라요…… 애초에 뵐 일이 없는 걸요. 그리고 저도 그분 부담스럽다구요."

솔은 시무룩하게 대답했다.

"그래도 나리께선 너 편하게 여기시잖니."

"맞아. 전에 보니 막 손도 잡고 나가시고……! 호호호."

"으아악!! 끌려 나간 거잖아요! 편한 게 아니라 만만한 거잖아요?! 그만 놀려요."

아낙들이 아쉬운 듯 입맛을 다셨다.

"게다가 그분, 정혼자도 있으시니까 그런 농 안 좋다구요."

그래. 우리 고운 시호 아씨. 그 둘이라면 진정 선남선녀의 표상이라 할 만하다.

요사이 나리 때문에 마음고생도 이만저만이 아니신 듯한데 죄 짓는 기분이었다. 연모하는 이가 다른 여자랑 얽혀 남들 입방아에 오르는 꼴이라니, 너무하지 않은가. 자신이라면 견디지 못할 것이었다.

말을 돌리는 게 좋을 것 같았다.

"그나저나 그 의식이라는 거 어떻게 하는 거예요?"

"아, 그래! 설명해 줘야지. 이게 말이야……."

**

안익태는 기분이 좋지 않았다. 모두 병판 서충헌 때문이었다.

참으로 잡스러운 글문이구려.

주상의 평은 그것이 다였다. 혐오는 비쳤으나 분노는 없었다. 그가 사전에 준비해 둔 '큰 물'과 '새로운 조선'에 대한 내용이 모조리 삭제된 두 번째 자하세경을 내민 덕분이었다.

다만 동석했던 병판의 표정은 내내 굳어 있었다. 쉽게 납득할 기세가 아니었다. 어쩌면 조만간 다시 이 이야기를 들고 나올지도 모르겠다는 생각이 들었다.

"아직 시간이 더 필요하거늘……."

모든 일에는 때가 있는 법. 계획이 무르익으려면 조금 더, 아주 조금 더 시간이 필요했다. 그때까지 자하원은 떠오를 필요가 없는 것이었다.

슬슬 주 원로가 소식을 보내올 때도 되었다.

"몸 좀 사리시게, 병판. 자네는 내가 쓸 일이 있으니……."

들을 이 없는 혼잣말을 중얼거렸다.

가마가 자택의 대문 앞에 도달했다. 노구를 힘겹게 끌어내리던 그는 눈을 가늘게 떴다. 저편에서 딸의 가마가 들어오고 있었던 것이다.

"어딜 다녀오느냐?"

"……아버님."

가마에서 내린 시호가 공손히 인사했다. 한순간 흔들린 그 눈빛을 놓칠 안익태가 아니었다. 무슨 좋은 일이 있는지 희미하게 미소 짓고 있던 낯이, 그를 보고 단번에 굳어 버리는 것도 분명히 보았다. 무슨 일일까. 참으로 사소한 의문이 떠올랐다가 금세 흩어졌다. 오늘은 몹시도 피로했다.

"들어가자."

"네."

시호는 아버지 뒤를 따라 걸음을 옮겼다. 안익태는 뒤도 돌아보지 않고 사랑채로 향했다. 시호도 말없이 자신의 방으로 향했다. 안에 들어와 막 쓰개치마를 벗어 넘기려던 때였다. 밖에서 부르는 소리가 있었다.

"아씨, 마님께서 찾으십니다."

시호의 그린 듯한 눈썹이 움찔 했다.

"기다려라."

그녀는 경대를 앞에 놓고 매무새를 다시 한 번 정돈했다. 더 시간을 들이고 싶었지만 그러기도 어려웠다. 어머니 박 씨 부인의 성정을 헤아리면 이것도 한계였다.

"어딜 갔다 이제 오는 게야!"

쨍하게 울리는 고음이 그녀를 맞았다. 시호는 눈도 깜짝하지 않고 조용히 대답했다.

"바람 쏘이러 잠시 다녀온 것뿐입니다."

"그놈의 바람은 송악정에만 분다더냐? 한가하기 짝이 없구나."

박 씨는 비스듬하게 기대앉은 그대로, 딸에게 턱짓했다.

"한 바퀴 돌아 보거라."

시호는 시키는대로 양 팔을 벌리고 한 바퀴를 천천히 돌았다. 박씨의 두 눈이 딸의 머리끝부터 발끝까지를 집요하게 훑었다. 방구석에 섰던 여종은 고개를 숙이고 시선을 피했다. 평생 반복된 모녀의 일상인데도, 이 광경에는 보고 있기 민망하고 괴로운 무엇인가가 있었다.

흐트러진 부분은 하나도 없었다. 박 씨는 이번엔 힘겹게 몸을 일으켰다. 여종이 얼른 부축해 시호 앞까지 이끌었다. 그녀는 딸의 턱끝을 쥐고 이리저리 돌려보더니 그 입술을 한참 들여다보았다. 그리고 겨우 물러나 자리에 앉았다. 시호도 따라서 앉았다.

"영상 댁 마님께서 다녀가셨다. 네 안부를 물으시는데 내가 얼굴이 뜨거워서 차마 아무 말씀도 올릴 수가 없었다."

"……."

"왜 아무 말이 없느냐! 이게 다 너 때문인데."

"죄송합니다."

"죄송하다면 끝이냐?"

박 씨가 서안을 신경질적으로 두드렸다.

"내가 말했지 않았느냐! 애초에 대감마님께서 다른 혼사를 주선하셨으면 좋았겠지만, 네가 굳이 그 집안에 들어가겠다고 해서 일이 여기까지 온 것 아니겠니? 파혼으로 가문의 이름에 흙탕물을 뿌릴 수는 없는 법. 그놈이 아무리 망가졌다 해도 핏줄은 그대로니 얼른 혼사 진행하여 후사부터 보라하지 않았느냐. 그럼 어차피 서씨 가문이 다 네 것이 될 것이라고!"

시호는 무표정한 얼굴로 가만히 있을 뿐이었다. 박 씨는 탕 소리나게 서안을 내리쳤다.

"그런데 아직도 사내 마음 하나를 돌려 놓질 못해?"

"기다리세요."

"그렇게 말한 지가 벌써 몇 해째냐. 남들 눈엔 이제 아주 네가 혼인해 달라고 그 집엘 가서 싹싹 빌고 있는 모양새로 보이는가 보더구나."

"……."

"네 아버지 권세가 두려워 다들 네 미색이 대단하다 하는 것뿐, 결국 그 정도였던 것이다. 내 진작 알아보았지."

박 씨가 길게 한숨을 내쉬며 이마를 짚었다.

"그래도 이만하면 넘어올 만도 한데 참으로 독한 자로군. 아니면…… 혹, 계집이라도 붙은 것이더냐?"

박 씨의 눈이 좌우로 구르기 시작했다. 시호는 어머니의 얼굴을 똑바로 마주보며 입을 열었다.

"아니에요."

"장담하지 마라."

다시 열리려던 시호의 입이, 딱 굳었다. 박 씨는 그 기색을 놓치지 않았다.

"떠오르는 게 있구나?"

이솔……? 아니, 쓸 데 없는 생각이다. 애초에 상대가 되질 않는다. 그저 얼굴만 곱상할 뿐, 어쨌거나 상것 아닌가. 노리개로 딱 적당한.

"신경 쓸 아이가 아니에요."

박 씨 성격이라면 사람을 붙여 병판댁 내의 모든 소문을 주워들으려 할 것이다. 솔의 이름이 귀에 들어가는 것도 시간문제. 숨긴다고 될 일이 아니었다. 오히려 우둔한 것이 이것도 몰랐냐고 뺨을 맞을 터였다.

"정말 그렇게 생각하니?"

"네."

"세상 일이 네 뜻처럼 그렇게 쉽지가 않단다."

비식, 뒤틀린 미소를 짓는 박 씨.

"두고 보거라."

……무슨 뜻이야?

시호는 소매 속의 주먹을 꼭 움켜쥐었다.

절대 아니다. 그렇게 되지 않을 것이다. 당신의 말은 항상 틀리니까. 그 아이는, 아무 것도 아니야.

시호는 속으로 되뇌었다. 끝없이 끝없이 되뇌었다.

九. 호랑이 덫

현은 책장을 한 장 넘겼다. 긴 손가락이 글줄을 따라가다가 한 번, 두 번, 세 번 멈췄다. 벌써 여러 번 반복된 행동이었다.

"……."

해사한 얼굴에 흐린 빛이 끼었다. 현은 근심스러운 눈으로 책장 앞뒤를 다시 살폈다. 별 일이었다. '그' 이솔의 글씨가 이렇게 흐트 러지다니? 모양 좋게 단정했던 획들이 불안하게 흔들리고 있었다. 그것도 자주.

"무슨 일이냐, 솔아."

현은 고개를 들어 서안 맞은편을 바라보았다. 솔은 그곳에 없었 다. 아마 이 시간이면 밭일을 하느라 정신이 없을 터였다. 그래서 베껴 쓴 서책을 마저 들고 왔던 며칠 전 그 모습으로, 현은 그녀를 눈앞에 불러 올렸다. 맑게 웃고 있지만…… 유난히 분주하고 수선스럽던 그 모습. 본래도 행동거지가 진중하다고 말하긴 어려운 아이이긴 하지만 요새 유독 더 심해졌다.

현은 어떨 때 사람이 그렇게 행동하게 되는지 알고 있었다. 그래. 아주 잘 알고 있었다. 말마디가 한숨처럼 새어나왔다.

"……말을 안 하면 도울 수가 없잖느냐."

서책을 조용히 덮은 바로 그때였다. 갑자기 문 밖이 소란해지기 시작했다. 흔치 않은 일이었다.

"아이고, 그래요? 큰일이네."

미랑의 목소리였다. 상대의 목소리는 훨씬 작아서 알아들을 수가 없었으나 가벼운 이야기는 아닌 듯했다. 저 미랑이 당황하고 있었던 것이다.

"그건 그런데, 아니…… 흠흠! 그걸 내가 혼자 결정할 수야 없지요. 아이고, 어쩌나."

혼자 결정할 수 없다. 당연히 그와 상의해야 할 일일 것이다.

"무슨 일입니까?"

현은 결국 방문을 열었다.

마당에 섰던 자가 놀라 얼른 허리를 숙였다. 현의 눈이 크게 떠졌다. 의외의 손님. 태출이었다.

***

　오늘은 양심이 좀 아팠다. 말을 안 하면 안 했지 거짓말은 하지 않고 살고 싶었는데, 오늘 독경회 갈 핑계로 병판댁 자수 모임을 들고 집을 빠져 나왔던 것이다.

　왜 샀을 바로 안 받아 왔냐고 물으면 어떻게 하지? 오다가 잃어버렸다고 해야 하나? 말이 되나?

　요따위 생각을 하며 솔은 마당으로 들어섰다. 그리고 마루에 앉아 기다리던 태출과 눈이 딱! 마주쳤다.

　"아빠! 그게……!"

　"해결했다."

　"으, 응?"

　날 해결해 버린 거야?

　"네 녀석 허튼짓 못하게 안전하게 잘 보살펴 줄 분들, 내가 잘 찾아 부탁드려 놓았다."

　"보살피다니 내가 어린애요?"

　말꼬리를 잡으면서도 솔은 괜히 뒷덜미가 서늘해졌다. 태출의 표정이 지나치게 의기양양했던 탓이었다.

　"누, 누군데? 그분들이?"

　"일단 막동이 어머니랑……."

　막동이 엄마, 막동이만큼이나 힘 넘치고 목소리 크고 말 많은 아낙. 바로 근처에 살고 있으니 자주 집에 들러보기 좋으실 것이다.

하지만 저 집 애가 몇인데 나까지 감시할 수 있겠는가. 영 허술한 결정이었다. 솔은 그 결정이 아주 마음에 들었다. 이대로라면 한동 안 완전한 자유를……

"웃지 마라. 미랑 아주머니께도 부탁했다."

"뭐야?!"

"잘했지?"

"자, 잘했…… 잘하긴 했지만 왜 하필……!"

"그야 네가 이 동네에서 제일 무서워하는 사람이니까."

맞는 말이었다. 사실상, 이 동네에서 유일하게 무서워하는 사람 이라고 봐도 좋았다. 솔은 본능적으로 엉덩이를 가리고 한 걸음 물 러섰다.

"막둥이네 형제들이랑 미랑 아주머니가 자주 주무시고 가실 테 니까 허튼 생각 하지 말고. 농사일들도 동네에서 조금씩 도와 주기 로 했지만 마음 놓지 말거라. 다들 자기들 일이 워낙 바쁘니 큰 도 움은 안 될 거다."

태출의 표정은 더없이 진지했다. 솔은 한숨을 내쉬었다.

"걱정 마. 아빠. 걱정 안 시키게 잘 할 테니까."

"마음이 놓일 수가 있냐? 딸 혼자 두고 다녀오려니…… 쯧. 혹시 엉뚱한 놈이 엉뚱한 짓 하려 들면……!"

"응! 없애 버릴게!"

"그렇지!"

태출은 잠시 말이 없었다.

"그냥 같이 가자, 딸. 한 달 손 놓는다고 큰일이야 나겠냐?"

"허, 몇 년 풍작이었다고 방심하지 마. 이번 겨울도 잘 버텨 내려면 열심히 일해야지."

그렇지 않아도 올해는 날씨가 예년과 달라, 다들 조금씩 긴장하던 터였다. 태출이 다시 한없이 어두워지자 솔이 아빠 등을 철썩 때렸다.

"누가 보면 몇 년 자리 비우는 줄 알겠네! 이럴 시간에 빨리 다녀와. 아빠가 사십 해 넘게 살아온 동네잖아. 나도 평생 산 동네고. 지루하게 아무 일 없는 동네니까 쓸데없는 걱정 만들어서 하지 말고 얼른 채비나 해."

"그래도……!"

"응? 어?"

"왜……. 음?"

부녀의 눈이 대문간으로 돌아갔다. 어느 샌가 누가 문간에 와 머뭇거리며 서 있었던 것이다.

"자네가 웬 일인가? 뭔 일 있나?"

동이의 남편인 길상이였다. 그는 난처하기 이를 데 없는 표정이었다.

"저, 그…… 그게. 부탁 드릴 일이 있어서……."

"하게, 부탁! 마침 잘됐구만!"

태출이 반색하며 나섰다. 부녀도 사방에 마구 부탁을 뿌리고 다니는 때 아닌가. 도울 수 있는 일이라면 기꺼이 해 주고 싶은 마음이었다. 길상은 오히려 그 환대에 얼떨떨해진 모양이었다.

"오늘 아침에 저희 집 지붕이 무너져 내려서요."

"어이쿠, 저런. 다치진 않았는가?"

"네. 그런데 고치려면 시일이 좀 걸릴 것 같은데 그동안 안 사람이랑…… 무엇보다 아기가 밤이슬 맞고 잘 것이 마음에 걸려서…… 저희가 타지 사람이다 보니 부탁드릴 곳이 여의치가 않아서…… 염치없지만서도……."

태출과 솔의 눈이 마주쳤다. 둘은 이구동성으로 외쳤다.

"당장 우리 집으로 오라고 하게!"

"당장 우리 집으로 오라고 해요!"

***

"오늘이지?"

"네. 맞습니다요, 형님."

봉두난발의 사내가 고개를 주억거리며 대답했다. 형님이라 불린, 뺨에 칼자국이 있는 중년의 사내가 턱을 긁었다.

"집은 확실히 알아 봤지?"

"그럼요. 이틀 전에 가서 돌아보고 왔는데요. 마을 외곽에 있긴 한데 가는 길에 다른 집들 끼고 있어서, 마을 밖으로 돌아가서 뒷담 넘는 게 더 낫겠더만요. 허허벌판이라."

"쩝. 귀찮게스리. 그냥 치고 들어가서 거치적거리는 것들은 다

베어 버려도 되는데."

쇠가 갈리는 듯 거친 웃음소리가 어두운 방 안을 가득 채웠다.

"뭐, 의뢰자께서 최대한 눈에 안 띄게 조용히 처리하라셨으니…… 시키는 대로 해 드려야지."

"그 집 사내가 꽤 덩치가 좋았습니다, 형님. 힘깨나 쓰겠던데요."

"그래봤자 농사나 짓던 촌놈인걸."

칼자국은 허리춤의 칼을 두드려 보였다. 비릿한 냄새가 피어오르는 투박하고 폭 넓은 칼이었다.

"나랑 너, 너 셋이 가자."

"계집이랑 그 집에 함께 있는 것들 전부 다 없애기, 맞죠?"

"그래그래."

"그 계집은 뭐…… 다른 말씀 없으셨지요?"

번들거리는 눈이 데굴데굴 굴렀다. 칼자국은 이를 드러내며 웃었다.

"확실히 죽이기만 하면 됐으니 나머지는 우리 마음대로지?"

"크크큭. 감사합니다요, 형님!"

칼자국은 기분이 좋아졌다. 수하들만큼이나 그도 기대가 되었다. 매일매일 이런 의뢰만 이어지면 얼마나 좋을까?

비대한 몸을 한 중년의 남자였다. 좋은 옷을 입고 좋은 부채를 들었지만 양반님네 같지는 않고, 어디서 돈을 많이 끌어 모은 자인 듯싶었다. 이런 일은 처음 맡기는지 한껏 긴장하고 있어 웃음이 나왔다. 그가 내민 돈을 보곤 그 입이 그대로 딱 굳어 버렸지만.

모월 모일 밤. 동문 밖의 마을에서 이솔이라는 이름의 계집 집을 찾아 그것과 그 가족(있다면)의 목숨을 모두 거두어 올 것. 사례는 이것이 다가 아니라 일이 끝난 후 이만큼을 더 내놓을 작정이다. 조용히, 확실히 처리해 낼 수 있다면.

얼마나 구미가 당기는가. 이렇게 쉬운 일에 이런 값이라니?

"준비 시작해라."

방 안은 이제 깜깜해져 옆 사람 얼굴도 잘 보이지 않을 지경이었다. 땅거미도 다 졌다. 하늘은 이미 시커멓게 물들어 있을 것이다.

때가 되었다.

"네, 형님."

* * *

"빠뜨린 거 없어? 잘 생각해 봐."

"알아서 잘하고 있으니까 신경 쓰지 마라! 거참, 시끄럽긴!"

"죄, 죄송합니다. 아기가 자꾸 울어서 시끄럽…….

태출은 기겁해서 외쳤다.

"애한테 한 이야기 아니네!"

"맞아. 신경 쓰지 마, 동아. 우리 항상 이러니까."

길상은 자신은 건장한 사내고, 이 이상 폐를 끼칠 수는 없으며, 무엇보다 최대한 빨리 집을 고쳐야 하니 그 집에 남아 계속 지붕을 손보겠다고 하였다. 태출과 솔은 무리하지 말고 아주 천천히 고쳐도 된다고 여러 번 힘주어 말해 주었다.

곧 동이와 아기와 바리바리 싼 짐이 도착했다. 태출은 자기 손바닥 위에도 올라갈 만큼 작은 아기를 보고 어쩔 줄을 몰라 했다. 그는 저보다도 더 작았던 솔을 이만큼 키운 자신의 무용담을 한 시진 내내 늘어놓았고 덕분에 짐 싸기는 해진 후까지 이어지고 있었다.

솔은 헤헤 웃으며 팔을 벌렸다.

"우리 조카님! 이모한테 한번 와 볼래?"

아기 개똥이는 그 꼴을 보고 다시 으앙 울면서 엄마 품을 파고들었다. 솔은 시무룩해졌고 그래서 짐을 싸고 있는 태출을 괜히 더들들 볶기 시작했다. 참으로 분주하고 소란스러운 밤이었다.

그래서 현을 맞아주는 사람은 아무도 없었다.

"흐, 흠……!"

옆에 섰던 석도가 헛기침을 해 보았으나 소용없었다. 당황한 그가 슬그머니 물었다.

"어떻게 하죠?"

"많이 바쁜 듯하군요. 내가 가도 방해밖에 안 될 것 같습니다."

현은 옅게 웃으면서 뒷짐을 졌다. 그의 시선이 활짝 열린 문 안의 풍경을 잔잔히 훑었다. 솔은 까르르 환하게 웃으며 뭐라 뭐라 한창 이야기 중이었다. 아기를 안은 친구가 못 말리겠다는 표정으로 간간이 웃었다. 태출은 친구의 짐을 이리저리 정리해 주다가 자기 짐도 싸다가 하느라 정신이 없었다.

"……다행이다."

또 무리하고 있나 걱정했다. 그녀가 다른 사람의 슬픔을 그냥 보아 넘길 수 있을 리가 없으니까. 하물며 그게 자기 가족이면……. 이번에도 실컷 허세부리며 보내고는 저 큰 집에 홀로 덩그러니 앉아 있나 하였다.

오늘도, 혼자서.

여섯 살의 꼬맹이는 그때 있는 힘껏 눈을 부비며 온몸으로 울고 있었다.

왜 울어?

그에게 분주히 머루며, 밤이며, 껍질 벗긴 무 따위를 갖다 바쳤던 그 작은 손이 흙과 피와 눈물 투성이였다.

울지 마.

그때 현이 해 줄 수 있었던 것이라고는 고작…….

"돌아갑시다."
"그냥 가시게요? 여기까지 오셨는데?"
석도가 뒷머리를 긁었다. 현은 고개를 끄덕였다.
"굳이 바쁜 사람 귀찮게 할 필요 있습니까. 오늘만 날인 것도 아니니 내일 낮에나 다시 와 보는 게 좋겠습니다."

"그렇지만……."

석도가 말을 끌었다.

"오늘밤은 가족들끼리 즐거운 시간 보내게 둡시다. 아, 그것도 두 가족이군요."

현은 작게 웃고 몸을 돌렸다. 주인의 입가에 걸린 미소를 흘깃 보고, 석도도 결국 고개를 끄덕이며 따라 나섰다.

* * *

민훈은 한달음에 말에 올랐다. 흑마가 투레질을 치며 주인을 반기는 사이 채란이 민훈의 소맷자락을 붙잡았다.

"괜찮으시겠습니까?"

민훈은 길게 드리워진 사 너머로 채란을 내려다보았다. 백화루의 구석진 마구간은 시커먼 어둠에 잠겨 있었다. 하지만 채란의 두 눈만은 분명하게 빛났다. 그 속에 담긴 의심과 불안도 또렷하게 읽혔다.

"지붕 위에서 활을 쏴댔다 하셨잖습니까."

"그런 걸 누가 맞나?"

채란은 고개를 가로저었다.

"보통사람은 맞습니다."

"난 보통 사람 아니니 안 맞네. 문 열게."

"……약조하신 겁니다?"

입술을 깨문 채란은 두 말 없이 뒷문을 밀었다. 텅 빈 길거리가 눈앞에 펼쳐졌다. 흑마는 그 무인지경 속으로 번개처럼 뛰쳐나갔다. 밤이 순식간에 검은 말과 검은 옷자락을 집어삼켰다.

등 뒤에서 문이 닫히는 소리가 희미하게 들려왔다. 민훈은 고삐를 단단히 틀어쥐고 말을 독촉했다. 흑마는 기다렸다는 듯 땅을 박차는 속도를 높였다. 주인이 지시하는 방향은 분명했다. 말은 북동쪽의 야산으로 직행했다. 높은 지대, 넓고 가파른 바위와 낮은 성벽이 절묘하게 어울린 그 지점으로.

조금도 속도를 줄이지 않고, 아니 오히려 가속하여 뛰어오른 바위 너머는 허공이었다. 곧바로 부드러운 흙과 풀숲이 그들을 받아냈다. 속도를 못 이겨 한참 더 달려낸 말은 곧 멈추고 몸을 돌려 뒤를 돌아보았다. 높다란 성벽이 그들을 맞았다.

민훈은 잠시 그대로 기색을 살폈다. 인기척은 없었다.

"……그렇겠지."

이런 식으로 성벽을 뛰어넘을 수 있는 자는 드물다. 오늘밤, 미행은 불가능한 것이다. 민훈은 말을 돌려 다시 달리기 시작했다. 남동쪽. 그 작은 마을로. 저승사자에게만 말하겠다는 그 중요한 단서라는 걸 찾아서.

민훈은 눈을 감고, 깊은 숨을 들이마셨다가 내쉬었다.

이솔. 그 단서, 의미 있는 것이어야 할 거야.

채란의 말대로였다. 상황이 바뀌었다. 지금까지 그를 놀리는 듯, 찾아볼 테면 찾아보라며 꼼짝도 않던 그들이 드디어 움직이기 시작했다. 어젯밤 그를 향해 똑바로 날아왔던 그 화살. 그것은 분명히 공격이었다. 그 한밤중에 지붕 위에 있던 그를 정확히 노린 상대의 실력…… 그 의도…….

민훈은 기꺼이 어울려 줄 생각이었다. 이젠 여유 부릴 때가 아니었다. 더 많은 정보, 더 많은 무기가 필요했다. 일단 이솔이 알고 있다는 그 정보부터…… 아니, 그 여자 머리를 믿어도 되는지는 의심스럽지만 어쨌든…….

"……!"

민훈은 고삐를 있는 힘껏 잡아챘다. 말이 급히 멈춰서자 그는 눈을 가늘게 뜨고 먼 곳을 유심히 노려보기 시작했다.

희미한 불빛…… 움직이고 있었다. 길 위라도 이런 외곽의 한적한 곳에서 무슨 일일지 의심스러울 판국인데, 그 불빛은 길도 아닌 풀숲에서 움직이고 있었다.

"다섯."

선두의 불 든 자 뒤로 넷이 더 따르고 있었다. 일부러 길을 벗어나, 저 멀리 들길을 둘러 그들이 향하는 곳. 이제 거의 다다른 듯한 그곳은…….

민훈은 어금니를 꽉 깨물었다. 등줄기가 서늘하게 얼어붙었다.

***

집들마다 불이 다 꺼져 있었다. 그들이 목표하고 온 마을 바깥쪽

끝 집도 마찬가지였다.

"여깁니다, 형님."

칼자국은 씩 웃으며 고개를 끄덕였다. 함께 온 넷도 같은 기분이리라 확신했다. 셋이면 충분했는데 둘이 기어코 더 따라나섰던 참이었다. 각자 허리춤과 등에 매달고 온 날붙이들에 손을 뻗었다. 들고 온 불을 끌까 말까 고민하던 그 찰나였다.

"어……?"

누군가가 얼빠진 소리를 냈다. 그 주둥이를 후려치려던 칼자국도 곧 멈칫했다.

소리. 소리와 울림. 지축을 흔드는 말발굽소리와 발밑으로 전해지는 땅의 흔들림. 이미 지척이다. 말? 이 시간에? 여기에서?

칼자국은 선두의 등불을 빼앗아 내달렸다. 소리의 방향으로. 이 앞뒤 없는 용맹함이 그를 오늘의 그 자리에 올려놓았다. 칼을 뽑아 들고 등불을 앞으로 내미는 순간, 거짓말처럼 커다란 말의 다리와, 위압감이 느껴질 정도로 단단하고 높은 몸체와, 그 위에 탄 사람이 어둠을 뚫고 나타났다. 칼자국의 눈이 경악과 공포로 크게 벌어졌다.

"끄허……!"

비명은 입 밖으로 나오지도 못하고 뭉그러졌다. 저승사자가 휘두른 뭔가에 그의 이빨들이 몽땅 안쪽으로 주저앉았기 때문이었다. 두목이 입에서 피를 뿜으며 저 멀리 나가떨어지자 다른 넷이 우왕좌왕하기 시작했다. 무슨 일이 벌어진 것인지 알 수가 없었다.

그새 등불이 꺼져서 사방이 암흑이었다.

말발굽소리는 오히려 저만치 멀어지고 있었다.

"뭐, 뭐야? 뭐야? 형님?!"

"조용히 해."

낯선 목소리가 조용히 끼어들었다. 낮고 스산하게 날 선 목소리.
나머지 네 명은 온몸에 소름이 끼쳤다. 어디선가 두목이 웅얼거리
는 신음소리가 들려오다가, 픅 하고 뭔가 부러지는 듯 하더니 잠잠
해졌다.

넷은 숨 쉬는 소리도 내지 못했다. 특히 제일 뒤쪽에 섰던 막내
는 제대로 서 있지도 못하고 와들와들 떨고 있었다. 그는 보았던
것이다. 형님이 날아가기 직전, 등불 아래 드러났던 저승사자의 모
습을.

으엥 하고, 집 안쪽에서 아기 칭얼거림이 작게 들려왔다.

"……왜 또 여기……."

상대가 힘 빠진 목소리로 허탈하게 중얼거렸다. 의미 불명이었
다. 나머지가 의아해하는 사이, 상대는 스르릉 소리와 함께 검을 뽑
았다.

"입 꽉 다물어라. 소리 내면 두 배로 맞는다."

"뭐라는 거야, 이게……!"

이인자를 자부하는 더벅머리가 나섰다. 그는 등에 짊어졌던 큰
칼을 갓 쓴 그림자를 향해 휘둘렀다. 바람 소리가 붕 나는 강격이
었건만 칼에 닿는 게 아무 것도 없었다. 빠르다 생각한 순간 머리

쪽에서 번개가 치더니 무릎이 꺾였다. 다음 일격은 명치에 작렬했다. 그는 비명도 지르지 못하고 뻗었다. 순식간에 제일 강한 둘이 드러누워 버리자 나머지 셋은 꼼짝도 할 수 없었다.

민훈은 하나도 돌려보낼 생각이 없었다. 하나하나 모조리 눕히고, 하나씩 따로 추궁할 셈이었다. 도대체 누가 '이솔'을 알고 이런 의뢰를 했단 말인가.

도끼를 쥔 채 떨고 있는 세 번째 남자에게 다가갈 때였다. 쐐액! 하는 바람소리가 귓가를 찢었다. 민훈은 급히 몸을 틀었다. 간발의 차로 빗나간 화살이 허공을 날아 맨땅에 박혔다. 솔의 집 담 바로 아래였다.

치명적인 자각이 뇌리를 스쳤다. 잘못 날린 화살이 아니다. 저것은 애초부터 민훈을 조준했다기보다…….

경고. 어젯밤의 그놈이다!

두 번째, 세 번째 화살이 날아들기 시작했다. 민훈은 숨을 멈췄다. 검과 검집으로 화살을 쳐내는 사이 영문을 모르던 셋이 재빨리 달아나기 시작했다. 따라잡아야 했다. 계속 날아드는 화살을 쳐내며 그쪽으로 한 걸음 내딛은 때였다.

으아앙! 하고 아기가 악을 쓰고 울기 시작했다.

놓쳤나? 집까지 날아갔던 거야? 그럴 리가 없음에도, 본능에 가까운 보호본능이 그를 돌아보게 만들었다. 그의 눈이 집으로 돌아간 그 잠시의 틈에 시백의 시위에는 두 개의 화살이 걸려 있었다. 날카로운 두 눈이 목표를 조준했다.

"그래서 넌 안 돼."

손가락이 시위를 놓았다. 두 개의 화살은 오랫동안 시백이 계산한 그 궤도 그대로 허공을 갈랐다. 그 계산을, 민훈도 이해했다.

막거나, 맞거나, 방 한가운데로 날아들거나.

순간이었다.

**

솔은 눈을 번쩍 떴다. 동이가 반쯤 잠든 상태로 아기를 안고 젖을 물리고 있었다.

"솔아……? 미안…… 자는데…….

"아니야."

솔은 문을 열고 마당으로 뛰어나왔다. 소리 없이 움직이느라 느렸지만, 그녀는 다급했다. 마당 한가운데 선 그녀는 한 바퀴 돌며 천천히 하늘을, 땅을, 나무들과 풀들을 눈에 담았다. 소리는 들리지 않았다. 오늘밤은 '그들'의 소리가 들리지 않았다. 어쩐지 그것도 몹시 불안했다. 꿈을 꿨다. 기억은 안 나지만, 꿈을 꿨는데…….

"솔아, 왜?"

동이가 문 밖으로 얼굴을 내밀었다. 솔은 그 인기척도 깨닫지 못했다. 숨이 막혔다. 가슴이 미친 듯이 쿵쾅거렸다.

"솔아?"

퍼뜩, 정신이 돌아왔다. 솔은 굳은 얼굴로 친구를 돌아보았다. 동이가 불안해하고 있었다. 솔은 억지로 입가를 끌어올렸다.

"미안. 괜찮아. 잠깐……."

한 손을 가슴 위에 올리고 꾹 눌렀다.

"잠깐…… 아니야. 아무 것도 아니야."

***

바닥이 좌우로 마구 일렁였다. 민훈은 눈을 질끈 감았다가 떴다. 흐려진 시야는 조금도 나아질 기미가 없었다. 손으로 감싼 오른쪽 어깨에서 피가 울컥 뿜어져 나왔다. 흘러내린 피는 이미 소매 끝자락까지 축축하게 적셔 놓고 있었다.

출혈도 문제지만…….

치밀어 오르는 욕지기에 입을 틀어막았다. 손가락 사이로 선혈이 주르륵 흘러내렸다.

독.

화살을 맞자마자 공격이 그치기에 짐작은 했지만 아주 더러운 독이었다. 집에서 인기척이 나기 시작에 자리를 피한다고 움직이긴 했는데, 여기가 어디인지조차 알 수가 없었다.

걷긴 걷는데, 이 방향이 어디인지…….

어디선가 솔의 목소리가 들린 것도 같았다.

저 바보, 왜 벌써 나와. 아직 위험할 수도 있는데.

발이 땅 위로 미끄러졌다. 크게 휘청이던 그는 어느 집 담에 기

대어 주저앉았다. 거친 숨에 어깨가 들먹였다. 호흡마다 쇳소리가
섞였다.

그래도 다행이다. 어쨌건.

의미 모를 웃음이 새어나왔다.

뭐가 다행이라는 것인지, 이 꼴이 되어 놓고서.

그는 눈을 감았다. 지독한 어지럼증은 그 어둠마저 엉망진창으
로 뒤흔들었다.

……한심하긴.

의식이 멀어져 갔다. 깊은 수마에 잠겨 들어가듯, 서서히 꺼져가
는 감각들 속에서 끼익 하고 문 열리는 소리가 마지막으로 들렸다.
거기까지였다.

흰 그림자는 쪽마루에 잠시 섰다 마당으로 내려왔다. 흐린 등잔
불로 앞을 비추며, 느린 걸음이 마당을 가로질렀다. 집주인은 그렇
게 천천히 대문 밖으로 나섰다. 식구들은 아직 모두 잠든 채였다.
그래서 그는 조용히 움직였다.

얕은 잠을 깨운 소음은 서쪽 담 쪽에서 들려왔다. 다른 식구들의
휴식이 방해받지 않게, 문제가 있다면 자신이 잘 정리할 셈이었다.
그는 그런 사람이었다.

"……."

이현은 그 자리에 멈춰 섰다. 눈앞의 광경은 그의 예상을 아득히
벗어난 것이었다.

한참만에 몇 걸음 내딛어, 그는 저승사자 앞에 마주 섰다. 그리고

천천히 몸을 숙여 그 앞에 쭈그려 앉았다.

"오늘은 손님이 많으시네."

대답이 있을 리 없었다. 익숙한 피비린내에 현은 잠시 눈을 감았
다 떴다. 어떤 이름도 붙일 수 없는 표정이 떠올랐다가 금방 산산
이 흩어져 사라졌다.

"달갑진 않지만……."

현은 결국 흐리게 웃었다.

"잘 오셨네, 차사님."

***

감은 눈 바깥은 어둠이었다. 눈앞을 가린 얇은 장막은 어둠에 어
둠을 덧씌워 언제나 그의 존재를 가려 주었다. 그런데 지금, 그 어
둠에 균열이 일었다.

안 돼.

혼미한 중에도 손은 본능적으로 뻗어나갔다. 누군가의 손목이
잡혔다.

"……칭찬해 주고 싶은 의지력이긴 하네만."

목소리. 낯익은. 누구?

"숨기고 싶으면 나와 말을 섞지 말았어야지."

손에 힘이 빠져나간다. 장막이 가장자리부터 걷히며 빛이 쏟아
져 들어왔다. 그 빛 너머엔…… 시뻘건 불꽃. 사방을 불사르는 불꽃

과 검은 하늘로 날아오르는 불티가 밤을 밝히는 겨울의 땅. 어느새 눈앞에는 피로 물든 장지문이 버티고 서 있었다.

민훈은 얼어붙었다.

얼어붙었다가, 분노했다가, 비명을 지르고 오열했다.

아주 오래도록.

"정신이 드나?"

"……."

민훈은 초점이 맞지 않는 눈을 몇 번 깜박였다. 낡지만 잘 정돈된 초가집 천장 아래였다. 목 아래쪽으로는 꼼짝도 할 수 없었다. 그는 겨우 고개만 조금 틀어, 머리맡에 서안을 놓고 앉은 젊은 남자를 올려다보았다.

현이 다시 입을 열었다. 눈은 읽고 있던 서책에 고정한 채였다.

"약이 잘 듣는군. 다행한 일이네."

민훈의 입이 뭐라도 말할 듯 벌어졌다가, 이내 삐딱하게 뒤틀렸다. 갈라진 웃음소리가 힘겹게 새어나왔다.

"하필……."

"그 하필 덕분에 자네 목숨 줄이 아직 붙어 있는 줄 알게. 그런 독을 해독할 수 있는 자가 길바닥에 널려 있진 않으니까. 아, 그렇지."

현은 서책을 천천히 덮었다.

"입고 있던 옷과 갓은 태워 버렸네. 차사님, 아니."

그제야 눈을 돌려, 민훈을 똑바로 바라보았다.

"묵호 나리."

"……"

민훈은 말없이 현을 마주보았다.

"불편해 할 것 없네. 아마 자네가 '그것'일지도 모르겠다고 꽤 오랫동안 생각해 왔으니까. 그 꼴로 여기 나타난 걸 보면 내 부탁은 귓등으로도 안 들었던 모양이야."

"부탁?"

"다시는, 솔이 앞에 나타나지 말라고 했지."

"아."

민훈은 눈을 감았다. 다 가라앉은 쉰 목소리로 그는 말을 이었다.

"……그리고 난 그쪽이 그런 말 꺼낼 형편이 아닐 거라고 했고."

"그랬지. 듣다 보니 자네도 나에 대해 좀 아는 바가 있는 것 같은데……."

현이 피로한 듯 양손으로 얼굴을 쓸었다.

"그럼 일단 좀 꿇어야 하지 않겠나?"

손이 치워지고 난 자리엔 백지같이 텅 빈 표정의 다른 누군가가 남았다. 온화하고 정 많은 서생의 탈 뒤에 있는 것은……

민훈은 핏기 없이 창백한 얼굴로 그를 마주보았다. 한참만에, 독기 묻은 쓴웃음이 입가로 새어 나왔다.

"저하, 땅에 묻힌 지 15년이 넘어 가는 분께서 아직 사람의 예를 챙기십니까?"

"흉하게 요절한 폐세자라 매년 제삿밥도 안 챙겨 주지 않나. 알아봐 주는 자에게라도 대접받아야지."

궁인들의 발걸음소리가 눈 쌓이는 소리보다 크다며 피바람을 뿌리던, 잔학했던 선왕. 그런 시절이 있었다. 왕후도 몇 줄 바람에 실린 소문에 퇴궐당하여 굳이 사약까지 받고, 고작 일곱 살이었던 세자는 기행을 일삼다 자진하고 말았다던, 누구 하나 아무 것도 볼 수 없고 아무 말도 할 수 없었던 그런 시절. 뭣 모르는 어린 아이들만 노래로 지어 부르다 기겁한 부모들에게 입이 틀어막히던 그런 시절.

그 시절을 견디고 속이고 숨겨 살아남고 살아남게 한 사람들도 있었다.

그들 중엔 소문의 당사자도 있었다.

그들 중엔 목숨 값 계산을 집어치운 무골 가문의 수장도 있었다.

술 취해 쓰러져 평생 단 한 번 내뱉은 하소연을 담담히 주워 담은 그의 아들도 있었다.

민훈은 몸을 일으키려 했다. 사지가 따로 내던져진 아득한 감각을 가까스로 추슬러, 왼손 같은 것으로 땅을 짚고 왼팔 같은 것에 힘을 주었다. 되려나? 싶은 순간 눈앞이 새하얗게 돌았다. 반쯤 일으켰던 상체가 허망하게 허물어졌다.

"……나흘은 걸릴 걸세."

현은 자리에서 일어났다. 벽에 걸린 옥색의 도포를 천천히 걸쳐 입고, 갓을 갖춰 썼다. 문을 밀고 나가려던 그는 쓰러져 신음하는 민훈을 마지막으로 돌아보았다.

"'그 짓' 계속 하고 싶으면 얌전히 누워 있는 게 좋아. 그 오른팔,

완전히 못 쓰게 될 판이니까."

마루로 나서자 마당에 섰던 석도와 미랑이 고개를 조아렸다.

"도련님."

"누가 물으면 도성 안에 사는 친우라고 하십시오."

"네, 도련님."

"전 약재상에 좀 다녀오겠습니다. 석도는 혹시 모르니 주변 잘 살펴 주세요."

"제가 가겠습니다, 도련님. 필요한 약재만 적어 주시면……."

"아닙니다. 제가 좀 알아볼 것도 있어서 그럽니다. 그럼."

현은 얕은 한숨을 내쉬곤 걸음을 떼었다. 대문에서 잠시 멈춘 그는, 이내 고개를 가로저으며 길을 나섰다.

그 등 뒤에서 미랑과 석도는 복잡한 시선을 교환했다.

***

"조심해서 다녀와. 고모님께 안부 인사 꼭 전해 주고."

"너도 조심하거라. 제발 좀……."

"응. 사고 치지 말고. 정신 차리고. 맞지? 걱정하지 마."

태출은 딸의 머리 위에 손을 턱 올렸다. 솔은 고개를 흔들어 그 투박한 손에 머리를 비볐다.

"잘할 수 있지?"

"물론!"

"그래. 믿는다."

희뿌옇게 동이 터왔다. 온톤 검던 하늘이 연청색과 회색, 백색으로 낯빛을 바꾸는 사이 고갯길의 어둠도 누가 비로 쓴 양 쓸려나갔다. 태출은 해가 땅에서 뜰 때까지 걸음을 떼지 못했다. 다시 한 번 해야 할 논밭 일을 읊고 동이 모자를 챙길 것을 당부하고, 자신을 대신하여 막동이 어머니와 미랑 아주머니께 감사 인사 전하라는 말까지 반복한 그는, 제발 좀 가라고 다리 아프다고 딸에게 등짝을 실컷 맞고서야 겨우 한 보를 내딛을 수 있었다.

긴 작별이었다.

솔은 한참을 그 자리에 서서 아버지의 뒷모습을 배웅했다. 그는 여러 번 뒤를 돌아보았고 솔은 매번 팔을 흔들어 주었다.

이윽고 그의 모습이 고갯길 너머로 사라지자 솔은 팔짱을 꼈다.

"빨리 와. 아빠."

양손을 겨드랑이에 꼭 낀 채, 솔도 돌아섰다. 그리고 느리게 걷기 시작했다. 발길이 향하는 곳은 집이 아니었다.

"동이는 좀 잤으려나……."

아기는 밤새 수시로 깼고 그때마다 동이도 덩달아 일어나는 듯했다. 새벽에 솔과 태출이 집을 나설 때에야 겨우 다시 눈을 붙인 그녀였다. 괜히 집에 갔다가 둘을 깨울까 염려되었다.

솔은 마을 초입의 언덕을 오르기 시작했다.

"안녕. 안녕하세요?"

가느다랗고 얕은 대답들이 사분사분 피어올랐다. 숨이 조금씩 차오를 때쯤 꼭대기에 도착했다. 자기보다 훨씬 나이 많은 한 아름은 되는 느티나무를 향해, 솔은 가볍게 웃어 보였다. 그리고 그 아래에 천천히 기대어 앉았다.

마을은 환한 아침 햇살 속에 잠겨 있었다. 풍성하게 부푼 초가들이 엎어 놓은 박처럼 동그랗게 떠올라 반짝였다. 곧 집집마다 문이 열렸고, 누군가는 바구니를 머리에 얹고 누군가는 괭이를 들고 길을 나섰다. 누군가가 웃는 소리, 누군가가 악을 쓰는 소리가 희미하게 바람결에 실려 왔다.

솔은 턱을 괸 채 멍하니 그 풍광을 내려다보았다. 얼마의 시간이 지났을까.

"……아."

그렇지. 해야 할 일이 있었다.

엉덩이를 털고 일어나, 몇 번 미끄러지며 토끼처럼 뛰어 언덕을 내려왔다. 짧지 않은 거리를 밟아나가는 동안 솔은 할 말들을 입 안에서 웅얼거리며 연습했다. 사립문 사이로 고개를 내미니 마당은 텅 비어 있었다.

"어디 가셨지? 석도 아저씨?"

평소라면 분주하게 마당을 쓸고 집 안을 정리할 시간인데 별일이었다. 그때 요란한 인기척이 부엌 쪽에서 났다. 솔은 침을 꿀꺽 삼키고 살금살금 그쪽으로 향했다.

미랑이 뭐라고 중얼중얼거리며 뭔가를 썰어 대다가 솥을 젓다가 하고 있었다.

"아주머······."

개미만 한 솔의 목소리는 미랑이 버럭 내지른 고함에 파묻혀버렸다.

"오지랖도! 세상에 또 그런 오지랖이 어디 있어! 응? 이젠 다 알 만한 분이!"

혼잣말로 쏟아내는 잔소리는 절대 혼잣말 수준이 아니었다. 탕! 하고 내려찍은 식칼이 도마에 꽂혔다.

"······."

아무래도 도련님이 또 무슨 사고를 친 모양이었다. 한가하게 인사를 전할 수 있는 분위기가 아니었다. 솔은 슬금슬금 뒷걸음질로 마당까지 내뺐다.

다음에 다시 오는 편이 좋을지도 모르겠다는 생각이 들었다. 하지만 솔은 곧 고개를 가로저었다.

아니다. 무엇이든 때가 있는 법이다. 감사 인사는 제때 전하는 게 맞았다.

솔은 툇마루에 엉덩이를 걸쳤다.

"오라버니······?"

닫힌 방문은 열릴 기색이 없었다. 솔은 다시 작은 소리로 현을 불렀다.

"오라버니. 이번엔 무슨 짓 저지른 거예요?"

인기척은 있었다. 안쪽에서 희미하게 무슨 소리인가가 났던 것이다. 그래도 대답은 돌아오지 않았다. 솔은 고개를 갸웃하곤 문고리를 잡았다. 손질 잘 된 문은 소리도 없이 열렸다.

그리고 다음 순간, 솔은 자기도 모르게 방 안에 들어서 있었다.

"어…… 어, 왜……?"

왜 나리께서 여기에?

솔은 자기 눈을 믿을 수가 없었다. 방 한가운데 깔린 이부자리 위에 생각지도 못한 사람이 누워 있었다.

그녀는 홀린 듯 그 옆에 무릎을 꿇고 앉았다.

끝까지 밉살맞게 솔이를 비웃으며 돌아서던 그 모습이 아직도 눈에 선한데, 고작 며칠 만에 사람이 어떻게 이렇게 변할 수가 있을까.

창백하게 질린 얼굴 위로 식은땀이 흥건했다. 꼭 감은 눈은 통증으로 일그러져, 평소의 세상 모두를…… 그 자신까지 포함한 세상 모든 것을 비웃는 듯한 그 눈빛도 흔적조차 없었다. 쉰 소리가 나는 거친 숨이 불안하게 튀어 올랐다. 듣는 이마저 고통스러워지는 호흡. 솔은 자신도 모르게 가슴을 꾹 누르며 허덕였다.

흘러내린 홑이불 밑으로 붕대를 감아놓은 상체가 드러나 있었다. 피. 오른쪽 가슴과 어깨 사이에서 검붉은 피가 번져 오르고 있었다.

솔은 떨리는 손을 뻗었다. 뭘 어떻게 해야 할 지 알 수 없었다. 하지만 뭔가 해야 할 것만 같았다. 손끝이 상처에 닿으려는 순간.

"아윽……!"

솔은 비명을 삼켰다. 어느새 민훈의 왼손이 솔의 손목을 움켜쥐고 있었다. 손이 부르르 떨릴 정도의 힘. 아팠다. 부러질 것 같았다. 솔은 눈물이 맺힌 눈으로 민훈의 얼굴을 찾았다. 그는 의식이 없었다. 민훈이 숨을 거칠게 몰아쉬며 고개를 뒤로 꺾었다. 악 문 이 사이로 신음소리가 새어나왔다. 솔도 아랫입술을 꼭 깨물고 눈을 질끈 감았다.

"아니……야……."

신음소리에, 드문드문 끊긴 말마디가 섞였다. 솔은 눈을 떴다.

"아니야…… 그게…… 아니야."

텅 빈 방 안에 또렷이 울리는 목소리. 갈라지고 상처 입은…… 귀퉁이가 물에 젖어 이지러진 그런 목소리.

"……네. 맞아요. 그게 아니에요."

솔은 크게 숨을 들이마셨다가 길게 내쉬었다. 더 이상 자기 목소리가 떨리지 않길 바라며. 그녀는 말했다.

"그게 아니었어요."

민훈의 손을 떼어 내려 버티던 왼손을 풀어, 그의 가슴 위에 올렸다. 갈 길을 잃고 사방으로 내달리는 말처럼, 끝 간 데 없이 맥동하는 심장.

솔은 천천히 몸을 숙였다. 악몽의 절규만 메아리치는 그의 귓가에 그녀는 속삭였다.

"괜찮아요. 이제 괜찮아요."

가슴에 올려놓았던 왼손이 느리게…… 아주 느리게 붕대 위를 토닥였다. 솔은 나지막하게 노래를 부르기 시작했다.

아지랑이 피어오른 푸른 언덕에
아기는 신도 벗고 나비를 따라

솔의 손목을 움켜쥐고 있던 손아귀에서 힘이 빠져나갔다. 솔은
오른손을 서서히 이불 위로 내렸다. 허공에 걸렸던 민훈의 팔도 그
를 따라 푹신한 이부자리 위에 늘어졌다.

아기야 작고 여린 우리 아기야
엄마도 맨발 벗고 아기를 따라

별꽃잎 날리는 어느 한 날에
어린 토끼 아기 엄마 어디로 가나

〈2권에서 계속〉

묵호의 꽃 1

1판 1쇄 찍음 2018년 9월 6일
1판 1쇄 펴냄 2018년 9월 13일

지은이 | 최정원
발행인 | 박근섭
편집인 | 김준혁
책임 편집 | 최고운
펴낸곳 | 황금가지

출판등록 | 2009. 10. 8 (제2009-000273호)
주소 | 06027 서울 강남구 도산대로 1길 62 강남출판문화센터 5층
전화 | 영업부 515-2000 **편집부** 3446-8774 **팩시밀리** 515-2007
홈페이지 | www.goldenbough.co.kr

도서 파본 등의 이유로 반송이 필요할 경우에는 구매처에서 교환하시고
출판사 교환이 필요할 경우에는 아래 주소로 반송 사유를 적어 도서와 함께 보내주세요.
06027 서울 강남구 도산대로 1길 62 강남출판문화센터 6층 민음인 마케팅부

ISBN 979-11-5888-432-1 04810(1권)
        979-11-5888-434-5 04810(set)

㈜민음인은 민음사 출판 그룹의 자회사입니다.
황금가지는 ㈜민음인의 픽션 전문 출간 브랜드입니다.